EL CASTILLO

Austral Singular

FRANZ KAFKA
EL CASTILLO

Traducción

José Rafael Hernández Arias

Planeta

Título original: *Das Schloss*

Avda. Diagonal, 662-664, 08034 Barcelona (España)
www.planetadelibros.com

Diseño de la colección: Austral / Área Editorial Grupo Planeta
Ilustraciones de la cubierta: Shutterstock
Primera edición en Austral: marzo de 2026

Depósito legal: B. 24.559-2026
ISBN: 978-84-08-31731-9
Composición: Realización Planeta
Impreso en España

Biografía

Franz Kafka (Praga, 1883 - Kierling, Austria, 1924) es uno de los escritores más importantes de la literatura del siglo xx. De familia judía y habla alemana, vivía en Josefov, el barrio judío de su ciudad natal, donde sus padres poseían un negocio de moda para caballero. Tras no pocas dudas, decidió estudiar Derecho en la Univerzita Karlova de Praga. Allí conoció al que sería su mejor amigo y su primer biógrafo, Max Brod. Durante toda su vida, Kafka combinó siempre la escritura con el funcionariado y otros trabajos de tipo administrativo, que tuvieron una gran influencia en sus relatos. Murió de tuberculosis a los cuarenta años, dejando la mayor parte de su producción literaria sin publicar y una carta a Brod en la que pedía la destrucción de su obra no impresa. Finalmente, su amigo, que valoró la importancia de esta, pasó años coordinando la edición de los cientos de páginas que formaban su legado inédito, entre diarios, relatos, novelas, cartas y una única pieza de teatro. Algunas de sus obras más importantes son *El proceso*, *El castillo*, *La condena* y *La metamorfosis*, uno de los relatos más conmovedores e inquietantes de la literatura de todos los tiempos.

ÍNDICE

PRÓLOGO

La novela *El castillo* es considerada por muchos especialistas de la obra kafkiana como la cúspide literaria del escritor praguense, debido tanto a su complejidad estructural y a su madurez simbólica y metafórica, como a la densidad intelectual de los motivos que la forman. Efectivamente, en *El castillo*, escrito en la última fase de la vida del autor, cuando la enfermedad progresaba con una desesperante tenacidad, la fuerza expresiva de Kafka alcanza una intensidad inusual, siendo testimonio de la falta de compromisos del autor, de su firme voluntad de enfrentarse a un terrible reto existencial: el «asalto contra la última frontera terrenal», su deseo de ser «final o principio». Esta madurez e intensidad, su extraordinario estilo, el cual, como dijo Hermann Hesse, convierte a Kafka en un rey secreto de la prosa alemana, hacen de la novela *El castillo* un joven clásico de la literatura universal, un clásico que, como *El proceso*, ha desencadenado un alud de interpretaciones y comentarios, no solo literarios, sino filosóficos, teológicos, psicológicos, políticos y sociológicos, demostrando así que ha tocado el nervio de nuestra época.

Gestación de la obra

Cuando hablamos de la gestación de la novela *El castillo* tenemos que diferenciar la gestación intelectual del proceso de redacción. En cuanto a la primera, tendríamos que retroceder cuatro años desde la fecha del inicio de la redacción en 1922. Poco después del diagnóstico de la enfermedad, Kafka intenta liberarse de la relación con Felice y de la influencia de su padre. En Zürau, un pequeño pueblo donde residió con su hermana, medita sobre su lucha por una vida independiente, por su destino como escritor, y sobre la existencia; allí leyó varios textos de Kierkegaard, así como las *Confesiones* de san Agustín, discutiendo con Oskar Baum, un amigo que le visitó durante una semana, las ideas de Tolstói. Fruto de estas meditaciones fueron sus famosos 109 aforismos (Franz Kafka, *Aforismos, visiones, sueños*, en Valdemar, Madrid, 1998) que reflejan magistralmente su compleja cosmovisión y resultan imprescindibles para la comprensión de su obra. En aquel tiempo también comenzó a estudiar hebreo, lo que testimonia su interés por conocer con más profundidad la literatura hebrea, así como por vincularse a la tradición judía. En una anotación en su diario de aquella época se habla de los planes de una novela. No obstante, existe un texto anterior, con fecha de 11 de junio de 1914, que Kafka incluyó en sus *Diarios*, titulado *Tentación en el pueblo*, que se ha considerado como el germen de la novela. Este breve relato describe la tragedia de un hombre que desea vivir en un pueblo pero es incapaz de integrarse y de encontrar el camino hacia el castillo. Por tanto, se puede hablar de un largo periodo de gestación, de una maduración lenta de los motivos que culminó en el año 1922.

Según los testimonios de que disponemos, es posible reconstruir con alguna precisión el proceso de redacción de la obra. En marzo de 1922 Kafka ya debía de haber redactado una parte de ella, así lo atestigua un pasaje en el diario de Max Brod: «15.III.22. Por la mañana con Kafka, antes con su médico. Me leyó el comienzo de su nueva novela *El castillo*». Otros indicios sugieren que no pudo iniciarse antes de enero de 1922. En una carta de Kafka a su amigo Klopstock, sin fecha, pero muy probablemente escrita a mediados de marzo, comunica lo siguiente: «Desde hace algún tiempo, y para salvarme de eso que se suelen llamar nervios, he comenzado a escribir un poco...». Desde diciembre de 1920 Kafka no había escrito nada, se había sumido en una de sus fases improductivas. La compañía de seguros en la que trabajaba le había concedido unas vacaciones de tres meses, que el escritor aprovechó para viajar a un sanatorio en Matliary; esas vacaciones se tuvieron que prolongar dos veces por motivos de salud. Kafka regresó a Praga a finales de agosto de 1921, donde intentó reanudar su actividad laboral. Pero su estado de salud no había mejorado y, después de que le concedieran tres meses de descanso, se sometió a una cura sistemática en Praga. En la segunda semana de enero de 1922 padeció una grave crisis nerviosa. El 24 de enero, desesperado y enfermo, solicitó otra prolongación de tres meses y viajó a Spindlermühle, en la alta montaña. El mismo día de su llegada escribió en sus *Diarios*: «Extraño, enigmático, tal vez peligroso, tal vez salvador consuelo de escribir...». Aquí se inicia una nueva fase creativa con el inicio de la novela *El castillo*, aunque su continuación posterior en Praga resulta difícil de constatar por la ausencia de testimonios. Sin embargo, su estado de salud siguió empeorando. Cuando terminó su periodo de descanso, solicitó a la compañía de seguros que le permitiese tomar anticipadamente sus vacaciones anuales; finalmente, el 7 de junio solicitó una jubilación provisional y el 1 de julio se jubiló definitivamente debido a la improbabilidad de sanar de su tuberculosis. Durante este periodo interrumpió la redacción de la novela para escribir el relato *Un artista del hambre*, cuyas pruebas corrigió durante los últimos días de su enfermedad, poco antes de su muerte. En julio, de nuevo en Praga, dejó a Max Brod el segundo cuaderno del manuscrito, a cambio del manuscrito de la novela *Vida con una diosa* escrita por su amigo. Después de la lectura del texto kafkiano, Max Brod le escribió una carta con la primera valoración de la novela que se conoce: «Querido Franz: he leído tu novela noche tras noche con gran expectación, hasta el final. Hacía tiempo que había deseado leer algo así, una narración de verdad que te saque de las preocupaciones. Pero todo lo demás es tan insípido (también Balzac, que he comenzado ahora). Entonces llegó tu carta. Y sin querer profundizar (pues no te gustaría que lo alabase en toda su profundidad) solo puedo decir que se trata de un libro muy entretenido y cromático: la escena con el trineo es espléndida; el asunto con el acta, donde se muestra repentinamente la culpa del "yo", que hasta ese momento parecía tan inocente (en concreto su culpa frente a Frieda), es especialmente buena, y precisamente has tachado esas páginas, pero supongo que en el cuaderno siguiente (¿cómo puedo conseguirlo?, ¿puedo recogerlo en tu habitación? Ardo en deseos de leerlo) has tratado lo mismo de forma diferente, aunque sin cambiar el sentido. Tengo una gran curiosidad y ninguna de tus excusas me impedirá reclamarte toda la obra».

En una carta desde Planá sellada con fecha de 11 de septiembre de 1922, Kafka, después de sufrir una segunda crisis nerviosa, escribe a Max Brod: «Vuelvo a estar aquí desde hace una semana, esta semana no ha sido muy divertida (pues me he visto obligado a dejar, probablemente para siempre, la historia del castillo; desde la crisis nerviosa, que comenzó una semana antes del viaje a Praga, no he podido continuarla, aunque lo escrito en Planá no es tan malo como lo que ya conoces), pero sí han sido unos días muy tranquilos...».

No existe ningún signo o testimonio que demuestren que Kafka, antes de la redacción de la obra, hubiese realizado algún plan o esquema para su posterior desarrollo. Para su redacción, escogió cuadernos, seis en total; este método correspondía a su ideal narrativo, a su concepción lineal de los acontecimientos, pues el método de los cuadernos impedía una reelaboración del curso de la novela y Kafka prefería someterse exclusivamente al flujo de inspiración. Por consiguiente, la mayoría de las correcciones realizadas fueron inmediatas. La división en capítulos tampoco estaba planeada de antemano, resultaba del desarrollo de la trama. Se conserva una lista de 15 títulos de capítulos que más bien equivalía a un índice provisional.

El inicio de la novela se comenzó a escribir en primera persona, un aspecto que domina en su obra tardía, pero en una revisión de urgencia Kafka la sustituyó por la tercera persona. En varios pasajes de la novela aparece un narrador distante que posibilita al lector un enjuiciamiento de la perspectiva de K y de sus acciones. Asimismo, el lector recibe de K informaciones sobre el castillo y puede así comprobar que la realidad exterior e interior no se solapan o que la realidad no coincide con la conciencia de K. Sin embargo, sigue siendo incierto si lo que K percibe como realidad corresponde realmente a la realidad, aquí nos toparíamos con prejuicios del personaje K que distorsionan los acontecimientos. Según la estructura de la novela, se pueden deducir otras escenas planeadas por Kafka, como una conversación con la madre de Gerstäcker o escenas con Pepi, la señora Brunswick y la posadera de la posada de los señores. Respecto al posible final de la novela, Max Brod ha transmitido en el epílogo a la primera edición una de las ideas de Kafka: «(K) no cesa en su lucha, pero muere de extenuación. Alrededor de su lecho de muerte se reúne la comunidad y del castillo llega la decisión de que no existe un derecho de K a residir en el pueblo, pero que por consideración a determinadas circunstancias se le permite vivir allí y trabajar». No hay que olvidar, sin embargo, como ha destacado Bert Nagel, que la interrupción abrupta de la novela y de muchos relatos de Kafka queda, en cierta manera, condicionada tipológicamente; su forma de escribir aspiraba a alcanzar dimensiones lo más elevadas posible en un flujo continuo de pensamiento, esto hacía muy difícil o imposible que se pudiese encontrar un final adecuado, en realidad muchas obras de Kafka poseen una estructura circular, carecen de un inicio propiamente dicho y de un final. Además, Kafka se consideraba incapaz de introducir efectos retóricos o teatrales que simulasen un final artificial.

La redacción de la novela quedó condicionada esencialmente por la enfermedad y por crisis sentimentales. Kafka interpretó su tuberculosis como una consecuencia de los cinco años de lucha con Felice; según el testimonio del escritor, las tensiones, los dolores de cabeza, los estados febriles le habían debilitado tanto que le habían predispuesto para la enfermedad. La irrupción de la tuberculosis en el verano de 1917 le suministró un pretexto perfecto para romper repentinamente la relación con Felice. No obstante, a partir de esa fecha sufrió insomnio, angustia, crisis nerviosas, todo agudizado por el progreso imparable de la enfermedad. La sucesión de sanatorios y curas, oscilando entre la esperanza de sanar y la voluntad de entregarse a un destino que parecía irrevocable, no influyeron positivamente en su estado. Durante la redacción de la novela, Kafka aún mantenía un contacto esporádico con Milena Jesenská, aunque había roto formalmente con ella en 1920, y la decisión sobre la continuación de la relación aún pesaba sobre él; su estado de salud empeoró rápidamente. En las anotaciones de sus *Diarios* de esa época se encuentran numerosos pasajes en los que, convencido de su muerte próxima, pasa revista al pasado y se lamenta por no haber vivido, por haber llevado una existencia solitaria y atormentada que desembocó naturalmente en la enfermedad. Sin embargo, la novela *El castillo* también es un signo de lucha y de la voluntad de llegar a los límites de su rendimiento literario. Después de abandonar la novela, Kafka gozó de una etapa esperanzada, volvió a aprender hebreo y planeó emigrar a Israel. Asimismo, conoció a Dora Diamant y se fue a vivir con ella a Berlín, allí siguió escribiendo, pero los textos fueron destruidos a petición de Kafka. Poco después su estado empeoró de tal modo que tuvo que regresar a Praga, donde escribió su última obra conocida: *Josefina, la cantora o el pueblo de los ratones*. En 1924 moría en el sanatorio Hoffmann en Kierling.

Historia editorial

Cuando Max Brod decidió publicar el legado literario de Kafka, comenzó, por criterios comerciales, con su producción novelesca. En 1925 se publicó *El proceso*; en 1926, dos años después de la muerte del escritor praguense, *El castillo*, en la editorial Kurt Wolff, y en 1927 *América* o, para ser más precisos, *El desaparecido*. En la primera edición Max Brod intentó dar a la novela una estructura acabada, para ello no incluyó un quinto del material; entre otros textos faltaba la escena con el funcionario Bürgel, la repartición de expedientes en la posada y la conversación entre K y Pepi. Según el amigo de Kafka, la novela *El castillo* no presentaba una estructura tan sólida como la de *El proceso*, lo cual podía perjudicar su acogida. La segunda edición de Max Brod, aparecida en 1935 en la editorial berlinesa Schocken, tuvo una escasa recepción, no hay que olvidar que la editorial había sido catalogada como judía y solo podía sacar ediciones limitadas, cuyos destinatarios únicamente podían ser lectores judíos. Sin embargo, la obra alcanzó fama mundial, aunque basándose en la versión «reducida» de 1926, gracias a las traducciones inglesa y francesa, aparecidas respectivamente en 1930 y 1938. Debido a la acción salvadora de Max Brod, el legado de

Kafka logró llegar sano y salvo a Tel Aviv. En 1951 apareció la tercera edición en la editorial Fischer incluyendo la mayoría de los fragmentos descartados. En 1982 se publicó la novela en el ámbito de la «Edición crítica», con un volumen dedicado al texto, sin incluir ya las correcciones más que cuestionables añadidas por Max Brod, y otro volumen conteniendo todas las variantes. Esta edición se ciñó al manuscrito, el cual, conservado actualmente en la Biblioteca Bodleiana de Oxford, consta de seis cuadernos; también se conserva un texto en el denominado «cuaderno de un artista del hambre», así como dos páginas sueltas con pasajes rechazados por Kafka actualmente en posesión privada.

Planteamientos exegéticos de *El castillo*

Según las palabras de Ángel Flores, todo el que ha leído a Kafka, por no mencionar a muchos de los que no lo han hecho, parecen no tener la más ligera duda de que le entienden perfectamente y, además, de que son los únicos que le entienden. Esta peculiaridad ha disparado las teorías exegéticas de la novela *El castillo*. Aquí nos conformaremos con mencionar algunas de ellas, sobre todo teniendo en cuenta que, si bien la mayoría de estos esfuerzos aclaratorios intentan someter la novela a un solo principio interpretativo, suelen contener elementos que, ciertamente, aunque no sean del gusto del lector, aportan ideas que contribuyen a un entendimiento más completo de la obra. Una de las primeras interpretaciones está contenida en el epílogo de Max Brod a su primera edición. En ella el amigo de Kafka subraya el parentesco de la novela con el motivo fáustico; K, según Brod, es un Fausto intencionadamente modesto que no aspira a hacer suyos todos los conocimientos humanos ni a apropiarse de las últimas verdades, sino que solo desea poseer los más primitivos presupuestos existenciales: el arraigo en la sociedad y en la profesión, la pertenencia a una comunidad. De aquí derivan determinados paralelismos entre *El proceso* y *El castillo*. Sin embargo, el pasaje más polémico en la interpretación de Max Brod, que inició un largo debate que llega hasta nuestros días, es el siguiente: «Ese castillo, al que K no logra entrar, al que incomprensiblemente ni siquiera logra aproximarse, es precisamente lo que los teólogos denominan "Gracia", la conducción divina del destino humano (del pueblo), la eficacia de las casualidades, las determinaciones secretas [...]. Con esto se representarían en *El proceso* y *El castillo* las dos formas en que se muestra la divinidad (en el sentido de la Cábala): el Tribunal y la Gracia». Así pues, K, durante su estancia en el pueblo, busca una conexión con la Gracia divina y el castillo representa un poder trascendental que influye sobre los hombres; al pretender su admisión en él, K intenta obtener la gracia o la salvación. En la correspondencia entre Max Brod y Hans-Joachim Schoeps se encuentran unas notas del segundo sobre su encuentro en Marienbad el 12 de agosto de 1929 en el que Max Brod le contestó a algunas preguntas relativas a Kafka y su obra. Entre otros aspectos, podemos destacar los siguientes pasajes como claves importantes para la interpretación de *El castillo*:

—«Kafka tiene algo de quijotesco (¡leer a Unamuno!). Sus personajes luchan por fines inalcanzables con medios deficientes y lo saben».

—«La interpretación especial y personal de *El cas-*

tillo es que K simboliza al judío apátrida que aspira a integrarse en el pueblo.»

—«El episodio de Sortini, que el Cielo reclama del hombre algo inmoral, supone una expresión más intensa de la paradoja de lo eterno que el Abraham de Kierkegaard.»

—«Las mujeres son tan importantes para K porque tienen la posibilidad de concebir hijos. A través de las mujeres, K intenta integrarse, tener hijos, arraigarse.»

—«La obra de Kafka es metafísica.»

En estos puntos, mencionados por Max Brod, encontramos ya las ramificaciones esenciales de las interpretaciones de la novela y los campos en que se van a producir las principales discusiones. El problema de la trascendencia metafísica de la novela de Kafka dividirá a los intérpretes en dos bandos, uno teológico y otro secularizador; un debate implícito en este tratará de dilucidar si la obra se puede definir como una alegoría, si tiene un carácter simbólico o pertenece al género expresionista. Determinados intérpretes se concentrarán en la vertiente filosófica de Kierkegaard y Nietzsche, otros en la teológica: en el judaísmo, la cábala o el gnosticismo. Una vertiente sociopolítica encontrará en K la figura del emigrante o del inadaptado, analizando las repercusiones que tiene su aparición en una comunidad. A continuación, iremos desgranando los principios interpretativos y sus principales representantes para proporcionar una idea del intenso debate que ha generado *El castillo*.

Hans-Joachim Schoeps se adhiere a la interpretación de Brod en el aspecto metafísico y sitúa a Kafka entre los «homini religiosi» como Pascal y Kierkegaard, representantes de lo que se podría denominar una religiosidad desesperada. Según Schoeps, en la novela *El castillo*, K, como símbolo de la humanidad, intenta asaltar el Cielo guiado por la desesperación sobre su Dios y el sentimiento de abandono. El Cielo, sin embargo, permanece cerrado; no obstante, el hombre se mantiene firme en su idea de que la palabra celestial es la verdad salvadora. Kafka no puede superar la desesperanza, como, en las huellas de Nietzsche, hicieron después de él Heidegger y Jünger, y apagar los sentimientos de culpa empleando las propias fuerzas y postulando una nueva determinación para el ser del hombre. El escritor checo insistió en reclamar su derecho frente a un Cielo cerrado. En realidad, según Schoeps, no recibió ninguna respuesta porque la pregunta estaba mal planteada. Aunque coinciden en el aspecto metafísico, Brod y Schoeps difieren en la importancia del sionismo y del judaísmo en Kafka. En cierto modo, Schoeps intenta «cristianizar» a Kafka, mientras Brod promueve una «judaización» de su pensamiento.

Las interpretaciones de Brod y de Schoeps abrieron la puerta a los métodos alegóricos o metódicos, como el de K. Weinberg, quien afirma que el héroe de Kafka busca las verdades de lo eterno que se ocultan tras los velos de lo transitorio, descubriendo paralelismos con distintos motivos del cristianismo y del judaísmo. Entre los oponentes a estas interpretaciones metafísicas se encuentran Walter Benjamin y Scholem. Para Walter Benjamin, el mundo de Kafka es el mundo de los registros y oficinas, el mundo de los funcionarios, que representa para Kafka el mundo patriarcal; ambos mundos son idénticos y descansan en las mismas legitimaciones del poder. Según Benjamin, hay dos caminos para fracasar en la interpretación de Kafka, una es la interpretación natural y otra la sobrenatural, la primera es la psicoanalítica y la segunda la teológica, la primera está representada por Hellmuth Kaiser, la segunda por H. J. Schoeps. Esta interpretación de Benjamin nos lleva a vincular la obra de Kafka con la de Max Weber y su análisis de la burocracia moderna. Este vínculo surgió con fuerza a mediados de los años 50 del siglo XX, cuando en la sociología americana se comenzó a hablar de un género burocrático o administrativo en el que se han incluido obras como *Los empleados* de Balzac o *El inspector* de Gógol. *El castillo*, según esta corriente, pertenece claramente al género literario burocrático. Y, efectivamente, la obra de Max Weber nos puede ayudar a iluminar distintos aspectos del papel que desempeña la burocracia en la obra de Kafka. Para el sociólogo alemán, la racionalización libera al ser humano de sus miedos y de sus necesidades materiales, pero le conduce inevitablemente a un vacío de sentido, le encierra en la jaula de hierro de un mundo completamente burocratizado u organizado. El proceso de racionalización, esto es, la burocratización del mundo, desemboca en el sentimiento de que el individuo ha perdido influencia sobre su propio destino. Al mismo tiempo la naturaleza expansiva de la burocratización delata la desaparición de estructuras culturales homogéneas, de una autoridad tradicional que no necesitaba de una exteriorización coercitiva para mantener el orden. En este ámbito, también cobra importancia la novela de Tolstói *Resurrección*, que Kafka leyó durante su residencia en Zürau, probablemente en el año 1917. Según Max Brod, Kafka habló con él sobre la novela del escritor ruso y dijo: «No se puede escribir la salvación, solo vivirla». En *Resurrección* Tolstói refleja el espíritu de la burocracia rusa y sus efectos en el individuo. Aquí nos atrevemos a afirmar que Max Weber describió el fenómeno burocrático desde una perspectiva teórica y Tolstói y Kafka, con el mismo espíritu, desde una perspectiva literaria. Ante todo Kafka y Weber parten de la misma consideración: la posición del individuo en un mundo desencantado. El hombre occidental del siglo XX había recorrido el camino desde un mundo de dioses, demonios y mitos hasta un mundo moderno, racionalizado, «alejado de Dios y sin profetas». Por primera vez el ser humano se enfrentaba a la posibilidad, desaparecidos los poderes enigmáticos e imprevisibles, de dominar todas las cosas y todos los procesos mediante el cálculo racional. Para reflejar el espíritu burocrático Max Weber trazó un famoso modelo ideal o una ficción que ayudase a comprender la esencia del fenómeno. Y esta esencia se capta a través del lenguaje especializado mecanicista, pues para Weber la burocracia es un instrumento de precisión superior a todas las demás formas de organización, ya que posee una superioridad técnica. Recordemos aquí una posible elaboración literaria de una tesis similar en el relato de Kafka *En la colonia penitenciaria*. Así, la burocracia, en su forma ideal, se debe caracterizar, según Weber, por la rapidez, la claridad, la continuidad, la discreción y la unidad; el burócrata, por su especialización, su disciplina, su impersonalidad, teniendo que realizar su actividad *sine ira et studio*, sin pasión, sin odio, en suma, el burócrata tiene que funcionar. Resulta asombroso que el texto de Max Weber también se pueda leer como una antiutopía con tonos apocalípticos. Tampoco es ninguna casualidad que el periodo de redacción de *El castillo* coincidiese con la primera edición de *Economía y sociedad*; Axel Dornemann, en su libro *En el laberinto de la burocracia*, llama la atención con razón sobre el carácter sinóptico de las obras de Tolstói, Weber y Kafka.

Quizá la interpretación más denostada en la actualidad sea la freudiana. La atmósfera onírica en la obra de Kafka fomentó muy temprano la aplicación de métodos psicoanalíticos, probablemente sin tener en cuenta que esa atmósfera en la novela no es tanto el reflejo de ensoñaciones poéticas o fruto de complejos, como un método que se puede situar en la tradición literaria de Quevedo y de Swedenborg. Sin embargo, en la novela se ha identificado el castillo con el «superyó» o a Frieda con el «anima». Al margen de estos lugares comunes del psicoanálisis, ciencia por la que Kafka no sentía mucho respeto, las interpretaciones freudianas se concentran en la importancia de la sexualidad no solo en la vida de Kafka, sino en la sociedad de su tiempo. Y es cierto que en aquella época se produjo un intenso debate acerca de la sexualidad que el escritor praguense conoció y siguió con interés. Me refiero a las teorías de «pensadores malditos» como Otto Gross u Otto Weininger que hacían hincapié en que la patología de la sociedad patriarcal, de la que evidentemente se ocupa Kafka en su obra, era una patología sexual. En concreto, Otto Gross emprendió un duro ataque contra la estructura familiar monógama, patriarcal y heterosexual basada en la opresión de la mujer, pues para cambiar las estructuras de dominio había que romper con la perpetuación de la violencia del hombre sobre la mujer en la forma del matrimonio. Esta violencia implícita en la sociedad era resultado del miedo al matriarcado. El Estado, la Administración, el «superyó», el poder familiar del padre, todo pertenecía al mismo sistema de dominio masculino que exigía actitudes de sometimiento.

Otro de los aspectos que han favorecido las interpretaciones psicoanalíticas es que *El castillo* se considera una novela extremadamente autobiográfica, fruto de una crisis sentimental: la relación con la periodista checa Milena Jesenská, una mujer apasionada y vital, un «fuego viviente», como la definió Kafka, que trajo nuevas esperanzas y perturbaciones a su existencia. Sin embargo, Kafka, debido a su enfermedad, sabía que era demasiado tarde para un amor así. La conoció a finales de 1919 y ella manifestó su deseo de traducir sus obras al checo. A pesar de su matrimonio con Ernst Polak, mantuvo una relación intensa con Kafka. A las complejas relaciones sentimentales con las mujeres, en el escritor checo se añadió la problemática relación con el padre que, según varios intérpretes, se proyectaba en el mundo de la administración, posible símbolo, como hemos mencionado, de las relaciones de dominio patriarcales.

Frente a las interpretaciones sistemáticas como las comentadas, se han postulado otras más eclécticas que varían en su valor según la originalidad y talento del intérprete. Aquí me gustaría comentar la de Günther Anders en su célebre opúsculo *Sobre Kafka, pro y contra*, pues plantea una paleta de motivos que arrojan nueva luz sobre la obra y su trascendencia. Según Anders, Kafka no es ningún simbolista ni un mitólogo, sino un fabulador realista. Quizá sus relatos y novelas causen semejante confusión porque suspende el *cogito ergo sum* cartesiano. El más allá de Kafka es «este mundo», ser aceptado por el mundo es «ser»; según esta fórmula, el argumento de *El castillo* sería el siguiente: «Un hombre, K, al parecer ha sido contratado en el pueblo de un castillo, y una noche llega a ese pueblo. Quiere ser aceptado, pero los que le han contratado no saben nada de su contratación, entonces no es aceptado, aunque tampoco se le expulsa. El resto de su vida —el resto del contenido del libro— consiste exclusivamente en los intentos y esfuerzos repetidos hasta la saciedad para ser aceptado, esto es, su vida entera es un nacimiento continuado, un "venir al mundo" sin fin». K está en realidad fuera del mundo, no vive, no pertenece al mundo, K es un Don Quijote; esto lleva a Anders a afirmar que K y el *Michael Kohlhaas* de Kleist son los dos únicos intentos exitosos de representar a un Quijote moderno; en el caso de Kleist a través de la discrepancia entre «dos mundos» en un sentido kantiano: el mundo moral y el empírico. Kafka, sin embargo, vuelve a plasmar la tensión entre el hombre y el mundo, entre sujeto y objeto, manifestando la inadaptación del primero. Este hecho conduce a una paralización del tiempo, pues quien no vive en el mundo no conoce convenciones, solo decretos, de ahí las similitudes del héroe K con la figura del emigrante. En efecto, K ve el mundo desde fuera, todas las costumbres le parecen prejuicios, suprimiéndose la diferencia entre el acontecimiento objetivo y el juicio subjetivo, entre el ser y el deber ser. En la novela, por tanto, no hay ningún desarrollo, ningún progreso, no se plantea el tema de la libertad, sino el de la pertenencia total a la comunidad, concebida como una salvación. Anders, sin embargo, no responde a la pregunta de por qué K intenta pertenecer a una comunidad que vive desconectada de toda trascendencia con un contenido ético.

Certeramente observa Anders, en cambio, que los personajes en *El castillo*, como los de *El proceso* y los de muchos de sus relatos, son abstracciones, funciones o marionetas, la profesión es aquí una *vocatio* y absorbe por completo al individuo; a esta identificación moral con la profesión la denomina «platonismo burocrático». A esto se podría añadir que el lenguaje de los personajes es homogéneo, todos hablan igual, cualquiera que sea su procedencia o clase social. El individuo se somete plenamente a la jerarquía profesional y su valor en la comunidad depende de ella sin que apenas se produzca movilidad. La familia de Barnabás, al intentar «aspirar a más», se ve consecuentemente discriminada.

Günther Anders, al analizar la obra de Kafka, llega a la conclusión de que el autor era ateo y se avergonzaba de su ateísmo, no tenía valor para enfrentarse a él, de ahí su interés por doctrinas escatológicas; en su caso se trata de una «religiosidad sin religión», una combinación de agnosticismo y ritualismo. Todo lo que Kafka escribió surgió de la idea proclamada por Nietzsche de que «Dios ha muerto», aunque se constatan contactos inconscientes con el gnosticismo de Marción. No solo Anders, también Walter Benjamin llamó la atención sobre estos puntos en común con el gnosticismo; Max Brod, sin embargo, nos trasmite una conversación con Kafka que parece desmentirlo: «Me acuerdo de una conversación con Kafka que trataba de la actual Europa y de la decadencia de la humanidad. "Nosotros somos —dijo él— pensamientos nihilistas, pensamientos suicidas que surgen en la mente de Dios." Eso me recordó al principio a la visión gnóstica del mundo: Dios como el perverso demiurgo, el mundo como pecado. "Oh, no —dijo él—, nuestro mundo solo es producto del mal humor de Dios, de un mal día." Entonces, ¿habría esperanza fuera del mundo aparente que conocemos? Él sonrió: "Oh, la suficiente esperanza, una esperanza infinita, solo que no para nosotros". No obstante, sí es cierto que en la obra de Kafka se perciben ciertos rasgos gnósticos y otros paralelismos con doctrinas maniqueas. Curiosamente, Marción fue excomulgado por su propio padre debido a una doctrina incompatible con la fe cristiana: todo lo ocurrido en el Antiguo Testamento, desde Adán hasta Cristo, afirmaba Marción, no es más que un repugnante drama escenificado por un Dios que ha creado el peor mundo posible y que no es mejor que su despreciable creación. Cristo no es el hijo de ese dios, sino de un Dios bueno desconocido para los hombres. Para Günther Anders, en *El castillo* se produce una identificación entre poder y moral, K, sin embargo, tiene la capacidad y la posibilidad de reconocer la maldad del mal. En este sentido, Kafka no fue ningún teólogo judío, sino un teólogo cristianizante de la existencia judía.

La sugerente interpretación de Günther Anders nos lleva a tratar el tema de la cuestión judía en Kafka, ante todo porque al agrimensor K, al héroe de su novela, se le ha identificado, con bastante unanimidad, con el judío errante o con la situación del judío que llega a una comunidad y desea integrarse. Sobre la valoración de este tema reina cierta discordia. Hay algunos sectores que llegan a atribuir a Kafka un talante antisemita o un complejo antijudío como el descrito por Theodor Lessing en su obra *Jüdischer Selbsthass* y que ha estado más difundido de lo que se cree. En efecto, el concepto *antisemitismo judío* fue acuñado en 1897 en conexión con el panfleto de Rathenau *¡Escucha, Israel!*, y hay varios intelectuales de origen judío que se han asociado con este «sentimiento», entre otros Paul Rée, Arthur Schnitzler u Otto Weininger. En cambio, para otros intérpretes, como Charles Neider, el dilema de Kafka reside en que pretendió ser «rabino y doctor, talmudista y científico escéptico en uno». Para comprender la situación de Kafka como escritor y, en cierta medida, filósofo, hay que aclarar su posición en la historia del pensamiento judío y los problemas a los que este se ha enfrentado.

Si la fe en la Creación, en la realidad del milagro bíblico, en la Revelación en el Sinaí y en la absoluta inalterabilidad de la Ley constituyen el fundamento de la tradición judía, la ilustración que se produjo en el pensamiento judío en la Europa occidental sepultó esa tradición. La ilustración radical, por ejemplo la emprendida por Spinoza y culminada por Freud, ejecutó esa acción con completa conciencia de causa. Se logró que no pudiese haber ningún compromiso entre ortodoxia e ilustración, ninguna síntesis. En los judíos europeos se produjo una interiorización de conceptos como *milagro*, *revelación* o *creación* que perdieron su significado tradicional y su trascendencia religiosa. Si Dios no había creado el mundo, entonces se tenía que negar la creación, al menos se tenía que evitar hablar de ella. No obstante, seguía existiendo una necesidad natural de verdad, produciéndose una disociación entre la verdad religiosa y la científica. Para poder negar la ortodoxia no quedaba otro camino que demostrar que el mundo y la vida eran posibles sin Dios, esto es, que el ser humano podía convertirse en el señor del mundo y de su vida, tanto en la teoría como en la práctica. La situación en la época de Kafka era desesperada para un judío que no podía ser ortodoxo y tampoco podía otorgar seriedad por mucho tiempo, por más que las considerase honrosas, a las soluciones a la «cuestión judía» propugnadas por el ateísmo o por el sionismo. Kafka perteneció a los intelectuales influidos por la corriente ilustrada de un Mendelssohn que, sin romper con el judaísmo, vivían en un mundo secularizado, preguntándose como él: «Una ley dada por Dios —esto es, una ley perfecta— basta necesariamente para conducir la vida en su camino verdadero, pero entonces ¿qué sentido tiene filosofar? ¿Acaso no pierde esa actividad su seriedad? ¿Qué puede emprender el judío con los libros de Platón y Aristóteles?». Este dilema forma parte de la historia de la filosofía judía. En sus orígenes se estableció que la finalidad de la Ley es proclamar al hombre la bendición, pero como la bendición consiste en el conocimiento de Dios, la finalidad de la filosofía es idéntica a la finalidad de la Ley, lo cual quiere decir que no filosofar supone alejarse de Dios. La Ley necesita de la interpretación, ejercerla es un deber. Para Maimónides, la Ley proclama que se crea en las verdades más importantes, la fe es perfecta cuando el ser humano ha comprobado que lo contrario de lo creído es imposible. Así pues, la Ley proclama que se comprendan y se demuestren las verdades que ella establece. Este impulso filosófico, esta búsqueda incesante de la verdad que caracterizó a Kafka, se apoya claramente en el imperativo filosófico promulgado por Maimónides, también el agrimensor K se ve guiado por esa sed de conocimiento.

En la época de Kafka coincidían varios movimientos judíos con ideas completamente opuestas del destino del pueblo judío y de su papel en el mundo. Una de las figuras más destacadas en vida de Kafka fue Martin Buber, que se oponía al agnosticismo religioso e intelectual del sionismo político de Theodor Herzl. Buber prefería un sionismo espiritual y propugnaba la reconstrucción de una identidad cultural judía. Se trataba de un vitalismo o romanticismo judío bajo la influencia nietzscheana. El centro de este movimiento se halló en Praga. Su tesis era que el judío occidental ya no poseía ninguna fuerza productiva y su rendimiento cultural solo podía ser parasitario, pues sus temas provenían de una tradición literaria completamente ajena. Un renacimiento judío solo podía surgir apartándose de la cultura estéril del rabinismo y de la cultura parasitaria de la asimilación. La influencia de Buber alcanzó su cenit en la juventud praguense entre 1907 y 1913. Su movimiento era antiliberal y antisocialista, dirigiéndose especialmente contra el liberalismo de la burguesía judía como mecanismo de integración. Además, Buber creía en el judaísmo como comunidad de sangre, como unidad de la sustancia vital, anhelando una unidad como la descrita por Kafka en su relato *La construcción de la muralla china*. Kafka asistió con toda seguridad a las conferencias de Buber acompañado por Max Brod, quien se sintió atraído en ciertos aspectos por ese movimiento que propugnaba una «revolución demiúrgica» y la «transvaloración de todos los valores de la vida judía». Kafka, sin embargo, mostró su rechazo y lo consideró una forma de mesianismo con raíces en el nacionalismo y el antisemitismo alemanes. Kafka se sentía un escritor aislado y precisamente por ese aislamiento se sentía culpable ante el tribunal de la comunidad. Finalmente, el escritor checo se consideró un representante de la época del judaísmo occidental, tan denostado por Buber, y asumió su posición solitaria, entendiendo su actividad de escritor como una tarea autodestructiva para mostrar toda la negatividad de su época. El judío occidental era el hombre sin raíces, sin tradición y sin memoria colectiva, condenado a llevar el mundo sobre sus hombros; así se sentía Kafka y ese es el bagaje que impulsa a K a buscar una integración imposible en el pueblo del castillo. El 25 de diciembre de 1917 Kafka escribió a Max Brod comentando su ruptura con Felice: «Lo que tengo que hacer solo lo puedo hacer yo. Aclarar las postrimerías. El judío occidental no tiene claridad a ese respecto y por lo tanto no tiene ningún derecho a contraer matrimonio. Aquí no hay matrimonios». Como ha destacado Giuliano Baioni, después de tomar esta decisión, la de dirigir la literatura contra la vida, ya no había ningún placer o éxtasis de la escritura, cualquier compromiso con la vida en el mundo era imposible, todo vitalismo quedaba prohibido, todo idealismo era una pose diletante, toda esperanza de escapar de la crisis integrándose en la comunidad resultaba ilusoria. De este sentimiento surgió la novela *El castillo*.

Entre las interpretaciones existencialistas de la obra destaca la de Albert Camus, basada en el análisis de las categorías kafkianas de la esperanza y de lo absurdo. Como peculiaridad en el mundo literario de Kafka, Camus destaca el continuo oscilar entre lo natural y lo extraordinario, entre el individuo y lo general, entre lo trágico y lo cotidiano, entre lo absurdo y lo lógico. En Kafka hay dos mundos: por una parte, el mundo de la vida cotidiana; por otra, el mundo del desasosiego sobrenatural. En *El castillo* el escritor checo habría intentado representar lo absurdo de la disociación cuerpo-alma, y esto solo le era posible mediante una operación que reflejase paralelismos entre los distintos antagonismos. Así, Kafka expresa lo trágico a través de lo cotidiano, lo absurdo a través de lo lógico. En *El castillo* se retrata la aventura existencial de un alma que se encuentra a la busca de la Gracia. Pero el universo sin salida que describe Kafka suministra una extraña esperanza. En este sentido, *El proceso* y *El castillo* no coinciden, más bien se complementan. *El proceso* fija un problema que *El castillo* en cierto modo resuelve. *El proceso* diagnostica, *El castillo* inventa una terapia, pero esta terapia solo prescribe el regreso a la enfermedad, ayuda a resignarse con ella. En *El castillo* encontramos, en definitiva, la melancolía de Kafka, la misma, por lo demás, que encontramos en la obra de Proust o en Plotino, que no es más que el anhelo del paraíso perdido. Así pues, *El castillo* trata un tema habitual en la filosofía existencial: la verdad en contraposición a la moral, pues el camino que recorre el héroe de Kafka, el camino de Frieda a las hermanas de Barnabás, es el camino del amor dedicado a la deificación de lo absurdo. En este aspecto, Kafka sigue a Kierkegaard. El último esfuerzo del agrimensor consiste en el intento de encontrar a Dios a través de aquello que lo niega, no reconocerle mediante nuestras categorías de la bondad y la belleza, sino detrás de los rostros vacíos y feos de su indiferencia, de su injusticia y de su odio. El problema radica entonces en la esperanza. Según Kierkegaard, hay que matar la esperanza terrenal, entonces es posible la salvación en la esperanza verdadera, lo que también se podría traducir del modo siguiente: «hay que haber escrito *El proceso* para poder comenzar *El castillo*». Camus concluye diciendo que Kafka abraza al Dios que le devora.

Otros intérpretes no han seguido ni el camino metafísico ni el existencialista, sino que han intentado realizar un acercamiento secularizado, más sobrio, casi sociológico, a la obra. Este es el caso de Erich Heller, quien en *El castillo* encuentra paralelismos con el mito de la caverna platónico. Recordemos las palabras de Kafka, que, efectivamente, fue un lector atento de la obra de Platón: «Todo es fantasía, la familia, la oficina, los amigos; la calle, todo fantasía, lejana o cercana, la mujer; la verdad más próxima, sin embargo, es que presionas la cabeza contra la pared de una celda sin ventanas y sin puerta». Según Heller, las novelas de Kafka se desarrollan en la infinitud, se evaden de todos los intentos exegéticos, pues Kafka es el escritor menos «problemático» entre los escritores modernos. Nunca piensa en abstracciones discutibles o refutables, su pensamiento es un movimiento reflejo de su ser, por más que opere alejado del *cogito ergo sum* cartesiano. Las interpretaciones erróneas de Kafka, como la de Max Brod o Edwin Muir, delatan la profunda confusión religiosa de la época. La novela *El castillo* no es una alegoría religiosa ni nada parecido, es la estación final del alma y del espíritu, un *nos plus ultra* de la existencia. En *El castillo* no hay ninguna clave que aporte sustancia a una alegoría, aunque puede despertar esa impresión porque escapa al concepto de realidad de nuestra época positivista. Hay un castillo que simboliza lo que simbolizan todos los castillos: poder y autoridad, una jerarquía, una burocracia que se ahoga en formularios, todo esto es un mundo conocido pero organizado por una inteligencia creadora que sabe que es un mundo condenado. La obra de Kafka supone la abdicación de los hombres filosóficos, y el espíritu de Kafka es el del hombre moderno, autosuficiente, inteligente, escéptico, irónico, pero un espíritu que se ve fatalmente atraído por el alma de Abraham. En este sentido, *El castillo* es una novela simbólica. La verdad y la ilusión se hallan de tal manera mezcladas en la fe de K que queda privado de todo orden de la realidad, tornándose la ilusión en verdad y la verdad en ilusión. Este es el destino de un hombre poseído de un hambre insaciable de certeza trascendental y que vive en un mundo privado de toda espiritualidad. K se encuentra en un círculo vicioso, no puede aceptar al pueblo sin haber adquirido una certeza absoluta y no puede encontrar ninguna certeza sin haber aceptado antes el mundo. Paradójicamente, y debido a su fanática obediencia, K se convierte en el auténtico alborotador.

Desde una perspectiva filosófica, dice Heller, Kafka supone la inversión del idealismo alemán. Si Hegel cree que la verdad y la existencia se unen en lo absoluto, para Kafka precisamente se separan en lo absoluto: verdad y existencia se excluyen mutuamente. El héroe de Kafka es el hombre que cree en la libertad absoluta, pero no puede tener ningún concepto de ella porque vive en un mundo de absoluta esclavitud, por esta razón no tiene esperanzas en una salvación o en ser iluminado por la gracia divina, sino en ejercitar su derecho o en llegar a un acuerdo con el poder. El castillo en la novela, afirma Heller, no representa ni la Providencia ni el Cielo. Para K es un enemigo demasiado poderoso que tiene que superar para hacer realidad sus deseos. En cierta medida, aquí se podría encontrar una correspondencia entre la estructura espiritual del castillo kafkiano y los sistemas maniqueos, pero probablemente desconocida para Kafka.

Influencias literarias y filosóficas

Modelos literarios

Desde que Bert Nagel analizó las fuentes literarias y filosóficas de las que manaba la inspiración de Kafka, la investigación no ha cesado de abrir nuevas vías que aclaren los motivos empleados en su obra. Si al principio se trataba de liberar a Kafka de su aislamiento histórico, ahora se levanta una tupida selva de asociaciones literarias y filosóficas que pueden llegar a ofuscar la lectura de su obra. En concreto, en *El castillo* se han destacado afinidades con los juegos lingüísticos de los sofistas; Borges creyó encontrar paralelismos con las paradojas de Zenón. Asimismo, se ha especulado con la influencia de la tragedia griega y las formas de argumentación rabínicas. Cierto es que en Kafka se da una peculiar deformación de motivos clásicos, su obra surge de una densa red literaria que abarca toda la historia de la literatura y encierra un diálogo con las principales corrientes filosóficas de su tiempo.

Entre las obras que han podido influir directamente en *El castillo*, Max Brod ha mencionado la novela *Babička (La abuela)* de la escritora checa Božena Němcová. En el argumento de esta novela, los habitantes de un pueblo no tienen ningún acceso a la princesa del castillo; además, en el pueblo se habla checo, mientras que en el castillo se habla alemán. Entre la princesa, casi siempre ausente por sus viajes, y su pueblo, se interpone una oscura e impenetrable casta militar y burocrática corrupta e hipócrita. Solo la protagonista principal, una mujer mayor y abuela, logra romper ese muro y acceder a la princesa, logrando finalmente justicia para los perseguidos. Otras obras de las que se tiene constancia que han podido influir de alguna manera en *El castillo* han sido el *Michael Kohlhaas* de Kleist y los *Misterios* de Knut Hamsun. En una vertiente teológica, la lectura kafkiana del Libro de Job ha dejado profundas huellas en sus escritos. En el texto bíblico el sometimiento a la Ley judía presupone la justicia incondicional de Dios. El problema de Job, tal y como lo plantea Kafka, supone el conocimiento de que la voz de Dios no responde a la voz del individuo, el hombre se halla abandonado a su destino, se ha desconectado el sufrimiento de la culpa y de la justicia.

En la atmósfera de la novela *El castillo* se han descubierto rasgos pertenecientes al género gótico, fantástico o de terror. Como ha destacado Michael Müller, los castillos en los que reside un poder sobrenatural se encuentran con frecuencia en la literatura de los siglos XVIII y XIX, sobre todo en el género fantástico. Gran fama adquirieron en este ámbito novelas como *El castillo de Otranto* de Horace Walpole, *Los elixires del diablo* de Hoffmann o el *Drácula* de Bram Stoker, en las que la arquitectura transmite el sentimiento de lo siniestro. Aquí hay que destacar, sin embargo, que en esos castillos y palacios no reside el bien o poderes benéficos, sino que suelen residir poderes maléficos u hostiles y el acceso a ellos se justifica con la intención de destruirlos. En la novela de Kafka, el castillo ejerce una extraña fascinación en el protagonista, asemejándose a un espejismo que refleja el mundo del observador.

De la naturaleza del castillo depende, en cierto modo, la identidad de K, si es un aventurero, un héroe, un estafador o un comediante.

Hay dos novelas de las que se sabe con bastante certeza que pudieron influir intensamente en Kafka. Una de ellas es la novela ya mencionada de Tolstói *Resurrección*, la otra, de la que nos ocuparemos brevemente a continuación, es *La otra parte* (1909), de Kubin, quien conoció personalmente a Kafka en 1911. Las dos novelas comparten la atmósfera y la forma de representar la realidad, pero también se dan otros paralelismos interesantes. En la novela de Kubin, el narrador (está escrita en primera persona) llega a su lugar de destino después de un largo viaje y duerme en una posada. Para poder entrar en el palacio necesita solicitar una audiencia. Por mucho que se afana, el protagonista no logra visitar al señor del palacio, y la ciudad depende del palacio como, en la novela de Kafka, el pueblo del castillo. Del mismo modo, el aparato burocrático en conjunto permanece incomprensible y desconcertante, mientras que el narrador en *La otra parte* y K se esfuerzan por clarificar su situación. Tanto en *El castillo* como en *La otra parte* las relaciones entre gobernantes y gobernados se ve determinada por la distancia y la obediencia. Otro rasgo común es que la atmósfera en la ciudad onírica de Kubin, como la actitud de sus habitantes, es producto de una crisis cultural y técnica que también se puede proyectar a la gestación intelectual de *El castillo*. Pero asimismo habría que mencionar que Kubin y Kafka compartieron algunos rasgos biográficos y psicológicos: los dos escribieron con una relación problemática con el padre de trasfondo, sus obras surgieron como un acto de liberación, y en los dos se puede constatar una ambivalente actitud frente al poder dominada por el rechazo y la fascinación.

Entre los grandes clásicos de la literatura universal se ha mencionado el *Quijote* como modelo literario de Kafka. No se puede negar que en K encontramos algunos rasgos quijotescos y que Kafka gustaba de distorsionar motivos de la novela de Cervantes. Uno de sus aforismos, con una clara asociación con la novela *El castillo*, así lo testimonia: «Don Quijote tenía que emigrar, toda España se reía de él, allí se había convertido en algo imposible. Viajó por el sur de Francia...». También es posible trazar un paralelismo entre el viaje de Don Quijote y el camino que tiene que emprender Abraham: las dos son acciones que ponen a prueba la fe en un mundo desencantado.

Otro de los grandes clásicos que pudo influir en la génesis de *El castillo* es la *Divina Comedia* de Dante, como afirmó Max Brod. Aparte de los paralelismos ya aducidos por el amigo de Kafka, Donald Pearce añade que si la *Comedia* es un tratado filosófico y teológico, *El castillo* es un libro casuístico, una moderna «psicomaquia». El sendero que conduce desde el *Infierno* al *Purgatorio* atraviesa un mundo racional y consciente en el que las dificultades que se tienen que superar son morales, esto es, tentaciones; así, Dante puede proporcionar un guía (Virgilio como símbolo de la razón) en el peregrinaje, ya que el mundo que se atraviesa está enteramente sujeto a la necesidad lógica. No obstante, el sendero de K conduce por un mundo irracional e inconsciente donde las dificultades que tiene que superar no son éticas, sino estéticas. También se podría hablar de cierta identidad entre Frieda y Beatrice, ambas podrían ser sustitutos de la Revelación.

Influencias filosóficas

En los análisis filosóficos de la novela *El castillo* siempre surgen dos nombres señeros de la historia de la filosofía: Nietzsche y Kierkegaard. Klaus-Peter Philippi, en su estudio sobre la novela *El castillo*, ha afirmado la extraordinaria proximidad de imágenes y pasajes entre los escritos de Nietzsche, sobre todo de *La genealogía de la moral*, y algunos pasajes de la novela. Patrick Bridgwater, en su obra *Kafka y Nietzsche*, ha interpretado la obra de Kafka como un mosaico de aforismos nietzscheanos, lo que sin duda llega demasiado lejos. Cierto es que Kafka escribe con unas premisas filosóficas que aceptan la muerte de Dios o el retiro de la divinidad como síntoma de la modernidad. En Kafka esta muerte o ausencia ha dejado un *horror vacui* y una peligrosa identificación entre poder y moral. De aquí provienen también las conexiones de Kafka con un darwinismo popularizado y su definición de la vida como «lucha» o como «verdad». En la novela *El castillo* se lleva a cabo una microfísica del poder y se reducen las relaciones en el pueblo a meras relaciones de poder, quedando determinada la convivencia por la diferencia existencial entre amigo y enemigo, señor y súbdito. Recordemos en este ámbito la predilección de Kafka por las batallas y los libros bélicos, su inclinación a emplear la imagen de la lucha para describir la existencia y el empleo asimismo en muchos pasajes de una terminología militar. Kafka se veía atraído, como Nietzsche, por los elementos del poder y de la impotencia, así como por el problema de una verdad secularizada que depende del poder o se torna laberíntica como el camino que conduce hacia el castillo. No obstante, sigue siendo objeto de discusión si Kafka con su obra se resiste al nihilismo o se somete a él. Otros rasgos filosóficos en la obra kafkiana se pueden atribuir más a Schopenhauer que a Nietzsche, como se puede deducir de uno de los aforismos de Kafka: «El hombre está condenado a vivir y no a morir». Kafka parece sumarse al principio de la palingenesia de Schopenhauer, según el cual la voluntad de vivir es indestructible y sobrevive al individuo.

En lo que concierne a Kierkegaard, Kafka conoció su obra y sobre todo sintió atracción por sus *Diarios*. La influencia del filósofo danés se extiende a varios campos; entre ellos podemos destacar el diagnóstico del espíritu del tiempo, la crisis de la conciencia moderna y la suspensión teleológica de lo ético. La obra de Kierkegaard le sirvió más para confirmar sus propias percepciones que para desarrollar un pensamiento sistemático. Su acercamiento, por tanto, también poseyó un fuerte componente crítico. En 1917 Kafka escribió a su amigo Oskar Baum: «Kierkegaard es una estrella, pero de una dimensión para mí inalcanzable...». Sin embargo, después de la lectura de libros como *Temor y temblor* y *La repetición*, Kafka plantea claros reproches como, por ejemplo, que Kierkegaard no veía al hombre común y ponía como modelo a un Abraham gigantesco e inalcanzable. Se puede decir que en Kafka no existe la fe de Kierkegaard, lo que les une es el poder de la angustia existencial, conectada con el sentimiento de culpa. Kafka se resiste al *credo quia absurdum est* kierkegaardiano e intensifica la metáfora del laberinto y del trabajo de Sísifo. En concreto, en *El castillo* se ha trazado un paralelismo entre el episodio de Amalia y la historia de

Abraham en el libro de Kierkegaard *Temor y temblor*. No obstante, también se han indicado coincidencias con los Pensamientos de Pascal, en los que se refleja el sentimiento de un desvalimiento metafísico. Kafka, al contrario que Pascal y Kierkegaard, no acepta el papel mediador de Cristo, sus personajes principales siempre son víctimas y no conocen la salvación.

Según Max Brod, Kafka sintió una especial atracción por el libro de Kierkegaard *Temor y temblor*. También Brod se sintió atraído por el filósofo danés, en concreto en su obra *Paganismo, cristianismo y judaísmo* de 1921 intentó reelaborar la categoría kierkegaardiana de lo absurdo para desarrollar una doctrina judía de la gracia divina que se fundase en la coincidencia de la ética y de la estética. En el episodio de Sortini en *El castillo*, Brod cree encontrar un paralelismo con el libro de Kierkegaard, pues parte de que Dios reclama de Abraham incluso un crimen, el sacrificio de su hijo. Esta paradoja conduce a la afirmación de que las categorías morales no se cubren con las religiosas. El núcleo de *El castillo* refleja esa inconmensurabilidad de la acción humana y religiosa. Pero mientras Kierkegaard, en obras posteriores, realza la figura de Cristo y la renuncia a la vida terrenal, el héroe de Kafka insiste con tozudez y hasta la extenuación en conducir su vida conforme a las instrucciones del castillo. Como ha destacado Baioni, los pensamientos de Kierkegaard no le sirvieron, como a Brod, de fundamento teórico para regresar a la seguridad de las tradiciones teológicas del judaísmo; le sirvieron solo como justificación de su papel como escritor aislado que intenta representar la negatividad de una época que era tanto judía como cristiana. De ahí el rechazo kafkiano de la coherencia sistemática del filósofo danés. En 1918 escribe Kafka en sus *Diarios*: «Tiene demasiado espíritu; viaja con su espíritu sobre una alfombra mágica sobre la tierra, también por donde no hay ningún camino. Y no puede averiguar por sí mismo que allí no hay caminos. Por ello, su humilde petición se convierte en tiranía y su fe sincera de "estar en camino", en orgullo». Kafka opone al Abraham kierkegaardiano un Abraham paralizado por el miedo, temeroso de convertirse en un Don Quijote si realiza el sacrificio solicitado por Dios. Sin embargo, se suma al filósofo danés en el rechazo de la existencia «estética» y en la afirmación de un ascetismo intelectual que no renuncia a la lucha.

José Rafael Hernández Arias

EL CASTILLO

1

LA LLEGADA

Cuando K llegó era noche cerrada. El pueblo estaba cubierto por una espesa capa de nieve. Del castillo no se podía ver nada, la niebla y la oscuridad lo rodeaban, ni siquiera el más débil rayo de luz delataba su presencia. K permaneció largo tiempo en el puente de madera que conducía desde la carretera principal al pueblo elevando su mirada hacia un vacío aparente.

Se dedicó a buscar un alojamiento; en la posada aún estaban despiertos, el hostelero no tenía ninguna habitación para alquilar, pero permitió, sorprendido y confuso por el tardío huésped, que K durmiese en la sala sobre un jergón de paja. K se mostró conforme. Algunos campesinos aún estaban sentados delante de sus cervezas pero él no quería conversar con nadie, así que él mismo cogió el jergón del desván y lo situó cerca de la estufa. Hacía calor, los campesinos permanecían en silencio, aún los examinó un rato con los ojos cansados antes de dormirse.

Pero poco después le despertaron. Un hombre joven, vestido como si fuese de la ciudad, con un rostro de actor, ojos estrechos y cejas espesas permanecía a su lado junto al posadero. Los campesinos todavía seguían allí, algunos habían dado la vuelta a sus sillas para ver y escuchar mejor. El joven se disculpó muy amablemente por haber despertado a K, se presentó como el hijo del alcaide del castillo y después dijo:

—Este pueblo es propiedad del castillo, quien vive aquí, o pernocta, vive en cierta manera en el castillo. Nadie puede hacerlo sin autorización del conde. Usted, sin embargo, o no posee esa autorización o al menos no la ha mostrado.

K, que se había incorporado algo, se alisó el pelo, miró desde abajo a la gente que le rodeaba y dijo:

—¿En qué pueblo me he perdido? ¿Acaso hay aquí un castillo?

—Así es —dijo lentamente el joven, mientras aquí y allá se sacudía alguna cabeza sobre K—, el castillo del Conde Westwest.

—¿Y hay que tener una autorización para pernoctar? —preguntó K como si quisiese convencerse de que no había soñado las informaciones aportadas con anterioridad.

—Hay que tener la autorización —fue la respuesta, y K captó un tono de burla cuando el joven preguntó al hostelero y a los huéspedes con el brazo extendido—: ¿O acaso no hay que tener una autorización?

—Entonces tendré que recoger la autorización —dijo K bostezando y se quitó la manta con la intención de levantarse.

—Sí, ¿y quién se la va a dar? —preguntó el joven.

—El señor conde —dijo K—, no me queda otro remedio.

—¿Solicitar ahora, a medianoche, una autorización del conde? —exclamó el joven, retrocediendo un paso.

—¿No es posible? —preguntó K con indiferencia—, entonces ¿por qué me ha despertado?

Pero el joven entró en cólera.

—¡Maneras de vagabundo! —exclamó—. ¡Exijo respeto para la autoridad condal! Precisamente le he despertado para comunicarle que debe abandonar en seguida el condado.

—Basta de comedias —dijo K con un tono llamativamente bajo, volvió a echarse y se cubrió con la manta—. Joven, ha llegado demasiado lejos y mañana volveré a ocuparme de su conducta. El posadero y estos señores serán testigos, en el caso de que necesite testigos. Por ahora conténtese con saber que soy el agrimensor solicitado por el conde. Mis ayudantes vendrán mañana en coche con los aparatos. No quise perderme un paseo por la nieve, pero por desgracia me he desviado algunas veces del camino y por eso he llegado tan tarde. Que era muy tarde para presentarme en el castillo es algo que ya sabía yo mismo antes de su lección. Por esta razón me he conformado con este albergue nocturno que usted, dicho con indulgencia, ha tenido la descortesía de perturbar. Con esto he concluido mis explicaciones. Buenas noches, señores.

Y K se volvió hacia la estufa.

—¿Agrimensor? —oyó aún que preguntaban dubitativamente a sus espaldas, luego se hizo el silencio. Pero el joven se recobró de la sorpresa y le dijo al posadero en un tono lo suficientemente apagado para interpretarse como una actitud de respeto hacia el sueño de K, pero lo suficientemente elevado como para que le fuese comprensible:

—Me informaré por teléfono.

¡Cómo! ¿Hasta un teléfono había en esa posada de pueblo? Estaban perfectamente establecidos. Ese detalle sorprendió a K, aunque en verdad lo había esperado. Resultó que el teléfono estaba situado casi encima de su cabeza, su somnolencia lo había pasado por alto. Pero si el joven quería telefonear no podría impedir, ni con toda su buena voluntad, perturbar el sueño de K. Se trataba de si K debía dejarle llamar, y decidió permitirlo. Pero entonces ya no tenía sentido simular que estaba dormido, así que volvió a ponerse boca arriba. Vio a los campesinos arrimarse tímidamente y hablar entre ellos: la llegada de un agrimensor no era algo baladí. La puerta de la cocina se había abierto, ocupando todo el umbral se encontraba la poderosa figura de la posadera; el posadero se acercó a ella de puntillas para informarla de lo sucedido. Y entonces comenzó la conversación telefónica. El alcaide dormía, pero un subalcaide, uno de los subordinados, un tal Fritz, estaba allí. El joven, que se presentó como Schwarzer, explicó que había encontrado a K, un hombre en la treintena, bastante andrajoso, durmiendo tranquilamente en un jergón de paja con una minúscula mochila como almohada y con un bastón nudoso al alcance de la mano. Era evidente que le había resultado sospechoso, y como el posadero había descuidado ostensiblemente su deber, la obligación de Schwarzer consistía en llegar al fondo del asunto. El hecho de despertarle, el interrogatorio, la amenaza derivada del deber de expulsarlo del condado, habían sido tomados con indignación por parte de K, por lo demás, según había resultado al final, con razón, pues afirmaba ser un agrimensor solicitado por el conde. Naturalmente que suponía al menos un deber formal comprobar esa afirmación, y Schwarzer le pedía por ese motivo al señor Fritz que averiguase en la secretaría central si realmente se esperaba a un agrimensor de ese tipo y que telefonease la respuesta en seguida.

Entonces volvió el silencio. Fritz averiguaba por su cuenta y allí se esperaba la respuesta. K permaneció como hasta entonces, ni siquiera se dio la vuelta, no pareció mostrar curiosidad alguna, se limitaba a mirar ante sí. El relato de Schwarzer, en su mezcla de maldad y cautela, le dio una idea de la formación diplomática de la que disponía en el castillo gente inferior como Schwarzer. Y tampoco carecían de diligencia, la secretaría general tenía servicio nocturno. Por añadidura, daba visiblemente una rápida respuesta, ya sonaba la llamada de Fritz. Ese informe pareció muy corto, pues Schwarzer, furioso, colgó en seguida el auricular.

—¡Ya lo había dicho! —gritó—. Ninguna huella de un agrimensor, un vulgar vagabundo mentiroso, tal vez algo peor.

Por un momento K pensó que todos, Schwarzer, los campesinos, el posadero y la posadera, se iban a arrojar sobre él; para al menos evitar la primera acometida se acurrucó debajo de la manta, desde allí volvió a sacar lentamente la cabeza y oyó cómo sonaba el teléfono, pareciéndole que lo hacía con una fuerza inusitada. Pese a que era muy improbable que volviese a referirse a K, todos se quedaron estáticos y Schwarzer regresó al aparato. Allí escuchó una larga aclaración y luego dijo en voz baja:

—¿Así que un error? Esto me resulta muy desagradable. ¿El mismo jefe de oficina ha telefoneado? Extraño, muy extraño. ¿Cómo se lo voy a explicar ahora al señor agrimensor?

K escuchó. Así que el castillo le había nombrado agrimensor. Eso era por una parte desfavorable, pues mostraba que el castillo sabía todo lo necesario acerca de él, que había equilibrado las fuerzas y que emprendía la lucha sonriendo. Por otra parte también era favorable, pues eso demostraba, según su opinión, que se le menospreciaba y que gozaría de más libertad de la que había pensado desde un principio. Y si creían que se le podría mantener en un estado de continuo terror mediante ese reconocimiento de su condición de agrimensor, que, ciertamente, les otorgaba cierta superioridad moral, se equivocaban, solo le causaba un ligero escalofrío, nada más.

K hizo una señal negativa a Schwarzer cuando intentó acercarse a él con actitud sumisa; se negó a trasladarse al dormitorio del posadero, sobre lo que se le insistió, se limitó a aceptar del hostelero una bebida para favorecer el sueño, de la hostelera una jofaina con jabón y una toalla y ni siquiera tuvo que solicitar que se vaciase la sala, pues todos se apresuraron a salir escondiendo el rostro para que no se les pudiese reconocer al día siguiente; apagaron la lámpara y finalmente tuvo tranquilidad. Durmió profundamente, solo molestado una o dos veces por las ratas que se deslizaban por la habitación, hasta que llegó la mañana.

Después del desayuno, que, como toda la manutención, según indicaciones del posadero, corría a cargo del castillo, quería dirigirse inmediatamente al pueblo. Pero como el posadero, con quien solo había hablado hasta ese momento lo necesario en recuerdo de su conducta del día anterior, no paraba de vagar a su alrededor con un semblante de muda súplica, sintió compasión de él y le invitó a sentarse un rato a su lado.

—Aún no conozco al conde —dijo K—, al parecer paga con generosidad el trabajo bien hecho, ¿es cierto? Cuando alguien como yo viaja tan lejos de su mujer e hijo, siempre quiere llevar algo a casa.

—A ese respecto el señor no debe preocuparse, nadie se queja aquí de salarios bajos.

—Bien —dijo K—, no soy una persona tímida y también le puedo dar mi opinión a un conde, pero siempre resulta mucho mejor resolver todos los problemas de forma pacífica.

El posadero se había sentado frente a K en el borde de la repisa de la ventana, no se atrevía a sentarse con más comodidad, y contempló a K todo el tiempo con unos grandes y temerosos ojos castaños. Al principio había hecho esfuerzos por acercarse a K, ahora parecía como si prefiriese huir de él. ¿Temía que le preguntara sobre el conde? ¿Temía la desconfianza del «señor» por el que ahora tomaba a K? K tuvo que cambiar de conversación. Miró la hora y dijo:

—Pronto llegarán mis ayudantes, ¿podrás ofrecerles aquí alojamiento?

—Por supuesto, señor —dijo—, pero ¿no vivirán contigo en el castillo?

¿Acaso renunciaba tan fácilmente y encantado a sus huéspedes que los quería relegar a toda costa al castillo?

—Eso aún no es seguro —dijo K—, antes tengo que conocer qué trabajo quieren que realice. Si tuviera, por ejemplo, que trabajar aquí abajo, entonces sería razonable vivir aquí abajo. También temo no adaptarme a la vida arriba en el castillo. Siempre quiero ser libre.

—No conoces el castillo —dijo el posadero en voz baja.

—Es cierto —dijo K—, no se debe juzgar con anticipación. Por el momento, del castillo no sé más que allí saben elegir al agrimensor adecuado. Tal vez haya otras ventajas.

Dicho esto, se levantó para liberarse del posadero que, intranquilo, no cesaba de morderse los labios. Desde luego no se podía ganar fácilmente la confianza de ese hombre.

Mientras K se alejaba le llamó la atención un retrato oscuro en un marco también oscuro. Ya se había fijado en él desde su lecho, pero no había podido apreciar los detalles desde esa distancia y creía que el cuadro había sido retirado quedando solo una mancha negra. Pero, como podía comprobar ahora, se trataba de un cuadro, el busto de un hombre de unos cincuenta años. Mantenía la cabeza tan inclinada sobre el pecho que apenas se podían distinguir los ojos; esa inclinación parecía causada por la elevada y pesada frente y una nariz grande y aguileña. La barba, a causa de la posición de la cabeza, permanecía aplastada contra el mentón, pero recobraba su amplitud más abajo. La mano izquierda se hundía abierta en los cabellos, como si quisiese levantar la cabeza sin conseguirlo.

—¿Quién es? —preguntó K—. ¿El conde?

K permanecía ante el cuadro y ni siquiera se volvió hacia el posadero.

—No —dijo el posadero—, el alcaide.

—Buen aspecto tiene el alcaide del castillo —dijo K—, lástima que tenga un hijo que no le llegue a los talones.

—No —dijo el posadero, atrajo un poco a K hacia sí y le susurró en el oído—: Ayer Schwarzer exageró, su padre no es más que un subalcaide e incluso uno de los últimos.

En ese momento el posadero le pareció a K un niño.

—¡El muy granuja! —dijo K sonriendo, pero el posadero no sonrió con él, sino que se limitó a decir:

—También su padre es poderoso.

—¡Vete! —dijo K—. Consideras a todos poderosos. ¿Acaso a mí también?

—A ti —dijo con timidez y seriedad— no te considero poderoso.

—Compruebo que tienes una gran capacidad de observación —dijo K—. Dicho en confianza, no soy realmente poderoso. En consecuencia no tengo menos respeto que tú frente a los poderosos, solo que no soy tan sincero como tú y no siempre quiero reconocerlo.

Y K dio unas palmadas en la mejilla del posadero para consolarle y ganar su favor. Entonces sonrió un poco. En realidad parecía un adolescente con su rostro suave y casi barbilampiño. ¿Cómo era posible que se hubiese podido casar con esa mujer tan gruesa y de edad tan avanzada, a la que en ese momento se podía ver a través de una ventana cómo trabajaba en la cocina con los codos bien separados del cuerpo? K, sin embargo, no quería seguir sondeando a ese hombre y terminar borrando la sonrisa que tanto le había costado obtener de él, así que le hizo una señal para que le abriese la puerta y salió a la hermosa mañana invernal.

Ahora pudo ver el castillo nítidamente destacado en el aire luminoso, con su contorno aún más realzado por la ligera capa de nieve que lo cubría todo imitando todas las formas. Además, en la montaña donde estaba situado el castillo parecía haber menos nieve que en el pueblo, donde K se desplazaba con no menos esfuerzo que el día anterior en la carretera principal. Allí alcanzaba la nieve hasta las ventanas de las casas y se acumulaba pesada sobre los bajos tejados, pero arriba, en la montaña, todo se elevaba libre y ligero, al menos eso parecía desde allí abajo.

En general, el castillo, como se mostraba desde la lejanía, correspondía a lo que K había esperado. No era ni un viejo castillo medieval ni un nuevo edificio suntuoso, sino una extensa construcción consistente en unos pocos edificios de dos pisos situados muy próximos unos de otros. Si no se hubiera sabido que era un castillo, se habría tenido por una pequeña ciudad. K solo pudo ver una torre, si pertenecía a una vivienda o a una iglesia era algo que no se podía saber. Bandadas de cornejas la rodeaban.

Con la mirada fija en el castillo, K siguió su camino, sin que le inquietase nada más. Pero al aproximarse, el castillo le decepcionó: en realidad sí que se trataba de un miserable villorrio, compuesto de casas de pueblo, y solo se distinguía porque tal vez todo estaba construido de piedra, pero la pintura hacía tiempo que se había caído y la piedra parecía desmenuzarse. K se acordó fugazmente de su pueblo natal: apenas tenía nada que envidiarle a ese supuesto castillo; si K hubiese venido solo para visitarlo, la larga marcha no habría merecido la pena y habría sido más razonable haber vuelto a visitar una vez más su lugar de nacimiento, donde hacía tiempo que no había estado. Y comparó en su mente el campanario de su pueblo natal con la torre de arriba. El campanario, es cierto, no podía dudarse, se erguía recto, rejuveneciéndose en la parte superior, y coronado por un techo ancho de tejas rojas, un edificio terrenal —¿qué otra cosa podíamos construir?—, pero con una finalidad muy superior a la del achaparrado villorrio y con una expresión más luminosa que la otorgada por el sombrío día laboral. La torre de allá arriba —era lo único visible— era la torre de una vivienda, como ahora se mostraba, quizá la del castillo principal, un edificio redondo y uniforme, en parte cubierto piadosamente por la hiedra, con pequeñas ventanas que destellaban por la luz del sol —su aspecto tenía algo de descabellado—, y acababa en una especie de azotea, cuyas almenas, inseguras, irregulares, rotas, mordían el cielo azul y parecían haber sido diseñadas por un niño descuidado o acobardado. Era como si algún habitante afligido, que tendría que haberse mantenido encerrado en la habitación más alejada de la casa, hubiese roto el techo y se hubiese alzado para mostrarse al mundo.

K se detuvo una vez más, como si al estar quieto poseyera más capacidad de juicio. Pero algo le perturbó. Detrás de la iglesia del pueblo, al lado de la cual se había detenido —en realidad era solo una capilla, ampliada ligeramente para poder acoger a los feligreses—, se encontraba la escuela. Esta era un edificio largo y bajo que aunaba extrañamente el carácter provisorio y lo antiguo. Estaba situado detrás de un jardín cercado con una verja que ahora estaba cubierto de nieve. En ese preciso momento salían los niños con el maestro. Se apiñaban a su alrededor, dirigiendo hacia él todas las miradas y sin parar de hablar entre ellos. K no podía entender su forma de hablar tan rápida. El maestro, un hombre joven, pequeño y estrecho de hombros, pero, sin que resultase ridículo, muy recto, ya se había fijado en K desde lejos, si bien K era, aparte de su grupo, la única persona que podía verse en el lugar. K, como forastero, saludó primero a ese hombrecillo de aspecto autoritario.

—Buenos días, señor maestro —dijo.

Los niños enmudecieron de golpe, ese repentino silencio como preparación a sus palabras debió de agradar al maestro.

—¿Contempla el castillo? —preguntó con más amabilidad de lo que K había esperado, pero con un tono como si no aprobase lo que K estaba haciendo.

—Sí —dijo K—, soy forastero, ayer por la noche llegué a este lugar.

—¿No le gusta el castillo? —preguntó rápidamente el maestro.

—¿Cómo? —respondió K un poco confuso, y repitió la pregunta de una forma más suave—: ¿Que si no me gusta el castillo? ¿Por qué supone que no me gusta?

—A ningún forastero le gusta —dijo el maestro.

Para no decir nada inapropiado, K cambió de conversación y dijo:

—¿Conoce al conde?

—No —dijo el maestro, y quiso alejarse, pero K no cedió y volvió a preguntar:

—¿Cómo? ¿No conoce al conde?

—¿Por qué tendría que conocerlo? —preguntó el maestro en voz baja y añadió en voz alta en francés—: Tenga consideración con la presencia de niños inocentes.

K se creyó entonces con derecho a preguntar:

—¿Podría visitarle, señor maestro? Permaneceré aquí largo tiempo y ya me siento un poco abandonado; no me identifico con los campesinos, y tampoco con los habitantes del castillo.

—Entre los campesinos y el castillo no hay ninguna diferencia —dijo el maestro.

—Puede ser —dijo K—, pero eso no altera mi situación. ¿Podría visitarle alguna vez?

—Vivo en la calle Schwannen, en la casa del carnicero.

Eso era más la información de una dirección que una invitación; no obstante K dijo:

—Bien, iré.

El maestro asintió con la cabeza y siguió su camino con los niños, que ya habían reanudado su griterío, apiñados a su alrededor. Al poco tiempo desaparecieron por una callejuela que descendía abruptamente.

K estaba preocupado, enojado por la conversación. Por primera vez desde su llegada se sentía realmente cansado. El largo camino hasta allí parecía no haberle afectado en nada —¡cómo había caminado día tras día, tranquilamente, paso a paso!—; ahora, sin embargo, se mostraban las consecuencias de ese esfuerzo enorme, y a destiempo. Se sentía irresistiblemente impulsado a buscar nuevos conocidos, pero cada nuevo conocido aumentaba su fatiga. Si ese día, en el estado en que se encontraba, se obligaba a prolongar su paseo al menos hasta la entrada del castillo, habría hecho más que suficiente.

Así que continuó su camino, pero era un largo camino. Además, la calle, esa calle principal del pueblo, no conducía al castillo, solo pasaba cerca; después, sin embargo, como intencionadamente, torcía y, aunque no se distanciaba del castillo, tampoco se aproximaba a él. K siempre esperaba que la calle finalmente se dirigiese hacia el castillo y solo fundándose en esa esperanza seguía avanzando; en apariencia dudaba en abandonar la calle a causa de su cansancio, también se quedó asombrado por la longitud del pueblo que no conocía fin, una y otra vez se sucedían las casuchas con las ventanas cubiertas de hielo, la nieve y la soledad; finalmente se apartó de esa calle y le acogió una callejuela estrecha, con una capa de nieve aún más profunda, donde solo podía avanzar con gran esfuerzo al hundírsele los pies en el manto blanco; el sudor comenzó a correr por su frente; de repente se detuvo y ya no pudo seguir.

Bueno, no estaba aislado, a derecha e izquierda había casas de campesinos; hizo una bola de nieve y la arrojó contra una ventana. En seguida se abrió una puerta —la primera puerta que se abría durante toda la caminata por el pueblo— y un viejo campesino, con una chaqueta de piel de cordero, con la cabeza inclinada, apareció en el umbral, débil y amable.

—¿Puedo entrar un rato en su casa? —dijo K—, estoy muy cansado.

No pudo oír lo que le dijo el anciano, aceptó agradecido que le colocasen una tabla, que le salvaran de la nieve y que con unos pasos se hallara en una sala.

Una gran sala en la penumbra. El que venía de fuera al principio no podía ver nada. K tropezó con un cubo y una mano femenina le retuvo. Desde un rincón llegaron los lloros de un niño pequeño, de otro se elevaba humo convirtiendo la penumbra en tinieblas, K parecía estar entre nubes.

—Pero si está borracho —dijo alguien.

—¿Quién es usted? ¿Por qué lo has dejado entrar? —se oyó que decía una voz dominante dirigida al anciano—. ¿Acaso se puede dejar entrar a cualquiera que se arrastre por las calles?

—Soy el agrimensor del condado —dijo K, intentando así justificarse ante la persona aún invisible que había hablado.

—¡Ah!, es el agrimensor —dijo una voz femenina, y luego siguió un completo silencio.

—¿Me conocen? —preguntó K.

—Claro que sí —dijo brevemente la misma voz.

El hecho de que le conocieran no le pareció ninguna recomendación.

Al fin se disipó algo el humo y K pudo orientarse lentamente. Parecía un día de limpieza general. Cerca de la puerta se estaba lavando ropa. El humo, sin embargo, procedía del rincón izquierdo, donde, en una cubeta de madera tan grande como K no la había visto en su vida —tenía las dimensiones de dos camas—, se bañaban dos hombres en agua caliente. Pero aún más sorprendente, sin que se pudiera precisar en qué consistía la sorpresa, era el rincón derecho. De un gran tragaluz, el único en la pared del fondo, procedía, del patio, una pálida luz blanca de nieve que daba al vestido de una mujer, que casi yacía con aspecto cansado en un sillón en lo más profundo del rincón, una apariencia sedosa. Tenía un bebé al pecho. A su alrededor jugaban un par de niños, hijos de campesinos, como se podía comprobar, pero ella no parecía ser de su misma clase, si bien la enfermedad y el cansancio también otorgan delicadeza a los campesinos.

—¡Siéntese! —dijo, resollando, uno de los hombres, uno con barba y bigote. Indicó, cómicamente, con la mano sobre el borde de la cubeta, un baúl, y al hacerlo salpicó el rostro de K con agua caliente. En el baúl se sentaba ya aletargado el anciano que le había dejado entrar. K estaba agradecido de poder sentarse al fin. Entonces nadie se preocupó de él. La mujer que hacía la colada, rubia, en plena juventud, cantaba en voz baja mientras trabajaba; los hombres en el baño pataleaban y se daban la vuelta, los niños querían acercarse a ellos, pero eran rechazados una y otra vez por chorros de agua que tampoco respetaron a K; la mujer en el sillón yacía como inánime, ni siquiera miraba a la criatura que tenía al pecho, sino hacia un lugar indeterminado en las alturas.

K contempló esa invariable imagen triste y hermosa a un mismo tiempo, pero luego debió de quedarse dormido, pues al ser llamado por alguien en voz alta, se asustó y descubrió que su cabeza se apoyaba en el hombro del anciano que estaba a su lado. Los hombres, que habían terminado de bañarse —ahora les tocaba el turno a los niños que se movían por la cubeta vigilados por la mujer rubia—, se encontraban vestidos ante K. Resultó que el gritón de la barba era el más ordinario de los dos. El otro, no más alto que el de la barba, aunque con menos barba, era un hombre silencioso y pensativo, de ancha figura y rostro también ancho, que mantenía la cabeza inclinada hacia abajo.

—Señor agrimensor —dijo—, aquí no puede quedarse. Perdone la descortesía.

—Tampoco quería quedarme —dijo K—, solo descansar un poco. Ya lo he hecho y me voy.

—Es probable que se sorprenda de la poca hospitalidad —dijo el hombre—, pero para nosotros la hospitalidad no es costumbre, no necesitamos huéspedes.

Refrescado por el sueño y más perspicaz que antes, K se alegró por las sinceras palabras. Se movió con más libertad, apoyó su bastón aquí y allá y se acercó a la mujer tendida en el sillón; por lo demás, él era el más alto en la habitación.

—Cierto —dijo K—, para qué necesitan huéspedes. Pero en un momento u otro se necesita alguno, por ejemplo a mí, al agrimensor.

—Eso no lo sé —dijo lentamente el hombre—, si le han llamado, es probable que le necesiten, eso es una excepción; nosotros, sin embargo, gente humilde, nos atenemos a las reglas, eso no nos lo puede reprochar.

—No, no —dijo K—, solo les puedo estar agradecido, a ustedes y a todos los presentes.

E inesperadamente para todos, K se dio la vuelta y quedó ante la mujer. Ella miraba a K con sus ojos azules y cansados, un pañuelo de cabeza transparente de seda le llegaba hasta la mitad de la frente, la criatura dormía en su pecho.

—¿Quién eres? —preguntó K.

Con desdén, aunque no quedaba claro si su desprecio se dirigía a K o se refería a su propia respuesta, dijo:

—Una mujer del castillo.

Todo eso solo había durado un instante, pero K ya tenía a su derecha e izquierda a cada uno de los hombres y, como si no hubiera ningún otro medio de comunicación, le llevaron hasta la puerta en silencio pero aplicando todas sus fuerzas. El anciano se alegró de algo y aplaudió, también la mujer que lavaba se rio cuando los niños comenzaron repentinamente a hacer ruido como locos.

K se encontraba en la callejuela y los hombres le vigilaban desde el umbral de la puerta. Otra vez caía nieve, sin embargo parecía haber aclarado algo. El de la gran barba gritó impaciente:

—¿Adónde quiere dirigirse? Por aquí se va al castillo, por allí al pueblo.

K no le respondió, pero al otro, que a pesar de su superioridad le parecía el más tratable, le dijo:

—¿Quién es usted? ¿A quién tengo que agradecerle la hospitalidad?

—Soy el maestro curtidor Lasemann, pero no le tiene que agradecer nada a nadie.

—Bien —dijo K—, quizá volvamos a encontrarnos.

—No lo creo —dijo el hombre.

En ese instante exclamó el de la barba con la mano levantada:

—¡Buenos días, Artur! ¡Buenos días, Jeremías!

K se dio la vuelta. ¡Así que en ese pueblo salía la gente a la calle! De la dirección del castillo venían dos jóvenes de estatura media, los dos muy delgados, con trajes estrechos, muy parecidos de rostro, de tez muy morena, pero con unas perillas tan negras que aun así destacaban. Para la condición en que se hallaba la calle avanzaban sorprendentemente deprisa, dando grandes zancadas rítmicas con sus piernas delgadas.

—¿Adónde vais? —preguntó el de la gran barba.

Solo se podía hablar con ellos a gritos, tan rápido caminaban y no se detenían.

—¡Negocios! —exclamaron riéndose.

—¿Dónde?

—¡En la posada!

—¡Hacia allí me dirijo yo también! —gritó K.

De repente, y más que cualquier otra cosa, sintió la gran necesidad de que le llevaran con ellos; trabar conocimiento con ellos no le pareció muy productivo, pero parecían alegres compañeros de camino. Ellos oyeron las palabras de K, se limitaron a asentir con la cabeza y ya habían pasado de largo.

K aún permanecía en la nieve y tenía pocas ganas de levantar el pie para volver a hundirlo una vez más un poco más allá. El maestro curtidor y su compañero, satisfechos por haberse desembarazado definitivamente de K, se retiraron lentamente, no sin dejar de mirarle desde la casa por el resquicio de la puerta. K se quedó solo rodeado de nieve.

—Una buena oportunidad para desesperarse un poco —pensó—, si me encontrase aquí por casualidad y no por mi propia voluntad.

En la casa situada a la izquierda se abrió de repente una ventana minúscula —cerrada había parecido azul oscura, tal vez por el reflejo de la nieve—, y era tan pequeña que al permanecer ahora abierta no se podía ver todo el rostro de la persona que miraba por ella, solo los ojos, unos ojos castaños y ancianos.

—Allí está —oyó K que decía una voz femenina y temblorosa.

—Es el agrimensor —dijo una voz masculina. Entonces fue el hombre quien miró por la ventana y preguntó no de una manera descortés, pero sí como si le preocupase que todo estuviese en orden delante de su casa—: ¿A quién está esperando?

—A un trineo que me lleve —dijo K.

—Por aquí no pasa ningún trineo —dijo el hombre—. En esta calle no hay tráfico.

—Pero si es la calle que conduce al castillo —objetó K.

—A pesar de eso —dijo el hombre con cierta inflexibilidad— por aquí no hay tráfico.

Los dos callaron. Pero el hombre meditaba algo, pues aún mantenía abierta la ventana, de la que salía humo.

—Es un camino bastante malo —dijo K por mantener la conversación.

El hombre, sin embargo, se limitó a decir:

—Sí, es cierto.

Después de un rato añadió:

—Si quiere le llevo con mi trineo.

—Sí, por favor —dijo K con gran alegría—. ¿Cuánto me va a cobrar?

—Nada —dijo el hombre.

K se asombró.

—Usted es el agrimensor —dijo el hombre explicándose— y pertenece al castillo. ¿Adónde quiere ir?

—Al castillo —dijo rápidamente K.

—Allí no voy —dijo el hombre en seguida.

—Pero si pertenezco al castillo —dijo K repitiendo las palabras del hombre.

—Puede ser —dijo el hombre algo reservado.

—Entonces lléveme a la posada —dijo K.

—Bien —dijo el hombre—, ahora salgo con el trineo.

La conversación no le dio la impresión de amabilidad, sino la de un empeño egoísta, temeroso y casi pedante de retirar a K de la entrada de la casa.

Se abrió la puerta del patio y por ella apareció un trineo para cargas ligeras, completamente plano y sin ningún asiento, tirado por un pequeño y débil caballo, detrás salió el hombre, no un anciano, sino un hombre débil, encorvado, cojo, con un rostro delgado, colorado y con aspecto de acatarrado, que daba la impresión de ser muy pequeño debido a la bufanda de lana que rodeaba el cuello. El hombre estaba visiblemente enfermo y solo había salido para poder desembarazarse de K. Este hizo una alusión al respecto, pero el hombre la rechazó con señas negativas. K solo pudo enterarse de que era el cochero Gerstäcker y que había cogido ese trineo tan incómodo porque ya estaba preparado y sacar otro habría necesitado mucho tiempo.

—Siéntese —dijo, y señaló con el látigo la parte trasera del trineo.

—Me sentaré junto a usted —dijo K.

—Entonces me marcharé —dijo Gerstäcker.

—Pero ¿por qué? —preguntó K.

—Me marcharé —repitió Gerstäcker y sufrió un ataque de tos que le sacudió tanto que se vio obligado a afirmar fuertemente sus piernas en la nieve y a sujetarse con las dos manos en el borde del trineo. K no dijo nada más, se sentó en la parte trasera del trineo, la tos se fue calmando lentamente y partieron.

El castillo allá arriba, extrañamente oscuro a esa hora, y que K había tenido la esperanza de alcanzar ese mismo día, se alejaba una vez más. Como si le quisiera dar una despedida provisional, en el castillo se oyó el repicar de una campana con un tono alegre y alado, que al menos durante un instante le hizo temblar el corazón, como si le amenazase —pues el son también era doloroso— el cumplimiento de lo que él anhelaba con inseguridad. Pero al poco tiempo esa gran campana enmudeció y fue reemplazada por una campanita débil y monótona, quizá arriba o quizá ya en el pueblo. Ese repique se adaptaba mejor al lento avance y al lastimoso pero implacable cochero.

—Eh, tú —exclamó repentinamente K (ya se hallaban cerca de la iglesia, el camino hacia la posada no estaba lejos, así que K podía osar algo)—, me sorprende mucho que te atrevas a llevarme por los alrededores por tu propia cuenta. ¿Puedes hacerlo?

Gerstäcker no le prestó atención y continuó la marcha junto a su caballito.

—¡Eh! —exclamó K, cogió algo de nieve del trineo, hizo una bola, la lanzó y acertó en la oreja de

Gerstäcker. Este se detuvo y se volvió. Pero cuando K le vio así tan cerca de él —esa figura encorvada y en cierto modo maltratada; el rostro colorado, delgado y cansado, con mejillas disparejas, una plana, la otra caída; la boca abierta, con actitud de sorpresa, en la que solo se veían unos pocos dientes— tuvo que repetir con compasión lo que antes había dicho por maldad: si Gerstäcker no podía ser castigado por transportarle.

—¿Qué quieres de mí? —preguntó Gerstäcker sin comprender, y no esperó ninguna aclaración, llamó al caballito y reanudó el camino.

Cuando ya se hallaban cerca de la posada —K se dio cuenta de esta circunstancia al tomar una curva—, para su sorpresa comprobó que ya había oscurecido. ¿Tanto tiempo había estado fuera? Según sus cálculos, solo una o dos horas, y había salido por la mañana. Tampoco había sentido hambre, y hacía poco aún había percibido la claridad del día, no obstante ahora ya anochecía.

—Días cortos, días cortos —se dijo, bajó del trineo y entró en la posada.

Arriba, en la pequeña escalera del vestíbulo, le agradó ver al posadero alumbrando con un farol ante sí. Acordándose fugazmente del cochero, K se detuvo, oyó que alguien tosía en la oscuridad y comprobó que estaba detrás de él. Bien, ya le vería próximamente. Solo cuando llegó arriba, donde estaba el posadero, que le saludaba con humildad, comprobó que había un hombre a cada lado de la puerta. Tomó el farol de las manos del posadero e iluminó a las dos personas; eran los dos jóvenes con los que se había encontrado y a los que se habían dirigido con los nombres de Artur y Jeremías. Ahora le saludaron. Sonrió en recuerdo de su servicio militar, de aquellos tiempos felices.

—¿Quiénes sois? —preguntó, y miró de uno al otro.

—Sus ayudantes —respondieron.

—Son los ayudantes —confirmó en voz baja el posadero.

—¿Cómo? —preguntó K—. ¿Sois mis antiguos ayudantes a los que dije que viniesen después de mí y a los que he estado esperando?

Ellos asintieron.

—Está bien —dijo K después de un rato—, está bien que hayáis venido.

»Por lo demás —dijo K después de otro rato—, os habéis retrasado mucho, sois negligentes.

—Era un largo camino —dijo uno de ellos.

—Un largo camino —repitió K—, pero me he encontrado con vosotros cuando regresabais del castillo.

—Sí —dijeron sin más aclaraciones.

—¿Dónde tenéis los aparatos? —preguntó K.

—No tenemos ninguno —dijeron.

—Los aparatos que os había confiado —dijo K.

—No tenemos ninguno —repitieron.

—Pero ¿qué clase de gente sois? —dijo K—. ¿Entendéis algo de agrimensura?

—No —respondieron.

—Si sois mis antiguos ayudantes, tenéis que entender algo —dijo K.

Ellos callaron.

—Así que esas tenemos —dijo K, y los empujó delante de él hacia el interior de la casa.

2

BARNABÁS

Los tres estaban sentados juntos ante una mesita en la taberna de la posada, bebían cerveza y guardaban silencio. K en el centro, a derecha e izquierda sus ayudantes. Había otra mesa ocupada por campesinos, como en la noche anterior.

—Resulta difícil con vosotros —dijo K, y comparó sus rostros como había hecho frecuentemente con anterioridad—, ¿cómo os voy a distinguir? Solo os diferenciáis en los nombres, en lo demás sois idénticos como... —se interrumpió y continuó maquinalmente—, como serpientes.

Ellos se rieron.

—Se nos diferencia bien —dijeron como justificación.

—Lo creo —dijo K—; yo mismo he sido testigo de ello, pero yo solo veo con mis ojos y con ellos no puedo distinguiros. Por eso os trataré como a un solo hombre y os llamaré a los dos Artur, así se llama uno de vosotros, ¿quizá tú? —preguntó K a uno de ellos.

—No —dijo este—, yo me llamo Jeremías.

—Bueno, da igual —dijo K—, os llamaré Artur a los dos. Si envío a Artur a algún lado, os vais los dos juntos, si le encargo a Artur un trabajo, lo hacéis los dos, aunque eso tiene para mí la gran desventaja de que no os puedo emplear en trabajos distintos; sin embargo, tiene la ventaja de que los dos tenéis una responsabilidad indivisible sobre todo lo que os encargue. Cómo os repartáis el trabajo que os encargue, me resulta indiferente, pero no me podéis hablar uno después del otro, para mí sois un solo hombre.

Ellos meditaron un instante y dijeron:

—Para nosotros sería muy desagradable.

—Cómo no —dijo K—; es natural que os resulte desagradable, pero así lo haré.

Ya desde hacía un rato había observado K que uno de los campesinos rondaba la mesa: finalmente se decidió, se acercó a uno de los ayudantes y quiso susurrarle algo en el oído.

—Disculpe —dijo K, golpeó con la mano en la mesa y se levantó—, estos son mis ayudantes y ahora tenemos una entrevista. Nadie tiene derecho a molestarnos.

—¡Oh!, perdone, perdone —dijo el campesino atemorizado y regresó a su grupo.

—Esto tenéis que tenerlo muy presente —dijo K volviéndose a sentar—, no podéis hablar con nadie sin mi permiso. Yo soy aquí un forastero y si sois mis antiguos ayudantes, también vosotros sois forasteros. Nosotros, los tres forasteros, tenemos, por consiguiente, que mantenernos juntos; estrechadme entonces vuestras manos.

Con demasiada docilidad estrecharon la mano de K.

—Me habéis dado vuestra palabra —dijo—, tenéis que cumplir mis órdenes. Ahora me iré a dormir, os aconsejo que hagáis lo mismo. Hoy hemos perdido un día de trabajo, mañana tendremos que comenzar muy temprano. Tenéis que conseguir un trineo para ir al castillo y estar aquí, ante la casa, con él, a las seis de la mañana, dispuestos para partir.

—Bien —dijo uno, pero el otro se inmiscuyó:

—Dices «bien», pero sabes que es imposible.

—Silencio —dijo K—, ya queréis comenzar a distinguiros.

Pero entonces también habló el primero:

—Tiene razón, es imposible, sin autorización ningún forastero puede ir al castillo.

—¿Dónde se consigue esa autorización?

—No lo sé, tal vez del alcaide.

—Entonces intentaremos hablar con él por teléfono. Llamad en seguida al alcaide, los dos.

Corrieron hacia el aparato, pidieron la conexión —por el modo en que se afanaban aparentaban ser ridículamente obedientes— preguntaron si podía ir al castillo con ellos al día siguiente. El «no» pudo oírlo K desde su mesa, pero la respuesta fue aún más detallada: «ni mañana ni ningún otro día».

—Yo mismo telefonearé —dijo K, y se levantó. Mientras que hasta ese momento, salvo el incidente con el campesino, los presentes apenas habían reparado en K y sus ayudantes, sus últimas palabras despertaron el interés general. Todos se levantaron al mismo tiempo que K y, aunque el posadero intentó echarlos hacia atrás, se agruparon alrededor del aparato formando un semicírculo. Entre ellos predominó la opinión de que K no recibiría ninguna respuesta. K tuvo que pedirles que permaneciesen en silencio: no quería oír su opinión.

En el receptor escuchó un zumbido, como nunca lo había oído al telefonear. Era como si ese zumbido estuviese compuesto de innumerables voces infantiles, pero en realidad tampoco era un zumbido, sino un canto de voces lejanas, extremadamente lejanas, como si de ese zumbido se formase una única voz elevada y fuerte que golpeaba el oído como si quisiese penetrar más en el pobre aparato auditivo. K escuchaba sin decir nada, había apoyado el brazo izquierdo en el soporte del teléfono y escuchaba en esa postura.

No supo cuánto tiempo estuvo allí escuchando, al cabo el posadero le tiró de la chaqueta y le dijo que acababa de llegar un mensajero para él.

—¡Fuera! —gritó perdiendo el dominio de sí mismo, quizá en el auricular del teléfono, pues entonces se anunció alguien. Se desarrolló la siguiente conversación:

—Aquí Oswald, ¿quién es? —gritó una voz severa y arrogante con lo que a K le pareció un pequeño defecto en la articulación que intentaba compensar con un suplemento de severidad. K dudó en identificarse, estaba indefenso ante el teléfono: el otro podía fulminarle, colgar el auricular y K se habría cerrado un camino quizá no carente de importancia. El titubeo de K acabó con la paciencia del hombre—. ¿Quién es? —repitió, y añadió—: Me agradaría que no se telefonease tanto desde allí: hace solo un instante se ha telefoneado.

K no se ocupó de esa indicación y anunció con una decisión repentina:

—Soy el ayudante del señor agrimensor.

—¿Qué ayudante? ¿Qué señor? ¿Qué agrimensor?

K se acordó de la conversación telefónica del día anterior.

—Pregúntele a Fritz —dijo brevemente.

Para su sorpresa surtió efecto. Pero, más que por el hecho de que surtiera efecto, se asombró de la centralización del servicio.

La respuesta fue:

—Ya sé, el eterno agrimensor, ja, ja. ¿Qué más? ¿Qué ayudante?

—Josef —dijo K.

Le molestaba algo el murmullo de los campesinos a sus espaldas, en apariencia no estaban de acuerdo en que no se presentase correctamente. Pero K no tenía tiempo de ocuparse de ellos, pues la conversación necesitaba de toda su concentración.

—¿Josef? —preguntaron—. Los ayudantes se llaman... —una pequeña pausa, al parecer reclamaba los nombres a otra persona—, Artur y Jeremías.

—Esos son los nuevos ayudantes —dijo K.

—No, esos son los antiguos.

—Son los nuevos, yo, sin embargo, soy el antiguo, el que ha llegado hoy después del agrimensor.

—¡No! —gritaron.

—Entonces, ¿quién soy yo? —preguntó K con la misma tranquilidad.

Y después de una pausa la misma voz con el mismo defecto de articulación, aunque con otro tono más profundo y respetable, dijo:

—Tú eres el antiguo ayudante.

K escuchó el timbre de la voz y casi pasó por alto la pregunta: «¿Qué quieres?».

Hubiese querido colgar el auricular. De esa conversación ya no esperaba nada más. Solo forzándose preguntó rápidamente:

—¿Cuándo puede ir mi señor al castillo?

—Nunca —fue la respuesta.

—Bien —dijo K, y colgó el auricular.

Detrás de él los campesinos se habían aproximado mucho a su persona. Los ayudantes intentaban detenerlos lanzándole a él miradas de soslayo. Pero solo parecía ser una comedia; además, los campesinos, satisfechos con el resultado de la conversación, comenzaban a ceder lentamente. Entonces el grupo fue dividido desde atrás por un hombre con paso rápido que se inclinó ante K y le dio una carta. K mantuvo la carta en la mano y miró al hombre, ya que en ese instante le parecía más importante que la carta. Se daba una gran similitud entre él y los ayudantes, era tan delgado como ellos, con el mismo traje ceñido, también tan ágil y ligero como ellos y, sin embargo, tan diferente. ¡Ojalá K le hubiese tenido como ayudante! Le recordaba un poco a la dama con el lactante que había visto en la casa del maestro curtidor. Vestía casi por entero de blanco, el traje no era de seda, era un traje de invierno como cualquier otro, pero tenía la suavidad y solemnidad de un traje de seda. Su rostro era claro y sincero, los ojos demasiado grandes. Su sonrisa era enormemente estimulante; se pasó la mano por el rostro como si quisiese ahuyentar esa sonrisa, pero no lo logró.

—¿Quién eres? —preguntó K.

—Me llamo Barnabás —dijo—, soy un mensajero.

Sus labios se abrían y cerraban al hablar con masculinidad y, sin embargo, con suavidad.

—¿Te gusta este lugar? —preguntó K, y señaló a

los campesinos, que aún no habían perdido el interés por él, y que miraban con sus rostros atormentados (el cráneo parecía como si hubiese sido aplanado desde arriba y los rasgos faciales se hubiesen formado por el dolor al ser golpeados), sus labios gruesos, sus bocas abiertas, pero al mismo tiempo tampoco miraban, pues a veces su mirada erraba y permanecía fija en algún objeto antes de regresar; luego K señaló a los ayudantes, que se mantenían abrazados, mejilla con mejilla, y sonreían, no se sabía si humilde o burlonamente, se los señaló como si le presentase un séquito que le habían impuesto por circunstancias especiales, esperando (en ello residía la confianza y a eso era a lo que K daba importancia) que Barnabás distinguiera razonablemente entre él y ellos. Pero Barnabás (si bien con completa inocencia, como se podía reconocer) no admitió la pregunta, la dejó pasar como un criado bien educado deja pasar las palabras solo en apariencia dirigidas a él por su señor, y se limitó a mirar a su alrededor en el sentido de la pregunta, saludando a sus conocidos entre los campesinos e intercambiando algunas palabras con los ayudantes, todo eso libre y espontáneamente, sin mezclarse con ellos. K, desairado, pero no avergonzado, volvió a la carta que tenía en la mano y la abrió. Decía lo siguiente:

> Muy señor mío:
>
> Como usted ya sabe, ha sido aceptado en el servicio condal. Su superior más próximo es el alcalde del pueblo, quien le comunicará los detalles acerca de su trabajo y sus condiciones salariales y a quien también tendrá que dar cuenta de su trabajo. Sin embargo, no le perderé de vista. Barnabás, el portador de esta carta, le preguntará

de vez en cuando para conocer sus deseos y comunicármelos a mí. Siempre me encontrará dispuesto, en cuanto sea posible, a complacerle. Deseo tener trabajadores satisfechos.

La firma era ilegible, pero impreso se podía leer: «El director de la oficina X».

—¡Espera! —le dijo K a Barnabás, quien obedeció con una ligera inclinación. A continuación, K llamó al posadero para que le mostrase su habitación, ya que deseaba permanecer un tiempo a solas con la carta. Al hacerlo recordó que Barnabás, a pesar de la simpatía que sentía hacia él, no era más que un mensajero y pidió que le sirvieran una cerveza. Prestó atención a la forma en que la aceptó, aparentemente la aceptó encantado y se la bebió en seguida. En la casa solo habían podido poner a disposición de K una habitación en el ático, e incluso eso había creado dificultades, pues había dos criadas que habían dormido hasta entonces en ella y que habían tenido que ser alojadas en otro lugar. En realidad no se había hecho otra cosa que sacar a las criadas, en lo restante la habitación había quedado intacta, nada de sábanas nuevas en la única cama, solo un par de almohadas y una manta de caballerizas en el mismo estado en que habían quedado después de la última noche; en la pared había algunas imágenes de santos y fotografías de soldados; ni siquiera habían aireado la habitación, al parecer no se esperaba que el huésped permaneciese allí mucho tiempo y tampoco se hacía nada para retenerlo. K, sin embargo, se mostró conforme con todo, se rodeó con la manta, se sentó a la mesa y comenzó a leer de nuevo la carta a la luz de una vela.

No era una carta uniforme, había pasajes en los que se hablaba con él como si fuese una persona independiente, a quien se le reconoce una voluntad propia, así era el encabezamiento, al igual que el pasaje que se refería a sus deseos. Sin embargo, había otros pasajes en que era tratado abierta o encubiertamente como un trabajador inferior apenas digno de la atención de ese director; este parecía tener que esforzarse para no «perderle de vista», su superior solo era el alcalde del pueblo, a quien incluso tenía que rendir cuentas, era probable que su único colega fuese el policía del pueblo. Esas eran sin duda contradicciones, tan visibles que debían de ser intencionadas. Pues el pensamiento absurdo, referido a una administración como esa, de que había actuado con indecisión, ni siquiera fue tomado en cuenta por K. Más bien advertía en ello el ofrecimiento de una elección, se dejaba a su consideración lo que quería hacer con las instrucciones de la carta: si quería ser un trabajador del pueblo con una conexión, así y todo, distinguida, pero aparente con el castillo, o un trabajador del pueblo aparente que en realidad hacía depender toda su relación laboral de las indicaciones de Barnabás. K no dudó al elegir, tampoco habría dudado sin las experiencias que ya había tenido. Solo como trabajador del pueblo, lo más alejado posible del señor del castillo, estaba en condiciones de alcanzar algo en el castillo; esa gente del pueblo, que aún se mostraba tan recelosa frente a él, comenzaría a hablar cuando él, aunque no se hubiese convertido en su amigo, sí fuese un conciudadano, y una vez que ya no se diferenciase de un Gerstäcker o Lasemann —y esto tenía que ocurrir con gran rapidez, de ello dependía todo—, entonces se le abrirían de golpe todos los caminos que, si hubiese dependido de los señores de arriba y de su indulgencia, no solo habrían quedado cerrados para él, sino invisibles. Es cierto que había un peligro y se había acentuado suficientemente en la carta, se había descrito con cierta alegría, como si fuese inevitable. Era la condición de trabajador. Servicio, director, superior, trabajo, condiciones salariales, dar cuenta, trabajador, la carta abundaba en todos estos términos laborales e incluso cuando se decía algo diferente, más personal, se decía desde esa perspectiva. Si K quería convertirse en un trabajador, podía hacerlo, pero entonces con terrible seriedad, sin ninguna otra intención. K sabía que no le habían amenazado con una obligación real, no la temía y aquí menos, pero sí que temía la violencia del ambiente desalentador, la habituación a las decepciones, la violencia de las influencias imperceptibles que se producirían a cada momento, pero tenía que atreverse a enfrentarse con ese peligro. La carta tampoco silenciaba que, si se llegaba a la lucha, K sería quien habría tenido la osadía de comenzarla, se había dicho con sutileza y solo una conciencia inquieta —inquieta, no mala— podía advertirlo, eran las palabras *como usted ya sabe* respecto a su admisión en el servicio. K se había anunciado y desde ese momento sabía, como se expresaba en la carta, que había sido admitido.

K retiró una foto de la pared y colgó la carta en un clavo; en esa habitación viviría, ahí debía colgar la carta.

Luego bajó a la taberna de la posada; Barnabás estaba sentado con los ayudantes a una mesita.

—¡Ah!, estás ahí —dijo K sin motivo, solo porque se alegró de ver a Barnabás. Este se levantó de inmediato. Apenas entró K, los campesinos se levantaron para acercarse a él, se había convertido en una costumbre estar siempre detrás de sus talones—. ¿Qué queréis continuamente de mí? —exclamó K.

No se lo tomaron a mal y regresaron lentamente a sus asientos. Uno de ellos, mientras se retiraba, dijo como explicación y con una indefinible sonrisa, que otros imitaron:

—Siempre se entera uno de algo nuevo. —Y se lamió los labios como si lo «nuevo» fuese comida.

K no dijo nada reconciliador, estaba bien si recibía algo de respeto, pero apenas acababa de sentarse al lado de Barnabás, cuando ya notó el aliento de un campesino en la nuca; venía, según dijo, a coger el salero, pero K dio, enojado, una patada en el suelo, y el campesino se alejó corriendo sin el salero. Era fácil molestar a K, solo había que incitar a los campesinos contra él: su obstinada participación le parecía más perversa que la reserva de los otros y, además, también se trataba de reserva, pues si K se hubiese sentado a su mesa, con toda seguridad no se habrían quedado sentados. Solo la presencia de Barnabás le impidió formar un escándalo. Pero se dio la vuelta hacia ellos con actitud amenazadora, y también ellos le miraron. Al verlos así sentados, cada uno en su puesto, sin hablar entre ellos, sin un vínculo visible entre ellos, teniendo solo en común que todos le miraban fijamente, le pareció que no se trataba de maldad lo que les impulsaba a perseguirle, tal vez querían realmente algo de él y no lo podían decir, y si no era eso, quizá se tratase solo de infantilismo; un infantilismo que parecía abundar en esa casa, ¿acaso no era también infantil el posadero, que sostenía una jarra de cerveza para un cliente con las dos manos, permaneciendo en silencio, mirando a K y haciendo caso omiso de una llamada de la posadera, quien se había asomado por la ventana de la cocina?

K, más tranquilo, se volvió hacia Barnabás: le hubiese gustado alejar a los ayudantes, pero no encontró ninguna excusa, por lo demás se limitaban a mirar en silencio sus cervezas.

—He leído la carta —comenzó K—. ¿Conoces su contenido?

—No —dijo Barnabás. Su mirada pareció decir más que sus palabras. Tal vez K se equivocaba para bien como con los campesinos para mal, pero siguió sintiéndose bien en su presencia.

—También se habla de ti en la carta, de vez en cuando tienes que transmitir informaciones entre la dirección y yo, por eso había pensado que conocerías el contenido.

—Solo recibí el encargo —dijo Barnabás— de entregar la carta, esperar a que se haya leído y, si lo considerases necesario, llevar una respuesta oral o escrita.

—Bien —dijo K—, no necesita ser escrita, comunícale al señor director, ¿cómo se llama? No pude leer el nombre.

—Klamm —dijo Barnabás.

—Comunícale entonces al señor Klamm mi agradecimiento por la admisión y por su amabilidad, agradecimiento y amabilidad que, como una persona aún no adaptada a este lugar, sé valorar en lo que se merecen. Me comportaré según sus instrucciones. Por ahora no tengo ningún deseo especial.

Barnabás, que había escuchado atento, pidió a K poder repetir el mensaje. K lo permitió y Barnabás lo repitió literalmente. Luego se levantó para despedirse.

Durante todo ese tiempo K había examinado su rostro, ahora lo hizo por última vez. Barnabás era tan alto como K, sin embargo parecía como si inclinase la mirada hacia K, eso ocurría casi con humildad, pero era imposible que ese hombre pudiese avergonzar a alguien. Cierto, no era más que un mensajero, no conocía el contenido de la carta que debía entregar, pero también su mirada, su sonrisa y su paso parecían ser un mensaje, por más que no quisiera saber nada de ellos. Y K le extendió la mano, lo que pareció sorprenderle, pues él solo hubiese querido inclinarse.

En cuanto se hubo ido —antes de abrir la puerta se había apoyado un instante con el hombro en ella y había abarcado la sala con una mirada que no dirigió a nadie en particular—, K se dirigió a sus ayudantes:

—Voy a traer de mi habitación los planos, entonces hablaremos de nuestro próximo trabajo.

Quisieron acompañarle.

—¡Quedaos aquí! —dijo K.

Pero no cejaron en su empeño. K tuvo que repetir la orden con más severidad. Barnabás ya no estaba en el pasillo, acababa de irse. Tampoco lo vio ante la casa, y volvía nevar. Gritó:

—¡Barnabás!

No hubo respuesta. ¿Acaso se encontraba aún en la casa? No parecía haber otra posibilidad. No obstante, K volvió a gritar su nombre con todas sus fuerzas: el nombre estalló en la oscuridad de la noche. Y desde la lejanía llegó una débil respuesta, tan lejos se encontraba ya Barnabás. K respondió y fue a su encuentro; en el lugar donde se encontraron ya no podían ser vistos desde la posada.

—Barnabás —dijo K, y no pudo evitar un temblor en su voz—, quería decirte algo más. Me he dado cuenta de que no funcionaría bien si tuviese que depender de tus visitas casuales si necesito algo del castillo. Si no te hubiese alcanzado ahora por pura casualidad (aún creía que estabas en la casa), quién sabe cuánto tendría que haber esperado a tu próxima aparición.

—Puedes pedirle al director —dijo Barnabás— que me envíe regularmente a las horas que tú indiques.

—Tampoco eso sería suficiente —dijo K—, tal vez no quiera decir nada en todo un año, pero un cuarto de hora después de tu partida se me puede ocurrir algo inaplazable.

—¿Debo comunicar entonces a la dirección —dijo Barnabás— que entre ella y tú establezca otra conexión además de la mía?

—No, no —dijo K—, de ningún modo, menciono este asunto solo de pasada, esta vez he tenido suerte y he logrado alcanzarte.

—¿Quieres que regresemos a la posada —dijo Barnabás— para que me puedas dar allí el nuevo mensaje?

Ya había dado un paso en dirección a la posada.

—Barnabás —dijo K—, no es necesario, te acompañaré un poco.

—¿Por qué no quieres ir a la posada? —preguntó Barnabás.

—La gente me molesta allí —dijo K—. Ya has visto la impertinencia de los campesinos.

—Podemos ir a tu habitación —dijo Barnabás.

—Es la habitación de las criadas —dijo K—, sucia y mal ventilada, para no quedarme allí quería acompañarte un poco, solo tienes que dejar —añadió K para superar definitivamente sus dudas— que me apoye en ti, tú caminas con más seguridad.

Y K se cogió de su brazo. Había una profunda oscuridad, no veía su rostro, su figura era imprecisa, ya con anterioridad había intentado palpar su brazo.

Barnabás cedió y se alejaron de la posada. Sin embargo, K sintió que él, a pesar del gran esfuerzo, no era capaz de mantener el paso de Barnabás, que impedía la libertad de sus movimientos y que incluso en circunstancias normales todo tenía que fracasar por ese detalle, y precisamente en una de las callejuelas como aquella en la que K se había hundido en la nieve por la mañana y de la que solo podría salir llevado por Barnabás. Pero alejó esas preocupaciones y se consoló con el silencio de Barnabás; si continuaban en silencio, entonces seguir caminando podría constituir también para Barnabás la finalidad de su compañía.

Avanzaron, pero K no sabía en qué dirección, no podía reconocer nada, ni siquiera sabía si ya habían pasado la iglesia. Debido al esfuerzo que le causaba el simple hecho de caminar, ocurrió que no podía dominar sus pensamientos. En vez de permanecer fijos en su objetivo, se confundían. Una y otra vez emergió su lugar de origen y los recuerdos de él le colmaron. También allí había una iglesia en la plaza principal, en parte estaba rodeada por un viejo cementerio y este a su vez por un elevado muro. Pocos niños habían escalado ese muro, tampoco K había sido capaz de escalarlo. No les impulsaba la curiosidad, el cementerio ya no tenía para ellos ningún secreto, muchas veces habían entrado por su puerta enrejada, era el elevado muro lo que querían superar. Una mañana —la plaza, silenciosa y vacía, estaba inundada de luz, K nunca la había visto así y jamás la volvería a ver—, le resultó sorprendentemente fácil; en un lugar donde otras veces había fracasado con frecuencia, escaló el muro a la primera con una bandera entre los dientes. Aún se desprendían piedras bajo él cuando ya estaba arriba. Desenrolló la bandera, el viento desplegó el paño, miró hacia abajo y a su alrededor, también sobre el hombro hacia las cruces hundidas en la tierra, nadie estaba en ese momento y allí más alto que él. Casualmente pasó el maestro, obligó a K a bajar con una mirada enojada y, al saltar, K se lesionó en la rodilla; solo con esfuerzo pudo regresar a casa, pero había estado en el muro, el sentimiento de esa victoria le proporcionó seguridad para una larga vida, lo que no era del todo absurdo, pues ahora, después de muchos años, vino en su ayuda en la noche nevada caminando del brazo de Barnabás.

Se sujetó a él con más fuerza, Barnabás casi le arrastraba, el silencio no se interrumpió; del camino K solo sabía que por el estado de la calle no se habían desviado hacia una de esas callejuelas laterales. Se alabó por no detenerse debido a la dificultad del camino o a la preocupación de tener que regresar; para que, finalmente, le arrastrasen, aún alcanzarían sus fuerzas. ¿Podía ser el camino infinito? Durante el día el castillo se había presentado ante él como un fácil objetivo y el mensajero conocía con toda seguridad el camino más corto.

Entonces Barnabás se detuvo. ¿Dónde estaban? ¿No se podía seguir? ¿Se despediría Barnabás de K? No le sería posible, K se sujetaba con tal fuerza del brazo de Barnabás que casi le hacía daño. ¿O podía haber ocurrido lo increíble y se encontraban ya en el castillo o ante sus puertas? Sin embargo, por lo que K sabía, no habían ascendido en ningún momento. ¿O Barnabás le había conducido por un camino que subía imperceptiblemente?

—¿Dónde estamos? —preguntó K en voz baja, más a él mismo que al otro.

—En casa —respondió Barnabás de la misma manera.

—¿En casa?

—Ahora ten cuidado, no vayas a resbalar. El camino desciende.

—¿Desciende?

—Solo son unos pasos —añadió, y ya estaba llamando a una puerta.

Abrió una joven, se encontraban ante el umbral de una gran sala, casi en plena oscuridad, pues solo brillaba una diminuta lámpara de aceite sobre una mesa en la parte trasera de la izquierda.

—¿Quién viene contigo, Barnabás? —preguntó la muchacha.

—El agrimensor —dijo él.

—El agrimensor —repitió ella en voz alta mirando hacia la mesa. A continuación, se levantaron de allí dos ancianos, hombre y mujer, y otra joven. Saludaron a K, Barnabás le presentó a todos, eran sus padres y sus hermanas Olga y Amalia. K apenas se fijó en ellos, le quitaron la chaqueta empapada para secarla en la calefacción y K dejó que lo hicieran.

Así pues, no ellos, sino Barnabás era quien estaba en su casa. Pero ¿por qué estaban allí? K se llevó a Barnabás aparte y dijo:

—¿Por qué has venido a tu casa? ¿O es que vivís en el recinto del castillo?

—¿En el recinto del castillo? —repitió Barnabás, como si no comprendiese a K.

—Barnabás —dijo K—, tú querías ir de la posada al castillo.

—No, señor —dijo Barnabás—, yo quería ir a casa, al castillo iré por la mañana temprano, nunca duermo allí.

—Así que —dijo K— no querías ir al castillo, solo

aquí. —Su sonrisa le pareció lánguida, su apariencia deslucida—. ¿Por qué no me has dicho nada?

—No me has preguntado —dijo Barnabás—. Querías darme un mensaje, pero ni en la taberna ni en tu habitación, entonces pensé que me lo podrías dar en casa de mis padres sin que nadie te molestase; se alejarán en seguida, si se lo ordenas, también podrías pernoctar aquí si esto te gusta más. ¿No he hecho bien?

K no pudo responder. Había resultado ser un malentendido, un vulgar y banal malentendido y K se había abandonado a él. ¿Se había dejado encantar por la chaqueta sedosa, brillante y ajustada de Barnabás, que este ahora se desabrochaba y debajo de la cual aparecía una camisa basta, de un color gris sucio, llena de remiendos sobre el poderoso y anguloso pecho de un siervo? Y todo lo que le rodeaba no solo estaba en sintonía con eso, sino que llegaba a superarlo: el viejo padre gotoso, que avanzaba más gracias a sus manos que a sus piernas rígidas; la madre con las manos dobladas en el pecho que, debido a su volumen, solo podía dar pasos minúsculos; los dos, el padre y la madre, habían abandonado su esquina desde que K había entrado y aún no le habían alcanzado. Las hermanas, rubias, muy similares y también parecidas a Barnabás, pero con rasgos más duros que él, jóvenes altas y fuertes, rodeaban a los recién llegados y esperaban de K algunas palabras de saludo, él, sin embargo, no podía decir nada, había creído que en aquel pueblo todos tenían importancia para él y así era, solo esa gente no le importaba en lo más mínimo. Si hubiese sido capaz de regresar solo a la posada, se habría ido en seguida. La posibilidad de ir con Barnabás por la mañana temprano al castillo no le tentaba. Ahora, en la noche, inadvertido, habría querido penetrar en el castillo, conducido por Barnabás, pero con el Barnabás que se le había aparecido al principio, un hombre que le estaba más próximo que cualquier otro de los que había visto allí hasta entonces, y del que había creído al mismo tiempo que poseía estrechas conexiones con el castillo que iban más allá de su rango visible. Sin embargo, con el hijo de esa familia, a la que pertenecía por completo y con la que ya estaba sentado a la mesa, con un hombre que significativamente ni siquiera podía dormir en el castillo, era imposible ir al castillo en pleno día y cogido de su brazo, era un intento ridículo y desesperado.

K se sentó en un banco situado debajo de una ventana, decidido a pasar allí la noche y a no reclamar de la familia ningún otro servicio. La gente del pueblo, que le había echado o que tenía miedo de él, le parecía menos peligrosa, pues le impulsaba a depender de sí mismo, le ayudaba a mantener concentradas sus fuerzas; esos ayudantes aparentes, sin embargo, que en vez de al castillo le conducían, gracias a una pequeña mascarada, a su familia, le apartaban de su camino; lo quisieran o no, trabajaban en la destrucción de sus fuerzas. Ignoró una llamada de invitación procedente de la mesa familiar, permaneciendo en el banco con la cabeza hundida.

En ese instante se levantó Olga, la más afable de las hermanas, y, mostrando una huella de confusión juvenil, se acercó a K y le pidió que le acompañase a la mesa, en ella habían dispuesto pan y tocino e iría a traer cerveza.

—¿De dónde? —preguntó K.

—De la posada —dijo ella.

Eso le convenía a K. Le pidió que no trajera cerveza pero que le acompañara hasta la posada, pues aún tenía importantes trabajos que concluir. Sin embargo, resultó que no quería ir tan lejos, a su posada, sino a otra más cercana, a la señorial. A pesar de ello, K le pidió que le dejara acompañarla; tal vez, pensó, podría encontrar allí una posibilidad para pernoctar; en todo caso lo habría preferido a la mejor cama en esa casa. Olga no respondió en seguida, se limitó a mirar hacia la mesa. El hermano se había levantado, asintió con la cabeza y dijo:

—Si el señor así lo desea.

Con ese consentimiento, K casi estuvo a punto de retirar su petición, pues solo podía consentir algo carente de valor. Pero cuando a continuación se habló sobre la posibilidad de que la posada admitiese a K y todos dudaron, insistió en ir sin ni siquiera hacer el esfuerzo de fundamentar razonablemente su petición; esa familia tenía que aceptarle tal como era: en cierto modo no sentía ninguna vergüenza ante ellos. Solo le desconcertaba un poco Amalia con su mirada seria, directa e impávida, quizá también algo abúlica.

Durante el corto camino a la posada —K se asió del brazo de Olga y ella le arrastró, no podía ayudarse de otra manera, como lo había hecho su hermano—, supo que esa posada solo estaba destinada a los señores del castillo, que allí podían comer o incluso pernoctar cuando tenían algo que hacer en el pueblo. Olga habló con K en voz baja y confidencial: era agradable ir con ella, casi como con su hermano; K se resistió a esa sensación de bienestar, pero terminó plegándose a ella.

La posada era exteriormente muy similar a la posada en que K vivía; en el pueblo no había grandes diferencias externas, pero sí que podían advertirse en seguida pequeñas: la escalera de entrada, por ejemplo, tenía una barandilla, habían fijado un pequeño farol sobre la puerta, cuando entraron ondeó un paño sobre sus cabezas, era una bandera con los colores condales. En el pasillo les salió al encuentro el posadero, que al parecer se encontraba realizando una ronda de inspección; con los ojos pequeños, examinadores o somnolientos, no se sabía muy bien, miró fugazmente a K y dijo:

—El señor agrimensor solo puede llegar hasta el despacho de venta de consumiciones.

—Claro —dijo Olga, intercediendo en seguida—, solo me acompaña.

K, sin embargo, desagradecido, se desprendió de Olga y se apartó con el posadero. Olga, mientras tanto, esperó pacientemente al final del pasillo.

—Desearía pernoctar aquí —dijo K.

—Por desgracia, eso es imposible —dijo el posadero—. Parece desconocer que la casa está exclusivamente destinada a los señores del castillo.

—Eso lo puede decir el reglamento —dijo—, pero tiene que ser posible dejarme dormir en algún rincón.

—Me encantaría poder satisfacer su deseo —dijo el posadero—, pero aparte de la severidad del reglamento, del que usted habla como un forastero, su deseo resulta imposible de cumplir porque los señores son extremadamente sensibles; estoy convencido de que son incapaces, al menos tomándolos desprevenidos, de soportar la mirada de un extraño; si yo le dejase dormir aquí y por una casualidad (y las casualidades siempre se producen del lado de los señores) le descubrieran, no solo estaría yo perdido, también usted lo estaría.

Sonaba ridículo, pero era cierto. Ese señorón, abotonado hasta el cuello, que, con una mano apoyada en la pared y la otra en la cadera, con las piernas cruzadas y un poco inclinado hacia K, le hablaba en confianza, parecía no pertenecer al pueblo, por más que su oscuro traje tuviese un aspecto solemne y pueblerino.

—Le creo perfectamente —dijo K— y tampoco menosprecio la importancia del reglamento: he debido de expresarme con imprecisión. Solo quiero llamarle la atención sobre algo, en el castillo tengo valiosas conexiones y las tendré aún más valiosas, las cuales le aseguran contra todo peligro que pudiese ocasionar mi estancia aquí y le garantizo que estoy en condiciones de agradecerle con creces un pequeño favor.

—Lo sé —dijo el posadero, y repitió una vez más—: Eso lo sé.

Ahora K tendría que haber expresado su deseo con más intensidad, pero precisamente esa respuesta del posadero le confundió, por eso se limitó a preguntar:

—¿Pernoctan hoy aquí muchos señores del castillo?

—En ese aspecto esta es una noche ventajosa —dijo el posadero, tentador en cierta manera—, solo se queda un señor.

K no podía seguir insistiendo, pero tenía la esperanza de que lo admitiesen, así que preguntó por el nombre del huésped.

—Klamm —dijo el posadero de pasada, mientras se volvía hacia su esposa que apareció en ese momento con un vestido extrañamente envejecido y usado, lleno de arrugas y pliegues, pero de un estilo fino, de la ciudad. Quería llevarse al posadero, pues el señor director deseaba algo. Pero antes de irse, el posadero se volvió hacia K, como si no fuese él sino K quien tuviese que decidir sobre la posibilidad de pernoctar allí. K, sin embargo, no pudo decir nada; precisamente la circunstancia de que se hallase allí su superior lo había desconcertado; sin poder aclarárselo a él mismo, no se sentía tan libre ante Klamm como frente al castillo; ser descubierto por él no habría supuesto un susto en el sentido del posadero, pero sí una situación desagradable, algo así como si le ocasionase algún dolor a alguien a quien le debía agradecimiento; al mismo tiempo le oprimió severamente advertir que en esa irresolución se mostraban las temidas consecuencias de ser un subordinado, un trabajador, y que no era capaz, ni siquiera allí, donde surgían, de luchar con ellas hasta eliminarlas. Permaneció de pie, se mordió los labios y no dijo nada. Una vez más, antes de que el posadero desapareciese por una puerta, este le miró y K le devolvió la mirada, pero no se movió de su sitio hasta que Olga vino y se lo llevó.

—¿Qué querías del posadero? —preguntó Olga.

—Quería pasar aquí la noche —dijo K.

—Pero si vas a pernoctar en nuestra casa —dijo Olga maravillada.

—Sí, claro —dijo K, y le confió la interpretación de esas palabras.

3

FRIEDA

Donde se servían las bebidas, en una habitación grande, vacía en el centro, se sentaban cerca de la pared, al lado de barriles y sobre ellos, algunos campesinos, que, sin embargo, presentaban un aspecto diferente a los de la posada de K. Eran más limpios y uniformes, vestidos con un paño basto de color amarillo grisáceo, las chaquetas eran holgadas, los pantalones ceñidos. Eran hombres pequeños, a primera vista muy parecidos, con rostros angulosos y planos, pero al mismo tiempo de mejillas redondeadas. Todos parecían tranquilos y apenas se movían, solo con la mirada perseguían a los que habían entrado, pero lentamente y con actitud indiferente. Sin embargo, como eran tantos y reinaba tanto silencio, ejercieron en K cierto efecto. Volvió a tomar el brazo de Olga para así aclarar a aquellos hombres su presencia. En una esquina se levantó un hombre, un conocido de Olga, y quiso aproximarse a ella, pero K la obligó a volverse en otra dirección con el brazo con el que se apoyaba. Nadie salvo Olga lo pudo notar; ella lo toleró con una sonriente mirada de soslayo.

Una jovencita de nombre Frieda les sirvió la cerveza. Una pequeña, rubia e insignificante muchacha, con rasgos tristes y mejillas hundidas, que, sin embargo, sorprendía por su mirada, una mirada de especial superioridad. Cuando esa mirada recayó en K, le pareció como si esos ojos hubiesen solucionado ya asuntos que le concernían y cuya existencia ni siquiera conocía, pero de cuya existencia esa mirada le convenció. K no dejó de mirar de reojo a Frieda, tampoco cuando habló con Olga. No parecían ser amigas, solo intercambiaron algunas palabras indiferentes. K quiso contribuir en algo a la conversación y preguntó cuando menos se esperaba:

—¿Conoce al señor Klamm?

Olga se rio.

—¿Por qué te ríes? —preguntó K enojado.

—Pero si no me río —dijo, y siguió riéndose.

—Olga es aún una joven muy infantil —dijo K, y se inclinó sobre el mostrador para atraer una vez más la mirada fija de Frieda.

Sin embargo, ella la mantuvo baja y dijo quedamente:

—¿Quiere ver al señor Klamm?

K se lo pidió. Ella señaló hacia una puerta situada a la izquierda, cerca de donde se encontraban.

—Allí hay un pequeño agujero, puede mirar a través de él.

—¿Y esta gente? —preguntó K.

Ella levantó el labio inferior y se llevó a K hacia la puerta con una mano increíblemente suave. A través del agujero, que se había realizado ostensiblemente con objeto de observar, pudo abarcar casi toda la habitación. A un escritorio en el centro de la habitación, en un redondo y cómodo sillón, estaba sentado el señor Klamm iluminado intensamente por una bombilla que colgaba ante él. Era un hombre de mediana estatura, gordo y torpe. El rostro aún estaba terso, pero las mejillas caían un poco por efecto de la edad. Lucía un largo bigote. Unos quevedos torcidos que reflejaban la luz ocultaban sus ojos. Si el señor Klamm hubiese estado sentado completamente frente a la mesa, K solo habría podido ver su perfil, pero como había adoptado una posición oblicua, le podía ver toda la cara. Klamm apoyaba el codo izquierdo en la mesa; la mano derecha, que sostenía un cigarro, descansaba sobre la rodilla. Sobre la mesa había una jarra de cerveza; como el borde de la mesa estaba elevado, K no pudo ver bien si allí había documentos, a él le parecía que estaba vacía. Para mayor seguridad le pidió a Frieda que mirase por el agujero y que le informase. Como ella había estado hacía poco en la habitación, pudo confirmarle sin más que no había ningún escrito. K le preguntó a Frieda si ya tenía que irse, pero ella le dijo que podía seguir mirando todo el tiempo que quisiese. K se había quedado solo con Frieda. Olga, como comprobó fugazmente, había encontrado el camino hacia su conocido, estaba sentada sobre un barril y pataleaba.

—Frieda —dijo K con un susurro—, ¿conoce bien al señor Klamm?

—Ah, sí, muy bien —dijo.

Se inclinó hacia K y arregló con actitud juguetona su blusa color crema que, como ahora comprobaba K, era ligeramente escotada y colgaba de su pobre cuerpo como algo ajeno. Entonces ella dijo:

—¿No se acuerda de la risa de Olga?

—Sí, la muy malcriada —dijo K.

—Bien —dijo ella reconciliadora—, había motivos para reírse, usted preguntó si yo conocía a Klamm, y soy... —aquí se enderezó involuntariamente y volvió a dirigir su mirada victoriosa hacia K, aunque no guardase ninguna relación con lo que se estaba hablando—, soy su amante.

—La amante de Klamm —dijo K.

Ella asintió con la cabeza.

—Entonces usted es para mí —dijo K sonriendo para que no hubiese demasiada seriedad entre ellos— una persona muy respetable.

—No solo para usted —dijo Frieda amigablemente, pero sin imitar su sonrisa.

K tenía un remedio contra su altanería y lo empleó, al preguntarle:

—¿Ha estado alguna vez en el castillo?

Pero no resultó, porque ella respondió:

—No, pero ¿acaso no es suficiente con estar aquí en el despacho de bebidas?

Era evidente que su orgullo se había desbordado y precisamente quería cebarse en K.

—Cierto —dijo K—, aquí, en la taberna, usted desempeña las funciones del posadero.

—Así es —dijo ella—, y comencé como criada en la posada del puente.

—Con esas manos tan suaves —dijo K con un tono medio interrogativo y no supo si se limitaba a lisonjear o realmente había sido obligado por ella a hacerlo. Sus manos, sin embargo, eran realmente pequeñas y suaves, aunque también podría haberse dicho que eran delgadas e indiferentes.

—Nadie se ha fijado nunca en ellas —dijo ella—, ni siquiera ahora...

K la miró con actitud interrogadora, ella sacudió la cabeza y no quiso seguir hablando.

—Usted tiene, naturalmente —dijo K—, sus secretos y no hablará de ellos con alguien a quien solo conoce desde hace una hora y que aún no ha tenido la oportunidad de contarle cuál es su situación.

Esa fue, como se demostró en seguida, una indicación inadecuada, era como si hubiese despertado a Frieda de una agradable ensoñación, ella sacó de su cartera de piel, que colgaba de su cinturón, un trozo de madera y tapó con él el agujero en la pared, a continuación, y para ocultar su cambio de humor, le dijo visiblemente forzada:

—En lo que a usted concierne, lo sé todo, usted es el agrimensor.

Después de una pausa añadió:

—Ahora tengo que trabajar.

Y ocupó su puesto detrás del mostrador, mientras entre la gente se levantaba de vez en cuando alguno para que ella le llenase la jarra vacía. K quería volver a hablar con ella de forma discreta, así que tomó una jarra vacía de un estante y se aproximó a ella.

—Solo una cosa más, señorita Frieda —dijo—. Resulta extraordinario, y se necesita una gran energía para ascender de criada a camarera, pero ¿se puede decir que una persona así ha alcanzado ya su meta? Esta es una pregunta absurda. En sus ojos, y no se ría de mí, señorita Frieda, no habla tanto la lucha pasada como la futura. Pero las resistencias del mundo son grandes, se tornan más grandes cuanto más grandes son los objetivos, y no supone ninguna vergüenza asegurarse la ayuda de un hombre sin influencia pero igual de combativo. Tal vez podamos hablar con tranquilidad, no aquí, donde se fijan en nosotros tantas miradas.

—No sé qué pretende usted —dijo, y en el tono esta vez, contra su voluntad, no parecían reflejarse las victorias de su vida, sino las infinitas decepciones—. ¿Acaso desea separarme de Klamm?

—¡Cielo santo! Me ha leído el pensamiento —dijo K cansado de tanto recelo—. Precisamente esa era mi intención secreta. Usted debería abandonar a Klamm y ser mi amante. Y ahora ya me puedo ir. ¡Olga! —exclamó K—. Nos vamos a casa.

Obediente, Olga descendió del barril, pero no pudo desembarazarse en seguida de los amigos que la rodeaban. Entonces dijo Frieda en voz baja, mirando a K con un aire amenazador:

—¿Cuándo puedo hablar con usted?

—¿Puedo pernoctar aquí? —preguntó K.

—Sí —dijo Frieda.

—¿Puedo permanecer aquí?

—Salga con Olga para que me deshaga de la gente. Después de un rato puede volver.

—Bien —dijo K, y esperó impaciente a Olga.

Pero los campesinos no la dejaban, habían inventado un baile cuya protagonista era Olga; danzaban a su alrededor en corro y al lanzar un grito común salía uno del corro, aferraba la cadera de Olga con una mano y la remolineaba; el corro giraba cada vez más deprisa, los gritos, como resuellos hambrientos, se tornaron paulatinamente en uno solo; Olga, que al principio había querido romper el corro sonriente, se tambaleaba de mano en mano con el pelo suelto.

—Esa es la gentuza que me envían —dijo Frieda, y se mordió con ira sus finos labios.

—¿Quiénes son? —preguntó K.

—Los criados de Klamm —dijo Frieda—; una y otra vez los trae consigo y su presencia me trastorna. Apenas sé de qué he hablado hoy con usted, señor agrimensor, si fue de algo malo, perdóneme, la presencia de esa gente es la culpable: es lo más despreciable y repugnante que conozco y a ellos les tengo que servir cerveza. Cuántas veces le he tenido que pedir a Klamm que los envíe a casa; si tengo que soportar a los criados de otros señores, al menos podría tener consideración conmigo, pero todo ha sido en vano, una hora antes de su llegada se abalanzan como el ganado en el establo. Pero ahora deben irse realmente al establo, que es el sitio al que pertenecen. Si usted no estuviese aquí, abriría violentamente la puerta y el mismo Klamm tendría que sacarlos de esta habitación.

—Pero ¿no los oye? —preguntó K.

—No —dijo Frieda—, duerme.

—¿Cómo? —exclamó K—. ¿Duerme? Cuando miré en la habitación aún estaba despierto y sentado a la mesa.

—Así se sienta siempre —dijo Frieda—, también cuando usted le vio estaba durmiendo. ¿Le hubiera dejado mirar en otro caso? Esa era su posición para dormir, los señores duermen mucho, apenas se puede comprender. Por lo demás, si no durmiese tanto, ¿cómo podría soportar a esa gente? Pero ahora tendré que expulsarlos de aquí yo misma.

Cogió un látigo de una esquina y se acercó con un único salto, elevado y algo inseguro, a los danzantes. Primero se volvieron hacia ella como si fuese una nueva danzarina y, efectivamente, en un primer instante pareció como si Frieda quisiese dejar caer el látigo, pero lo volvió a alzar.

—¡En el nombre de Klamm —gritó—, al establo, todos al establo!

Entonces comprobaron que iba en serio; con un miedo incomprensible para K comenzaron a aglomerarse en la parte trasera, con el golpe del primero se abrió una puerta, el aire nocturno penetró en la habitación, y todos desaparecieron con Frieda, que al parecer los llevó por el patio hasta el establo. Pero en el silencio repentino que invadió la sala, K oyó pasos en el pasillo. Para protegerse saltó detrás del mostrador, era el único lugar donde podía esconderse; aunque no le estaba prohibido permanecer en esa zona, quería pernoctar allí, así que debía evitar que le vieran. Cuando la puerta se abrió, se deslizó en el interior. Que le descubriesen allí no dejaba de ser peligroso, en todo caso la excusa de que se había escondido allí de la furia de los campesinos no era inverosímil. Era el posadero.

—¡Frieda! —gritó, y se paseó varias veces por la habitación. Afortunadamente, Frieda regresó pronto y no mencionó a K, solo se quejó de los campesinos y se dirigió al mostrador con la intención de encontrar a K, allí pudo K rozar su pie y a partir de ese momento se sintió seguro. Como Frieda no mencionó a K, al cabo tuvo que hacerlo el posadero.

—Y ¿dónde está el agrimensor? —preguntó.

Era un hombre cortés y bien educado por el trato duradero y relativamente libre con personas muy superiores a él, pero con Frieda hablaba empleando un tono especialmente respetuoso, que llamaba la atención porque, a pesar de ello, en la conversación no dejaba de ser el empleador frente a su empleada, además frente a una empleada bastante audaz.

—He olvidado por completo al agrimensor —dijo Frieda, y puso su pequeño pie en el pecho de K—. Se ha debido de ir hace tiempo.

—Pero yo no le he visto —dijo el posadero— y he estado casi todo el tiempo en el pasillo.

—Aquí no está —dijo Frieda con indiferencia.

—A lo mejor se ha escondido —dijo el posadero—, después de la impresión que me ha dejado, le considero capaz de eso y de otras cosas.

—No creo que tenga esa osadía —dijo Frieda, y presionó aún más su pie contra K.

Había algo alegre y libre en su ser que K no había advertido antes y ese rasgo se apoderó increíblemente de ella cuando de repente, y riéndose, dijo:

—A lo mejor está escondido aquí debajo. —Se agachó hacia K y lo besó fugazmente para levantarse al instante y decir con un tono triste—: No, no está aquí.

Pero también el posadero dio motivo de sorpresa cuando dijo:

—Para mí es muy desagradable no poder decir con seguridad que se ha ido. No solo se trata del señor Klamm, sino del reglamento. Pero el reglamento, señorita Frieda, me afecta a mí tanto como a usted. Usted se hace responsable de esta sala, yo mismo registraré el resto de la casa. ¡Buenas noches! ¡Que duerma bien!

Aún no había salido de la habitación, cuando Frieda apagó la luz y ya estaba al lado de K debajo del mostrador.

—¡Amado mío! ¡Mi dulce amado! —susurró, pero ni siquiera rozó a K, como inconsciente de amor yacía sobre la espalda con los brazos extendidos; el tiempo era infinito para su amor afortunado y suspiró, más que cantó, una canción. Luego se sobresaltó, pues K estaba sumido en sus pensamientos, y comenzó a arrastrarse hacia él como si fuera una niña:

—Ven, aquí se asfixia uno.

Se abrazaron, el pequeño cuerpo ardía en las manos de K, rodaron sumidos en una inconsciencia de la que K intentó en vano liberarse; unos metros más allá chocaron con la puerta de Klamm provocando un ruido sordo y allí yacieron sobre un charco de cerveza y rodeados de otra basura de la que el suelo estaba cubierto. Allí transcurrieron horas, horas de un aliento común, de latidos comunes, horas en las que K tuvo la sensación de perderse o de que estaba tan lejos en alguna tierra extraña como ningún otro hombre antes que él, una tierra en la que el aire no tenía nada del aire natal, en la que uno podía asfixiarse de nostalgia y ante cuyas disparatadas tentaciones no se podía hacer otra cosa que continuar, seguir perdiéndose. Y para él, al menos en un principio, no supuso ningún susto, sino un consolador amanecer, cuando alguien llamó a Frieda desde la habitación de Klamm con una voz profunda, entre indiferente y autoritaria.

—Frieda —dijo K en el oído de Frieda y transmitió la llamada.

Con una obediencia innata Frieda quiso levantarse de un salto, pero entonces se acordó de dónde estaba, se estiró, rio en silencio y dijo:

—No, no iré, nunca más iré con él.

K quiso contradecirla, quiso impulsarla a que fuese con Klamm, comenzó a buscar con ella los restos de su blusa, pero no pudo decir nada, estaba demasiado feliz de tener a Frieda en sus brazos, demasiado feliz y a un mismo tiempo asustado, pues le parecía que si Frieda le abandonaba, le abandonaba todo lo que tenía. Y como si Frieda se hubiese fortalecido con la aquiescencia de K, golpeó con su puño en la puerta y gritó:

—¡Estoy con el agrimensor! ¡Estoy con el agrimensor!

Entonces Klamm se calló. Pero K se levantó, se arrodilló junto a Frieda y miró a su alrededor en la penumbra del amanecer.

¿Qué había ocurrido? ¿Dónde estaban sus esperanzas? ¿Qué podía esperar de Frieda que había traicionado todo? En vez de avanzar con la mayor precaución como correspondía a la magnitud del enemigo y del objetivo, se había solazado allí durante toda la noche sobre restos de cerveza, cuyo olor llegaba a aturdir.

—¿Qué has hecho? —dijo para sí—. Estamos perdidos.

—No —dijo Frieda—, solo yo estoy perdida, pero te he ganado a ti. Tranquilízate, pero escucha cómo se ríen los dos.

—¿Quién? —preguntó K, y se volvió.

En el mostrador estaban sentados sus dos ayudantes, un poco somnolientos, pero alegres: era la alegría que da el fiel cumplimiento del deber.

—¿Qué queréis aquí? —gritó K como si fuesen culpables de todo, y buscó a su alrededor el látigo que Frieda había tenido por la noche.

—Teníamos que buscarte —dijeron los ayudantes—, como no regresaste con nosotros a la posada, te buscamos en casa de Barnabás y finalmente te encontramos aquí: hemos estado aquí sentados toda la noche. El trabajo no es fácil.

—Os necesito durante el día, no por la noche —dijo K—. ¡Largaos de aquí!

—Ya es de día —dijeron, y no se movieron.

Realmente era de día, las puertas del patio se abrieron, los campesinos inundaron la sala con Olga, a la que K había olvidado por completo. Olga estaba animada como por la noche, por más que su pelo y su vestido estuviesen desordenados; sus ojos buscaron a K desde que apareció en la puerta.

—¿Por qué no viniste a casa conmigo? —dijo ella casi llorando—. ¡Por una criada como esa! —y repitió esa exclamación varias veces.

Frieda, que había desaparecido por un instante, regresó con un hatillo. Olga se apartó con tristeza.

—Ahora ya nos podemos ir —dijo Frieda.

Era evidente que se refería a la posada del puente, ese era el lugar al que quería ir. K iba acompañado de Frieda y, a continuación, los ayudantes: esa era la comitiva. Los campesinos mostraron desprecio por Frieda, era comprensible porque ella hasta ese momento los había dominado con severidad: uno de ellos incluso tomó un bastón e hizo como si no quisiese dejarla irse hasta que no hubiese saltado sobre él, pero su mirada bastó para ahuyentarlo. Afuera, en la nieve, K pudo respirar algo: la alegría de estar al aire libre era tan grande que esta vez le pareció soportable la dificultad del camino, aunque si K hubiese estado solo, habría ido mejor. Al llegar a la posada, se dirigió directamente a su habitación y se echó en la cama; Frieda preparó un lecho en el suelo y los ayudantes entraron en la habitación, fueron expulsados, volvieron a entrar por la ventana y K se mostró demasiado cansado para expulsarlos de nuevo. La posadera vino en persona para saludar a

Frieda y fue llamada «madrecita» por esta, se produjo un saludo efusivo incomprensible con besos y largos abrazos. En la habitación no había apenas tranquilidad, con frecuencia entraron también las criadas alborotando con sus botas masculinas ya fuese para traer o para recoger algo. Si necesitaban cualquier cosa de la cama, llena de los objetos más dispares, no dudaban en sacarlas sin consideración a K. A Frieda la saludaron como si fuese una de ellas. A pesar de todas esas molestias, K permaneció en cama durante todo el día y la noche. De vez en cuando Frieda le tendía la mano. Cuando finalmente se levantó al día siguiente, recuperado por el descanso, ya era su cuarto día en el pueblo.

4

CONVERSACIÓN CON LA POSADERA

Le habría gustado hablar confidencialmente con Frieda, pero los ayudantes, con quienes, por lo demás, Frieda reía y bromeaba de vez en cuando, se lo impedían con su impertinente presencia. Desde luego no se podía decir que fuesen exigentes, se habían instalado en el suelo, sobre dos faldas viejas; su ambición, como le repitieron a Frieda, consistía en no molestar a K y en ocupar el mínimo espacio posible; a este respecto, si bien es cierto que, sin dejar de susurrar y soltar risitas medio ahogadas, doblaban brazos y piernas, se acurrucaban el uno junto al otro y en la penumbra solo se veía un gran ovillo. Sin embargo, se apreciaba muy bien que con la luz del día se convertían en observadores atentos, siempre mirando fijamente a K, ya fuese empleando sus manos como telescopios al igual que los niños en sus juegos y realizando otras cosas absurdas, o solo parpadeando mientras parecían ocupados en el cuidado de sus barbas, a las que atribuían una gran importancia, comparándolas innumerables veces en su longitud y densidad y dejando que Frieda las juzgase. K miraba frecuentemente desde su cama con completa indiferencia los manejos de los tres.

Cuando se sintió lo suficientemente fuerte para abandonar la cama, los tres se apresuraron a servirle. No obstante, aún no estaba tan fuerte como para poderse defender de su celo, notó que por ello se veía sometido a cierta dependencia que podía tener consecuencias perjudiciales, pero no tenía más remedio que dejarlo estar. Tampoco fue muy desagradable tomarse en una mesa bien puesta el buen café que Frieda había traído, calentarse al lado de la calefacción que Frieda había encendido, hacer que los ayudantes impulsados por su celo e ineptitud bajasen y subiesen las escaleras diez veces para traer agua, jabón, un peine y un espejo, y, una última vez, porque K había expresado el deseo en voz baja de querer un vasito de ron.

En medio de todo ese ordenar y servir, K, más como resultado de su bienestar que de la esperanza de éxito, dijo:

—Salid ahora los dos, por el momento no necesito nada y quiero hablar a solas con la señorita Frieda.

Y cuando no vio en sus rostros ninguna señal de resistencia, aún les dijo para resarcirlos:

—Luego nos iremos los tres a ver al alcalde, me podéis esperar abajo en la taberna.

Por extraño que parezca le obedecieron, solo que antes de salir dijeron:

—También podríamos esperar aquí.

K respondió:

—Lo sé, pero no quiero.

A K le pareció enojoso, aunque también, en cierto

sentido, favorable, que Frieda (quien, una vez que habían salido los ayudantes, se había sentado sobre las rodillas de K) le dijese:

—¿Qué tienes, cariño, contra los ayudantes? Ante ellos no debemos tener ningún secreto. Son fieles.

—¡Ah!, conque fieles —dijo K—, me espían continuamente, su conducta es absurda y repugnante.

—Creo entenderte —dijo ella, se colgó de su cuello y quiso decir algo más pero no pudo seguir hablando y, como el sillón estaba cerca de la cama, oscilaron sobre ella y cayeron. Allí yacieron, pero no tan entregados como la noche anterior. Ella buscaba algo y él buscaba algo, furiosos, dibujándose extrañas muecas en sus rostros; buscaban horadando el pecho del otro con la cabeza, y sus abrazos y sus cuerpos violentamente entrelazados no les hacían olvidar, sino que les recordaban el deber de buscar; como perros desesperados que escarban en el suelo, así escarbaban en sus cuerpos e, irremediablemente decepcionados, para sacar algún resto más de felicidad, deslizaron sus lenguas por el rostro ajeno. Solo el cansancio logró calmarlos y que se mostrasen mutuamente agradecidos. Entonces llegaron las criadas.

—Mira cómo están echados ahí —dijo una de ellas, y arrojó un trapo sobre ellos por compasión.

Cuando más tarde K se liberó del trapo y miró a su alrededor, comprobó —no le asombró nada— que sus ayudantes volvían a estar en su rincón, amonestándose mutuamente con seriedad mientras señalaban a K con el dedo y le saludaban, pero, además, la posadera estaba sentada al lado de la cama y remendaba un calcetín, una pequeña labor que no se compaginaba con su figura enorme que casi oscurecía la habitación.

—Estoy esperando desde hace tiempo. —Y alzó su rostro ancho y surcado de arrugas, aunque en general daba la extraña sensación de ser liso y quizá, en otro tiempo, hermoso. Las palabras sonaron como un reproche, un reproche inconveniente, pues K no había solicitado que acudiese. Se limitó a constatar con la cabeza sus palabras y se incorporó. También Frieda se levantó, pero abandonó a K y se apoyó en el sillón donde estaba sentada la posadera.

—Señora posadera —dijo K distraído—, ¿no puede esperar eso que me quiere decir hasta que regrese de ver al alcalde? Tengo una importante entrevista con él.

—Esto es más importante, créame señor agrimensor —dijo la posadera—, allí se trata probablemente solo de un trabajo, aquí de un ser humano, de Frieda, mi querida sirvienta.

—¡Ah, ya! —dijo K—, entonces no entiendo por qué no nos deja ese asunto a nosotros dos.

—Por amor e inquietud —dijo la posadera, y atrajo hacia sí la cabeza de Frieda, quien, de pie, solo llegaba al hombro de la posadera sentada.

—Como Frieda tiene tanta confianza en usted —dijo K—, no puedo hacer otra cosa. Y como Frieda ha llamado hace poco fieles a mis ayudantes, estamos entre amigos. Así que le puedo decir, señora posadera, que considero lo mejor que Frieda y yo nos casemos y, además, lo más pronto posible. Por desgracia no podré compensar a Frieda de lo que ha perdido: el puesto en la posada de los señores y la amistad de Klamm.

Frieda levantó su rostro, sus ojos estaban llenos de lágrimas, en ellos no había nada de un sentimiento de victoria.

—¿Por qué yo? ¿Por qué he sido yo la elegida?

—¿Cómo? —preguntaron K y la posadera a un mismo tiempo.

—Está confusa, pobre hija —dijo la posadera—, confusa por la coincidencia de tanta felicidad y desgracia.

Y como confirmación de esas palabras Frieda se precipitó sobre K, le besó con pasión, como si no hubiese nadie más en la habitación y cayó después de rodillas, llorando y abrazándole. Mientras acariciaba el cabello de Frieda, K preguntó a la posadera:

—¿Me da usted la razón?

—Usted es un hombre de honor —dijo la posadera, también a ella se le notaba la emoción en la voz, parecía algo decaída y respiraba con dificultad; no obstante, aún encontró la fuerza para decir:

—Ahora habrá que pensar en algunas garantías que usted debe dar a Frieda, pues por muy grande que sea el respeto que le tengo, usted sigue siendo un forastero, no puede remitirse a nadie, su situación doméstica es aquí desconocida, así que las garantías son necesarias, eso lo comprenderá, señor agrimensor, usted mismo ha destacado lo que Frieda perderá al unirse a usted.

—Por supuesto, garantías, naturalmente —dijo K—, lo mejor es que todo se haga ante un notario, pero quizá otros organismos administrativos del condado también se inmiscuyan. Por lo demás, antes de la boda tengo un asunto que resolver. Tengo que hablar con Klamm.

—Eso es imposible —dijo Frieda, levantándose un poco y apretándose contra K—. ¡Qué ocurrencia!

—Tiene que ser —dijo K—, si me resulta imposible a mí, tendrás tú que conseguirlo.

—No puedo, K, no puedo —dijo Frieda—, Klamm

no hablará nunca contigo. ¿Cómo puedes creer que Klamm hablará contigo?

—¿Hablaría contigo? —preguntó K.

—Tampoco —dijo Frieda—, ni contigo ni conmigo, eso es imposible.

Se volvió hacia la posadera con los brazos extendidos.

—Vea, señora posadera, lo que reclama.

—Usted es una persona peculiar, señor agrimensor —dijo la posadera, y K quedó horrorizado al ver cómo estaba sentada, recta, con las piernas abiertas, las poderosas rodillas marcándose en la fina falda—. Usted pide algo imposible.

—¿Por qué es imposible? —preguntó K.

—Se lo explicaré —dijo la posadera en un tono como si esa aclaración no fuese un último favor sino ya la primera pena que imponía—, estaré encantada de explicárselo. Cierto, yo no pertenezco al castillo, y soy solo una mujer, y solo una posadera, aquí, en una posada de última categoría (bueno, no es de última categoría, pero casi), y así es posible que no atribuya mucha importancia a mi aclaración, pero durante toda mi vida he mantenido los ojos bien abiertos y he conocido a mucha gente y yo sola he llevado todo el peso de la economía, pues mi esposo es un buen hombre, pero no un posadero, y jamás comprenderá lo que significa asumir la responsabilidad. Usted, por ejemplo, debe a su negligencia (en aquella noche yo estaba completamente agotada) que siga en el pueblo, que esté aquí sentado tan cómoda y pacíficamente en la cama.

—¿Cómo? —dijo K, despertando de su distracción, más excitado por la curiosidad que por el enojo.

—Solo lo debe a su negligencia —exclamó una vez más la posadera señalando a K con el dedo índice.

Frieda intentó apaciguarla.

—¿Qué quieres tú? —dijo la posadera con un rápido giro de todo su cuerpo—, el señor agrimensor me ha preguntado y debo responderle. No hay otra forma de que comprenda lo que a nosotros nos resulta evidente: que el señor Klamm jamás hablará con él, pero qué digo, que jamás podrá hablar con él. Escúcheme, señor agrimensor, el señor Klamm es un señor del castillo, eso ya significa por sí mismo, al margen de su otra posición, un rango muy elevado. Pero ¿qué es usted, cuyo consentimiento para la boda buscamos tan humildemente? Usted no pertenece al castillo, no es del pueblo, usted es un donnadie. Por desgracia, sin embargo, usted es algo: un forastero, uno que siempre resulta superfluo y siempre está en camino, uno por quien siempre se producen trastornos, por cuya causa hay que esconder a las criadas, cuyas intenciones son desconocidas, uno que ha seducido a nuestra pequeña y querida Frieda y al que hay que dársela, por desgracia, como esposa. A causa de todo esto no le hago en el fondo ningún reproche. Usted es lo que es; ya he visto mucho en mi vida como para no soportar ahora esta situación. Sin embargo, imagínese lo que está pidiendo. Un hombre como Klamm debe hablar con usted. Con dolor he oído que Frieda le ha dejado mirar por el agujero de la pared, ya cuando lo hizo había sido seducida por usted. Dígame, ¿cómo ha podido soportar la mirada de Klamm? No tiene por qué responder, lo sé, la ha soportado muy bien. Usted no es capaz de ver realmente a Klamm, esto no es envanecimiento por mi parte, pues yo tampoco soy capaz. Klamm debería hablar con usted, pero él ni siquiera habla con la gente del pueblo, nunca ha hablado con alguien del pueblo. La gran distinción de Frieda, que será mi orgullo hasta la muerte, consistía en que al menos solía pronunciar su nombre, en que ella podía dirigirle la palabra cuando quería y recibía el permiso para mirar por el agujero de la pared, pero él tampoco ha hablado con ella. Y que llamase a Frieda de vez en cuando, no debe tener el significado que a uno le gustaría atribuirle, él se limitaba a pronunciar el nombre de Frieda. Pero ¿quién conoce sus intenciones? Que Frieda, naturalmente, acudiese deprisa era asunto suyo, y que la dejasen presentarse ante él sin oponerse se debía a la bondad de Klamm, pero no se puede afirmar que la hubiese llamado. Ahora es cierto que todo eso se ha acabado para siempre. Tal vez Klamm vuelva a pronunciar el nombre de Frieda, es posible, pero ya no la dejarán entrar, a ella, a una muchacha que es su prometida. Y hay una cosa, una sola cosa que no comprendo con mi pobre cabeza, que una joven de la que se decía era la amante de Klamm (dicho sea de paso, considero esta expresión algo exagerada) se dejase rozar por usted.

—Cierto, eso es extraño —dijo K, y colocó a Frieda, que se sometió con la cabeza inclinada, sobre sus rodillas—, eso demuestra, según creo, que no toda la situación es como usted la describe. Así, por ejemplo, usted tiene razón cuando dice que yo ante Klamm soy un donnadie, y si ahora exijo hablar con Klamm y no me dejo influir por sus explicaciones, con eso aún no se ha dicho que sea capaz de soportar la mirada de Klamm sin la puerta interpuesta y que no correré en cuanto esté en su presencia. Pero ese temor, aunque fundado, para mí no supone un motivo para no aventurarme a afrontarlo. Si me resulta posible soportarlo, entonces es necesario que hable conmigo, me basta si puedo comprobar la impresión que le hacen mis palabras y si no le hacen ninguna o ni siquiera las escucha, habré sacado el beneficio de haber hablado libremente ante un poderoso. Usted, sin embargo, señora posadera, con todos sus conocimientos humanos y de la vida, y Frieda, que todavía ayer era la amante de Klamm (no veo ningún motivo para cambiar de término), me podrían facilitar la entrevista con Klamm, si no es posible de otra manera, entonces en la posada de los señores, quizá aún siga hoy allí.

—Es imposible —dijo la posadera—, y ya veo que le falta la capacidad de comprenderlo. Pero díganos, ¿de qué quiere hablar con Klamm?

—Sobre Frieda naturalmente —dijo K.

—¿Sobre Frieda? —dijo la posadera con incomprensión y se volvió hacia Frieda—. ¿Has oído, Frieda? Sobre ti quiere hablar con Klamm, ¡con Klamm!

—¡Ay! —dijo K—, usted es, señora posadera, una mujer tan lista y respetable y, sin embargo, la asusta cualquier pequeñez. Así es, quiero hablar con él de Frieda, eso no es tan terrible, sino más bien evidente. Pues se equivoca con toda seguridad si cree que Frieda, desde el instante en el que yo aparecí, se ha convertido en algo insignificante para Klamm. Le menosprecia si es eso lo que cree. Pienso que resulta presuntuoso por mi parte querer instruirla a este respecto, pero lo tengo que hacer. Por mi causa no ha podido alterarse nada en la relación de Klamm con Frieda. O no existía ninguna relación esencial (eso es lo que dicen aquellos que no le quieren dar el nombre honorífico de amante a Frieda), por lo que hoy tampoco existiría, o sí existía, entonces ¿cómo podría perturbarla una persona como yo, quien, como ha dicho certeramente, es un donnadie a los ojos de Klamm? Esas cosas se creen en el primer instante del susto, pero la más pequeña reflexión debe ponerlas en su sitio. Por lo demás, dejemos que Frieda exprese su opinión sobre el asunto.

Con una mirada perdida en la lejanía, la mejilla apoyada en el pecho de K, Frieda dijo:

—Es como madre dice: Klamm no quiere saber nada más de mí. Pero, ciertamente, no porque llegaras tú, querido, nada parecido podría haberle conmocionado. Creo que fue obra suya que nos encontrásemos bajo el mostrador, esa hora fue bendecida y no maldita.

—Si es así —dijo K lentamente, pues las palabras de Frieda habían sido dulces y él había cerrado los ojos unos segundos para dejarse invadir por esas palabras—, si es así, aún hay menos motivos para temer una entrevista con Klamm.

—Verdaderamente —dijo la posadera mirándolo desde arriba—, me recuerda a veces a mi esposo, usted es tan obstinado e ingenuo como él. Lleva dos días en el pueblo y ya cree saberlo todo mejor que sus habitantes, mejor que yo, una mujer ya mayor, y que Frieda, que tanto ha visto y oído en la posada de los señores. No niego que alguna vez sea posible lograr algo contra los reglamentos o contra la costumbre, por mi parte no he visto algo parecido, pero según dicen hay ejemplos de ello, puede ser, pero entonces con toda certeza no ocurre de la manera en que usted pretende hacerlo: diciendo continuamente que no, guiándose solo por su propia tozudez y pasando por alto los consejos bienintencionados. ¿Acaso cree que usted es el objeto de mi inquietud? ¿Me he ocupado de usted mientras estaba solo? ¿A pesar de que hubiese sido conveniente y se hubiese podido evitar algo? Lo único que le dije entonces a mi esposo fue: «Mantente alejado de él». Estas palabras deberían haber mantenido su validez también para mí en el día de hoy, si el destino de Frieda no estuviese involucrado. A ella le debe (le guste o no) mi atención, sí, incluso mi consideración. Y no puede simplemente rechazarme ya que usted es responsable ante mí, la única que cuida a la pequeña Frieda con atención maternal. Es posible que Frieda tenga razón y que todo lo que ha ocurrido haya sido la voluntad de Klamm, pero de Klamm no sé nada, jamás hablaré con él, para mí es completamente inalcanzable. Usted, sin embargo, se sienta aquí, tiene en sus manos a mi Frieda y (por qué debería callarlo) también está en mis manos. Sí, en mis manos, pues intente si no, joven, si le echo de casa, buscar un alojamiento en el pueblo, aunque sea en una caseta de perro.

—Gracias —dijo K—, esas son palabras sinceras y las creo. Tan insegura es entonces mi posición y, por tanto, la de Frieda.

—¡No! —gritó la posadera furiosa—. La posición de Frieda no tiene a ese respecto nada que ver con la suya. Frieda pertenece a mi casa y nadie tiene el derecho de llamar insegura su posición aquí.

—Bueno, bueno —dijo K—, también le doy la razón en eso, especialmente porque Frieda, por motivos desconocidos, parece tenerle demasiado miedo para injerirse. Sigamos tratando provisionalmente solo mi caso. Mi posición es extremadamente insegura, eso no lo niega, sino que más bien se esfuerza en demostrarlo. Como ocurre con todo lo que dice, esto es en su mayor parte cierto, pero no del todo. Así, sé de un buen alojamiento que estaría dispuesto para mí.

—¿Dónde? ¿Dónde? —exclamaron Frieda y la posadera tan simultáneamente y con tanta codicia como si tuviesen los mismos motivos para sus preguntas.

—En casa de Barnabás —dijo K.

—¡Estos granujas! —exclamó la posadera—. ¡Esos taimados granujas! ¡En casa de Barnabás! ¿Lo habéis oído? —Y se volvió hacia la esquina donde se encontraban los ayudantes, pero estos ya hacía tiempo que se habían levantado y estaban detrás de la posadera cogidos del brazo; ella, ahora, como si necesitase un apoyo, cogió la mano de uno de ellos—. ¿Habéis oído dónde las corre el señor? ¡En la familia de Barnabás! Es cierto, ahí recibirá un alojamiento, ¡ay!, habría sido mejor que lo hubiese conseguido allí y no en la posada de los señores. Y ¿dónde pasasteis vosotros la noche?

—Señora posadera —dijo K antes de que respondiesen los ayudantes—, se trata de mis ayudantes, pero así los trata como si fueran sus ayudantes y mis vigilantes. En cualquier otra cosa estoy dispuesto, al menos, a discutir cortésmente sobre sus opiniones, pero no respecto a mis ayudantes, pues aquí el asunto está claro. Por esto le pido que no hable con mis ayudantes, y si mi solicitud no bastase les prohíbo a mis ayudantes que le contesten.

—Así que no puedo hablar con vosotros —dijo la posadera, y los tres se rieron, la posadera, sin embargo, de forma burlona y con más suavidad de la que K había esperado; los ayudantes en su forma acostumbrada, significándolo todo y nada, rechazando cualquier responsabilidad.

—No te enojes —dijo Frieda—, tienes que comprender correctamente nuestra excitación. Si se quiere, en realidad debemos nuestro encuentro a Barnabás. Cuando te vi por primera vez en el mostrador (entraste del brazo de Olga) ya sabía algo sobre ti, pero en general me eras por completo indiferente. Pero no solo tú me eras indiferente, casi todo, casi todo me era indiferente. Estaba insatisfecha con muchas cosas y algo me producía enojo, pero ¿qué clase de insatisfacción y de enojo? Por ejemplo, uno de los huéspedes me molestó en el mostrador (siempre estaban detrás de mí, ya viste a aquellos tipos, pero venían más enojosos, el servicio de Klamm no era de lo peor), así pues, uno de ellos me molestó, ¿qué significaba eso para mí? Para mí era como si hubiese ocurrido hace muchos años o como si no me hubiese ocurrido a mí o como si hubiese escuchado cómo lo contaban o como si ya lo hubiese olvidado. Pero no lo puedo describir, ni siquiera me lo puedo imaginar más, tanto han cambiado las cosas desde que he abandonado a Klamm.

Y Frieda interrumpió su relato, inclinó con tristeza la cabeza y mantuvo las manos dobladas sobre el regazo.

—Ve usted —exclamó la posadera, y lo hizo como si no hablase ella misma sino que prestase su voz a Frieda, luego se acercó más y se sentó al lado de ella—, se da cuenta ahora, señor agrimensor, de cuáles han sido las consecuencias de su comportamiento; y también sus ayudantes, con los que no puedo hablar, pueden aprender de esta situación. Usted ha arrancado a Frieda del estado de máxima felicidad que se le podía dar y le ha sido posible porque Frieda, con su exagerada e infantil compasión, no pudo soportar que entrase colgado del brazo de Olga y que pareciese entregado a la familia de Barnabás. Le ha salvado y al hacerlo se ha sacrificado. Y ahora que ya ha ocurrido y que Frieda ha cambiado todo lo que tenía por la felicidad de sentarse sobre sus rodillas, ahora viene usted y presenta como su gran triunfo que una vez tuvo la posibilidad de poder pernoctar en la casa de Barnabás. Con eso quiere demostrar que usted es independiente de mí. Cierto, si realmente hubiese pernoctado en casa de Barnabás, sería tan independiente de mí que tendría que abandonar mi casa al instante y de la forma más rápida.

—No conozco los pecados de la familia de Barnabás —dijo K mientras Frieda, que estaba como inánime, se incorporaba cuidadosamente, se sentaba en la cama y terminaba por levantarse—. Quizá tenga usted razón en lo que dice, pero con certeza tenía yo razón cuando le pedí que nos dejase a Frieda y a mí resolver nuestros propios asuntos. Usted mencionó algo de amor y preocupación, de ello no he vuelto a notar nada, sí, sin embargo, de odio, escarnio y expulsión de la casa. Si se le había ocurrido apartar a Frieda de mí o a mí de Frieda, lo ha intentado con gran habilidad, pero me parece que no lo logrará y, si lo lograse (permítame por una vez pronunciar una oscura amenaza), lo lamentará amargamente. En lo que se refiere al alojamiento que me ha brindado (con esas palabras parece referirse a este repugnante agujero) no resulta del todo seguro que lo haya puesto a mi disposición por propia voluntad, más bien me parece que existe una instrucción al respecto de la administración condal. Comunicaré allí que me han desahuciado de la posada y si me conceden otro alojamiento entonces podrá ya respirar con libertad, y yo con mayor profundidad. Y ahora me voy a ver al alcalde con motivo de este y de otros asuntos. Ocúpese al menos, por favor, de Frieda, a quien ya ha maltratado lo suficiente con sus sermones maternales.

A continuación, se volvió hacia sus ayudantes.

—Venid —dijo, quitó la carta del clavo y se dispuso a salir.

La posadera había permanecido en silencio, pero en cuanto K puso la mano en el picaporte, dijo:

—Señor agrimensor, aún me queda algo por decirle antes de que se ponga en camino, pues diga lo que quiera y me insulte como me insulte, a mí, a una mujer ya anciana, sigue siendo el futuro esposo de Frieda. Solo por eso le digo que ignora por completo la situación que se le presenta aquí; a una le zumba la cabeza cuando le oye y cuando compara lo que dice y piensa con la realidad. No se puede arreglar esa ignorancia de una vez y quizá no se pueda nunca, pero hay muchas cosas que pueden mejorar si me cree aunque solo sea un poco y mantiene presente el hecho de esa ignorancia. Entonces, por ejemplo, se volverá en seguida más justo conmigo y comenzará a sospechar la magnitud del susto que he sufrido (cuyos efectos aún padezco) cuando me he dado cuenta de que mi querida pequeña ha abandonado, en cierta manera, al águila, para unirse a la culebra ciega, aunque la relación real sea mucho peor y tenga que intentar olvidarla continuamente, si no, no podría hablar con usted una palabra con tranquilidad. Pero ahora se ha enfadado otra vez. No, no se vaya todavía, escuche aún esto, por favor: adonde quiera que vaya sepa que sigue siendo el más ignorante y tenga cuidado, aquí en nuestra casa, donde la presencia de Frieda le protege de daños, puede decir lo que quiera, aquí nos puede mostrar, por ejemplo, cómo pretende hablar con Klamm, pero, por favor, por favor se lo pido, no se atreva a decir esas cosas en la realidad.

Se levantó algo tambaleante por la excitación, se acercó a K, tomó su mano y le miró con gesto suplicante.

—Señora posadera —dijo K—, no comprendo por qué se humilla para suplicarme una cosa así. Si, como usted dice, resulta imposible hablar con Klamm, entonces no lo podré lograr, me lo supliquen o no. Pero si fuese posible, ¿por qué tendría que renunciar a hacerlo, especialmente cuando con la refutación de su principal reproche el resto de sus temores resultan cuestionables? Es cierto, soy ignorante; sin embargo, la verdad prevalece, y eso es muy triste para mí, pero también tiene la ventaja de que el ignorante osa más, así que prefiero portar conmigo aún un poco más la ignorancia y sus malas consecuencias, al menos mientras alcancen mis fuerzas. Esas consecuencias, en lo esencial, solo me afectan a mí, y por eso ante todo no comprendo por qué me suplica. Usted siempre cuidará de Frieda y, si desaparezco completamente de su círculo, eso significará, según su opinión, una suerte para ella. ¿Qué teme entonces? ¿Acaso teme que al ignorante le parece todo posible? —Aquí K abrió la puerta—. ¿No temerá acaso por Klamm?

La posadera miró en silencio cómo salía y bajaba deprisa las escaleras con sus ayudantes detrás.

5

EN CASA DEL ALCALDE

A K, casi para su sorpresa, la entrevista con el alcalde le causaba pocas preocupaciones. Intentó explicárselo con el hecho de que, según sus experiencias hasta ese momento, el trato oficial con las autoridades condales había sido muy fácil para él. Por una parte eso se debía a que, respecto al tratamiento de sus asuntos, era evidente que se había emitido de una vez por todas un determinado principio de actuación, supuestamente muy favorable para él, y por otra, se debía a la unidad digna de admiración del servicio, que precisamente allí donde no existía en apariencia se presentía perfecta. K, cuando alguna vez pensaba en estas cosas, no estaba muy lejos de encontrar su situación satisfactoria, a pesar de que, después de los ataques de bienestar que le aquejaban, se dijera que cabalmente ahí radicaba el peligro. El trato directo con organismos administrativos no era demasiado difícil, pues estos, por muy organizados que estuvieran, siempre tenían que defender cosas invisibles y distantes en nombre de señores invisibles y distantes, mientras que K luchaba por algo viviente y cercano, por él mismo, sobre todo, al menos últimamente, por su propia voluntad, pues él era el atacante, y no solo él luchaba por él mismo, sino con toda seguridad por otras fuerzas que no conocía, pero en las que podía creer según las medidas de los organismos administrativos. Pero como los organismos desde un principio le habían manifestado su buena voluntad en cosas inesenciales —hasta ese momento tampoco se había tratado de más—, le habían impedido la posibilidad de pequeñas y ligeras victorias y con esa posibilidad también la correspondiente satisfacción, así como la fundada seguridad resultante de ella para otras luchas más grandes. En vez de eso le dejaban deslizarse por todas partes, eso sí, sin abandonar el pueblo, y, mediante esa táctica, le mimaban y debilitaban, evitando toda lucha y situándolo en una vida extraña, extraoficial, completamente opaca y turbia. De esa manera bien podía ocurrir, si no estaba alerta, que él algún día, pese a toda la deferencia del organismo y pese al cumplimiento completo de todas las obligaciones oficiales tan exageradamente fáciles, fuese embaucado por el favor supuestamente concedido y condujese su vida con tan poca precaución que se desmoronase, y el organismo competente, aún suave y amistoso, por decirlo así, contra su voluntad pero en nombre de cualquier orden público desconocido para él, viniese para deshacerse de él. Y ¿qué era su vida extraoficial allí? K no había visto nunca una mayor fusión entre vida y función pública que allí, tan fundidas estaban que a veces podía parecer que la vida y la función pública habían intercambiado sus puestos. ¿Qué significaba, por ejemplo, el poder formal que

Klamm había ejercido hasta ahora sobre la posición oficial de K, si se comparaba con el poder real que tenía Klamm sobre su alcoba? Así concluyó que solo había lugar para un comportamiento relajado frente a la administración, mientras que en lo restante siempre sería necesaria una gran precaución, un mirar hacia todos los lados antes de dar un paso.

K encontró por lo pronto confirmada su idea de la administración local con el alcalde. Este, un hombre amable, obeso y afeitado pulcramente, estaba enfermo, padecía un ataque de gota y recibió a K en la cama.

—Así que aquí está nuestro agrimensor —dijo; quiso levantarse para saludarle, pero no pudo y se arrojó, disculpándose y señalando hacia la pierna, de nuevo sobre el cojín. Una mujer silenciosa, casi como una sombra en la habitación oscurecida por las pequeñas ventanas y las cortinas corridas, trajo una silla a K y la colocó al lado de la cama.

—Siéntese, siéntese, señor agrimensor —dijo el alcalde—, y dígame sus deseos.

K le leyó la carta de Klamm y añadió algunos comentarios. Una vez más sintió la extraordinaria ligereza del trato con la administración. Asumían literalmente toda la carga, se les podía cargar con todo y uno quedaba intacto y libre. Como si el alcalde hubiese sentido lo mismo a su manera, se volvió incómodo en la cama. Finalmente, dijo:

—Como habrá notado, señor agrimensor, ya conocía el asunto. El que no haya emprendido nada tiene dos motivos, primero mi enfermedad, y segundo que, como usted no venía, pensé que había renunciado al trabajo. Ahora que ha sido tan amable de venir a verme, debo decirle la desagradable verdad. Ha sido aceptado como agrimensor, como usted dice, pero, por desgracia, no necesitamos a ningún agrimensor. No hay ningún trabajo para usted. Los límites de nuestras pequeñas propiedades han sido trazados, todo ha sido registrado convenientemente, apenas hay transmisiones de la propiedad y las pequeñas disputas de límites las arreglamos entre nosotros. ¿Para qué necesitamos, pues, a un agrimensor?

K, sin que hubiera pensado antes en ello, estaba convencido en su interior de haber esperado una comunicación similar. Por eso mismo pudo responder inmediatamente:

—Eso me sorprende mucho y arroja todos mis cálculos por la borda. Solo espero que se trate de un malentendido.

—Por desgracia, no —dijo el alcalde—, es como le digo.

—Pero ¿cómo es posible? —exclamó K—, no he emprendido un viaje larguísimo para ahora ser mandado de vuelta.

—Esa es otra cuestión —dijo el alcalde— sobre la que yo no tengo que decidir, pero le puedo explicar cómo se ha producido ese malentendido. En una administración tan grande como la del condado puede ocurrir alguna vez que un departamento disponga algo y que otro disponga otra cosa diferente, ninguno sabe del otro, el control superior, es cierto, actúa con gran precisión, pero, por su naturaleza, demasiado tarde, y así pueden originarse pequeñas confusiones. Siempre se trata de pequeñeces, como, por ejemplo, su caso; en asuntos importantes aún no he conocido un error, aunque las pequeñeces son con frecuencia lo suficientemente desagradables. En lo que concierne a su caso, le contaré abiertamente los pormenores sin secretos oficiales: para esto no llego a la categoría de funcionario, soy un campesino y nada más. Hace mucho tiempo, cuando llevaba pocos meses de alcalde, llegó un edicto, no sé de qué departamento, en el que se comunicaba a los señores, de esa forma categórica tan peculiar, que se debía contratar a un agrimensor y en el que se encargaba a la comunidad que preparase todos los planos y registros necesarios para su trabajo. Ese edicto, naturalmente, no podía afectarle a usted, pues eso fue hace muchos años y no me habría acordado si ahora no estuviese enfermo y tuviese tiempo suficiente para reflexionar en la cama sobre las cosas más ridículas. Mizzi —dijo de repente, interrumpiendo su informe, dirigiéndose a la mujer que aún correteaba por la habitación realizando una actividad incomprensible—, por favor, mira en el armario, a lo mejor encuentras el edicto. Data —se explicó ante K— de mi primera época: en aquel tiempo aún lo guardaba todo.

La mujer abrió en seguida el armario, K y el alcalde miraban. El armario estaba lleno a rebosar de papeles, al abrirlo rodaron dos gruesos rollos de expedientes, enrollados como si fuesen troncos. La mujer saltó asustada hacia un lado.

—Abajo, tiene que estar abajo —dijo el alcalde, dirigiendo sus movimientos desde la cama. Con actitud obediente, la mujer, abarcando los expedientes con sus dos brazos, arrojó hacia abajo todo el contenido del armario para llegar a los papeles situados en la parte inferior. Los papeles ya cubrían la mitad de la habitación.

—Se ha trabajado mucho —dijo el alcalde asintiendo con la cabeza—, y eso solo es una pequeña parte. La masa principal la he conservado en el granero, aunque la mayor parte se ha perdido. ¿Quién puede guardar todo eso? En el granero, sin embargo, aún queda mucho.

»¿Vas a encontrar de una vez el edicto? —se volvió de nuevo hacia la mujer—. Tienes que buscar un expediente en el que está la palabra *agrimensor* subrayada con color azul.

—Esto está demasiado oscuro —dijo la mujer—, traeré una vela.

Y salió de la habitación pasando por encima de los papeles.

—Mi esposa es una gran ayuda para mí —dijo el alcalde— en este trabajo pesado que, sin embargo, se debe realizar en los ratos libres. Cierto, para los escritos dispongo de un ayudante, el maestro, pero pese a ello resulta imposible terminarlo todo, siempre queda mucho sin concluir, todo eso se encuentra guardado en esas cajas —y señaló hacia otro armario—. Y sobre todo ahora que estoy enfermo, se acumula —dijo, y se recostó cansado pero con orgullo.

—¿No podría ayudar a su esposa a buscar? —dijo K cuando la mujer ya había regresado con la vela y buscaba el edicto arrodillada ante las cajas.

El alcalde sacudió sonriente la cabeza:

—Como ya le dije, no tengo secretos oficiales para usted, pero no puedo llegar tan lejos como para dejarle que busque en los expedientes.

El silencio invadió la habitación, solo se podía oír el roce de los papeles, el alcalde quizá dormitaba un poco. Un ligero golpeteo en la puerta hizo que K se diese la vuelta. Eran, naturalmente, los ayudantes. Al menos se mostraron algo educados, no irrumpieron en la habitación, sino que primero susurraron a través de la ranura de la puerta.

—Tenemos mucho frío fuera.

—¿Quién es? —preguntó el alcalde asustándose.

—Solo se trata de mis ayudantes —dijo K—, no sé dónde me pueden esperar, en el exterior hace mucho frío y aquí molestan.

—A mí no me molestan —dijo amablemente el alcalde—, déjelos entrar. Además, los conozco. Viejos conocidos.

—Pero a mí sí que me molestan —dijo K con franqueza y dejó vagar su mirada de los ayudantes al alcalde y de este a los ayudantes, encontrando las tres sonrisas iguales—. Pero ya que estáis aquí —dijo a modo de prueba—, entonces quedaos y ayudad a la señora a buscar un expediente en el que aparece la palabra *agrimensor* subrayada con color azul.

El alcalde no puso ninguna objeción; lo que no podía hacer K, lo podían hacer los ayudantes. Se arrojaron inmediatamente sobre los papeles, pero revolvían los montones más que buscaban, y mientras uno deletreaba un escrito, el otro se lo arrebataba continuamente de las manos. La mujer, por el contrario, estaba arrodillada ante las cajas vacías, parecía haber dejado de buscar, en todo caso la vela estaba muy lejos de ella.

—Así que los ayudantes —dijo el alcalde con una sonrisa de satisfacción, como si todo ocurriese según sus propias disposiciones, aunque nadie pudiese suponerlo— le resultan molestos. Pero son sus propios ayudantes.

—No —dijo fríamente K—, se han unido a mí aquí.

—¿Cómo que unido? —dijo el alcalde—. Querrá decir que le han sido asignados.

—Bueno, pues asignados —dijo K—, igual podrían haber caído del cielo, tan irreflexiva fue esa asignación.

—Aquí no ocurre nada de forma irreflexiva —dijo el alcalde, olvidó incluso el dolor del pie y se sentó en la cama.

—¿Nada? —dijo K—; y ¿qué ocurre con mi contratación?

—También su contratación fue fruto de la reflexión —dijo el alcalde—, solo que hay algunas circunstancias accesorias que han creado confusión, se lo demostraré con los expedientes.

—Esos expedientes no se van a encontrar —dijo K.

—¿No? —exclamó el alcalde—. Mizzi, por favor, busca más rápido. Pero en un principio también le puedo contar la historia sin expedientes. Aquel edicto del que ya le he hablado lo contestamos agradecidos diciendo que no necesitábamos ningún agrimensor. Esta respuesta al parecer no llegó al departamento originario, lo denominaré A, sino, erróneamente, a otro departamento B. Así pues, el departamento A se quedó sin respuesta, pero por desgracia el departamento B tampoco recibió toda nuestra respuesta, ya fuese porque el contenido del expediente se hubiese quedado aquí o porque se hubiese perdido por el camino (en el departamento desde luego no, se lo puedo garantizar), el caso es que al departamento B solo llegó una carpeta del expediente en la que no había nada indicado salvo que se trataba del expediente incluido, pero en realidad desgraciadamente perdido, de la contratación de un agrimensor. Mientras, el departamento A esperó nuestra respuesta; es cierto que tenía notas sobre el asunto, pero como suele ocurrir comprensiblemente y puede ocurrir debido a la precisión con que se llevan todos los casos, el encargado confió en que responderíamos y que él luego o contrataría al agrimensor o seguiría manteniendo correspondencia con nosotros según las necesidades. Por consiguiente, descuidó las notas y se olvidó de todo. Al departamento B, sin embargo, llegó la carpeta, en concreto a un funcionario famoso por su escrupulosidad, se llama Sordini, un italiano; incluso para mí, un iniciado, resulta incomprensible por qué un hombre de sus capacidades ocupa uno de los puestos más subordinados. Este Sordini, naturalmente, nos envió la carpeta vacía para que incluyésemos el expediente. Ahora bien, desde el primer escrito del departamento A habían pasado muchos meses, cuando no años, y esto es comprensible, pues cuando, como es la regla, un expediente recorre el camino correcto, llega a su departamento a más tardar en un día y se soluciona en ese mismo día, pero cuando yerra el camino, y debe buscar con celo en la excelencia de la organización el camino correcto, si no lo encuentra, entonces dura mucho tiempo. Cuando recibimos la nota de Sordini, solo nos podíamos acordar difusamente del asunto, en aquel tiempo solo éramos dos en el trabajo, Mizzi y yo, aún no me habían asignado al maestro, y solo conservábamos copias de los asuntos más importantes. En suma, solo pudimos responder de forma vaga que no sabíamos nada de esa contratación y que no necesitábamos a ningún agrimensor.

—Pero —se interrumpió a sí mismo el alcalde como si hubiese llegado demasiado lejos en su celo narrativo o como si al menos existiese esa posibilidad de haber llegado demasiado lejos— ¿no le aburre la historia?

—No, nada de eso —dijo K—, me divierte.

A eso contestó el alcalde:

—No se la cuento para su diversión.

—Solo me divierte —dijo K— porque me deja entrever la ridícula confusión que, bajo determinadas circunstancias, puede decidir sobre la existencia de un hombre.

—Aún no ha podido entrever nada —dijo el alcalde con seriedad—, y puedo seguir contándole la historia. Con nuestra respuesta, evidentemente, un Sordini no podía quedar satisfecho. Admiro a ese hombre, aunque para mí resulta un tormento. No se fía de nadie; aun cuando, por ejemplo, ha conocido a alguien en innumerables ocasiones como el hombre más digno de confianza, siempre desconfía de él en la siguiente ocasión y, además, como si no lo conociese de nada o, mejor, como si le conociera como un granuja. Considero que su forma de actuación es correcta: un funcionario debe proceder así, por desgracia no puedo seguir ese principio debido a mi carácter. Ya ve como le muestro todo abiertamente, a un extraño; no puedo actuar de otro modo. Sordini, sin embargo, consideró inmediatamente con desconfianza nuestra respuesta. Entonces se desarrolló una numerosa correspondencia. Sordini preguntó por qué se me había ocurrido de repente que no había que contratar a ningún agrimensor. Yo respondí con ayuda de la excelente memoria de Mizzi que la iniciativa había partido de la administración (ya hacía mucho tiempo que nos habíamos olvidado de que se trataba de otro departamento); Sordini, por el contrario: ¿por qué menciona ahora este escrito oficial?; yo otra vez: porque me acabo de acordar de él; Sordini: eso es muy extraño; yo: eso no es extraño en un asunto que se arrastra ya desde hace tanto tiempo; Sordini: sí que es extraño, pues el escrito del que yo me había acordado, no existe; yo: naturalmente que no existe, porque se ha perdido el expediente; Sordini: pero debe de haber una nota respecto a ese primer escrito. Yo: pues no la hay. Aquí me detuve, pues no osé afirmar ni creer que en el departamento de Sordini se había deslizado un error. Quizá usted, señor agrimensor, reproche en su mente a Sordini que la consideración a mi afirmación al menos tendría que haberle impulsado a investigar el asunto en otros departamentos. Pero precisamente eso no hubiese sido correcto; no quiero que en sus pensamientos quede una mácula sobre ese hombre; es un principio laboral fundamental de la administración que no se cuente con la posibilidad de errores. Ese principio está autorizado por la exquisita organización del Todo y es necesario cuando se quiere alcanzar una gran velocidad en la conclusión de los asuntos. Así pues, Sordini no pudo investigar en otros departamentos; además, esos departamentos no le habrían respondido, pues habrían advertido en seguida que se trataba de la investigación de un posible error.

—Permítame, señor alcalde, que le interrumpa con una pregunta —dijo K—, ¿no mencionó antes un organismo de control? El funcionamiento de la administración es tal, según lo que me cuenta, que me produce vértigo la sola idea de que ese control no se llegase a aplicar.

—Usted es muy severo —dijo el alcalde—, pero multiplique su severidad por mil y seguirá siendo una minucia comparada con la severidad que aplica la administración contra sí misma. Solo un completo forastero como usted puede plantear esa pregunta. ¿Que si hay organismos de control? Solo hay organismos de control. Cierto, no tienen como misión descubrir errores en el sentido grosero del término, pues en realidad no se producen errores y en el caso de que se produzca uno, como el suyo, ¿quién puede afirmar definitivamente que se trata de un error?

—¡Eso sería algo completamente nuevo! —exclamó K.

—Para mí es algo muy viejo —dijo el alcalde—. No estoy convencido de una manera muy diferente a la suya de que se ha producido un error; Sordini, a causa de la desesperación que le ha causado, ha enfermado gravemente, y los primeros organismos de control, a quienes debemos el descubrimiento del origen del error, también lo reconocen. Pero ¿quién puede afirmar que los segundos órganos de control juzgarán de la misma manera, y también los terceros y los restantes?

—Puede ser —dijo K—, prefiero no injerirme en esas especulaciones; también es la primera vez que oigo de esos órganos de control y, naturalmente, no los puedo comprender. No obstante, creo que aquí hay que distinguir dos cosas, la primera es lo que ocurre en el seno de la administración y lo que se puede entender de una manera u otra como oficial, y, en segundo lugar, mi persona real, yo mismo, que permanezco fuera del ámbito administrativo y a quien amenaza un perjuicio tan absurdo por parte de la administración que aún no puedo creer en la seriedad del peligro. Para lo primero probablemente posea validez, señor alcalde, lo que ha contado con tan extraordinario y asombroso conocimiento de causa, pero quisiera oír aunque solo sea una palabra acerca de mi persona.

—Ahora voy a eso —dijo el alcalde—, pero no podría haberlo comprendido si no hubiera dicho lo anterior. Al mencionar los órganos de control me he anticipado. Así que regreso a las divergencias con Sordini. Como le he mencionado, mi defensa fue cediendo lentamente. Pero cuando Sordini tiene en la mano cualquier ventaja, por mínima que sea, ya ha vencido, pues entonces se intensifican su atención, su energía y su presencia de ánimo, siendo una visión horrible para el atacado y espléndida para el enemigo del atacado. Porque he experimentado esto último, puedo contárselo, como así hago. Por lo demás, aún no he logrado verle, él no puede bajar, tiene demasiado trabajo, me han descrito su despacho como una habitación consistente en paredes cubiertas con columnas de expedientes, y esos son solo los expedientes en los que está trabajando en ese momento, y como los expedientes se están sacando y metiendo continuamente, ocurriendo todo con gran prisa, las columnas se derrumban y precisamente el ruido y los crujidos que producen se han convertido en el distintivo del despacho de Sordini. Así es, Sordini es un trabajador y dedica al caso más pequeño el mismo cuidado que al más grande.

—Usted siempre denomina, señor alcalde, mi caso como uno de los más pequeños y, sin embargo, ha ocupado ya a muchos funcionarios; si al principio quizá era muy pequeño, se ha convertido por el celo de funcionarios como Sordini en un caso grande. Por desgracia, y en contra de mi voluntad, puesto que mi celo no me lleva a originar columnas de expedientes referentes a mí y a hacer que se derrumben, sino a trabajar tranquilamente en mi humilde mesa de diseño como un humilde agrimensor.

—No —dijo el alcalde—, no es ningún caso grande, en este sentido no tienen ningún motivo para quejarse, es uno de los casos más pequeños entre los pequeños. El volumen de trabajo no determina el rango del caso; sigue estando muy lejos de comprender a la administración, si es eso lo que cree. Pero incluso si dependiese del volumen de trabajo, su caso sería uno de los más insignificantes; los casos normales, es decir, aquellos en los que no se producen los supuestos errores, dan mucho más trabajo y, por añadidura, más productivo. Por lo demás, usted no sabe nada del trabajo que causó su caso, de eso quiero hablarle ahora. Al principio Sordini me dejó de lado, pero sus funcionarios vinieron, se produjeron diariamente interrogatorios de miembros respetados de la comunidad en la posada de los señores, de todos esos interrogatorios se levantó acta. La mayoría me apoyó, solo unos pocos se quedaron extrañados, la cuestión de la agrimensura afecta a los campesinos, sospechaban algún acuerdo secreto, alguna injusticia, además encontraron un líder, y Sordini debió de llegar a la conclusión de que si sometía la cuestión al consejo municipal no todos se habrían mostrado contrarios a la contratación de un agrimensor. Así, algo evidente, esto es, que no necesitábamos a ningún agrimensor, se convirtió al menos en algo cuestionable. En especial destacó al respecto un tal Brunswick, usted no le conoce, quizá no sea un mal tipo, pero sí tonto y fantasioso, es un cuñado de Lasemann.

—¿Del maestro curtidor? —preguntó K, y describió al hombre con barba que había visto en la casa de Lasemann.

—Sí, es él —dijo el alcalde.

—También conozco a su esposa —dijo K un poco a la buena de Dios.

—Es posible —dijo el alcalde, y enmudeció.

—Es hermosa —dijo K—, pero un poco pálida y

enfermiza. Parece que procede del castillo —esto último lo pronunció en un tono casi interrogativo.

El alcalde miró la hora, puso algo de medicina en una cuchara y la tragó con premura.

—Del castillo usted solo conoce la zona administrativa, ¿verdad? —preguntó K con rudeza.

—Sí —dijo el alcalde con una sonrisa irónica y, sin embargo, agradecida—, es la más importante. Y en lo que concierne a Brunswick: si pudiéramos excluirlo de la comunidad, casi todos seríamos felices y Lasemann no menos que los demás. Pero en aquella época Lasemann ganó algo de influencia; desde luego no es un orador, pero sí un gritón y eso les basta a algunos. Y así ocurrió que me vi obligado a presentar el caso ante el consejo municipal, por lo demás el único éxito de Brunswick, pues, naturalmente, el consejo municipal, en su gran mayoría, no quería saber nada de un agrimensor. También esto ocurrió hace mucho tiempo, pero el asunto nunca ha llegado a tranquilizarse del todo, en parte por la escrupulosidad de Sordini, quien intentó averiguar los motivos tanto de la mayoría como de la oposición mediante las comprobaciones más cuidadosas, en parte por la necedad y el celo de Brunswick, que mantiene diversas relaciones personales con la administración y que ponía en movimiento con nuevas invenciones de su fantasía. Sordini, sin embargo, no se dejó embaucar (¿cómo podría embaucar Brunswick a Sordini?), pero, incluso para no dejarse embaucar, era necesario iniciar nuevas averiguaciones y, antes de que se hubiesen concluido, a Brunswick ya se le había ocurrido algo nuevo, pues es muy dinámico, eso forma parte de su necedad. Y ahora llego a una característica especial de nuestro aparato administrativo. Debido a su precisión también es extremadamente sensible. Cuando se ha ponderado un asunto durante mucho tiempo, puede ocurrir, sin que las consideraciones se hayan terminado, que surja repentinamente, como un rayo, una decisión del caso en un lugar impredecible e ilocalizable, una decisión que termina con él de manera arbitraria aunque, la mayoría de las veces, de forma correcta. Es como si el aparato administrativo no hubiese podido soportar más la tensión causada por la irritación de tantos años debido a la misma insignificante cuestión, y hubiese tomado por sí misma la decisión, sin la colaboración de los funcionarios. Naturalmente, no se ha producido ningún milagro y con toda certeza ha sido algún funcionario quien ha escrito la conclusión o tomado una decisión ágrafa, pero en todo caso, al menos por nuestra parte o por la de la administración, no se puede afirmar qué funcionario ha decidido en esa ocasión y por qué motivos. Son los órganos de control los que pueden constatarlo mucho después, aunque nosotros ya no lo sabremos nunca, además tampoco se interesaría nadie más por eso. Como he dicho, sin embargo, esas decisiones son la mayoría de las veces excelentes, solo molesta de ellas que, como acostumbra a ocurrir, de esas decisiones solo se sabe mucho después y, por lo tanto, mientras, se sigue discutiendo apasionadamente sobre el asunto ya decidido hace tiempo. No sé si en su caso se produjo una decisión semejante (hay circunstancias que hablan a favor y otras en contra), pero si hubiera ocurrido, entonces le habrían enviado a usted el contrato y habría realizado el largo viaje hasta aquí; mientras, habría transcurrido mucho tiempo y Sordini habría seguido trabajando en el mismo asunto hasta la extenuación, Brunswick habría seguido intrigando y yo habría sido atormentado por los dos. Me limito a indicar esa posibilidad, con certeza solo sé lo siguiente: un organismo de control descubrió entretanto que del departamento A salió hace muchos años una interpelación a la comunidad referente a un agrimensor sin que hasta ese momento hubiese llegado una respuesta. Me volvieron a preguntar y se volvió a aclarar toda la cuestión, el departamento A se quedó satisfecho con la respuesta de que no se necesitaba ningún agrimensor, y Sordini tuvo que reconocer que ese caso no había entrado en su ámbito de competencias y que, ciertamente sin culpa, había realizado un trabajo inútil y agotador. Si no se hubiera vuelto a acumular tanto trabajo de todas partes, como siempre, y si su caso no hubiese sido uno muy pequeño (casi se puede decir el más pequeño entre los pequeños), todos habríamos podido respirar, creo que incluso Sordini; solo Brunswick se mostró rencoroso, pero era algo ridículo. Y ahora imagínese, señor agrimensor, mi decepción cuando, después de la conclusión feliz de todo el asunto (y también ha pasado mucho tiempo de eso), usted aparece repentinamente y parece como si todo el caso tuviese que comenzar de nuevo. Comprenderá muy bien que estoy firmemente decidido, en lo que a mí concierne, a no permitirlo.

—Claro —dijo K—, pero aún comprendo mejor que aquí se ha cometido un terrible abuso conmigo y quizá, incluso, con las leyes. Sabré defenderme, por mi parte, contra todo esto.

—¿Qué pretende hacer? —preguntó el alcalde.

—Eso no se lo puedo decir —dijo K.

—No quiero meterme donde no me llaman —dijo el alcalde—, pero quiero recordarle que usted, en mí, tiene, no quiero decir un amigo, pues somos completamente extraños, pero sí, en cierto modo, un compañero de negocios. Lo único que no concedo es que se le haya contratado como agrimensor, pero por lo demás siempre se puede dirigir a mí con confianza, aunque, ciertamente, dentro de los límites de mi poder, que no es muy grande.

—Usted repite una y otra vez —dijo K— que debo ser contratado como agrimensor, pero ya he sido contratado, aquí tiene la carta de Klamm.

—La carta de Klamm —dijo el alcalde— es valiosa y honrosa con la firma de Klamm, que parece verdadera, pero..., no, aquí no me atrevo a decir nada. ¡Mizzi! —exclamó entonces—. ¿Qué estáis haciendo?

Era evidente que ni los ayudantes, a quienes habían dejado de observar hacía tiempo, ni Mizzi habían encontrado el expediente, pero luego lo habían querido guardar todo en el armario y no les había sido posible debido al gran desorden causado. Entonces a los ayudantes se les había ocurrido algo y era lo que estaban ejecutando. Habían volcado el armario en el suelo, lo habían llenado de expedientes, se habían sentado luego con Mizzi sobre la puerta del armario e intentaban ahora presionarla para que se cerrase.

—Así que no han encontrado el expediente —dijo el alcalde—, es una lástima, pero ya conoce la historia, en realidad ya no necesitamos el expediente, aunque tendremos que encontrarlo, probablemente se halle en casa del maestro, en la que aún se encuentran muchos expedientes. Pero ven con la vela, Mizzi, y léeme esta carta.

Mizzi se acercó y pareció aún más gris e insignificante que cuando estaba sentada al borde de la cama y se apretaba contra el voluminoso hombre que la tenía rodeada con el brazo. Su pequeño rostro llamó la atención ahora a la luz de la vela, con sus arrugas severas solo suavizadas por el decaimiento causado por la edad. No hizo nada más que mirar la carta y dobló las manos.

—De Klamm —dijo.

Luego leyeron conjuntamente la carta, murmuraron un poco entre ellos y, finalmente, mientras los ayudantes gritaban hurras por haber logrado cerrar el armario y Mizzi los miraba agradecida, el alcalde dijo:

—Mizzi comparte mi opinión y ahora lo puedo decir. Esta carta no es ningún escrito oficial, se trata de una carta privada. Eso se puede reconocer claramente en el encabezamiento «Muy señor mío». Además, en ella no se dice una palabra de que usted haya sido contratado como agrimensor, en realidad solo se habla en general de servicios señoriales y ni siquiera eso se ha expresado de modo vinculante, sino que se dice que usted ha sido contratado «como usted sabe», esto es, la carga de la prueba de que ha sido contratado recae sobre usted. Al final, por lo demás, se le remite en asuntos oficiales exclusivamente a mí, como su superior más próximo, quien le comunicará los detalles, como en gran parte ha ocurrido ya. Para alguien que sepa leer los escritos oficiales y que, en consecuencia, lee mejor las cartas no oficiales, todo esto queda muy claro. Que usted, un forastero, no lo pueda percibir, no me extraña. En general, la carta significa otra cosa: que Klamm se propone ocuparse personalmente de usted para el caso en que se le contrate para servicios señoriales.

—Señor alcalde —dijo K—, interpreta tan bien la carta que al final no queda otra cosa más que un papel en blanco con una firma. ¿Acaso no nota que así denigra el nombre de Klamm al que pretende respetar?

—Eso es un malentendido —dijo el alcalde—, no desconozco la importancia de la carta, ni tampoco la denigro con mi interpretación, todo lo contrario. Una carta privada de Klamm tiene, naturalmente, mucha más importancia que un escrito oficial, pero precisamente no tiene la importancia que usted le otorga.

—¿Conoce a Schwarzer? —preguntó K.

—No —dijo el alcalde—. ¿Lo conoces tú, Mizzi? Tampoco. No, no le conocemos.

—Eso es extraño —dijo K—, es el hijo de un subalcaide.

—Querido señor agrimensor —dijo el alcalde—, ¿cómo podría conocer a todos los hijos de los subalcaides?

—Bien —dijo K—, entonces tendrá que creerme que lo es. Con ese Schwarzer tuve el día de mi llegada una disputa enojosa. Él mismo se puso en contacto telefónico con un subalcaide apellidado Fritz y recibió la información de que yo había sido contratado como agrimensor. ¿Cómo se explica eso, señor alcalde?

—Muy fácil —dijo el alcalde—, en realidad aún no ha entrado en contacto con nuestra administración. Todos sus contactos hasta ahora han sido aparentes. Usted, sin embargo, como consecuencia de su ignorancia de las circunstancias, los tuvo por reales. Y en lo que respecta al teléfono, mire, en mi casa, y yo verdaderamente tengo suficientes contactos con la administración, no hay ningún teléfono. En posadas, etc., es posible que pueda prestar buenos servicios, como un tocadiscos, pero nada más. Ha telefoneado aquí alguna vez, ¿verdad? Entonces es posible que me comprenda. En el castillo el teléfono funciona perfectamente, me han contado que allí se telefonea ininterrumpidamente, lo que, es natural, acelera mucho el trabajo. Ese ininterrumpido telefonear es oído en nuestros teléfonos como un rumor o un canto, seguro que usted también lo ha oído. Sin embargo, ese rumor y esos cantos son lo único correcto y digno de confianza que nos transmiten los teléfonos del pueblo, todo lo demás es engañoso. No hay ninguna conexión telefónica específica con el castillo, ninguna centralita que comunique nuestra llamada; si se llama desde aquí al castillo, allí suena en todos los aparatos de los departamentos más inferiores o, mejor, sonaría en todos, como sé con certeza, si los teléfonos no estuvieran desconectados en casi todos ellos. De vez en cuando, sin embargo, hay algún funcionario que siente la necesidad de distraerse un poco —especialmente por la tarde o por la noche—, entonces conecta los teléfonos y nosotros recibimos alguna respuesta, aunque una respuesta que no es más que una broma. Por lo demás, es muy comprensible. ¿Quién puede creerse legitimado para alborotar a causa de sus pequeños problemas personales en medio de los trabajos más importantes de los que se ocupan a una velocidad vertiginosa? Tampoco comprendo cómo un forastero puede creer que si él, por ejemplo, llama por teléfono a Sordini, el que contesta es Sordini. Más bien se tratará probablemente de un insignificante secretario de otro departamento. Por el contrario, en alguna hora especial, puede ocurrir que, si se llama al insignificante secretario, sea Sordini quien responda. Entonces, ciertamente, será mucho mejor salir corriendo y dejar el teléfono antes de oír la primera sílaba.

—No lo había considerado así —dijo K—, no podía conocer esas particularidades, tampoco tenía mucha confianza en esas conversaciones telefónicas y siempre fui consciente de que solo tiene una importancia real lo que se conoce o se alcanza en el mismo castillo.

—No —dijo el alcalde, acentuando la negación—, esas respuestas telefónicas poseen una importancia real, ¿cómo podría ser de otro modo? ¿Cómo es posible que una información dada por un funcionario del castillo carezca de importancia? Ya se lo dije con ocasión de la carta de Klamm. Todas esas manifestaciones carecen de importancia oficial; si les atribuye una importancia oficial, se equivoca; sin embargo, su importancia privada, en un sentido amistoso u hostil, es muy grande, la mayoría de las veces más grande de lo que podría llegar a ser nunca una importancia oficial.

—Bien —dijo K—, aceptando que todo sea como usted lo ha expuesto, entonces yo tendría una buena cantidad de amigos en el castillo; bien considerado, ya antaño, hace muchos años, la ocurrencia de aquel departamento de hacer venir a un agrimensor fue un acto de amistad respecto a mi persona, y en el periodo que siguió se fueron encadenando esos actos hasta que, con un mal final, me atrajeron hasta aquí y ahora me amenazan con expulsarme.

—Hay algo de verdad en su forma de ver las cosas —dijo el alcalde—, tiene razón en que no se pueden tomar literalmente las declaraciones del castillo. Pero siempre es necesaria la precaución, y no solo aquí, será más necesaria cuanto más importante sea la declaración de que se trata. En lo que se refiere a lo que ha dicho de haber sido atraído, me resulta incomprensible. Si hubiera seguido mejor mis informaciones, debería saber que la cuestión de su contratación aquí es demasiado difícil como para poder responderla a lo largo de una pequeña conversación.

—Así que como resultado —dijo K— solo queda que todo es muy confuso e insoluble, salvo mi expulsión.

—¿Quién osaría expulsarle, señor agrimensor? —dijo el alcalde—. La misma opacidad de las cuestiones que le incumben le garantizan el tratamiento más cortés, solo que, según parece, usted es muy sensible. Nadie le retiene aquí, pero eso aún no es una expulsión.

—Oh, señor alcalde —dijo K—, ahora es usted otra vez el que ve algo con demasiada claridad. Le enumeraré algunas cosas que me retienen aquí: los sacrificios que hice para salir de mi casa; el largo y penoso viaje; las esperanzas fundadas que me hice a causa de la contratación; mi completa falta de capital; la imposibilidad de encontrar un trabajo en casa y, finalmente, y no la menor, mi novia, que es de aquí.

—¡Ah, Frieda! —dijo el alcalde sin sorpresa alguna—. Ya sé. Pero Frieda le seguiría a cualquier parte. En lo que respecta al resto, aquí son necesarias algunas consideraciones e informaré sobre ello en el castillo. Si se emitiese una decisión o fuese necesario otro interrogatorio, iré a recogerle. ¿Está de acuerdo?

—No, en absoluto —dijo K—, no quiero ningún regalo compasivo del castillo, sino mi derecho.

—Mizzi —dijo el alcalde a su esposa, que aún permanecía sentada en la cama y apretada contra él y que jugueteaba soñadora con la carta, de la que había hecho un barquito. K se la quitó asustado—. Mizzi, la pierna comienza de nuevo a dolerme mucho, tendremos que renovar la compresa.

K se irguió.

—Entonces ha llegado el momento de despedirme —dijo.

—Sí —dijo Mizzi, quien había comenzado a aplicar una pomada—, la corriente de aire es muy fuerte.

K se volvió, los ayudantes, en su celo servicial e improcedente, habían abierto las puertas de par en par en cuanto K había hecho la indicación de retirarse. K solo pudo inclinarse ligeramente ante el alcalde para preservar la habitación del enfermo del intenso frío que penetraba. Luego salió de la habitación, llevándose detrás a los ayudantes, y cerró rápidamente la puerta.

6

SEGUNDA CONVERSACIÓN CON LA POSADERA

El posadero le esperaba ante la posada. Sin ser preguntado no habría osado hablar, por eso fue K quien le preguntó qué quería.

—¿Tienes ya una nueva vivienda? —preguntó el posadero, mirando al suelo.

—¿Preguntas por encargo de tu esposa? —dijo K—. Dependes mucho de ella, ¿no?

—No —dijo el posadero—, no pregunto por encargo de ella. Pero está muy excitada y se siente muy desgraciada por tu culpa, no puede trabajar, tampoco sale de la cama y no cesa de suspirar y de quejarse.

—¿Crees que debo visitarla? —preguntó K.

—Te lo pido —dijo el posadero—, quería recogerte en casa del alcalde, oí allí a través de la puerta, pero estabais en plena conversación, no quería molestar, además me preocupaba mi esposa, así que regresé corriendo, pero ella no me dejó entrar en la habitación, por lo que no me quedó otro remedio que esperarte.

—Entonces vamos deprisa —dijo K—, la tranquilizaré pronto.

—Ojalá sea posible —dijo el posadero.

Atravesaron la luminosa cocina, donde trabajaban tres o cuatro criadas, separadas las unas de las otras, en ocupaciones casuales, y que se quedaron estáticas al ver a K. Ya en la cocina se podían oír los suspiros de la posadera. Se encontraba en una pequeña dependencia sin ventanas, separada de la cocina solo por un tabique de madera. Había únicamente espacio para una gran cama de matrimonio y un armario. La cama estaba situada de tal modo que desde ella se podía ver toda la cocina y se podía vigilar todo el trabajo que se realizaba en ella. Por el contrario, desde la cocina apenas se podía ver algo de esa dependencia: en su interior reinaba una gran oscuridad, solo el cobertor rojo brillaba un poco. Cuando ya se había entrado y la vista se había acostumbrado a la oscuridad, se podían distinguir algunos detalles.

—Por fin viene usted —dijo la posadera con voz débil. Yacía sobre la espalda con los miembros extendidos, era evidente que la respiración le causaba molestias, pues había arrojado el edredón. En la cama presentaba un aspecto más juvenil que vestida, pero el gorro de dormir de fino encaje que llevaba, a pesar de que era muy pequeño y no se ajustaba debido a su peinado, despertaba la compasión al destacar el decaimiento de su rostro.

—¿Cómo iba a venir? —dijo K con suavidad—. No me ha llamado.

—No tendría que haberme dejado esperar tanto

—dijo la posadera con la obstinación del enfermo—. Siéntese —dijo, y señaló el borde de la cama—. Los demás podéis iros.

Junto a los ayudantes también habían entrado las criadas.

—¿También yo debo irme, Gardena? —dijo el posadero.

K era la primera vez que oía el nombre de la esposa.

—Naturalmente —dijo ella con lentitud y, como si estuviese entretenida con otros pensamientos, añadió—: ¿Por qué ibas a quedarte precisamente tú?

Pero cuando todos se habían retirado a la cocina, incluidos los ayudantes, que esta vez obedecieron en seguida, quizá porque les interesaba una de las criadas, Gardena demostró estar lo suficientemente atenta como para comprobar que desde la cocina se podía oír todo lo que allí se hablara, pues esa estancia carecía de puerta, así que ordenó que todos desalojasen la cocina. Esto ocurrió en seguida.

—Por favor, señor agrimensor —dijo entonces Gardena—, en la parte delantera del armario cuelga un chal, alcáncemelo. Quiero taparme con él, no soporto el edredón, tengo dificultades para respirar.

Y cuando K le hubo entregado el chal, ella dijo:

—Ve usted, este es un bonito chal, ¿verdad?

A K le pareció un chal de lana común y corriente, lo palpó una vez más por cortesía, pero no dijo nada.

—Sí, es un bonito chal —dijo Gardena, y se tapó con él. Ahora yacía pacíficamente, todas las penas parecían haberla abandonado, incluso recordó su cabello alborotado por su posición en la cama, así que se sentó un rato y arregló su peinado alrededor del gorro de dormir. Tenía un cabello abundante.

K se tornó impaciente y dijo:

—Encargó que me preguntasen, señora posadera, si ya había encontrado otro alojamiento.

—¿Encargué que le preguntasen? —dijo la posadera—. No, eso es un error.

—Su esposo me acaba de hacer esa pregunta.

—No me sorprende —dijo la posadera—, estoy reñida con él. Cuando yo no quería tenerle aquí, dejó que se quedara, ahora que estoy feliz de que viva aquí, continúa su juego. Siempre hace cosas parecidas.

—Entonces —dijo K—, ¿ha cambiado tanto su opinión sobre mí? ¿En tan solo una o dos horas?

—No he cambiado mi opinión —dijo débilmente la posadera—. Deme su mano, así. Y ahora prométame que será completamente sincero, yo también quiero serlo con usted.

—Bien —dijo K—, pero ¿quién va a comenzar?

—Yo —dijo la posadera; no daba la sensación de que con eso hubiese querido hacer una concesión a K, sino que parecía ansiosa por ser la primera en hablar. Sacó una fotografía de debajo del colchón y se la dio a K.

—Fíjese en esa foto —le pidió.

Para verla mejor, K se adentró un poco en la cocina, pero ni siquiera allí era fácil reconocer algo en la fotografía, pues, debido a su antigüedad, los tonos habían palidecido y presentaba numerosas arrugas y manchas.

—No está en muy buenas condiciones —dijo K.

—Por desgracia, no —dijo la posadera—, cuando se llevan siempre encima durante años, les ocurre eso. Pero si se fija bien, lo podrá reconocer todo, seguro. Por lo demás, yo misma puedo ayudarle, dígame lo que ve, me alegra mucho oír algo de la fotografía. ¿Qué ve?

—A un hombre joven —dijo K.

—Correcto —dijo la posadera—. Y ¿qué hace?

—Parece descansar sobre una tabla, se estira y bosteza.

La posadera se rio.

—No, eso es completamente falso —dijo ella.

—Pero si aquí se ve la tabla y a él encima —insistió K.

—Fíjese mejor —dijo la posadera enojada—, ¿se le ve realmente tendido?

—No —dijo entonces K—, no está tendido, flota, y ahora lo veo, no es ninguna tabla, sino probablemente un cordón, y el joven da un salto.

—Así es —dijo la posadera alegrándose—, salta, así se ejercitan los mensajeros oficiales, ya sabía que lo reconocería. ¿Puede ver también su rostro?

—Del rostro veo muy poco —dijo K—, parece esforzarse mucho, la boca está abierta, los ojos entornados y el pelo ondea.

—Muy bien —dijo la posadera con un tono elogioso—, nadie que no le haya visto antes puede apreciar más. Pero era un joven hermoso, solo lo vi fugazmente una vez y nunca le olvidaré.

—¿Quién era? —preguntó K.

—Era el mensajero —dijo la posadera—, a través del cual Klamm me llamó por primera vez.

K no pudo oír muy bien, fue distraído por el ruido de un cristal. Encontró en seguida el origen de la perturbación. Los ayudantes permanecían en el patio exterior, saltando alternativamente sobre un pie y sobre el otro en la nieve. Simularon que se alegraban de ver a K, de la alegría le señalaron y repiquetearon con los dedos en la ventana de la cocina. Ante un gesto amenazador de K dejaron inmediatamente de hacerlo, intentaron apartarse mutuamente de allí, pero uno desplazaba al otro y al poco tiempo volvieron a estar los dos en el mismo sitio. K se apresuró a llegar al dormitorio, donde los ayudantes no podían verle desde el exterior y él también podía dejar de verlos. Pero el ruido suave y suplicante en la ventana aún le persiguió durante un buen rato.

—Otra vez los ayudantes —dijo a la posadera como disculpa, y señaló hacia afuera. Ella, sin embargo, no le prestó atención, le había quitado la foto, la había mirado, alisado y vuelto a guardar debajo del colchón. Sus movimientos se habían tornado más lentos, pero no por cansancio, sino bajo la carga del recuerdo. Había querido contarle la historia a K, pero esta le había hecho olvidar a K. Jugaba con el borde del chal. Solo transcurrido un rato miró hacia arriba, se pasó la mano sobre los ojos y dijo:

—También este chal es de Klamm, y el gorro de dormir. La fotografía, el chal y el gorro: esos son los tres recuerdos que me quedan de él. No soy joven como Frieda, ni tan ambiciosa, ni tampoco tan delicada, ella es muy delicada; en suma, sé resignarme con la vida que me ha tocado, pero tengo que reconocer que sin estas tres cosas no habría soportado tanto tiempo aquí, sí, probablemente no habría soportado ni un día. Estos tres recuerdos quizá le parezcan pobres, pero ya ve, Frieda, que ya lleva tratando con Klamm tanto tiempo, no posee ningún recuerdo, se lo he preguntado, ella es demasiado entusiasta y también demasiado difícil de contentar; yo, por el contrario, que solo estuve tres veces con Klamm (después no me volvió a llamar, no sé por qué), presintiendo la brevedad de mi trato con él, me traje estos recuerdos. Cierto, hay que ocuparse personalmente de ello, Klamm, por sí mismo, no da nada, pero cuando se ve algo adecuado, se puede pedir.

K se sentía incómodo con esas historias, por más que le afectaran.

—¿Cuánto tiempo ha pasado de todo eso? —preguntó suspirando.

—Más de veinte años —dijo la posadera—, mucho más de veinte años.

—Así que tanto tiempo se mantiene fidelidad a Klamm —dijo K—. ¿Es consciente, señora posadera, de que con esas confesiones me causa hondas preocupaciones cuando pienso en mi futuro matrimonio?

La posadera encontró una impertinencia que K se inmiscuyera en sus asuntos y le miró sesgada e iracunda.

—No se enoje, señora posadera —dijo K—, no digo una palabra contra Klamm, pero por el poder de los acontecimientos mantengo ciertas relaciones con Klamm, eso no lo puede negar ni el más grande admirador de Klamm. En consecuencia, cuando se le nombra siempre pienso en mí, es algo que no puedo evitar. Por lo demás, señora posadera —aquí K tomó su mano vacilante—, recuerde lo mal que terminó nuestra última conversación y que ahora queremos separarnos en paz.

—Tiene razón —dijo la posadera, e inclinó la cabeza—, pero respéteme. No soy más sensible que otros, todo lo contrario, todos tienen zonas sensibles, yo solo tengo esta.

—Por desgracia, también es la mía —dijo K—, pero podré dominarme. Ahora acláreme, señora posadera, cómo puedo soportar en el matrimonio esa horrible fidelidad a Klamm, presuponiendo que Frieda también la comparta.

—¿Horrible fidelidad? —repitió la posadera enojada—. ¿Se trata de fidelidad? Yo soy fiel a mi esposo, pero ¿a Klamm? Klamm me hizo una vez su amante, ¿puedo perder alguna vez ese rango? ¿Y que cómo lo puede soportar con Frieda? Ay, señor agrimensor, ¿quién es usted para atreverse a realizar semejante pregunta?

—¡Señora posadera! —dijo K con tono admonitorio.

—Ya sé —dijo la posadera aplacándose—, pero mi esposo no ha planteado esas preguntas. No sé a quién se puede llamar más desgraciada, si a mí en aquel tiempo o a Frieda ahora. Frieda, que abandona a Klamm por petulancia, o yo, a quien no volvió a llamar. Quizá sea Frieda, aunque no parezca saberlo aún en toda su trascendencia. Pero en aquellos tiempos mi desgracia dominaba exclusivamente mis pensamientos, pues una y otra vez tenía que preguntarme y hoy tampoco dejo de preguntarme: ¿por qué ocurrió? ¡Tres veces te llamó Klamm, pero no hubo nunca una cuarta vez! ¿Qué es lo que me ocupaba más entonces? ¿De qué otra cosa iba a hablar con mi esposo, con el que me casé poco después? Durante el día no teníamos tiempo, habíamos adquirido esta posada en un estado lamentable y teníamos que intentar levantarla. ¿Y en la noche? Durante muchos años nuestros pensamientos nocturnos giraban en torno a Klamm y a los motivos de su cambio de opinión. Y cuando mi esposo se quedaba dormido en esas conversaciones, le despertaba y seguíamos hablando.

—Ahora, si me lo permite —dijo K—, le plantearé una pregunta algo brusca.

La posadera permaneció en silencio.

—Así que no puedo preguntar —dijo K—, también eso me basta.

—Cierto —dijo la posadera—, también eso le basta, especialmente eso. Usted lo interpreta todo mal, también el silencio. Pero no puede hacer otra cosa. Le permito que pregunte.

—Si todo lo interpreto mal —dijo K—, quizá también interprete mal mi pregunta, quizá no sea tan brusca. Solo quería saber cómo conoció a su esposo y cómo llegó esta posada a su posesión.

La posadera arrugó la frente, pero dijo con indiferencia:

—Esa es una historia muy simple. Mi padre era herrero y Hans, mi actual esposo, que era mozo de caballerías de un terrateniente, venía con frecuencia a ver a mi padre. Fue después de mi último encuentro con Klamm, yo era muy desgraciada y en realidad no debería haberlo sido, pues todo se había producido con corrección y que no pudiese volver a ver a Klamm era la decisión de Klamm, es decir, era correcta, solo los motivos seguían siendo oscuros; podría haberlos investigado, pero no debería haber sido desgraciada; sin embargo lo era y no podía trabajar, pasaba el día sentada en nuestro jardín. Allí me vio Hans, se sentó a mi lado, no me quejé, pero él sabía de qué se trataba, y como es un buen chico se puso a llorar conmigo. Y cuando el posadero de entonces, a quien se le había muerto la esposa, renunciando al negocio, pues ya era un hombre viejo, pasó un día por delante de nuestro jardín y nos vio allí sentados, se detuvo y nos ofreció sin dudarlo el arrendamiento de la posada. Como nos tenía confianza, no quiso recibir ningún anticipo y fijó un arrendamiento muy barato. No quería representar una carga para mi padre, todo lo demás me resultaba indiferente y así, pensando en la posada y en el trabajo que quizá podría procurarme algo de olvido, le di mi mano a Hans. Esa es la historia.

Durante un momento reinó el silencio, luego dijo K:

—La manera de actuar del posadero fue espléndida pero imprudente, ¿o tenía algún motivo para tener confianza en los dos?

—Conocía muy bien a Hans —dijo la posadera—, era su tío.

—Entonces resulta evidente —dijo K— que la familia de Hans tenía interés en establecer vínculos con usted.

—Tal vez —dijo la posadera—, no lo sé, no me preocupó.

—Pero tuvo que ser así —dijo K—, cuando la familia estuvo dispuesta a realizar semejante sacrificio y poner en sus manos la posada sin garantía alguna.

—No supuso ninguna imprudencia como luego se mostró —dijo la posadera—. Me puse manos a la obra, como era fuerte, la hija del herrero, no necesitaba criada ni mozo, estaba en todas partes, en la sala, en la cocina, en el establo, en el patio, cocinaba tan bien que incluso le quité clientes a la posada de los señores. Aún no ha estado al mediodía en el comedor, no conoce a nuestros huéspedes de esas horas, antaño aún eran más, desde entonces he perdido a muchos. Y el resultado fue que no solo pudimos pagar sin problemas el arrendamiento, sino que transcurridos algunos años pudimos comprar la posada y hoy casi no tenemos deudas. El siguiente resultado, sin embargo, fue que me destrocé, me puse enferma del corazón y ahora soy una mujer mayor. Quizá crea que soy mucho mayor que Hans, pero en realidad solo es dos o tres años más joven y, además, no envejecerá nunca, pues con su trabajo —fumar en pipa, escuchar a los huéspedes, vaciar la pipa y de vez en cuando coger una cerveza—, con ese trabajo no se envejece.

—Su capacidad de trabajo resulta digna de admiración —dijo K—, de ello no cabe la menor duda, pero hablábamos de los tiempos anteriores a su matrimonio y entonces debió de ser extraño que la familia de Hans, sacrificando su dinero o, al menos, con la asunción de un riesgo tan grande como la entrega de la posada, hubiesen fomentado la boda y sin otra esperanza que la basada en su capacidad de trabajo, desconocida para ellos, y en la de Hans, cuya debilidad ya tendría que haber salido a la luz.

—Bueno, sí —dijo la posadera cansada—, ya sé adónde quiere ir a parar y el error en que se encuentra. De Klamm no había ninguna huella en todo eso. ¿Por qué habría tenido que cuidarse de mí o, mejor, cómo habría podido cuidarse de mí? Él ya no sabía nada de mí. Que no me hubiese vuelto a llamar era un signo de que me había olvidado. Cuando ya no llama, olvida por completo. No quería hablar de esto delante de Frieda. Tampoco es olvido, es más que eso, pues a quien se ha olvidado, se le puede volver a conocer. En el caso de Klamm eso no es posible. Cuando no manda llamar a alguien, no solo le ha olvidado en lo que respecta al pasado, sino también en lo que respecta al futuro. Cuando me esfuerzo mucho, puedo ponerme en su lugar y leer sus pensamientos, unos pensamientos que aquí carecen de sentido y que quizá en el lugar de donde viene posean alguna validez. Posiblemente llegue a la osadía de pensar la extravagancia de que Klamm me había procurado a un Hans como esposo para que yo no tuviera ningún impedimento para verle cuando me llamase en el futuro. Bien, más allá no puede ir una extravagancia. ¿Dónde está el hombre que podría impedirme ir a ver a Klamm, cuando él me hiciese una señal? Absurdo, completamente absurdo, una misma se confunde cuando juega con esos absurdos.

—No —dijo K—, no queremos confundirnos, no había llegado tan lejos con mis pensamientos como usted supone, aunque, para decir la verdad, me encontraba en ese camino. Al principio me asombró que los parientes esperasen tanto de la boda y que esas esperanzas, efectivamente, se hiciesen realidad, si bien es cierto que con el empeño de su corazón, de su salud. El pensamiento en una conexión entre esos hechos y Klamm se abrió paso en mi mente, pero no del modo tan grosero en que usted lo ha representado, solo con la finalidad de volver a increparme, porque eso le causa placer. ¡Pues que lo disfrute! Mi pensamiento, sin embargo, era otro: al principio es Klamm la causa del matrimonio. Sin Klamm no habría sido usted infeliz, no habría permanecido pasiva en su jardín; sin Klamm no la hubiese visto Hans; sin su tristeza, el tímido de Hans jamás se habría atrevido a dirigirle la palabra; sin Klamm no habrían llorado juntos; sin Klamm, el buen tío posadero jamás los hubiera visto allí, pacíficamente sentados; sin Klamm usted no se habría mostrado indiferente frente a la vida, esto es, no se habría casado con Hans. Bueno, en todo esto ya hay suficiente Klamm, podríamos pensar, pero aún sigue. Si no hubiese buscado el olvido, no habría trabajado contra usted misma con tanta desconsideración, y tampoco habría mejorado tanto la posada. Así que también aquí aparece Klamm. Pero Klamm, aparte de eso, también fue la causa de su enfermedad, pues su corazón ya estaba agotado antes de su matrimonio por la desgraciada pasión que la consumió. Solo queda la pregunta de qué fue lo que tanto tentó a los parientes de Hans para querer la boda. Usted misma mencionó una vez que ser la amante de Klamm significa una elevación en el rango que ya no se puede perder, así pues, bien pudo ser eso lo que les atrajo. Pero además creo que también fue la esperanza de que la buena estrella que la había conducido hasta Klamm (presuponiendo que se tratase de una buena estrella, pero usted así lo afirma) le seguiría perteneciendo, esto es, que permanecería con usted y no la abandonaría de forma tan repentina, como Klamm había hecho.

—¿Cree todo eso en serio? —preguntó la posadera.

—En serio —contestó rápidamente K— solo creo que las esperanzas de los parientes de Hans no eran ni fundadas ni infundadas y también creo descubrir el error que usted ha cometido. Aparentemente todo parece haber acabado con éxito. Hans está bien situado, tiene una esposa espléndida, es respetado, la posada está libre de deudas. Pero en realidad no todo ha concluido con éxito, él habría sido mucho más feliz con una simple muchacha, de la que él hubiese sido su primer amor; si él, como le reprochan, a veces se queda en la taberna como perdido, es porque realmente se siente perdido (sin por ello ser desgraciado, desde luego, ya le conozco bastante para decirlo), pero también es seguro que ese joven guapo y comprensivo habría sido más feliz con otra mujer, con lo que también digo más independiente, más trabajador y masculino. Y usted, con toda certeza, no es feliz y, como dijo, sin los tres recuerdos no habría podido seguir viviendo y también está enferma del corazón. Así que ¿fueron infundadas las esperanzas de sus parientes? No lo creo. La bendición recaía sobre usted, pero no supieron emplearla.

—¿Qué se ha omitido? —preguntó la posadera. Yacía boca arriba con los miembros extendidos mirando al techo.

—Preguntarle a Klamm —dijo K.

—Entonces volveríamos a ocuparnos de su caso.

—O del suyo —dijo K—, nuestros asuntos parecen tocarse.

—¿Qué quiere usted de Klamm? —preguntó la posadera. Se había sentado erguida y sacudido la almohada para poder apoyarse y miraba directamente a los ojos de K—. Le he contado sinceramente mi caso, del que podría aprender algo. Dígame ahora usted con toda sinceridad lo que le quiere preguntar a Klamm. Solo con esfuerzo he convencido a Frieda de que se vaya a su habitación y permanezca allí, temía que en su presencia no hablaría con la suficiente sinceridad.

—No tengo nada que ocultar —dijo K—. Para comenzar, sin embargo, tengo que llamarle la atención sobre algo. Klamm olvida en seguida, dijo. Eso, en primer lugar, me parece muy improbable y, en segundo lugar, no se puede demostrar; es evidente que solo se trata de una leyenda, inventada por la fantasía de las jovencitas que en ese momento gozaban del favor de Klamm. Me asombra que crea una invención tan trivial.

—No es ninguna leyenda —dijo la posadera—, es más el producto de la experiencia.

—Entonces también se puede refutar con una nueva experiencia —dijo K—. Y también hay una diferencia entre su caso y el de Frieda. Aún no se ha producido el hecho de que Klamm no llame a Frieda, más bien sí que la ha llamado, pero ella no ha obedecido la llamada. Es incluso posible que aún la esté esperando.

La posadera calló y paseó por K una mirada escrutadora. Luego dijo:

—Escucharé tranquilamente todo lo que tenga que decir. Hable con toda sinceridad y no tenga miramientos conmigo. Solo le pido una cosa, no emplee el nombre de Klamm. Llámele «él» o de cualquier otra forma, pero no con su nombre.

—Encantado —dijo K—, pero lo que quiero de él es difícil de decir. En principio quiero verle de cerca, luego quiero oír su voz y, a continuación, quiero saber qué opina de nuestra boda; el resto depende del curso de la conversación. Pueden surgir muchas cosas mientras hablamos, pero lo más importante para mí es estar frente a él. Aún no he hablado directamente con ningún funcionario de verdad. Parece ser más difícil de lograr de lo que había creído. Ahora, sin embargo, tengo el deber de hablar con él como una persona particular, y eso es, según mi opinión, mucho más fácil de lograr; como funcionario tal vez solo pudiera hablar con él en su despacho inaccesible, en el castillo o, lo que resulta cuestionable, en la posada de los señores; como persona particular, sin embargo, en cualquier parte de la casa, en la calle, donde consiga encontrarme con él. El hecho de que, cuando lo logre, también tendré ante mí al funcionario lo aceptaré encantado, pero no es mi primer objetivo.

—Bien —dijo la posadera, y presionó su rostro contra la almohada, como si dijera algo vergonzoso—, si logro con mis conexiones que se transmita su solicitud de una entrevista con Klamm, prométame que no emprenderá nada por su cuenta hasta que llegue la respuesta.

—Eso no lo puedo prometer —dijo K—, aunque me gustaría complacer sus deseos. El asunto corre prisa, sobre todo después del resultado desfavorable de mi entrevista con el alcalde.

—Esa objeción es baladí —dijo la posadera—, el alcalde es una persona insignificante. ¿Acaso no lo ha notado? No podría permanecer un día en el puesto si su esposa, que lo lleva todo, no estuviera allí.

—¿Mizzi? —preguntó K.

La posadera asintió.

—Estuvo presente —dijo K.

—¿Dijo algo? —preguntó la posadera.

—No —dijo K—, pero tampoco me dio la impresión de que pudiera.

—Bueno —dijo la posadera—, todo lo contempla erróneamente aquí. En todo caso, lo que el alcalde ha dispuesto sobre usted no tiene ninguna importancia y con la esposa hablaré en su momento. Y si ahora le prometo que la respuesta de Klamm llegará como mucho en una semana, ya no tiene ningún motivo para no transigir con mi petición.

—Todo eso no es decisivo —dijo K—, mi resolución está tomada e intentaría ejecutarla aunque llegase una respuesta negativa. Pero si tengo esa intención desde el principio, no puedo solicitar con anterioridad una entrevista. Lo que sin la solicitud permanece un intento quizá osado, pero de buena fe, después de una respuesta negativa se convertiría en una insubordinación manifiesta. Eso sería mucho peor.

—¿Peor? —dijo la posadera—. En todo caso se tratará de insubordinación. Y ahora haga lo que quiera. Acérqueme la falda.

Se puso la falda sin ninguna consideración a K y se

apresuró a entrar en la cocina. Ya desde hacía tiempo se oían ruidos en el comedor. Habían llamado en la ventana. Los ayudantes la habían abierto y gritado que tenían hambre. También habían aparecido otros rostros. Incluso se oía un canto bajo entonado por varias voces.

La conversación de K con la posadera había retrasado la comida: aún no estaba preparada y los huéspedes se habían reunido, si bien ninguno de ellos había osado infringir la prohibición de la posadera de pisar la cocina. Ahora, sin embargo, que los observadores anunciaron que la posadera ya llegaba, las criadas entraron en la cocina, y cuando K entró en el comedor, los numerosos comensales, más de veinte, hombres y mujeres, vestidos con provincialismo pero no como campesinos, se abalanzaron desde la ventana hacia las mesas para asegurarse su plaza. Solo en una pequeña mesa, situada en un rincón, permanecía ya sentado un matrimonio con algunos niños; el hombre, un señor amable de ojos azules con cabello gris desgreñado y barba, estaba inclinado hacia los niños marcándoles el compás para su canción, que se esforzaba en mantener en un tono bajo. Quizá quería que se olvidaran del hambre con la canción. La posadera se disculpó ante los comensales con unas palabras pronunciadas con indiferencia, nadie le reprochó nada. Miró buscando al posadero, que ya había huido hacía tiempo ante la dificultad de la situación. Entonces se fue lentamente hacia la cocina; para K, que se apresuró a buscar a Frieda en su habitación, ya no tuvo ni una mirada.

7

EL MAESTRO

K se encontró arriba con el maestro. La habitación, para su alegría, apenas se podía reconocer, tan diligente había sido Frieda. Había aireado, había puesto la calefacción, fregado el suelo, hecho la cama; las cosas de las criadas, esa odiosa basura, habían desaparecido, incluidas las fotografías; la mesa, que había atraído las miradas por la costra de mugre formada en la tabla, había sido cubierta con un mantel blanco. Ahora ya se podía recibir a huéspedes; la poca ropa de K que Frieda había lavado con anterioridad y que colgaba ahora ante la calefacción para secarse, molestaba poco. El maestro y Frieda estaban sentados a la mesa, se levantaron cuando entró K, Frieda le saludó con un beso, el maestro se inclinó un poco. K, distraído y aún con la intranquilidad provocada por la conversación con la posadera, comenzó a disculparse por no haber podido visitar aún al maestro: parecía como si indicase que el maestro, impaciente por la espera de K, se hubiese decidido por hacer él mismo la visita. El maestro, sin embargo, con su actitud moderada, solo pareció recordar lentamente que entre K y él se había convenido una suerte de visita.

—Usted es, entonces, señor agrimensor —dijo lentamente—, el forastero con el que hablé hace tiempo en la plaza de la iglesia.

—Sí —dijo brevemente K; lo que había tolerado entonces en su abandono, no lo iba a permitir en su habitación. Se volvió hacia Frieda y habló con ella sobre una visita importante que tenía que hacer inmediatamente y en la que tenía que aparecer lo mejor vestido posible. Frieda, sin preguntar más a K, llamó en seguida a los ayudantes, que estaban entretenidos en inspeccionar el nuevo mantel, ordenándoles que limpiaran el traje y los zapatos de K, que había comenzado a quitarse, y que los limpiaran concienzudamente en el patio. Ella misma tomó una camisa del cordel y corrió hacia la cocina para plancharla.

Ahora se encontraba K a solas con el maestro, que permanecía sentado y en silencio, dejó que esperase aún un poco más, se quitó la camisa y comenzó a lavarse ante la jofaina. Ahora, de espaldas al maestro, le preguntó sobre el motivo de su visita.

—Vengo por encargo del alcalde —dijo él.

K se mostró dispuesto a recibir el mensaje. Pero como las palabras de K apenas se podían oír por el chapoteo del agua, el maestro tuvo que acercarse y se apoyó en la pared junto a K. Este se disculpó por su ocupación y por su intranquilidad con la excusa de la urgencia de la visita proyectada. El maestro no reparó en sus palabras y dijo:

—Fue descortés con el señor alcalde, un hombre mayor, honorable y con amplia experiencia.

—No sé si fui descortés —dijo K mientras se secaba—, pero que pensaba en otra cosa que en un comportamiento cortés es cierto, pues se trataba de mi existencia que se ve amenazada por el ignominioso funcionamiento de una administración cuyas particularidades no tengo que expresar, pues usted mismo es un miembro activo de sus organismos. ¿Se ha quejado sobre mí el alcalde?

—¿De quién otro se podría quejar? —dijo el maestro—. Y si lo hubiera, ¿se quejaría de él alguna vez? Me he limitado a levantar un acta, según su dictado, sobre su conversación y, a través de ella, he tenido suficiente noticia sobre la bondad del señor alcalde y sobre su tipo de respuestas.

Mientras K buscaba el peine, que Frieda tenía que haber guardado en alguna parte, dijo:

—¿Cómo? ¿Un acta? ¿Redactada en mi ausencia por alguien que ni siquiera estuvo en la entrevista? No está mal. Y ¿por qué un acta? ¿Acaso fue un acto administrativo?

—No —dijo el maestro—, fue semioficial, también el acta es solo semioficial, se hizo porque en nuestros asuntos tiene que reinar un orden severo. En todo caso ya está redactada y no resulta muy honrosa para usted.

K, que ya había encontrado el peine sobre la cama, dijo más tranquilo:

—Pues muy bien, ¿ha venido solo a anunciármelo?

—No —dijo el maestro—, pero no soy ningún autómata y tenía que expresarle mi opinión. Mi encargo, sin embargo, es una prueba más de la bondad del señor alcalde. Hago hincapié en que para mí esa bondad resulta inexplicable y que cumplo su encargo solo como una obligación de mi puesto y por veneración al señor alcalde.

K, lavado y peinado, estaba ahora sentado a la mesa esperando la camisa y el traje, sentía poca curiosidad por lo que el maestro le iba a comunicar, también había influido en él la baja opinión que la posadera tenía del alcalde.

—¿Son más de las doce? —dijo pensando en el camino que aún tenía que recorrer, luego recapacitó—: Quería cumplir un encargo del alcalde, ¿no?

—Bueno —dijo el maestro encogiéndose de hombros como si quisiera desprenderse de cualquier responsabilidad—. El señor alcalde teme que usted, si la decisión sobre su asunto se prolonga durante mucho tiempo, emprenda algo irreflexivo por su propia cuenta. Yo, por mi parte, no sé por qué teme eso, mi opinión es que usted puede hacer lo que quiera. No somos sus ángeles protectores y tampoco tenemos ninguna obligación de seguirle en todos los caminos que elija. Pero en fin, el señor alcalde es de otra opinión. Cierto es que no puede acelerar la decisión sobre la competencia de la administración; sin embargo, desea tomar una decisión, provisional aunque generosa, en su radio de acción que dependerá de usted aceptarla o no: le ofrece provisionalmente el puesto de bedel de la escuela.

K, al principio, apenas prestó atención a lo que se le ofrecía, pero el hecho de que se le ofreciera algo no le parecía insignificante. Indicaba que, según la opinión del alcalde, era capaz de poner en práctica medidas para su defensa, y para defenderse de ellas quedaban justificados algunos sacrificios de la comunidad. Y qué importancia se le daba al asunto. El maestro, que ya había esperado allí un buen rato y que antes había redactado el acta, debía de haber sido enviado a toda prisa por el alcalde.

Cuando el maestro comprobó que con su mensaje solo había conseguido que K se tornase meditabundo, continuó:

—Yo puse mis objeciones. Le dije que hasta ahora no había sido necesario ningún bedel en la escuela: la esposa del sacristán limpia de vez en cuando y la señorita Gisa, la maestra, lo inspecciona; yo tengo ya preocupaciones suficientes con los niños como para enojarme ahora con un bedel. El señor alcalde opuso que, sin embargo, la escuela está muy sucia. Yo le contesté, como era verdad, que no está tan mal y añadí: ¿será mejor si tomamos a ese hombre como bedel? Seguro que no, aparte de que él no entiende de esos trabajos, la escuela consta exclusivamente de dos grandes clases sin ninguna otra estancia, el bedel tiene, por tanto, que vivir con su familia en una de las clases, dormir, incluso es posible que cocinar, eso no puede aumentar, naturalmente, la limpieza. Pero el señor alcalde insistió y dijo que ese puesto podía significar la salvación para usted y que, por consiguiente, se esforzaría todo lo posible para cumplirlo a la perfección; además, el señor alcalde opinó que con usted ganábamos también las fuerzas de su esposa y de sus ayudantes, de tal forma que no solo la escuela, sino también el jardín podrían mantenerse con una limpieza y orden ejemplares. Todo eso lo pude refutar con facilidad. Finalmente, el señor alcalde no pudo aducir más en su favor, se rio y dijo que usted es el agrimensor y que, por tanto, trazaría muy bien los macizos de flores en el jardín de la escuela. Bueno, contra las bromas no hay objeciones, así que vine aquí para transmitirle esa proposición.

—Se preocupa inútilmente, señor maestro —dijo K—, jamás se me ocurriría aceptar ese puesto.

—Estupendo —dijo el maestro—, lo rechaza sin reservas.

Tomó el sombrero y se marchó.

Poco después llegó Frieda con el rostro turbado: traía la camisa sin planchar, y no respondió ninguna pregunta. Para distraerla, K le contó lo del maestro y la oferta; apenas lo hubo escuchado, arrojó la camisa sobre la cama y volvió a irse. Regresó al poco tiempo, pero con el maestro, que presentaba un aspecto mohíno y ni siquiera saludó. Frieda le pidió un poco de paciencia —era evidente que se lo había pedido ya varias veces en el camino hasta allí—, se llevó a K por una puerta lateral, de la que él no sabía nada, hacia una habitación contigua y finalmente le contó, excitada y sin aliento, lo que le había ocurrido. La posadera, furiosa porque se había humillado ante K con confesiones y, lo que era más enojoso, con condescendencia referente a una entrevista de K con Klamm, y sin conseguir otra cosa que, como ella dijo, un rechazo frío y, además, poco sincero, había decidido no tolerar por más tiempo a K en su casa; si tiene conexiones con el castillo, que las utilice rápidamente, pues hoy mismo, ahora, tiene que abandonar la casa y solo por una orden directa de la administración y obligada por la fuerza le volvería a acoger, pero ella tiene la esperanza de que no se llegue a eso, pues también ella tiene conexiones con el castillo y sabrá hacerlas valer. A fin de cuentas, él solo ha sido admitido en la posada por el descuido del posadero y ni siquiera en una situación de necesidad, pues esta misma mañana se ha preciado de tener otro alojamiento dispuesto. Frieda, naturalmente, se puede quedar, pero si quiere mudarse con K, la posadera será muy desgraciada, solo por ese pensamiento se había desplomado, llorando, ante el horno de la cocina, la pobre mujer que padece del corazón, pero cómo puede actuar de otro modo, si se trata, al menos en su imaginación, del honor del recuerdo de Klamm. Así piensa la posadera. Frieda, ciertamente, seguirá a K a donde él quiera, por la nieve o el hielo, sobre eso no cabía ninguna duda, pero en todo caso su situación era muy mala, por eso ha saludado con gran alegría la oferta del maestro; por más que no sea un puesto muy adecuado para K, era temporal, se podía ganar tiempo y se podrían encontrar fácilmente otras posibilidades, aunque la decisión final fuese desfavorable.

—¡En caso de necesidad emigramos! —exclamó finalmente Frieda colgada del cuello de K—. ¿Qué nos mantiene aquí en el pueblo? Temporalmente, ¿verdad, cariño?, aceptamos la oferta, he vuelto a traer al maestro, tú le dices «trato hecho», nada más, y nos trasladamos a la escuela.

—Malo —dijo K sin tomarlo muy en serio, pues el alojamiento le importaba poco, también tenía mucho frío en ropa interior allí, en la buhardilla, que, expuesta, era atravesada por una corriente de aire helado—. ¿Ahora que has arreglado tan bien la habitación tenemos que mudarnos? Solo aceptaría ese puesto de mala gana, muy a disgusto, ya la humillación ante ese maestrillo me resulta desagradable y ahora se convierte en mi superior. Si pudiera permanecer un poco más aquí, quizá esta misma tarde cambiase mi situación. Si al menos tú permanecieras aquí, podríamos esperar y darle al maestro una respuesta incierta. Para mí siempre encontraré un alojamiento, aunque sea en casa de Bar...

Frieda le tapó la boca con la mano.

—Eso no —dijo angustiada—, por favor no vuelvas

a decirlo. En lo demás, te seguiré en todo. Si quieres, permaneceré aquí sola, por muy triste que sea para mí y si quieres rechazaremos la oferta, por muy errónea que me parezca esa decisión. Pues mira, si encontrases otra posibilidad, incluso esta misma tarde, bueno, entonces es evidente que renunciaríamos inmediatamente a la escuela, nadie podrá impedírnoslo. Y en lo que respecta a la humillación ante el maestro, déjame que yo me preocupe de eso y verás como no lo es, yo misma hablaré con él. Tú permanecerás en silencio, no tendrás nunca que hablar con él, si no quieres; yo seré en realidad su subordinada y ni siquiera yo lo seré, pues conozco sus debilidades. Así que no se perderá nada si aceptamos el puesto, mucho, sin embargo, si lo rechazamos, ante todo no encontrarías un alojamiento, ni siquiera para ti mismo, si hoy no logras alcanzar el castillo, al menos uno por el que yo, tu futura esposa, no tuviera que avergonzarme. Y si no encuentras ningún alojamiento, reclamarás de mí que duerma aquí en una habitación cálida mientras sé que tú estás vagando allá afuera, en plena noche y helado de frío.

K, que durante todo el tiempo había permanecido con los brazos cruzados sobre el pecho y con las manos golpeándose la espalda para así calentarse un poco, dijo:

—Entonces no nos queda otra solución que aceptar, ¡vamos!

En la habitación se apresuró a acercarse a la calefacción, del maestro no se preocupó; este estaba sentado a la mesa, sacó el reloj y dijo:

—Ya se ha hecho tarde.

—Pero ya nos hemos puesto completamente de acuerdo, señor maestro —dijo Frieda—, aceptamos el puesto.

—Bien —dijo el maestro—, pero el puesto se ha ofrecido solo al señor agrimensor, él es quien debe manifestarse al respecto.

Frieda acudió en ayuda de K.

—Cierto —dijo ella—, él acepta el puesto, ¿verdad, K?

Así K pudo limitar su declaración a un simple «sí», que ni siquiera fue dirigido al maestro, sino a Frieda.

—Entonces —dijo el maestro—, solo me queda enumerarle sus deberes laborales, para que coincidamos en ello de una vez por todas. Señor agrimensor, tiene que limpiar y calentar diariamente las dos clases, así como efectuar pequeñas reparaciones en el edificio, en el mobiliario y en los aparatos gimnásticos, debe mantener el camino a través del jardín despejado de nieve, realizar servicios de mensajero para mí y para la maestra y en la temporada cálida se encargará de los trabajos del jardín. Entre sus derechos se encuentran los siguientes: podrá vivir en una de las clases, según su elección; sin embargo, cuando no se den clases simultáneas en las dos habitaciones, y usted viva precisamente en la habitación donde se da clase, tendrá que trasladarse naturalmente a la otra habitación. En la escuela no puede cocinar, por eso tanto usted como los suyos recibirán la comida aquí, en la posada, a costa de la comunidad. Menciono solo de pasada, pues usted, como un hombre instruido, ya debe de saberlo, que tendrá que comportarse de un modo digno para una escuela y que, especialmente durante las horas de clase, los niños jamás serán testigos de escenas domésticas desagradables. En este ámbito aprovecho para recordarle que debe legitimar lo más rápidamente posible sus relaciones con la señorita Frieda. Sobre todo esto y otros detalles se redactará un contrato laboral que deberá firmar en cuanto se traslade a la escuela.

A K le parecía todo eso carente de importancia, como si no le afectase o no le vinculase a nada, solo la jactancia del maestro le irritaba, por lo que dijo sin reflexionar:

—Bueno, se trata de las obligaciones usuales.

Para difuminar un poco esa observación, Frieda preguntó por el sueldo.

—Si se paga un sueldo —dijo el maestro— se considerará después de que transcurra un mes de prueba.

—Pero eso es muy duro para nosotros —dijo Frieda—, deberíamos casarnos prácticamente sin dinero, crear nuestro hogar de la nada. ¿No podríamos, señor maestro, mediante una solicitud a la comunidad, pedir un pequeño sueldo inmediato? ¿Lo aconsejaría usted?

—No —dijo el maestro, que dirigía sus palabras a K—, una solicitud así tendría que ser acompañada de mi recomendación para que pudiera tener éxito y yo no la recomendaré. La concesión de la plaza no es más que una deferencia frente a usted y las deferencias, cuando se es consciente de la propia responsabilidad pública, no se deben llevar demasiado lejos.

Entonces se inmiscuyó K, casi en contra de su voluntad.

—En lo que concierne a la deferencia, señor maestro —dijo—, creo que se equivoca. La deferencia, más bien, parte de mí.

—No —dijo el maestro sonriendo, ya había logrado que K hablase—, sobre eso estoy muy bien informado. Necesitamos un bedel en la escuela con tanta urgencia como un agrimensor. Bedeles y agrimensores no son más que una carga. Me costará muchos dolores de cabeza cómo voy a justificar esos costes ante la comunidad, lo mejor y lo más sincero sería arrojar el nombramiento sobre la mesa y no molestarse en justificarlo.

—A eso es a lo que me refiero —dijo K—, me tiene que contratar en contra de su voluntad; a pesar de que le va a causar dolores de cabeza, me tiene que contratar. Cuando alguien se ve obligado a contratar a otro y este otro se deja contratar, el último es quien hace el favor.

—Extraño —dijo el maestro—, ¿qué nos puede obligar a contratarle? La bondad del señor alcalde, su gran corazón, eso es lo que nos obliga. Usted deberá renunciar, señor agrimensor, de eso me doy buena cuenta, a algunas fantasías, antes de convertirse en un buen bedel. Y para la percepción de un sueldo, esas indicaciones, naturalmente, no crean la atmósfera adecuada. Por desgracia también noto que su comportamiento aún me dará mucho que hacer: durante todo el tiempo ha estado negociando conmigo, lo sigue haciendo y no lo puedo creer, en camisa y calzoncillos.

—¡Así es! —exclamó K sonriendo y dando una palmada—. ¿Dónde están esos terribles ayudantes?

Frieda corrió hacia la puerta. El maestro, que comprobó que K ya no estaba dispuesto a seguir hablando con él, le preguntó a Frieda cuándo querían trasladarse a la escuela.

—Hoy mismo —dijo Frieda.

—Entonces mañana por la mañana haré mi visita de inspección —dijo el maestro, saludó con la mano, quiso salir por la puerta, que Frieda mantenía abierta para él, pero chocó con las criadas que ya venían con sus pertenencias para acomodarse otra vez en la habitación. Así que el maestro tuvo que deslizarse entre ellas y Frieda le siguió.

—Tenéis mucha prisa —dijo K, que esta vez se mostró muy satisfecho con ellas—, aún estamos aquí y ya queréis volver.

Ellas no contestaron y retorcieron confusas sus hatillos de ropa, de los que sobresalían los conocidos trapos sucios.

—Ni siquiera habéis lavado vuestras cosas —dijo K; no lo dijo con maldad, sino con cierta simpatía.

Ellas lo notaron, abrieron al mismo tiempo sus rudas bocas, mostraron sus hermosos y fuertes dientes, como los de un animal, y lanzaron una sonora carcajada.

—Venid —dijo K—, instalaos, es vuestra habitación.

Como aún dudaban —su habitación les parecía demasiado cambiada—, K tomó a una del brazo para conducirla hacia el interior. Pero la dejó inmediatamente, tanta sorpresa leyó en la mirada de las dos, después de haberse intercambiado un signo de inteligencia, mirada que no apartaron de él.

—Ya me habéis mirado suficiente tiempo —dijo K, defendiéndose de una sensación desagradable; tomó los zapatos y el traje, que Frieda, seguida de los ayudantes, acababa de traer, y se vistió. Una vez más le resultó incomprensible la paciencia que mostraba Frieda con los ayudantes. Los había encontrado, tras una larga búsqueda, en vez de limpiando los trajes en el patio como debían, en el comedor, pacíficamente sentados y comiendo, con el traje sucio y arrugado sobre las rodillas; ella misma tuvo que limpiarlo después y, sin embargo, ella, que sabía dominar a la gente de baja condición, ni siquiera se enojó con ellos, en su presencia habló de su burda negligencia como si contase una broma e incluso acarició a uno de ellos en la mejilla. K quería exponerle sus quejas al respecto más adelante. Ahora, sin embargo, ya era hora de irse.

—Los ayudantes se quedan aquí para ayudarte en el traslado —dijo K.

Ellos no se mostraron de acuerdo, alegres y satisfechos con la comida, preferían algo de movimiento. Solo cuando Frieda dijo: «claro, os quedáis aquí», se sometieron.

—¿Sabes adónde voy? —preguntó K.

—Sí —dijo Frieda.

—¿Y no quieres detenerme? —preguntó K.

—Encontrarás tantos impedimentos —dijo ella—, ¡qué significarían para ti mis palabras!

Se despidió de K con un beso, le dio, como no había podido comer, un paquete con pan y salchichas, que había subido de la cocina, le recordó que ya no debía regresar allí, sino a la escuela, y le acompañó, con la mano en su hombro, hasta la puerta.

8

ESPERANDO A KLAMM

Al principio, K estaba contento de haber escapado del barullo de las criadas y de los ayudantes en la habitación caldeada. Fuera helaba un poco, la nieve era más dura, se podía caminar con más facilidad. Pero comenzaba a oscurecer, así que aceleró sus pasos.

El castillo, cuyos perfiles comenzaban a difuminarse, permanecía, como siempre, en calma, jamás había percibido K en él un signo de vida, quizá era imposible reconocer algo desde esa distancia y, sin embargo, los ojos reclamaban algo y no querían tolerar esa quietud. Cuando K contemplaba el castillo, a veces le parecía como si observase a alguien que estaba sentado allí tranquilo, mirando ante sí, no sumido en sus pensamientos y cerrado a todo su entorno, sino libre y despreocupado, como si estuviese solo y nadie le observase. Y, sin embargo, tenía que percibir que alguien le observaba, pero eso no afectaba en nada a su tranquilidad y, en realidad —no se sabía si como motivo o como consecuencia— las miradas del observador no podían mantenerse fijas y resbalaban. Ese día, esa sensación se fortaleció por la temprana oscuridad: cuanto más tiempo lo contemplaba, con más profundidad se hundía todo en la penumbra.

Precisamente cuando K llegó a la posada de los señores, aún sin iluminar, se abrió una ventana en el primer piso, un hombre joven, gordo y pulcramente afeitado, con una pelliza, se asomó por ella y permaneció allí; no pareció responder al saludo de K ni con la más ligera inclinación de cabeza. K no encontró a nadie ni en el pasillo ni en la taberna, el olor a cerveza rancia era peor que la última vez, algo parecido no ocurría en la posada del puente. Se acercó de inmediato a la puerta por la cual había observado a Klamm, presionó cuidadosamente el picaporte hacia abajo, pero la puerta estaba cerrada; a continuación, palpó para encontrar el lugar donde se hallaba el agujero, pero le habían debido de poner un tapón tan bien ajustado que no podía encontrarlo de esa manera, así que encendió una cerilla. Entonces un grito le asustó. En el rincón, entre la puerta y la barra, cerca de la calefacción, estaba sentada, formando un ovillo, una muchacha que le observaba con fijeza en el resplandor de la cerilla con unos ojos apenas abiertos por la somnolencia. Era evidente que se trataba de la sucesora de Frieda. Se recuperó pronto de la sorpresa, encendió la luz, la expresión de su rostro aún era enojada, entonces reconoció a K.

—Ah, el señor agrimensor —dijo sonriendo, le dio la mano y se presentó:

—Me llamo Pepi.

Era pequeña, colorada, sana, el cabello abundante y rojizo estaba recogido en una trenza, algunos mechones ondulados colgaban alrededor del rostro; llevaba un vestido liso que caía verticalmente y que no le quedaba bien: estaba hecho de una tela gris brillante, en la parte inferior había sido estrechado en el bajo de un modo tosco e infantil con ayuda de una cinta de seda. Se interesó por Frieda y preguntó si no regresaría pronto. Esa era una pregunta que casi rayaba en la maldad.

—Me llamaron a toda prisa —dijo entonces—, después de la partida de Frieda, pues aquí no se puede emplear a una cualquiera, hasta ahora era criada, pero no ha sido un cambio muy bueno el que he hecho. Aquí hay mucho trabajo nocturno, es agotador, apenas podré soportarlo, no me sorprende que Frieda haya renunciado.

—Frieda estaba aquí muy satisfecha —dijo K para, finalmente, llamar la atención de Pepi sobre la diferencia existente entre Frieda y ella y que ella no consideraba.

—No la crea —dijo Pepi—, Frieda puede dominarse como nadie. Lo que no quiere reconocer, no lo reconoce, y ninguno nota que ella tuviese algo que reconocer. Ya hace unos años que trabajo con ella aquí, siempre hemos dormido juntas en la misma cama, pero no nos tomamos confianza, seguro que ya no piensa en mí. Su única amiga es quizá la vieja posadera de la posada del puente y eso también resulta significativo.

—Frieda es mi novia —dijo K, y siguió buscando al mismo tiempo el agujero.

—Lo sé —dijo Pepi—, por eso se lo cuento, si no para usted no tendría ninguna importancia.

—Comprendo —dijo K—, se refiere a que puedo estar orgulloso de haber ganado para mí a una mujer tan reservada.

—Sí —dijo ella, y rio satisfecha, como si hubiese conseguido de K un secreto acuerdo referente a Frieda.

Pero no eran realmente sus palabras las que ocupaban a K y las que le distraían algo de su búsqueda, sino su aparición y su presencia en ese lugar. Cierto, era mucho más joven que Frieda, casi una niña, y su vestido era ridículo, parecía evidente que se había vestido así para corresponder a las ideas exageradas que tenía de una muchacha de servicio en la barra. Y ni siquiera podía corresponder con pleno derecho a esas ideas, pues la ocupación de ese puesto, que no le iba nada, había sido inesperada e inmerecida, además se lo habían dado temporalmente, ni siquiera le habían confiado la cartera de piel que Frieda siempre había llevado en el cinturón. Y su supuesta insatisfacción con la plaza no era más que arrogancia. Sin embargo, a pesar de su irreflexión infantil, era probable que tuviera relaciones con el castillo, pues, si no mentía, había sido criada; sin saber de sus posesiones, pasaba el tiempo allí dormitando, pero un abrazo a ese pequeño y redondo cuerpecillo quizá no sirviera para arrebatarle sus posesiones, aunque sí podría animarle para el penoso camino que tenía ante él. Entonces, ¿quizá no era diferente a Frieda? Oh, sí, era diferente. Bastaba con pensar en la mirada de Frieda para comprenderlo. K jamás habría rozado a Pepi, pero ahora tuvo que taparse un rato los ojos, con tanta codicia la estaba mirando.

—No tiene por qué estar encendida —dijo Pepi, y apagó la luz—, solo he encendido porque me ha asustado. ¿Qué busca aquí? ¿Ha olvidado algo Frieda?

—Sí —dijo K, y señaló hacia la puerta—, ahí, en la habitación contigua, un mantel, uno blanco y bordado.

—Sí, su mantel —dijo Pepi—, lo recuerdo, un trabajo muy bonito, también yo la ayudé a hacerlo. Pero en esa habitación no creo que esté.

—Frieda así lo cree. ¿Quién vive aquí? —preguntó K.

—Nadie —dijo Pepi—, es la habitación de los señores, aquí comen y beben los señores, esto es, está destinada para eso, pero la mayoría de ellos permanecen arriba, en sus habitaciones.

—Si supiera —dijo K— que en la habitación no hay nadie, me encantaría entrar y buscar el mantel. Pero es muy inseguro; Klamm, por ejemplo, suele sentarse allí.

—Klamm no está ahora allí, con toda seguridad —dijo Pepi—, está a punto de partir, en el patio le está esperando el trineo.

En seguida, sin una palabra de explicación, K abandonó la taberna, torció en el pasillo, en vez de hacia la salida, hacia el interior de la casa y ya había alcanzado en pocas zancadas el patio. ¡Qué bello y silencioso estaba aquel lugar! Un patio cuadrado, limitado en tres de sus lados por la casa y separado de la calle, una calle lateral que K desconocía, por un elevado muro blanco con una enorme y pesada puerta que en ese momento permanecía abierta. En la parte del patio la casa parecía más alta que vista desde la parte frontal, al menos el primer piso estaba terminado de construir y presentaba un gran aspecto, pues se hallaba rodeado de una galería de madera cerrada hasta dejar solo una rendija a la altura de la vista. Aún en el tramo central, pero ya en el ángulo, en la intersección de las dos alas del edificio, había una entrada a la casa, abierta, sin puerta. Ante ella se encontraba un trineo cerrado tirado por dos caballos. Salvo al cochero, a quien K, desde esa distancia y en la penumbra, más adivinaba que veía, no se podía ver a nadie más.

Con las manos en los bolsillos, mirando cuidadosamente a su alrededor, K rodeó dos muros del patio hasta llegar al trineo. El cochero, uno de esos campesinos que habían estado en la taberna, le había visto venir hundido en su abrigo de piel e indiferente, del mismo modo en que alguien sigue el camino de un gato. Pese a que K llegó a donde se encontraba, saludó, e incluso los caballos se volvieron un poco intranquilos ante la presencia de un hombre surgido de la oscuridad, permaneció despreocupado. Eso le venía bien a K. Apoyado en el muro sacó su comida, pensó agradecido en Frieda que tan bien le alimentaba, y atisbó en el interior de la casa. Una escalera rectangular descendía desde allí y se veía atravesada por un pasadizo aparentemente profundo; todo estaba limpio, pintado de blanco y bien delimitado.

K esperó más de lo que había pensado. Ya hacía mucho tiempo que había terminado la comida, el frío era considerable, de la penumbra se había pasado a las más oscuras tinieblas y Klamm aún no aparecía.

—Aún puede tardar bastante —dijo repentinamente una voz ruda tan cerca de K que este se estremeció. Era el cochero que, como si se hubiese despertado, se estiraba y bostezaba en voz alta.

—¿Que puede tardar bastante? —preguntó K, en cierto modo agradecido por sus palabras, pues el continuo silencio y la tensión comenzaban a ser desagradables.

—Hasta que usted se vaya —dijo el cochero.

K no le comprendió, pero no siguió preguntando, creía que así podía hacer hablar a ese tipo altanero. No responder en esa oscuridad era casi una provocación. Y, efectivamente, el cochero preguntó al poco rato:

—¿Quiere coñac?

—Sí —dijo K sin reflexionar, demasiado tentado por la oferta, pues estaba tiritando de frío.

—Entonces abra el trineo —dijo el cochero—, en la cartera lateral hay algunas botellas, tome una, beba y démela a mí. Me resulta muy problemático bajar a causa del abrigo de piel.

A K le fastidió eso de tener que darle la botella, pero como ya había comenzado una conversación con el cochero, obedeció, aun con el peligro de ser sorprendido por Klamm en el interior del trineo. Abrió la amplia puerta y hubiera podido sacar en seguida la botella de la cartera situada en la parte lateral, pero se vio tan atraído por el interior, ahora que la puerta estaba abierta, que no pudo resistirse; solo quería sentarse un instante. Se introdujo rápidamente. Era extraordinaria la calidez en el interior del trineo y así permaneció aunque la puerta, que K no se atrevía a cerrar, estaba abierta. No sabía si estaba sentado en un banco, tantas pieles, edredones y cojines había por doquier; uno podía estirarse y girar hacia todos los lados, siempre se hundía con suavidad y calor. Con los brazos extendidos y la cabeza apoyada en los cojines, que siempre estaban a mano, K miró desde el interior del trineo hacia la oscura casa. ¿Por qué Klamm tardaba tanto en bajar? Como ebrio por el calor después de la larga espera en la nieve, K deseó que Klamm llegase por fin. El pensamiento de que no debería ser visto por Klamm en esa situación solo se hizo consciente de un modo difuso, como una silenciosa perturbación. En ese olvido se vio apoyado por la conducta del cochero, quien debía de saber que estaba en el interior del trineo y le dejaba allí sin ni siquiera reclamarle la botella de coñac. Eso era considerado, pero K quería hacerle el favor; torpemente, sin cambiar de postura, alcanzó la cartera lateral, pero no la de la puerta abierta, que estaba muy lejos, sino la que se encontraba detrás de él, en la cerrada, aunque daba igual, también en esa había botellas. Sacó una, la abrió y olió el contenido, tuvo que reírse involuntariamente, el olor era tan dulce, tan acariciador, como si se oyera de alguien, a quien se ama mucho, alabanzas y buenas palabras, y sin saber con certeza de qué se trata, sin ni siquiera querer saberlo, sintiéndose solo feliz con la conciencia de que esa persona amada es la que habla. «¿Será esto coñac?», se preguntó K dubitativo, y lo probó por curiosidad. Pues sí, era coñac, por extraño que pareciese, quemaba y daba calor. ¿Cómo era posible que, al beberlo, algo que era portador de un dulce aroma se convirtiese en una bebida digna de un cochero? «¿Es posible?», se preguntó K como haciéndose un reproche a sí mismo, y volvió a beber.

En ese momento —K estaba precisamente dando un largo trago a la botella—, se hizo la claridad, se encendió la luz eléctrica en el interior de la escalera, en el corredor, en el pasillo y sobre la entrada. Se oyeron pasos en la escalera, la botella se cayó de las manos de K y se derramó sobre una de las pieles. K saltó fuera del trineo; acababa de cerrar la puerta, lo que produjo un ruido estruendoso, cuando un señor salió lentamente de la casa. Lo único consolador es que no se trataba de Klamm, o ¿había que lamentarse de que no lo fuera? Era el señor que K ya había visto en la ventana del primer piso. Un señor aún joven, muy apuesto, rosado y blanco, pero muy serio. También K le miró con aire sombrío, pero con esa mirada aludía a sí mismo. Hubiera preferido arreglárselas para que los ayudantes se hubiesen comportado como él había hecho, entonces habrían comprendido. El hombre aún callaba, como si no tuviera el aliento suficiente para hablar en su ancho pecho.

—Esto es terrible —dijo entonces, y alzó algo el sombrero sobre la frente.

¿Cómo? ¿El señor no sabía probablemente nada de la estancia de K en el interior del trineo y ya encontraba algo terrible? ¿Acaso encontraba terrible que K pudiese haber penetrado hasta el patio?

—¿Cómo ha llegado hasta aquí? —preguntó el señor en voz más baja, pero logrando ya respirar, entregándose a lo irrevocable.

¡Qué pregunta! ¿Qué podía responder? ¿Debía confirmar expresamente K que el camino comenzado con tantas esperanzas había sido en vano? En vez de responder, K se volvió hacia el trineo, lo abrió y recogió su gorro, que había olvidado en el interior. Con desagrado notó cómo el coñac goteaba sobre el estribo.

Luego se dirigió de nuevo hacia el señor; ya no tenía ningún reparo en mostrarle que había estado en el trineo, tampoco era lo peor; si le preguntaba, aunque solo en ese caso, no silenciaría que el mismo cochero le había inducido al menos a abrir la puerta. Lo realmente malo era en realidad que el señor le había sorprendido, que no había tenido el tiempo suficiente para esconderse de él para luego esperar a Klamm sin molestias o que no había tenido la suficiente presencia de ánimo para permanecer en el interior del trineo, cerrar la puerta, y allí esperar a Klamm entre las pieles, o al menos permanecer allí mientras ese señor se encontrase en las cercanías. Cierto, él no podía haber sabido si era realmente Klamm el que venía, en cuyo caso hubiese sido naturalmente mucho mejor haberle recibido fuera del trineo. Sí, había mucha materia para reflexionar, pero ya no, pues todo había acabado.

—Venga conmigo —dijo el señor, sin ordenar en un sentido estricto, aunque la orden no residía en las palabras, sino en un corto movimiento de la mano, intencionadamente indiferente, que las acompañaba.

—Estoy esperando a alguien —dijo K, ya sin esperanzas de éxito, solo por principio.

—Venga —dijo una vez más el señor impertérrito, como si quisiese mostrar que nunca había dudado que K esperase a alguien.

—Pero entonces no encontraré a quien estoy esperando —dijo K con un estremecimiento del cuerpo. Pese a todo lo ocurrido tenía la sensación de que lo que había conseguido hasta ese momento era una especie de posesión que, ciertamente, solo mantenía de forma aparente pero que no debía renunciar a ella por una orden cualquiera.

—No le va a encontrar en ningún caso, tanto si se queda como si se va —dijo el señor, brusco al manifestar su opinión, pero llamativamente deferente respecto al proceso mental de K.

—Entonces prefiero no encontrarle esperándole —dijo K con obstinación; con toda seguridad no iba a dejarse expulsar de allí solo por las palabras de ese joven. A continuación, el señor cerró un instante los ojos con una expresión de superioridad en el rostro, inclinado hacia arriba con arrogancia, como si quisiese que K entrase en razón; pasó la lengua por sus labios semiabiertos y le dijo al cochero:

—¡Desenganche los caballos!

El cochero, obediente, pero lanzando una enojada

mirada de soslayo a K, tuvo que descender y quitarse la piel, comenzando con lentitud, como si no esperase una contraorden del señor, pero sí un cambio de opinión de K, a empujar a los caballos hacia atrás, aproximándose a un ala lateral del edificio en la que, detrás de una gran puerta, debían de estar el establo y la cochera. K vio cómo se quedaba solo, por una parte se alejaba el trineo, por la otra, por el camino por donde K había venido, se alejaba el joven señor, aunque los dos lo hacían con gran lentitud, como si quisieran mostrar a K que aún estaba en su poder impulsarlos a regresar.

Quizá tuviese ese poder, pero no le habría servido de nada; hacer regresar al trineo habría significado tener que alejarse. Así que permaneció en silencio, siendo el único que mantenía su puesto, pero era una victoria que no proporcionaba ninguna alegría. Miró alternativamente al trineo y al señor. Este último ya había alcanzado la puerta por la que K había entrado al patio, una vez más miró hacia atrás, K creyó ver cómo sacudía la cabeza sobre tanta obstinación, luego se volvió con un movimiento corto y decidido y entró al pasillo en el que desapareció. El cochero permaneció más tiempo en el patio, tenía mucho trabajo con el trineo, tenía que abrir la gran puerta del establo, retroceder y colocar el trineo en su lugar, desenganchar los caballos, llevarlos a la cuadra, todo lo hacía con gran seriedad, sumido en sus pensamientos, ya sin ninguna esperanza de realizar un viaje; ese continuo trabajo en silencio, sin ninguna mirada de soslayo a K, le pareció a este un reproche más duro que el comportamiento del señor. Y cuando, una vez terminada la labor, el cochero, con su paso lento y oscilante, atravesó el patio, cerró la puerta y regresó al establo, todo pausadamente, siguiendo literalmente su propio rastro en la nieve, encerrándose en el establo, y cuando entonces se apagó la luz —¿a quién tendría que haber iluminado?—, y arriba, en la galería de madera, aún se veía claridad a través de la ranura, atrayendo su mirada errática, a K le pareció como si hubiesen roto todos los vínculos con él y como si fuese más libre que nadie y pudiera esperar en ese lugar prohibido todo lo que quisiera, como si se hubiese ganado en duro combate, como ningún otro, esa libertad, y como si nadie pudiera tocarle o expulsarle, ni siquiera hablarle, pero —este convencimiento era como mínimo igual de fuerte— como si, al mismo tiempo, no hubiese nada más absurdo, más desesperado que esa libertad, esa espera, esa invulnerabilidad.

9

LA LUCHA CONTRA EL INTERROGATORIO

Y se alejó de allí regresando a la casa, esta vez no a lo largo del muro, sino a través de la nieve; en el pasillo se encontró al posadero, quien le saludó sin decir una palabra y le señaló la puerta de la taberna. K siguió el gesto del posadero porque estaba helado y quería ver personas, aunque se quedó muy decepcionado al encontrar una vista opresiva para él, a una mesita, que en realidad había sido dispuesta a propósito, pues allí se contentaban con los barriles, se sentaba el joven señor y ante él, de pie, estaba la posadera de la posada del puente. Pepi, orgullosa, con la cabeza inclinada hacia atrás, con la misma sonrisa eterna, consciente de su irrefutable dignidad, oscilando la trenza con cada uno de sus movimientos, corrió de un lado a otro llevando cerveza, tinta y una pluma, pues el señor había extendido papeles ante sí, comparaba cifras que encontraba en un papel y luego en otro al final de la mesa, y quería escribir. La posadera contemplaba muda y tranquila al señor y los papeles como si ya hubiese dicho todo lo necesario y hubiese sido bien recibido.

—El señor agrimensor, por fin —dijo el señor cuando K entró, lanzándole una mirada fugaz y concentrándose de nuevo en los papeles. También la posadera dirigió a K una mirada, esta indiferente y carente de sorpresa. Pepi pareció haber reparado en K solo cuando él se acercó a la barra y pidió un coñac.

K se apoyó allí, presionó los ojos con su mano y no prestó atención a nada. Luego dio unos sorbitos al coñac y lo rechazó porque era imbebible.

—Todos los señores lo beben —dijo brevemente Pepi, vació el resto, lavó la copa y la colocó en su sitio.

—Los señores también lo tienen mejor —dijo K.

—Es posible —dijo Pepi—, pero yo no.

Con eso había terminado con K y ya estaba otra vez al servicio del señor, quien, sin embargo, no necesitaba nada, así que pasó una y otra vez por detrás de él con el intento respetuoso de arrojar una mirada a los papeles; pero no era más que burda curiosidad y fanfarronería, que también la posadera desaprobó frunciendo las cejas.

De repente, sin embargo, la posadera oyó algo y se quedó inmóvil, concentrándose en la escucha, mirando al vacío. K se volvió, no oyó nada especial, tampoco los otros parecían oír nada, pero la posadera anduvo de puntillas con pasos cortos hacia la puerta detrás de ella que conducía al patio, miró por el ojo de la cerradura, se volvió hacia los demás con los ojos muy abiertos y el rostro sofocado, hizo un gesto con la mano hacia donde estaban y entonces miraron alternativamente, la posadera la mayor parte del tiempo, también Pepi tuvo su turno, y el señor se mostró en comparación el más indiferente. Pepi y el señor regresaron pronto, solo la posadera seguía mirando con esfuerzo, muy inclinada, casi de rodillas, parecía como si quisiese conjurar al ojo de la cerradura para que la dejase pasar a través de él, pues ya hacía tiempo que no se podía ver nada. Cuando finalmente se irguió, se pasó las manos por el rostro, se arregló el cabello despeinado, tomó aire y su vista aparentemente se habituó a la habitación y a los presentes, aunque lo hizo en contra de su voluntad. K, no para que le confirmasen algo que ya sabía, sino para anticiparse a un ataque, que ya temía, tan vulnerable era ahora, dijo:

—¿Entonces ya se ha ido Klamm?

La posadera pasó por su lado sin decir una palabra, pero el señor dijo desde la mesita:

—Sí, claro. Como usted ha abandonado su puesto de vigilancia, Klamm ya ha podido partir. Resulta maravilloso lo sensible que es el señor. ¿No notó, señora posadera, lo intranquilo que miraba Klamm a su alrededor?

La posadera no pareció haberlo observado, pero el señor continuó:

—Bueno, afortunadamente, ya no se podía ver nada más, el cochero borró las huellas en la nieve.

—La señora posadera no ha advertido nada —dijo K, pero no dijo eso a causa de alguna esperanza, sino solo irritado por la afirmación del señor que había querido sonar tan conclusiva e inapelable.

—Quizá no estaba en ese preciso instante en el ojo de la cerradura —dijo la posadera al principio para proteger al señor, pero después también quiso otorgarle su derecho a Klamm y añadió—: Por lo demás, no creo que Klamm sea tan sensible. Es cierto que tememos por él e intentamos protegerle y por eso partimos de una extremada sensibilidad de Klamm. Eso está bien así y con seguridad también es la voluntad de Klamm. Pero cómo sea en realidad, no lo sabemos. Está claro que Klamm jamás hablará con alguien con quien no quiera hablar, por mucho que se esfuerce ese alguien y por muy insoportable que sea su intromisión, pero solo ese hecho, que Klamm jamás hablará con él, que jamás dejará que aparezca en su presencia, basta, ¿por qué no podría soportar en realidad la mirada de cualquiera?

El señor asintió con insistencia.

—Esa es también, naturalmente, mi opinión —dijo—, si me he expresado de un modo algo diferente ha sido para que el señor agrimensor me comprendiese. Cierto es, sin embargo, que Klamm, en cuanto salió, miró varias veces a su alrededor.

—Quizá me ha buscado —dijo K.

—Es posible —dijo el señor—, en eso no había caído.

Todos se rieron, Pepi, que apenas entendía de qué hablaban, con más fuerza que los demás.

—Ahora que estamos todos reunidos y tan alegres —dijo entonces el señor—, le pediría al señor agrimensor que me ayudase a completar mis actas con algunos datos.

—Aquí se escribe mucho —dijo K, y miró desde la lejanía hacia el acta.

—Sí, una mala costumbre —dijo el señor, y volvió a reírse—, pero quizá aún no sepa quién soy yo. Soy Momus, el secretario municipal de Klamm.

Después de estas palabras la seriedad volvió a la

habitación; aunque la posadera y Pepi, naturalmente, conocían bien al señor, quedaron afectadas por la mención del nombre y de su cargo. E incluso el señor mismo, como si hubiese dicho demasiado para su capacidad receptiva, y como si quisiera al menos huir de toda solemnidad adicional implícita en sus palabras, se concentró en sus expedientes y comenzó a escribir de tal modo que en la habitación solo se oía la pluma.

—¿Qué es eso de secretario municipal? —preguntó K después de un rato.

En vez de Momus, que ahora, después de haberse presentado, ya no consideraba adecuado proporcionar ese tipo de explicaciones, fue la posadera quien contestó:

—El señor Momus es el secretario de Klamm como cualquier otro de los secretarios de Klamm, pero su residencia oficial y, si no me equivoco, sus competencias...

Momus sacudió vivamente la cabeza mientras escribía y la posadera mejoró sus palabras.

—Bueno, su residencia oficial, no sus competencias, queda limitada al pueblo. El señor Momus se encarga de los escritos de Klamm referentes al pueblo y es el primero que recibe todas las peticiones a Klamm procedentes del pueblo.

Cuando K, aún poco afectado por esas cosas, contempló a la posadera con la mirada vacía, añadió ella casi confusa:

—Así está dispuesto, todos los señores del castillo tienen sus secretarios municipales.

Momus, que había escuchado con más atención que K, completó lo dicho por la posadera:

—La mayoría de los secretarios municipales solo

trabajan para un señor; yo, sin embargo, para dos, para Klamm y para Vallabene.

—Sí —dijo la posadera, recordándolo en ese momento, y se dirigió a K:

—El señor Momus trabaja para dos señores, para Klamm y para Vallabene, por tanto es doble secretario municipal.

—Incluso doble —dijo K asintiendo con la cabeza hacia Momus, como se asiente ante un niño del que se acaban de oír elogios. Mientras, el secretario municipal, inclinado hacia adelante, le miraba directamente.

Si en esas palabras había cierto desprecio, o no se notó o, por el contrario, se supuso. Precisamente ante K, que ni siquiera era lo suficientemente digno para ser visto por Klamm, aunque solo fuera casualmente, se detallaban los méritos de un hombre perteneciente al estrecho círculo de Klamm con la intención sin disimulo de obligarle a mostrar reconocimiento y alabanzas. Y, sin embargo, K no se daba cuenta; él, que se esforzaba con todas sus energías por conseguir una mirada de Klamm, no valoraba lo suficiente el puesto de un Momus, que podía vivir ante Klamm; lejos estaban de él la admiración o incluso la envidia, pues no consideraba su proximidad lo más deseable, él, solo él, con sus deseos y con los de nadie más, era quien tenía que acercarse a Klamm, y acercarse no para descansar a su lado, sino para adelantarle en su camino hacia el castillo.

Y después de mirar la hora en su reloj, dijo:

—Ahora debo irme a casa.

En ese momento cambió de inmediato la situación a favor de Momus.

—Sí, es cierto —dijo este—, los deberes del bedel

de la escuela le llaman. Pero antes me tendrá que dedicar un minuto. Se trata de unas preguntas cortas.

—No tengo ganas —dijo K, y quiso irse hacia la puerta.

Momus golpeó una de las actas contra la mesa y se levantó:

—En nombre de Klamm le conmino a responder mis preguntas.

—¿En nombre de Klamm? —repitió K—, ¿acaso le preocupan mis asuntos?

—Sobre eso —dijo Momus— no puedo juzgar y usted mucho menos, dejémoslo a su discreción. Pero le exijo en el ejercicio del cargo que ocupo, concedido por Klamm, que permanezca y responda.

—Señor agrimensor —se injirió la posadera—, me guardaré mucho de seguir aconsejándole; con mis anteriores consejos, los más benevolentes que puede haber, he sido rechazada por usted con la mayor grosería y he venido a hablar con el secretario (no tengo nada que ocultar) para informar a la administración de su conducta y de sus intenciones, así como para impedir en el futuro que usted sea alojado de nuevo en mi posada; así están las cosas entre nosotros y ya no se puede cambiar nada, y si ahora digo mi opinión, no lo hago para ayudarle a usted, sino para facilitar en algo la difícil tarea del señor secretario consistente en tratar con un hombre como usted. No obstante, y debido a mi completa sinceridad (con usted no puedo hablar sino con sinceridad y aun así ocurre en contra de mi voluntad), también usted puede sacar provecho de mis palabras, siempre que quiera. En este caso le advierto de que el único camino que conduce a Klamm pasa por las actas del señor secretario. Pero no quiero exagerar, quizá el camino no conduzca a Klamm, quizá se interrumpa antes de llegar a él, sobre eso decide el secretario según su arbitrio. En todo caso es el único camino que, al menos para usted, va en la dirección de Klamm. ¿Y usted quiere renunciar a este único camino por ningún otro motivo que por obstinación?

—Ay, señora posadera —dijo K—, no es ni el único camino hacia Klamm ni posee más valor que los demás. Y usted, señor secretario, es quien decide sobre si lo que diré aquí llegará hasta Klamm o no.

—Cierto —dijo Momus, y miró orgulloso, con los ojos hundidos, hacia la derecha y la izquierda, donde no había nada que mirar—. ¿Para qué sería en otro caso secretario?

—Ahora puede ver, señora posadera —dijo K—, que no necesito un camino para llegar a Klamm, sino uno para llegar al señor secretario.

—Ese camino se lo pretendía abrir yo —dijo la posadera—, ¿no le pedí esta mañana que me dejase canalizar su petición a Klamm? Eso habría ocurrido a través del señor secretario. Usted, sin embargo, lo rechazó y ahora no le va a quedar otro remedio que este camino. Ciertamente, después de su actuación de hoy, de su intento de asaltar a Klamm, con menos perspectivas de éxito. Pero esta última y diminuta esperanza que desaparece, casi inexistente, es lo único que tiene.

—¿Cómo es posible, señora posadera —dijo K—, que en un principio haya intentado impedirme que llegase hasta Klamm y que ahora tome tan en serio mi solicitud y, en cierto modo, me considere perdido después del fracaso de mis planes? Si al principio se me desaconsejó con toda sinceridad que intentase llegar a Klamm, ¿cómo es posible que ahora se me impulse hacia adelante, al parecer con la misma sinceridad, en el camino hacia Klamm, por más que no conduzca hasta él?

—¿Le impulso hacia adelante? —preguntó la posadera—. ¿Acaso significa impulsarle hacia adelante decirle que sus intentos carecen de esperanza de éxito? Sería, verdaderamente, lo máximo en osadía, si así quisiese descargar sobre mí una responsabilidad que le concierne a usted. ¿Es quizá la presencia del señor secretario lo que le motiva a ello? No, señor agrimensor, yo no le impulso a nada. Solo puedo reconocer una cosa, que yo, cuando le vi por primera vez, quizá le estimé demasiado. Su rápida victoria sobre Frieda me asustó, no sabía de lo que aún podría ser capaz, yo quería impedir males mayores y creí poder conseguirlo si le conmocionaba con amenazas y súplicas. Mientras tanto he aprendido a pensar con más tranquilidad sobre todo. Puede hacer lo que quiera, sus actos podrán dejar, a lo mejor, afuera, en la nieve del patio, profundas huellas, pero nada más.

—Me parece que aún no ha logrado aclarar la contradicción —dijo K—, pero me doy por satisfecho habiéndole llamado la atención sobre ella. Ahora le pido, señor secretario, que me diga si la opinión de la señora posadera es acertada, me refiero a si el acta que quiere completar conmigo podría conducir como consecuencia a que pudiese aparecer ante Klamm. Si es así, estoy dispuesto a responder a todas las preguntas. A ese respecto, estoy dispuesto a todo.

—No —dijo Momus—, no existe esa vinculación. Aquí se trata solo de redactar una correcta descripción de lo acontecido esta tarde para el registro municipal de Klamm. Esa descripción ya está terminada, solo tiene que rellenar dos o tres espacios en blanco por cuestión de orden, no existe ninguna otra finalidad y tampoco se puede alcanzar.

K miró en silencio a la posadera.

—¿Por qué me mira? —preguntó la posadera—. ¿Acaso he dicho algo diferente? Así ocurre siempre, señor secretario, así ocurre siempre. Falsea las informaciones que se le dan y luego afirma que ha recibido informaciones falsas. Le vengo diciendo desde el principio, hoy y siempre, que no tiene ninguna posibilidad de ser recibido por Klamm, si no hay ninguna posibilidad, tampoco la recibirá por esta acta. ¿Puede haber algo más claro? Además, le digo que esta acta es la única conexión oficial que puede tener con Klamm, también eso es lo suficientemente claro y no da lugar a dudas. Como no me cree, sigue con la esperanza (no sé por qué ni para qué) de poder llegar hasta Klamm, entonces solo se le puede ayudar, si se logra insertar en su proceso mental que la única conexión oficial que tiene con Klamm es esta acta. Eso es lo que me he limitado a decir, y quien afirme otra cosa diferente tergiversa maliciosamente mis palabras.

—Si es como dice, señora posadera, entonces le pido disculpas, entonces la he interpretado mal; yo creía, erróneamente, como ha resultado ahora, que de sus palabras se podía deducir una ínfima esperanza para mí.

—Cierto —dijo la posadera—, esa es mi opinión, usted vuelve a tergiversar mis palabras, aunque ahora en el sentido contrario. Para usted, según mi opinión, existe una esperanza así y, además, se basa únicamente en esta acta, pero puede ser que asalte al señor secretario con la pregunta «¿podré ver a Klamm si respondo a las preguntas?». Cuando un niño pregunta así, uno se ríe, cuando lo hace un adulto resulta una ofensa contra la administración, lo que el señor secretario ha ocultado indulgentemente con la elegancia de su respuesta. La esperanza, sin embargo, a la que me refiero, consiste en que a través del acta posee una suerte de conexión, quizá una suerte de conexión con Klamm. ¿No es esa una esperanza suficiente? ¿Si le preguntaran sobre los méritos que le hacen digno de esa esperanza, podría mencionar algo? Cierto, no se puede decir nada más concreto acerca de esa esperanza, y especialmente el señor secretario, en el ejercicio de sus funciones, jamás podrá darle la mínima indicación al respecto. Para él se trata, como ya le dijo, de una descripción de la tarde de hoy, por cuestión de orden, más no le dirá, ni siquiera si ahora mismo le pregunta respecto a mis palabras.

—¿Entonces, señor secretario —preguntó K—, leerá Klamm esa acta?

—No —dijo Momus—, ¿para qué? Klamm no puede leer todas las actas, en realidad no lee ninguna. «¡Dejadme en paz con vuestras actas!», suele gritarnos.

—Señor agrimensor —se quejó la posadera—, me agota con esas preguntas. ¿Acaso es necesario o siquiera deseable que Klamm lea esa acta y tome conciencia literal de las naderías de su vida? ¿No preferiría pedir humildemente que ocultasen ese expediente a Klamm, una petición, por lo demás, tan irrazonable como la primera (quién puede ocultar algo a Klamm), algo que, sin embargo, revelaría en usted un carácter más simpático? ¿Y es necesario para eso que usted denomina su esperanza? ¿No ha declarado que quedaría satisfecho, si solo tuviese la oportunidad de hablar delante de Klamm, aun en el caso de que él no le viera y ni siquiera le escuchara? ¿Y no alcanza mediante este expediente al menos eso, aunque quizá mucho más?

—¿Mucho más? —preguntó K—. ¿De qué manera?

—Si no quisiera tenerlo siempre todo en forma comestible —dijo la posadera—, como si fuera un niño. ¿Quién puede dar respuesta a esas preguntas? El acta se guarda en el registro municipal de Klamm, eso ya lo ha escuchado, mas no se puede decir con seguridad. ¿Conoce ya toda la importancia de lo que redacta el señor secretario para el registro municipal? ¿Sabe lo que significa cuando el señor secretario le interroga? Tal vez, o es muy probable, ni siquiera lo sepa él mismo. Está aquí tranquilamente sentado y cumple con su deber, por cuestión de orden, como dijo. Pero piense que Klamm le ha nombrado, que trabaja en nombre de Klamm, que lo que hace, aunque nunca llegue hasta Klamm, cuenta desde un principio con la aprobación de Klamm. Y ¿cómo puede tener algo la aprobación de Klamm si no está inspirado por su espíritu? Muy lejos está de mí la intención de adular toscamente al señor secretario, él mismo tampoco lo toleraría, pero no hablo de su personalidad independiente, sino de lo que él es cuando cuenta con la aprobación de Klamm, como ahora mismo. Entonces es un instrumento en el cual se posa la mano de Klamm, y ay de aquel que no se someta a él.

K no temía las amenazas de la posadera, ya estaba cansado de las esperanzas con las que intentaba hacerle caer en la trampa. Klamm estaba lejos, una vez la posadera había comparado a Klamm con un águila y eso le había parecido a K ridículo; ahora ya no, pensaba en su lejanía, en su inexpugnable morada, en su silencio continuo, quizá solo interrumpido por gritos que K jamás había oído, en su mirada penetrante que nunca se dejaba contrariar ni poner en evidencia, en sus círculos, indestructibles por la profundidad de K, que trazaba arriba según leyes incomprensibles, solo visibles en algún instante, todo eso tenían en común Klamm y el águila. El acta no tenía nada que ver con todo eso, esa acta sobre la cual Momus despedazaba en ese momento una rosquilla con la que iba a acompañar la cerveza y con la que cubrió todos los papeles de sal y comino.

—Buenas noches —dijo K—, siento aversión contra todos los interrogatorios.

Y realmente se fue hacia la puerta.

—Pues se va —dijo Momus casi atemorizado a la posadera.

—No se atreverá —dijo ella.

Pero K no pudo oír nada más, ya se encontraba en el pasillo. Hacía frío y soplaba un fuerte viento. De la puerta de enfrente salió el posadero, parecía como si detrás de ella, por un agujero, hubiese vigilado el pasillo. Se sujetaba los faldones de la chaqueta, tan fuerte soplaba el viento en el pasillo.

—¿Ya se va, señor agrimensor? —dijo.

—¿Se asombra de ello? —preguntó K.

—Sí —dijo el posadero—. Entonces, ¿no le han interrogado?

—No —dijo K—, no me dejo interrogar.

—¿Por qué? —preguntó el posadero.

—No sé por qué razón me debería dejar interrogar, por qué me tengo que someter a una broma o a un capricho administrativo. Tal vez lo hubiese hecho en otra ocasión para matar el tiempo, pero hoy no.

—Sí, claro —dijo el posadero, pero era una anuencia cortés, carente de convicción—. Tengo que dejar entrar al servicio en la taberna —dijo después—, ya hace tiempo que ha pasado su hora. No quería importunar el interrogatorio.

—¿Lo consideraba tan importante? —preguntó K.

—Oh, sí —dijo el posadero.

—Entonces, ¿no tendría que haberme negado? —preguntó K.

—No —dijo el posadero—, no lo debería haber hecho.

Como K callaba, ya fuese para consolarle o para salir del paso con más rapidez, añadió:

—Bueno, bueno, no por eso se va a caer el cielo.

—No —dijo K—, por el tiempo que hace, no creo.

Y se separaron sonriendo.

10

EN LA CALLE

K salió a la escalera exterior azotada por el fuerte viento y miró hacia la oscuridad. Un tiempo malo, malísimo. De alguna manera, en consonancia con él se acordó de cómo la posadera se había esforzado en que se plegase al interrogatorio y cómo había logrado resistirse. No había sido ningún esfuerzo externo, en secreto le había alejado del acta, al final no sabía si había resistido o se había resignado. Una naturaleza intrigante, aparentemente trabajando sin sentido como el viento, según encargos lejanos y extraños de los que nunca se tenía noticia.

Apenas había caminado unos pasos por la carretera cuando vio en la lejanía dos luces oscilantes. Ese signo de vida le alegró y se apresuró a llegar hasta ellas, que también venían a su encuentro. No supo por qué se sintió tan decepcionado al reconocer a los dos ayudantes que marchaban hacia él, probablemente los había enviado Frieda, y los faroles que le liberaban de las tinieblas haciendo ruido a su alrededor eran de su propiedad; no obstante, estaba decepcionado, había esperado encontrarse con algún extraño, no con esos viejos conocidos que le resultaban una carga. Pero no solo venían los ayudantes, de la oscuridad, entre ellos, surgió Barnabás.

—¡Barnabás! —exclamó K, y le ofreció su mano—. ¿Me buscabas?

La sorpresa del encuentro le hizo olvidar al principio el enojo que le causó una vez.

—Sí —dijo Barnabás con el mismo tono amable de siempre—, y con una carta de Klamm.

—¡Una carta de Klamm! —dijo K alzando la cabeza y tomando deprisa la carta de la mano de Barnabás—. ¡Iluminad! —les dijo a los ayudantes que se apretaban contra él a derecha e izquierda y levantaban los faroles.

K tuvo que doblar repetidas veces el gran pliego de la carta para protegerlo del viento. A continuación leyó: «¡Al agrimensor en la posada del puente! Los trabajos de agrimensura que ha realizado hasta el presente son dignos de mi reconocimiento. También los trabajos de los ayudantes son dignos de alabanza. Sabe estimularlos muy bien a trabajar. ¡No desmaye en su celo profesional! ¡Conduzca sus trabajos a un buen fin! Una interrupción me enojaría. Por lo demás, esté confiado, la cuestión salarial se decidirá en breve. No le pierdo de vista».

K dejó de mirar la carta cuando los ayudantes, lectores más lentos, gritaron tres hurras para celebrar las buenas noticias e hicieron oscilar los faroles.

—Calma —dijo, y dirigiéndose a Barnabás—: Es un malentendido.

Barnabás no le comprendió.

—Es un malentendido —repitió K.

Y el cansancio de la tarde volvió a apoderarse de él, el camino hasta la escuela le parecía aún más largo y detrás de Barnabás se encontraba toda su familia y los ayudantes se apretaban contra él, así que tuvo que distanciarlos con los codos; cómo había podido Frieda enviárselos, si él había ordenado que permanecieran con ella. El camino a casa lo habría encontrado él solo y lo habría recorrido con más facilidad que en esa compañía. Por añadidura, uno de ellos se había puesto alrededor del cuello un pañuelo, cuyos extremos ondeaban con el viento y golpeaban el rostro de K, mientras que el otro los retiraba de su rostro con sus dedos puntiagudos y juguetones sin, ciertamente, mejorar la situación. Los dos, incluso, parecían haberle tomado el gusto a esa actividad, del mismo modo en que les entusiasmaba el viento y la inestabilidad de la noche.

—¡Vamos! —gritó K—. Si habéis venido a mi encuentro, ¿por qué no habéis traído mi bastón? ¿Con qué si no os voy a llevar hasta casa?

Se escondieron detrás de Barnabás, pero tampoco estaban tan asustados, pues en otro caso no habrían mantenido los faroles a derecha e izquierda de su protector. Él, sin embargo, se desprendió de ellos.

—Barnabás —dijo K, y le afectó profundamente que Barnabás no comprendiese que en tiempos tranquilos su chaqueta brillase, pero que cuando había problemas, no supusiese ninguna ayuda; en él solo se podía encontrar una resistencia muda, resistencia contra la que no se podía luchar, pues él mismo estaba indefenso, solo brillaba su sonrisa, pero era de tan poca ayuda como las estrellas arriba contra la tormenta allí abajo.

»Mira lo que me escribe el señor —continuó K, y mantuvo la carta ante su rostro—. El señor está mal informado, no hago ningún trabajo de agrimensura y lo valiosos que son los ayudantes, bueno, eso ya lo sabes tú mismo. Y el trabajo que no hago no lo puedo interrumpir, ¡si ni siquiera puedo despertar el enojo del señor, cómo voy a ganarme su reconocimiento! Y confiado, desde luego, no lo estaré nunca.

—Yo lo intentaré arreglar —dijo Barnabás, que todo el tiempo había pasado la vista por la carta, pero no la había podido leer, ya que la tenía pegada al rostro.

—¡Ay! —dijo K—, me prometes que lo vas a arreglar, pero ¿puedo creerte realmente? ¡Necesito tanto a un mensajero digno de confianza, ahora más que nunca!

K se mordió los labios de impaciencia.

—Señor —dijo Barnabás con una ligera inclinación del cuello. K estuvo a punto de dejarse seducir y creer a Barnabás—, yo lo arreglaré, también lo último que me pediste.

—¡Cómo! —gritó K—. ¿Aún no lo has arreglado? ¿No estuviste al día siguiente en el castillo?

—No —dijo Barnabás—, mi buen padre es viejo, ya lo has visto, y había mucho trabajo, tuve que ayudarle, pero ahora podré ir pronto al castillo.

—Pero ¿qué haces, ser descabellado? —exclamó K, y se dio una palmada en la frente—, ¿acaso no tienen prioridad ante todo los asuntos de Klamm? ¿Tienes el cargo superior de un mensajero y lo ejerces con tal desvergüenza? ¿A quién le preocupa el trabajo de tu padre? Klamm espera noticias y tú, en vez de precipitarte a llevárselas, prefieres sacar la porquería del establo.

—Mi padre es zapatero —dijo Barnabás impertérrito—, tenía encargos de Brunswick y yo soy el ayudante de mi padre.

—¡Encargos-zapatos-Brunswick! —gritó K amargado, como si hiciese inservibles para siempre cada una de las palabras—. ¿Y quién necesita aquí zapatos en los caminos siempre vacíos, y qué me importan a mí todos los zapatos del mundo? Te he confiado un mensaje, no para que lo olvides en un banco de zapatero, sino para que lo lleves de inmediato al señor.

K se tranquilizó un poco al ocurrírsele que probablemente Klamm no había permanecido todo el tiempo en el castillo, sino en la posada de los señores, pero Barnabás volvió a irritarle cuando comenzó a recitar el primer mensaje para demostrarle que no lo había olvidado.

—Basta, no quiero saber más —dijo K.

—No te enfades conmigo, señor —dijo Barnabás y, como si quisiera castigarle inconscientemente, apartó su mirada y bajó los ojos, pero no era más que consternación por los gritos de K.

—No me he enfadado contigo —dijo K, y su intranquilidad se volvió contra él mismo—, no contigo, pero resulta muy perjudicial para mí solo tener un mensajero así para las cosas importantes.

—Mira —dijo Barnabás, y pareció como si para defender su honor de mensajero dijera más de lo que podía—, Klamm no espera tus noticias, incluso se enoja cuando llego, «otra vez noticias», dijo él una vez, y la mayoría de las veces se levanta cuando me ve llegar desde lejos, se va a la habitación contigua y no me recibe. Tampoco está acordado que tenga que presentarme cada vez que tenga un mensaje; si fuese así, es obvio que me presentaría inmediatamente, pero no se ha acordado nada al respecto, y si no me presentase nunca, tampoco me reclamarían que lo hiciese. Cuando llevo un mensaje lo hago voluntariamente.

—Bien —dijo K observando a Barnabás y apartando premeditadamente la vista de los ayudantes que, alternándose detrás de los hombros de Barnabás, surgían lentamente de su hundimiento y rápidamente, con un silbido que imitaba al viento, como si se asustasen ante la mirada de K, volvían a desaparecer, así se divirtieron un buen rato—, no sé cómo son las cosas con Klamm, que tú sepas reconocer cómo son allí lo dudo, e incluso si pudieras, tampoco podrías mejorarlas. Pero sí puedes transmitir un mensaje, y eso es lo que te pido. Un mensaje muy corto. ¿Podrás llevarlo mañana mismo y decirme la respuesta también mañana o al menos informarme de cómo ha sido recibido? ¿Puedes y quieres hacerlo? Para mí sería muy importante. Y tal vez tenga la oportunidad de agradecértelo o tal vez tienes ahora un deseo que yo pueda cumplir.

—Claro que cumpliré tu encargo —dijo Barnabás.

—¿Y quieres esforzarte, cumplirlo lo mejor posible, transmitírselo personalmente a Klamm, recibir la respuesta del mismo Klamm y en seguida, mañana, aún por la mañana, quieres hacerlo?

—Lo haré lo mejor que pueda —dijo Barnabás—, pero eso es lo que hago siempre.

—No vamos a seguir discutiendo sobre eso —dijo K—. Este es el mensaje: «El agrimensor solicita al señor director que le permita presentarse personalmente ante él, acepta por antelación toda condición que esté vinculada a esa autorización. Se ha visto obligado a realizar esta petición, porque hasta ahora todos los intermediarios han fracasado, como prueba aduce que hasta el momento no ha realizado ningún trabajo de agrimensura;

con desesperada vergüenza ha leído, por tanto, la última carta del señor director, solo una entrevista personal podría ayudar a solucionar la situación. El agrimensor conoce las molestias que puede causar, así que se esforzará por reducirlas todo lo que pueda, sometiéndose a cualquier limitación de tiempo, incluso a una fijación del número de palabras, si se considera necesaria, que pueda emplear durante la entrevista, incluso cree poder contentarse con solo diez palabras. Con gran respeto y extremada impaciencia, espera la decisión».

K había hablado concentrado en las palabras y olvidándose de sí mismo, como si estuviese ante la puerta de Klamm y hablase con el vigilante de la puerta.

—Es más largo de lo que había pensado —dijo al cabo—, pero tienes que transmitirlo oralmente, no quiero escribir una carta, seguiría el infinito camino de los expedientes.

Así, K garabateó en un papel sobre la espalda de uno de los ayudantes, mientras el otro iluminaba, pero K pudo escribirlo según el dictado de Barnabás que lo había memorizado todo y lo repetía como un escolar, sin preocuparse del texto erróneo que los ayudantes le intentaban soplar.

—Tu memoria es extraordinaria —dijo K, y le dio el papel—, ahora, por favor, muéstrate extraordinario en el resto. ¿Y los deseos? ¿No tienes ninguno? Te digo sinceramente que me tranquilizaría, respecto al destino de mi mensaje, si tuvieras alguno.

Al principio Barnabás permaneció callado, luego dijo:

—Mis hermanas te envían saludos.

—Tus hermanas —dijo K—, sí, esas jóvenes fuertes y altas.

—Las dos te envían un saludo, pero especialmente Amalia —dijo Barnabás—, hoy me ha traído esta carta del castillo para ti.

Interesado en esta información, K preguntó:

—¿No podría llevar ella también mi mensaje al castillo? ¿O no podríais ir los dos juntos y buscar suerte cada uno por su lado?

—Amalia no puede entrar en las oficinas —dijo Barnabás—, si no, lo haría encantada.

—Mañana es probable que vaya a visitaros —dijo K—, pero ven tú antes a buscarme con la respuesta. Te espero en la escuela. Saluda de mi parte a tus hermanas.

La promesa de K pareció hacer muy feliz a Barnabás y, después de estrecharse las manos como despedida, llegó incluso a rozar fugazmente el hombro de K. Este sintió sonriente ese roce como si fuera un distintivo, como si ahora todo fuese como al principio, cuando Barnabás entró por primera vez en la posada con todo su esplendor en la presencia de los campesinos. Ya más calmado, durante el camino de regreso dejó que los ayudantes hicieran lo que quisiesen.

11

EN LA ESCUELA

Llegó congelado a casa, todo estaba oscuro, las velas en los faroles se habían consumido; conducido por los ayudantes, que conocían el lugar, logró entrar en una de las clases palpando las paredes:

—Vuestra primera acción digna de elogio —dijo recordando la carta de Klamm.

Aún medio dormida, Frieda exclamó desde un rincón:

—¡Dejad dormir a K! ¡No le molestéis!

Así seguía ocupando K sus pensamientos, aun cuando rendida por el sueño no había podido esperarlo despierta. Entonces se encendió la luz, aunque la lámpara, dado que tenía poco petróleo, apenas iluminaba. El lugar mostraba varias carencias, si bien se había caldeado; la gran habitación, que también se empleaba para hacer gimnasia —los aparatos estaban por todos lados y también colgaban del techo—, había consumido ya toda la leña disponible. Como se le aseguró a K, la temperatura había sido muy agradable, pero ahora, por desgracia, se había enfriado. En un depósito había reservas de leña, pero estaba cerrado y el maestro era quien tenía la llave, además, solo permitía que se sacase leña para calentar durante las horas de clase. Hubiera sido soportable, si hubiesen dispuesto de camas para poder huir del frío en ellas, pero no había nada excepto un jergón de paja, cubierto, lo que era digno de aprecio, por un mantón de lana perteneciente a Frieda, pero sin colchón de plumas y solo con dos cobertores rígidos y bastos que apenas calentaban. E incluso los ayudantes miraban con codicia ese jergón de paja, pero, naturalmente, no tenían la esperanza de poder acostarse en él. Frieda miró a K con miedo; que podía hacer habitable incluso la habitación más miserable era algo que había demostrado en la posada del puente, pero aquí no había podido lograr nada más, sin ningún medio, como en realidad había sido.

—Nuestro único mobiliario son los aparatos de gimnasia —dijo entre lágrimas esforzándose por sonreír. Pero en lo que se refería a las graves carencias, la insuficiencia de camas y la calefacción, se prometía ayuda para el día siguiente y le pidió a K que tuviera paciencia hasta entonces. Ninguna palabra, ningún signo, ningún gesto podía indicar que albergaba en su corazón la mínima amargura por más que él, como tenía que reconocer, la había sacado de la posada de los señores y luego de la del puente. Por esta razón K se esforzó por encontrarlo todo soportable, lo que tampoco le resultaba tan difícil, pues él caminaba en pensamientos con Barnabás y repetía literalmente todo su mensaje, pero no como se lo había transmitido a Barnabás, sino como él creía que sonaría en los oídos de

Klamm. Además, se alegró sinceramente por el café que Frieda le preparaba en un hornillo y siguió desde la calefacción, ya fría, sus movimientos experimentados y ligeros con los cuales extendía sobre la mesa del maestro el inevitable mantel blanco, colocaba una taza de café con motivos florales y, junto a ella, pan y tocino e, incluso, una lata de sardinas. Ahora ya estaba todo listo, tampoco Frieda había comido, solo había esperado a K. Había dos sillas: en ellas Frieda y K se sentaron a la mesa, los ayudantes a sus pies, en la tarima, pero no permanecieron tranquilos, también molestaron durante la comida; a pesar de que recibieron con abundancia de todo y ni siquiera habían terminado lo suyo, no cesaban de levantarse para comprobar si aún quedaba algo en la mesa y si podían esperar algo más. K no les prestó atención, solo por la risa de Frieda se fijó en ellos. Él puso su mano acariciadora sobre la de ella y le preguntó en voz baja por qué les toleraba tanto, incluso aceptaba amablemente su mala educación. De esa manera jamás podrían desprenderse de ellos, mientras que tratándolos con dureza como correspondía a su comportamiento podrían lograr o dominarlos o, lo que era más probable y mejor, quitarles el gusto de seguir en ese puesto y finalmente que se fuesen. No parecía que la estancia en la escuela tuviese perspectivas de ser muy buena, aunque tampoco fuera a durar mucho, pero apenas se notarían las carencias si los ayudantes se hubiesen ido y solo los dos permaneciesen en esa casa tan tranquila. ¿Acaso no notaba que los ayudantes se ponían más descarados cada día que pasaba, como si la presencia de Frieda y la esperanza de que K no intervendría con fuerza en su presencia, como haría en otro caso, los animaran a ello? Además, quizá podría haber algún medio simple para desembarazarse de ellos, tal vez hasta lo conociese Frieda, que tanto sabía de su situación actual. Y a los ayudantes probablemente solo se les hiciese un favor al expulsarlos, pues tampoco se daban allí la gran vida y la haraganería de la que habían disfrutado hasta ese momento terminaría en parte, ya que tendrían que ponerse a trabajar, mientras que Frieda, después de las agitaciones de los últimos días, tenía que descansar y él, K, estaría ocupado en buscar una salida a la situación de emergencia en que se encontraban. Sin embargo, si los ayudantes se fueran, se encontraría tan aligerado que podría cumplir fácilmente con las obligaciones en la escuela y con todo lo demás.

Frieda, que había escuchado con atención, acarició lentamente su brazo y dijo que era de la misma opinión, pero que él, sin embargo, quizá valoraba demasiado la mala educación de los ayudantes, eran chicos jóvenes, alegres y algo simples, por primera vez al servicio de un forastero, liberados de la severa disciplina del castillo, por eso mismo un poco excitados y asombrados, y que en ese estado a veces cometían tonterías, sobre las que, naturalmente, uno se tenía que enojar, aunque lo más razonable sería reírse. Ella, a veces, no podía dejar de reírse. Sin embargo, estaba de acuerdo con K en que lo mejor sería desembarazarse de ellos y quedarse los dos solos. Se aproximó a K y ocultó su rostro en su hombro, y allí dijo, de forma tan incomprensible que K se tuvo que inclinar, que no conocía ningún medio contra los ayudantes y temía que fracasase todo lo propuesto por K. Por lo que ella sabía, había sido el mismo K quien los había reclamado y ahora los tenía y los mantendría. Lo mejor sería aceptarlo como un mal menor, como lo que en realidad eran, y así los soportaría mejor.

K no quedó satisfecho con esa respuesta: medio en broma medio en serio dijo que le parecía que ella tenía confianza en ellos o que, al menos, sentía por ellos una gran inclinación, a fin de cuentas eran unos chicos atractivos, aunque no había nadie del que alguien, con buena voluntad, no pudiese deshacerse, y eso lo demostraría con los ayudantes.

Frieda le dijo que ella le estaría muy agradecida si lo lograba. Además, a partir de ese momento ya no se reiría de ellos ni hablaría con ellos una palabra que no fuese necesaria. Ya no encontraba en ellos nada que le hiciera gracia; por añadidura no era nada agradable ser observada continuamente por dos personas, ella había aprendido a contemplar a los dos con sus ojos. Y, realmente, se sobresaltó un poco cuando los dos ayudantes volvieron a levantarse, en parte para comprobar los restos de comida, en parte para enterarse de a qué se debían los continuos murmullos.

K aprovechó la ocasión para quitarle a Frieda las ganas de seguir con los ayudantes, la atrajo hacia sí y terminaron juntos la comida. Entonces deberían haberse acostado, todos estaban muy cansados, uno de los ayudantes se había quedado dormido, incluso, mientras comía, eso divirtió mucho al otro y quiso convencer a K y a Frieda para que mirasen el necio rostro del durmiente, pero no lo logró, los dos se mantuvieron arriba con actitud de rechazo. Con el insoportable frío que hacía dudaban si irse a dormir, finalmente K declaró que se tenía que volver a caldear la habitación, en otro caso sería imposible dormir. Buscó un hacha o alguna herramienta parecida, los ayudantes sabían de un hacha y la trajeron; a continuación se fue al depósito de leña. En poco tiempo había logrado romper la puerta; encantados, como si no hubiesen experimentado en su vida nada mejor, persiguiéndose y empujándose mutuamente, los ayudantes comenzaron a llevar leña a la habitación; en poco tiempo ya habían acumulado un buen montón, así que encendieron la calefacción, se sentaron alrededor, a los ayudantes les dieron un cobertor, para arroparse con él, y eso bastó, porque acordaron que uno de ellos siempre vigilaría el fuego para mantenerlo, pero poco después hacía tanto calor que ya no necesitaron los cobertores, se apagó la lámpara y, felices por el calor y la calma, Frieda y K se echaron a dormir.

Cuando K se despertó por la noche a causa de un ruido y tocó somnoliento en el lugar donde debía estar Frieda, comprobó que en vez de ella a su lado estaba uno de los ayudantes. Fue, probablemente debido a la irritación que ya trajo consigo el ser despertado de repente, el mayor susto que había tenido desde que había llegado al pueblo. Se levantó dando un grito y sin pensarlo le dio al ayudante tal puñetazo que este comenzó a llorar. El malentendido, sin embargo, se aclaró en seguida. Frieda se había despertado porque —al menos eso se había figurado— un animal grande, probablemente un gato, le había saltado al pecho y luego se había escapado. Ella se había levantado y buscado al animal por toda la habitación. Eso lo había aprovechado uno de los ayudantes para disfrutar un poco del placer del jergón de paja, lo que ahora pagaba amargamente. Frieda, sin embargo, no pudo encontrar nada, quizá solo fuera pura imaginación, regresó con K y en el camino, como si hubiese olvidado la conversación nocturna, acarició el pelo del ayudante lloroso para confortarle. K no dijo nada, se limitó a ordenar al ayudante que dejase ya de vigilar el fuego, pues con el consumo de casi toda la leña reunida ya hacía demasiado calor.

Por la mañana se despertaron cuando los primeros niños de la escuela ya estaban allí y rodeaban con curiosidad a los durmientes. Fue algo desagradable porque a causa del calor, que ahora, sin embargo, por la mañana, había dado lugar a un frío respetable, se habían quitado todos hasta la camisa y precisamente cuando comenzaban a vestirse apareció en la puerta Gisa, la maestra, una mujer joven, alta, rubia y hermosa, aunque algo rígida. Había sido visiblemente preparada para tratar al nuevo bedel y había recibido instrucciones del maestro, pues ya en el umbral dijo:

—Esto no lo puedo tolerar. Pues sí, bonita situación. Tienen simplemente el permiso de dormir en la clase, pero yo no tengo la obligación de dar clase en su dormitorio. Una familia que duerme hasta casi el mediodía, ¡era lo que nos faltaba!

Bueno, contra eso se podría decir bastante, especialmente en lo que se refería a la familia y a las camas, pensó K, mientras él y Frieda —los ayudantes no podían ayudar, se limitaban a mirar perplejos, desde el suelo, a la maestra y a los niños— empujaron a toda prisa el potro y las barras, los cubrieron con el cobertor y así crearon un espacio en el cual, asegurados contra las miradas de los niños, al menos pudieron vestirse. Pero no lograron gozar de un minuto de tranquilidad. Al principio la maestra los riñó porque no había agua fresca en la jofaina. Precisamente K acababa de pensar en recoger la jofaina para él y para Frieda, pero en principio renunció a ello para no irritar demasiado a la maestra, aunque esa renuncia no ayudó en nada, pues poco después se produjo una gran disputa, puesto que, desgraciadamente, se habían olvidado de quitar los restos de la cena de la mesa del maestro, así que la maestra lo apartó todo con una regla y lo tiró al suelo; a la maestra no le preocupó en absoluto que se derramase el aceite de las sardinas y los restos del café, el bedel ya pondría orden en todo. Aún sin estar completamente vestidos, apoyados en las barras, Frieda y K contemplaban la destrucción de su pequeña posesión, los ayudantes, que no pensaban en vestirse, espiaban, para el disfrute de los niños, por debajo del cobertor. A Frieda lo que más le dolía era la pérdida de la cafetera; solo cuando K, para consolarla, le aseguró que iría inmediatamente a ver al alcalde y reclamaría una reposición, se calmó lo suficiente como para, en ropa interior como estaba, salir del recinto y recuperar al menos la tapa para impedir que se ensuciara más. Lo logró a pesar de que la maestra, para asustarla, martillaba la mesa de un modo irritante. Una vez que K y Frieda terminaron de vestirse, tuvieron, no solo que obligar a los ayudantes, que yacían como embargados por los acontecimientos, con órdenes y empujones a que se vistieran, sino que en parte tuvieron que vestirlos ellos mismos. Cuando terminaron, K repartió el trabajo. Los ayudantes tenían que recoger madera y calentar la habitación, pero primero en la otra clase, en la cual aún amenazaban grandes peligros, pues allí se encontraba ya probablemente el maestro. Frieda tenía que fregar el suelo y K traería agua y ordenaría un poco, por ahora no se podía pensar en desayunar. Pero para informarse del estado de ánimo de la maestra, K quería salir el primero, los demás le deberían seguir cuando él los llamara; tomó esa medida porque no quería que las tonterías de los ayudantes volviesen a empeorar la situación y, por otra parte, porque quería procurar no herir a Frieda, pues ella tenía ambición, él no; ella era sensible, él no; ella pensaba en los pequeños horrores del presente, él, sin embargo, en Barnabás y en el futuro. Frieda siguió correctamente todas sus indicaciones, apenas apartaba los ojos de él. En cuanto salió, la maestra, acompañada de las risas de los niños, que ya no cesaron, exclamó:

—¡Qué! ¿Se han quedado dormidos?

Y cuando K no se dignó responder, pues no había sido una pregunta de verdad, y se dirigió directamente al lavabo, la maestra preguntó:

—¿Qué han hecho con mi gato?

Un gato gordo y viejo yacía sobre la mesa y la maestra inspeccionaba una pata que parecía ligeramente herida. Así que Frieda había tenido razón, ese gato no había saltado sobre ella, pues parecía incapaz de saltar, pero había pasado por encima de ella, se habría asustado por la presencia de personas en la casa, se querría esconder y, al realizar algún movimiento inusual causado por la prisa, se había herido. K intentó explicárselo tranquilamente a la maestra, pero esta solo se fijó en el resultado y dijo:

—Ya veo, le habéis herido, así os habéis presentado aquí. Mire. —Y llamó a K para que acudiese a la mesa, le enseñó la pata y, antes de que pudiese darse cuenta, ella le hizo un arañazo en la palma de la mano. Aunque las uñas del gato estaban ocultas, la maestra, esta vez sin consideración con el gato, las presionó con tanta fuerza que produjeron unas estrías sangrientas—. Y ahora vaya al trabajo —dijo ella con impaciencia, y volvió a inclinarse sobre el gato.

Frieda, que había mirado detrás de las barras con los ayudantes, gritó al ver la sangre. K mostró la mano a los niños y dijo:

—Mirad lo que me ha hecho un gato malo y astuto.

No lo dijo por los niños, cuyos gritos y risas se habían vuelto tan ingobernables que ya no necesitaban ninguna causa o estímulo, no había ninguna palabra que pudiese penetrarlos o influir en ellos. Pero como la maestra solo respondió con una breve mirada de soslayo y continuó ocupada con el gato, quedando su furia inicial satisfecha con el castigo sangriento, K llamó a Frieda y a los ayudantes para comenzar el trabajo.

Después de que K se hubo llevado la jofaina con agua sucia y hubo traído agua fresca y cuando se disponía a fregar la clase, un niño de doce años se levantó de su asiento, tocó la mano de K y dijo algo incomprensible por el barullo. Entonces se produjo un gran silencio. K se volvió. Había ocurrido lo temido durante toda la mañana. En la puerta estaba el maestro, el hombrecillo sostenía con cada una de sus manos a un ayudante cogido por el cuello. Los había atrapado cuando recogían leña; con poderosa voz, haciendo una pausa entre cada palabra, gritó:

—¿Quién se ha atrevido a romper la puerta del depósito de leña? ¿Quién es el culpable para que lo aplaste?

Entonces se levantó Frieda del suelo, pues se esforzaba en limpiar a los pies de la maestra, miró hacia K, como si quisiese reunir fuerzas, y, no sin algo de su antigua superioridad en la voz y el gesto, dijo:

—He sido yo, señor maestro. No se me ocurrió otra cosa. Si las clases tenían que estar caldeadas por la mañana temprano, había que abrir el depósito de leña. No me atreví a recoger la llave en su casa, pues ya era de noche, mi novio estaba en la posada de los señores, era posible que pasara la noche allí, así que tuve que tomar una decisión. Si hice mal, perdóneme mi inexperiencia, ya me ha reñido lo suficiente mi novio cuando vio lo ocurrido. Sí, incluso me prohibió que caldease la clase temprano, pues creía que al mantener cerrado el depósito de leña, usted no quería que se calentase por la mañana, al menos hasta que usted llegase. Que no se haya encendido la calefacción es culpa suya, pero de la rotura de la puerta yo soy la culpable.

—¿Quién ha roto la puerta? —preguntó el maestro a los ayudantes, quienes aún intentaban liberarse de su cautividad.

—El señor —dijeron los dos al unísono y, para que no hubiese ninguna duda, señalaron a K.

Frieda se rio, y esa risa pareció más convincente que sus palabras. A continuación, comenzó a escurrir el trapo con el que estaba fregando el suelo en el cubo, como si con su explicación el caso se hubiese concluido y el testimonio de los ayudantes no hubiese sido nada más que una broma. Cuando se agachó para continuar su labor, dijo:

—Nuestros ayudantes son niños que, a pesar de su edad, deberían estar aquí en la escuela. Yo misma abrí la puerta del depósito de leña ayer por la noche con un hacha, fue muy fácil, no necesité a los ayudantes, solo habrían importunado. Pero cuando mi novio vino por la noche y salió para inspeccionar los daños y para repararlos en lo que fuese posible, los ayudantes le siguieron después, probablemente porque tenían miedo de permanecer aquí solos, y vieron a mi novio trabajando delante de la puerta destrozada, por eso dicen eso ahora; ya ve, son como niños.

Mientras hablaba Frieda, los ayudantes no paraban de mover negativamente la cabeza, seguían señalando a K y se esforzaban por cambiar la opinión de Frieda con sus gestos, pero como no lo consiguieron, finalmente se sometieron, tomaron las palabras de Frieda como una orden y al repetirles la pregunta el maestro, ya no respondieron.

—Bueno, bueno, así que me habéis mentido, o al menos habéis acusado injustamente al bedel.

Ellos se mantuvieron en silencio, pero su temblor y sus miradas angustiadas parecían indicar una conciencia culpable.

—Entonces os daré ahora mismo una paliza —dijo el maestro, y envió a uno de los niños a la otra habitación para que le trajera una palmeta. Cuando el maestro levantó la palmeta, Frieda gritó:

—¡Los ayudantes han dicho la verdad!

Entonces arrojó desesperada el trapo en el cubo, salpicando con el agua, y corrió hasta detrás de las barras para esconderse.

—Un grupo de mentirosos —dijo la maestra, que acababa de ponerle la venda al gato y lo mantenía en el regazo, para el cual era demasiado ancho.

—Así que nos queda el señor bedel —dijo el maestro; empujó a los ayudantes dejándolos libres y se volvió a K, que, durante todo el tiempo, había estado escuchando apoyado en el palo de la escoba.

—Este bedel, que por cobardía reconoce con toda tranquilidad que se inculpe a otros falsamente de sus propias bellaquerías.

—Bueno —dijo K, que había notado que la intervención de Frieda había calmado la desenfrenada furia inicial del maestro—, si los ayudantes hubiesen recibido un castigo, no me habría apenado, pues ya se han salido con la suya en más de diez casos en que lo merecían, así que bien podrían recibir un castigo aunque sea inmerecido. Pero también me hubiera convenido si se hubiera evitado un enfrentamiento directo entre usted, señor maestro, y yo, quizá también le habría convenido a usted. Pero como ahora Frieda me ha sacrificado a los ayudantes —aquí K realizó una pausa, se podían oír en el silencio los sollozos de Frieda detrás del cobertor—, se tienen que aclarar las cosas.

—Esto es inaudito —dijo la maestra.

—Comparto completamente su opinión, señorita Gisa —dijo el maestro—. Usted, bedel, está naturalmente despedido de inmediato por este comportamiento vergonzoso en el ejercicio de sus funciones, por ahora me reservo la sanción que seguirá, pero márchese al instante con todas sus cosas de esta casa. Para nosotros será una liberación y por fin podremos comenzar las clases. Así que dese prisa.

—Yo no me muevo de aquí —dijo K—. Usted es mi superior pero no la persona que me ha concedido este empleo, esa persona es el señor alcalde, solo acepto su despido. Pero él no me ha dado el puesto para que me congele aquí con los míos, sino (como usted mismo dijo) para impedir actos desesperados e imprudentes por mi parte. Despedirme de repente estaría en contra de sus intenciones; mientras no oiga lo contrario de su propia boca, no lo creeré. Por lo demás, es probable que el rechazo de su imprudente despido le sea ventajoso también a usted.

—¿Así que no obedece? —preguntó el maestro.

K negó con la cabeza.

—Piénselo bien —dijo el maestro—, no se puede

decir que sus decisiones siempre sean las mejores, piense por ejemplo en la tarde de ayer, cuando rechazó que le interrogasen.

—¿Por qué menciona eso ahora? —preguntó K.

—Porque me da la gana —dijo el maestro—, y ahora repito por última vez: ¡fuera de aquí!

Pero como esas palabras tampoco tuvieron ningún efecto, el maestro se fue hacia la mesa y habló en voz baja con la maestra; esta dijo algo referente a la policía, pero el maestro lo rechazó; finalmente, los dos llegaron a un acuerdo, el maestro dijo a los niños que le siguieran a la otra habitación, allí tendrían clase con los otros niños, todos juntos, ese cambio les alegró; en un instante, entre gritos y risas, la habitación se quedó vacía, el maestro y la maestra fueron los últimos en salir. La maestra llevaba el diario de clase y encima al gato, que se mantenía impertérrito. Al maestro le hubiese gustado dejar allí al gato, pero una indicación que lo sugería fue rechazada categóricamente por la maestra, haciendo una referencia a la crueldad de K, así que para colmo K le cargó el gato al maestro. Esto último influyó, evidentemente, en las últimas palabras que el maestro dirigió a K desde la puerta:

—La señorita abandona esta clase obligada por la necesidad, porque usted se niega de manera recalcitrante a aceptar mi despido y porque nadie puede reclamar de ella, una mujer joven, que imparta su clase en medio de sus sucias relaciones domésticas. Así que se queda solo y puede ponerse todo lo cómodo que quiera, sin sentirse molesto por la aversión de observadores decentes. Pero no durará mucho, se lo garantizo.

Y con esto cerró la puerta.

12

LOS AYUDANTES

Cuando todos abandonaron la habitación, K dijo a los ayudantes:

—¡Fuera de aquí!

Asombrados por esa orden repentina, obedecieron, pero en cuanto K cerró con llave la puerta detrás de ellos, gimotearon y llamaron a la puerta:

—¡Estáis despedidos! —gritó K—, jamás os volveré a tomar a mi servicio.

Pero no quisieron aceptar esa decisión y golpearon con las manos y los puños en la puerta.

—¡Queremos regresar contigo, señor! —gritaron, como si K fuese la tierra prometida y ellos no pudiesen llegar hasta ella. Pero K no tenía ninguna compasión, esperó impaciente hasta que el ruido insoportable obligó a intervenir al maestro. Ocurrió pronto.

—¡Deje entrar a sus malditos ayudantes! —gritó.

—¡Los he despedido! —respondió K, y tuvo el desagradable efecto colateral de mostrar lo que ocurría cuando alguien era lo suficientemente fuerte no solo para despedir a otro, sino para ejecutar el despido. El maestro intentó aplacar bondadosamente a los ayudantes, solo tenían que esperar allí con calma, al final K los volvería a admitir. Después de decir estas palabras, se fue. Y quizá se hubiesen calmado si K no les hubiera vuelto a gritar que estaban definitivamente despedidos y que no tenían ninguna esperanza de ser readmitidos. A continuación, volvieron a hacer ruido como al principio. De nuevo vino el maestro, pero esta vez no habló con ellos, se limitó a alejarlos de allí con la temida palmeta.

Al poco rato aparecieron ante la ventana de la clase de gimnasia, golpearon en los cristales y gritaron, pero sus palabras eran incomprensibles. No permanecieron allí mucho tiempo, en la profunda capa de nieve no podían saltar como lo requería su intranquilidad. Así que corrieron hacia la verja del jardín y se subieron sobre su parte inferior, desde donde, aunque solo desde la lejanía, disfrutaban de una mejor vista sobre la habitación; allí, encaramados a las verjas, se balanceaban a un lado y a otro, pero de repente se quedaban quietos y doblaban las manos en actitud de súplica hacia K. Eso lo hicieron durante mucho tiempo, sin considerar la inutilidad de sus esfuerzos; estaban como cegados, ni siquiera oyeron cómo K corrió las cortinas para liberarse de su visión.

En la penumbra de la habitación K fue hacia las barras para ver a Frieda. Ante su mirada ella se levantó, se arregló el pelo, se secó el rostro y se puso en silencio a hacer el café. Aunque ella lo sabía todo, K le informó formalmente de que había despedido a los ayudantes. Ella se limitó a asentir con la cabeza. K se sentó en un pupitre y observó sus cansados movimientos. Siempre había sido la frescura y la tenacidad lo que había embellecido la futilidad de su cuerpo, ahora esa belleza había desaparecido. Unos días viviendo con K lo habían logrado. El trabajo en la taberna no había sido fácil, pero sí más conveniente para ella. ¿O había sido el distanciamiento de K la causa real de su decadencia? La cercanía de Klamm la había hecho tan irresistiblemente seductora; seducido por ella, K la había tomado para sí y ahora se marchitaba entre sus brazos.

—Frieda —dijo K.

Ella dejó en seguida el molinillo de café y se acercó a K en el pupitre.

—¿Estás enfadado conmigo? —preguntó ella.

—No —dijo K—, creo que no puedes hacer otra cosa. Has vivido satisfecha en la posada de los señores, debí dejarte allí.

—Sí —dijo Frieda, y miró ante sí con tristeza—, tendrías que haberme dejado allí. No valgo lo suficiente para vivir contigo. Liberado de mí, quizá podrías conseguir todo lo que quieres. En consideración a mí te sometes a ese maestro tiránico, asumes este puesto miserable, solicitas fatigosamente una entrevista con Klamm. Todo lo haces por mí, pero yo te lo pago mal.

—No —dijo K, y la rodeó consolador con su brazo—, todo eso no son más que pequeñeces que a mí no me dañan y en realidad a Klamm solo le quiero ver por ti. ¡Y todo lo que tú has hecho por mí! Antes de conocerte, aquí estaba completamente extraviado, nadie me aceptaba, y cuando los obligaba me despedían a toda prisa. Y si pudiese haber encontrado tranquilidad con alguien, eran personas de las que tenía que huir, como por ejemplo Barnabás.

—Huiste de ellos, ¿verdad, querido? —exclamó Frieda con viveza, y después de oír el dubitativo «sí» de K volvió a caer en su apatía. Pero K tampoco poseía la tenacidad para explicar qué es lo que gracias a Frieda había tomado un camino favorable. Soltó lentamente el brazo que la rodeaba y se quedaron un rato sentados y en silencio, hasta que Frieda, como si el brazo de K le hubiese transmitido calor, dijo:

—No soportaré esta vida. Si quieres que siga contigo, tenemos que emigrar, a cualquier lado, al sur de Francia o a España.

—No puedo emigrar —dijo K—, he venido para permanecer aquí. Permaneceré aquí. —E incurriendo en una contradicción que no hizo el esfuerzo de aclarar, añadió como si hablase consigo mismo—: ¿Qué podría haberme tentado a venir a este páramo a no ser el deseo de quedarme?

A continuación, dijo:

—Pero tú también quieres quedarte aquí, es tu tierra. Solo que echas de menos a Klamm y eso hace que te desesperes.

—¿Que echo de menos a Klamm? —dijo Frieda—, aquí hay Klamm en exceso, demasiado Klamm; para escapar de él quiero salir de aquí. No echo de menos a Klamm, sino a ti. Por ti quiero irme, porque no puedo tener suficiente de ti, aquí, donde todos tiran de mí. Cómo me gustaría quitarme esta bonita máscara y con el cuerpo miserable poder vivir contigo en paz.

K solo prestó atención a una cosa.

—¿Klamm está aún en contacto contigo? —preguntó en seguida—. ¿Te llama?

—No sé nada de Klamm —dijo Frieda—, hablo de otros, por ejemplo de los ayudantes.

—¡Ah!, los ayudantes —dijo K sorprendido—. ¿Te acosan?

—¿Acaso no lo has notado? —preguntó Frieda.

—No —dijo K, e intentó recordar en vano algún detalle—. Son jóvenes impertinentes y ávidos, pero que te hayan importunado, eso no lo he advertido.

—¿No? —dijo Frieda—. ¿No notaste que no había manera de sacarlos de nuestra habitación en la posada del puente, ni cómo vigilaban celosos nuestra relación, o cómo uno de ellos, finalmente, se echó a mi lado en el jergón de paja, o cómo han testimoniado contra ti para expulsarte, perderte y así poder estar a solas conmigo? ¿No has notado nada de eso?

K miró a Frieda sin responder. Esas acusaciones contra los ayudantes eran verdaderas, pero también podían interpretarse de forma inocente, como fruto del carácter ridículo, infantil, inquieto y falto de dominio de los dos. Y ¿no hablaba contra la acusación de Frieda que hubiesen intentado siempre ir a todas partes con K en vez de quedarse con Frieda? K mencionó algo parecido.

—¡Pura hipocresía! —dijo Frieda—. Pero ¿no has podido darte cuenta? Entonces ¿por qué los has despedido si no es por estos motivos?

Y se fue hacia la ventana, apartó un poco las cortinas, miró hacia afuera y llamó a K. Aún se encontraban los ayudantes en la verja. Aunque estaban visiblemente cansados, de vez en cuando, haciendo acopio de todas sus fuerzas, seguían extendiendo los brazos con actitud suplicante hacia la escuela. Uno de ellos, para no tener que aferrarse continuamente, había ensartado la chaqueta en una de las barras de la verja.

—¡Pobres! ¡Pobres! —exclamó Frieda.

—¿Que por qué los he expulsado? —preguntó K—. La causa directa has sido tú.

—¿Yo? —preguntó Frieda sin apartar la vista de los ayudantes.

—Sí, porque has tratado con demasiada amabilidad a los ayudantes —dijo K—, por perdonarles su comportamiento maleducado, reírte de sus necedades, acariciar su pelo, tener continuamente compasión de ellos, «los pobres, los pobres», vuelves a decir, y, finalmente, el último incidente, como para ti mi precio no era muy alto, me quisiste sacrificar para rescatar del castigo a los ayudantes.

—Eso es —dijo Frieda—, de eso es precisamente de lo que hablo, eso es lo que me hace infeliz, lo que me separa de ti, aunque no conozco mayor felicidad para mí que estar contigo, continuamente, sin interrupción, sin fin; sueño que en la tierra no hay ningún lugar tranquilo para nuestro amor, ni en el pueblo ni en ningún otro sitio, y por eso me imagino una tumba, profunda y estrecha, en la que nos mantenemos abrazados como oprimidos por unas tenazas, yo oculto mi rostro en ti, tú el tuyo en mí y nadie nos ve más. Pero aquí... ¡mira a los ayudantes! Sus manos suplicantes no se dirigen a ti, sino a mí.

—Y no soy yo quien los observa —dijo K—, sino tú.

—Claro, yo —dijo Frieda casi enojada—, de eso es de lo que estoy hablando todo el rato, ¿a qué se debería si no que los ayudantes me persiguieran, por más que puedan ser emisarios de Klamm?

—¿Emisarios de Klamm? —dijo K, a quien sorprendió mucho esa designación, por muy natural que le pareciese al principio.

—Emisarios de Klamm, claro —dijo Frieda—, aunque lo sean, al mismo tiempo son jóvenes pueriles que necesitan probar la palmeta para su educación. Qué jóvenes más feos y gamberros son y qué repugnante es el contraste entre sus rostros de adultos, casi de estudiantes, y su comportamiento necio e infantil. ¿Acaso crees que no me doy cuenta? Me avergüenzo de ellos. Pero aquí radica el asunto, ellos no me repudian, sino que me avergüenzo de ellos. Siempre tengo que mirarlos. Cuando debiera enojarme con ellos, me tengo que reír. Cuando debiera golpearlos, tengo que acariciar su pelo. Y cuando yazco a tu lado por la noche, no puedo dormir y tengo que ver cómo uno de ellos duerme enrollado en una manta y el otro permanece arrodillado ante la calefacción, vigilando que no se apague, y tengo que inclinarme hasta casi despertarte. Y no es el gato lo que me asusta, ¡ay!, conozco gatos y también conozco esos sueños agitados y constantemente turbados en la taberna, no es el gato lo que me asusta, sino yo misma. Y no necesito a ese gato monstruoso, me estremezco con el menor ruido. Temí que te despertaras y todo llegase a su fin y entonces me levanté y encendí una vela para que te despertases deprisa y me pudieses proteger.

—No sabía nada de todo eso —dijo K—, solo por un presentimiento de lo que me cuentas los he expulsado, ahora ya se han ido, ahora todo está bien.

—Sí, al fin se han ido —dijo Frieda, mas su rostro estaba atormentado, triste—, pero no sabemos quiénes son. Emisarios de Klamm, así los llamo yo jugando con mi imaginación, aunque tal vez lo sean. Sus ojos, esos ojos simples pero centelleantes, me recuerdan en cierto modo a los ojos de Klamm, sí, esa es la mirada de Klamm, que a veces me contempla a través de sus ojos. Y, por tanto, fue incorrecto cuando dije que me avergonzaba de ellos. Solo quería que fuese así. Pero sé que en otro lugar y con otras personas el mismo comportamiento sería necio y repugnante, pero con ellos no es así, contemplo sus necedades con respeto y admiración. Pero si son los emisarios de Klamm, ¿quién nos liberará de ellos? Y ¿sería bueno que nos liberasen de ellos? ¿No tendrías que correr a recogerlos y alegrarte de que quisieran volver?

—¿Quieres que los vuelva a dejar entrar? —preguntó K.

—No, no —dijo Frieda—, no hay nada que quiera menos. Su mirada cuando entrasen, su alegría por volverme a ver, sus saltos de niños y sus abrazos de hombres, todo eso no podría soportarlo. Pero en cuanto pienso que, si permaneces duro con ellos, quizá cierres el camino de Klamm hacia ti, deseo preservarte de las consecuencias que eso tendría. Entonces sí quiero que los dejes entrar. Entonces que entren lo más rápido posible. No tengas ninguna consideración conmigo, yo no importo. Me defenderé todo el tiempo que pueda y, si tuviera que perder, bueno, perderé, pero con la conciencia de que también ha ocurrido por ti.

—Con esas palabras no haces más que reforzar mi sentencia respecto a los ayudantes —dijo K—, jamás entrarán si puedo impedirlo. Que los he expulsado demuestra que, bajo determinadas circunstancias, se los puede dominar y que, por tanto, no guardan ninguna relación esencial con Klamm. Ayer por la noche recibí una carta de Klamm de la que se puede deducir que está mal informado acerca de los ayudantes, de lo que también se puede deducir que le son completamente indiferentes, pues si no lo fueran habría podido recabar noticias cabales sobre ellos. Y que veas en ellos a Klamm no demuestra nada, pues aún, por desgracia, estás influida por la posadera y ves a Klamm por todas partes. Todavía eres la amante de Klamm y todavía no eres mi esposa. A veces eso me entristece profundamente, me parece como si lo hubiese perdido todo, tengo la sensación de haber venido al pueblo, pero no lleno de esperanza, como estaba en realidad cuando llegué, sino con la conciencia de que solo me esperan decepciones y que tendré que probarlas todas hasta la raíz. Aunque esto solo ocurre a veces —añadió K sonriendo al ver cómo Frieda se venía abajo con sus palabras—, y en el fondo demuestra algo bueno: lo que significas para mí. Y si ahora reclamas que decida entre tú y los ayudantes, los ayudantes ya han perdido. Vaya pensamiento, elegir entre los ayudantes y tú. Ahora quiero librarme definitivamente de ellos. Quién sabe, por lo demás, si la debilidad que se ha apoderado de nosotros dos no proviene de que no hemos desayunado.

—Es posible —dijo Frieda sonriendo con cansancio y se puso a trabajar. También K volvió a coger la escoba.

13

HANS

Después de un rato, llamaron débilmente a la puerta.

—¡Barnabás! —gritó K, arrojó la escoba y en pocas zancadas ya estaba ante la puerta.

Horrorizada más por el nombre que por otra cosa, Frieda le contempló. Con las manos inseguras K no podía abrir el viejo cerrojo.

—Ya abro —repetía en vez de preguntar quién era el que llamaba. A continuación tuvo que ver cómo el que entraba por la puerta abierta no era Barnabás, sino un niño que ya con anterioridad había querido hablar con K. Pero K no tenía ganas de acordarse de él.

—¿Qué buscas aquí? —dijo—. La clase es ahí al lado.

—Vengo de allí —dijo el niño, y miró tranquilamente a K con sus grandes ojos castaños, muy recto y con los brazos pegados al cuerpo.

—¿Qué quieres? Dímelo rápido —dijo K, y se inclinó un poco hacia abajo, pues el niño hablaba en voz baja.

—¿Puedo ayudarte? —preguntó el niño.

—Nos quiere ayudar —dijo K a Frieda, y luego al niño—: ¿Cómo te llamas?

—Hans Brunswick —dijo el niño—, alumno de cuarto curso, hijo de Otto Brunswick, maestro zapatero en la calle Madelein.

—Así que te llamas Brunswick —dijo K, y se dirigió a él en un tono más amable. Resultó que Hans, por los arañazos sangrientos con que la maestra había castigado a K, se había irritado tanto que había decidido apoyarle. Por su propia cuenta se había escabullido de la clase contigua como un desertor, exponiéndose a un gran castigo. Podía deberse a las ideas infantiles que le dominaban. A ellas también correspondía la seriedad que se desprendía de todos sus actos. Su timidez solo le había molestado al principio, luego se habituó a K y a Frieda y cuando le dieron un café se animó y tomó confianza, siendo sus preguntas vehementes y penetrantes, como si quisiera enterarse rápidamente de lo más importante para luego poder tomar decisiones por su propia cuenta en favor de K y Frieda. También había algo imperioso en su carácter, pero estaba tan mezclado con la inocencia infantil que, medio en broma medio en serio, se dejaba someter. En todo caso acaparó toda la atención, habían dejado el trabajo y el desayuno se prolongaba. A pesar de que estaba sentado ante un pupitre, K en la mesa del maestro y Frieda en una silla a su lado, parecía que Hans era el maestro, como si examinase y juzgase las respuestas; una ligera sonrisa en su rostro parecía indicar que sabía muy bien que solo se trataba de un juego, no obstante, más seria era su actitud ante el asunto, aunque quizá no era una sonrisa lo que se reflejaba en sus labios, sino la felicidad de la niñez. Sorprendentemente tarde reconoció que ya conocía a K, desde que este estuvo en la casa de Lasemann. K se alegró de ello.

—¿Tú jugabas entonces a los pies de la mujer? —preguntó K.

—Sí —dijo Hans—, es mi madre.

Y entonces tuvo que hablar sobre su madre, pero lo hizo con dudas y solo cuando le reiteraron la petición. Resultó que era un niño a través del cual a veces parecía hablar, especialmente en las preguntas, en un presentimiento del futuro, quizá también como consecuencia de la ilusión de los sentidos que afectaba a los intranquilos y tensos oyentes, casi un hombre enérgico, astuto y perspicaz, pero que poco después se manifestaba sin transición como un escolar que no comprendía algunas preguntas, otras las interpretaba mal, que con una desconsideración infantil hablaba en voz demasiado baja, aunque se le había llamado frecuentemente la atención sobre esa falta y que, finalmente, como consuelo frente a algunas preguntas urgentes, se limitaba a callar y, además, sin mostrar confusión alguna, como jamás podría hacerlo un adulto. Era como si, según su opinión, solo a él le estuviese permitido preguntar y que las preguntas de los otros infringieran algún reglamento o fuesen una pérdida de tiempo. También podía mantenerse mucho tiempo sentado con el cuerpo recto, la cabeza inclinada hacia abajo y el labio inferior ligeramente desprendido. A Frieda le gustó tanto esa actitud, que le planteó con frecuencia preguntas de las que esperaba que le hiciesen callar de esa manera. A veces lo consiguió, pero a K le enojaba. En general pudieron saber poco, la madre estaba algo enferma, pero no pudieron averiguar de qué enfermedad se trataba; el niño que la señora Brunswick mantenía en el regazo era la hermana de Hans y se llamaba Frieda (la coincidencia de nombres con la mujer que le preguntaba la tomó con mal humor), todos vivían en el pueblo, pero no en casa de Lasemann, allí solo estaban de visita para que los bañasen, porque Lasemann tenía una gran bañera, en la cual bañarse y jugar procuraba un gran placer a los niños pequeños, entre los que Hans no se contaba; de su padre Hans habló con respeto o con miedo, pero solo cuando no hablaba al mismo tiempo de la madre; en comparación con la madre el valor del padre parecía pequeño, por lo demás, todas las preguntas sobre la vida familiar, fuera cual fuese la manera de plantearlas, quedaron sin respuesta; del oficio del padre se supo que era el zapatero más importante del lugar, nadie se le podía igualar, como repitió con frecuencia y en respuesta a preguntas que no tenían nada que ver con eso, incluso les daba trabajo a otros zapateros, por ejemplo, al padre de Barnabás; en este último caso Brunswick lo hacía por compasión, al menos eso indicaba el gesto orgulloso de Hans, lo que impulsó a Frieda a acercarse a él de un salto y darle un beso. A la pregunta de si ya había estado en el castillo, respondió, después de habérsela repetido muchas veces, que «no», y la misma pregunta, pero referida a la madre, no se dignó responderla. Al final K se cansó. Seguir preguntando le pareció inútil, en eso el niño tenía razón, y además había algo vergonzoso en querer enterarse de secretos familiares a través de un niño inocente, y doblemente vergonzoso era que ni siquiera se enteraran de algo al respecto. Y cuando K para terminar le preguntó en qué se ofrecía para ayudar, no se maravilló al oír que solo quería ayudarlos en el trabajo para que el maestro y la maestra no se enojasen con K. Este le aclaró que no era necesaria su ayuda, que enojarse era un rasgo del carácter del maestro y que no podrían impedirlo ni con el trabajo mejor realizado. Pero el trabajo en sí no era difícil, esa vez simplemente se había retrasado por unas circunstancias casuales, además esos enojos no hacían el mismo efecto en K que en un escolar, se los sacudía de encima, le eran indiferentes, y tenía la esperanza de librarse del maestro muy pronto. Agradecía mucho que hubiese ofrecido su ayuda con el maestro y Hans podía regresar, esperaba que no lo castigasen por lo que había hecho. A pesar de que K no subrayó y se limitó a indicar fugazmente que se trataba de ayuda con el maestro la que él no necesitaba, dejaba abierta la pregunta sobre otro tipo de ayuda, Hans así lo dedujo y preguntó si quizá K necesitaba otra ayuda, le encantaría ayudarle y si él mismo no pudiera, se lo pediría a su madre y entonces seguro que podía resultar. También cuando el padre tenía preocupaciones, le preguntaba a la madre. Y la madre ya había preguntado una vez por K, ella apenas salía de casa, solo excepcionalmente estuvo aquel día en casa de Lasemann; él, sin embargo, Hans, iba con frecuencia para jugar con sus hijos y una vez le preguntó la madre si tal vez el agrimensor se había encontrado allí. Pero a la madre, como estaba tan débil y cansada, no se le podía hablar mucho y él se limitó a decir que no había visto al agrimensor y ya no se habló más del asunto. Pero al encontrarle ahora en la escuela, le había tenido que hablar para poder informar luego a la madre. Pues eso es lo que más le gusta a la madre: cuando se obedecen sus deseos sin una orden expresa. A eso respondió K, después de una breve reflexión, que no necesitaba ninguna ayuda, tenía todo lo que necesitaba, pero era muy amable por parte de Hans que quisiera ayudarle y le agradecía sus buenas intenciones, era posible que más tarde pudiese necesitar algo, entonces se dirigiría a él, ya conocía su dirección. Por el contrario, quizá K pudiese ayudarle un poco, sentía mucho que la madre de Hans estuviese enferma y que nadie comprendiese allí su sufrimiento; en un caso tan descuidado puede darse un grave empeoramiento de una ligera dolencia. Pero él, K, tenía conocimientos médicos y lo que aún era más valioso, experiencia en el tratamiento de los enfermos. Consiguió triunfar cuando los médicos fracasaron. En casa siempre le habían llamado por sus poderes curativos «hierba amarga». En todo caso querría ver a la madre de Hans y hablar con ella. Quizá pudiese darle un buen consejo; solo por él, por Hans, estaría encantado de poder hacerlo. Al principio los ojos de Hans brillaron con esa oferta, sedujeron a K para mostrarse más perentorio, pero el resultado fue insatisfactorio, pues Hans contestó a las preguntas, y ni siquiera se mostró triste al hacerlo, que su madre no podía recibir visitas de extraños, pues necesitaba reposo absoluto; a pesar de que K apenas habló con ella, tuvo que pasar después varios días en cama, lo que, ciertamente, ocurría con frecuencia. En aquella ocasión el padre se enojó mucho con K y jamás permitiría que K visitase a su madre, incluso aquella vez él quiso buscar a K para castigarle por su comportamiento, pero la madre le convenció de lo contrario. Ante todo era su misma madre la que no quería hablar con nadie y su interés por K no significaba una excepción de la regla, todo lo contrario, a su mención ocasional de que tendría el deseo de verle, no le siguieron los hechos, con eso había manifestado claramente su voluntad. Solo quería oír de K, pero no hablar con él. Por lo demás tampoco padecía de una enfermedad en el pleno sentido de la palabra, ella sabía muy bien el origen de su estado y a veces lo dejaba entrever, probablemente se debía al aire de allí, que ella no soportaba, pero tampoco quería abandonar el lugar a causa del padre y de los niños, también estaba mejor que antes. Eso fue de lo que K se enteró; la capacidad mental de Hans aumentaba visiblemente, ya que protegía a su madre de K, de K, a quien supuestamente quería ayudar; incluso con la finalidad de proteger a la madre de K contradijo algunas de sus manifestaciones anteriores, por ejemplo respecto a la enfermedad. No obstante, K notó también que le seguía cayendo bien a Hans, solo que sobre la madre olvidaba todo lo demás. Cualquiera que se colocase frente a la madre se ponía en una posición injusta, ahora había sido K, pero también podía ser, por ejemplo, el padre. K quiso intentar esto último y dijo que era muy razonable por parte de su padre que protegiese así a su madre de toda molestia y si K hubiese sospechado algo en aquella ocasión, no habría osado dirigirse a ella y ahora pedía perdón por ello. Por el contrario, no podía entender del todo por qué el padre, si el origen del padecimiento estaba tan claro como Hans decía, impedía que la madre se recuperase cambiando de aires; se tenía que afirmar que se lo impedía, pues ella no quería irse por el padre y por los niños, pero se podría llevar a los niños, tampoco tendría que estar ausente mucho tiempo ni tampoco muy lejos, ya arriba, en la montaña del castillo, el aire era mucho mejor. Los costes de esa excursión no deberían atemorizar al padre, a fin de cuentas era el mejor zapatero del lugar y con toda seguridad la madre tenía parientes o conocidos en el castillo que la acogerían encantados. ¿Por qué no dejaba que se fuera? No debería menospreciar ese padecimiento; K solo había visto fugazmente a la madre, pero su llamativa palidez y debilidad le impulsaron a dirigirle la palabra, ya en aquella ocasión le sorprendió que el padre dejase a la esposa enferma en la atmósfera perjudicial de la habitación de los baños y que ni siquiera se moderase en sus conversaciones en voz alta. El padre no sabía de qué se trataba, por más que haya mejorado de la enfermedad en los últimos tiempos, ese tipo de padecimientos tienen humores, pero si no se los combate con todas las fuerzas, se llega a un momento en que ya no puede ayudar nada. Si K no podía hablar con la madre, sería quizá ventajoso si al menos pudiese hablar con el padre y llamarle la atención sobre todo eso.

Hans había escuchado con gran atención, había entendido la mayor parte y había sentido con fuerza la amenaza implícita en el resto. A pesar de ello dijo que K no podía hablar con el padre, pues este tenía una gran aversión hacia él y probablemente le trataría igual que el maestro. Dijo esto sonriendo y con timidez al hablar de K y triste y con saña cuando habló del padre. Sin embargo, añadió que K quizá pudiese hablar con la madre, pero sin que lo supiera el padre. Entonces Hans reflexionó con la mirada fija en un punto, como una mujer que quiere hacer algo prohibido y busca una posibilidad de realizarlo con impunidad. Poco después dijo que en un par de días quizá sería posible, pues el padre iba por la tarde a la pensión de los señores, ya que allí tenía algunos asuntos que consultar, y entonces él, Hans, vendría por la tarde y conduciría a K hasta su madre, presuponiendo que ella estuviese de acuerdo, lo que sería muy improbable. Ella no hacía nada contra la voluntad del padre, se sometía en todo a él, incluso en cosas cuya irracionalidad hasta él mismo, Hans, veía claramente. Ahora buscaba Hans ayuda contra el padre, era como si se hubiese engañado a sí mismo, pues había creído que quería ayudar a K, mientras que en realidad había querido averiguar si tal vez, como nadie del lugar había podido ayudar, ese forastero aparecido repentinamente y mencionado incluso por la madre era capaz de hacerlo. Qué inconscientemente reservado, sí, casi solapado, era el niño, no había sido fácil de deducir de su presencia y de sus palabras, solo se pudo notar después por la casualidad y la intención de las confesiones que habían asomado. Y entonces reflexionó con K en largas conversaciones qué dificultades habría que superar; eran, pese a la mejor voluntad de Hans, dificultades casi insuperables; sumido en sus pensamientos y, sin embargo, buscando ayuda, miraba continuamente a K con ojos inquietos y parpadeantes. No podía decirle nada a la madre antes de la partida del padre, si no, este se enteraría de todo y ya sería imposible, así que solo más tarde podría mencionarlo, pero por consideración a la madre tampoco de repente y deprisa, sino lentamente y en el momento oportuno, entonces podría pedir permiso a la madre, luego vendría a recoger a K, pero ¿no sería ya demasiado tarde?, ¿no amenazaría la llegada inminente del padre? Sí, en realidad era imposible. K, por el contrario, demostró que no era imposible. No tenían que temer que no hubiese suficiente tiempo, bastaría una corta entrevista, un breve encuentro, y no hacía falta que Hans viniese a buscar a K, este esperaría escondido en algún lugar cerca de la casa y, con un signo de Hans, acudiría en seguida. No, dijo Hans, K no podía esperar cerca de la casa —una vez más le dominaba la sensibilidad por causa de su madre—, sin conocimiento de la madre K no podía ponerse en camino, Hans no podía aceptar un acuerdo secreto con K que fuese secreto para la madre, él tenía que recoger a K de la escuela y no antes de que la madre lo supiese y diese su consentimiento. Bueno, dijo K, entonces era realmente peligroso, era posible que el padre le descubriese en la casa, y aunque no ocurriese, la madre, por miedo, no dejaría que K la visitase y todo fracasaría por culpa del padre. Contra eso volvió a defenderse Hans y así siguió la disputa. Ya hacía tiempo que K había llamado a Hans para que viniese a la mesa y le había colocado entre sus rodillas, acariciándolo de vez en cuando para tranquilizarlo. Esa cercanía influyó en que Hans, a pesar de su resistencia temporal, consintiese en llegar a un acuerdo. Convinieron lo siguiente: Hans le diría al principio a su madre toda la verdad, sin embargo, para facilitarle el consentimiento, añadiendo que K también quería hablar con Brunswick, aunque no a causa de la madre, sino por sus asuntos. Eso también era verdad, a lo largo de la conversación a K se le había ocurrido que Brunswick, aunque fuese un hombre malo y peligroso, no podía ser realmente su enemigo, a fin de cuentas había sido, al menos según el informe del alcalde, el líder de aquellos que, fuese también por motivos políticos, habían reclamado la contratación de un agrimensor. Así pues, la llegada de K al pueblo tenía que haber sido favorable para él, pero entonces el enojoso encuentro el primer día y la aversión de la que Hans había hablado resultaban incomprensibles, quizá Brunswick se había enojado porque K no se había dirigido a él primero para solicitar ayuda, quizá había otro malentendido que podía ser aclarado con unas palabras. Una vez que ocurriera eso, K podría encontrar en Brunswick un respaldo contra el maestro, sí, incluso contra el alcalde, poniendo al descubierto todo el fraude administrativo, pues ¿qué otra cosa podía ser todo? El alcalde y el maestro le mantenían alejado de los órganos administrativos del castillo y le obligaban a aceptar el puesto de bedel. Si se producía una nueva lucha por K entre Brunswick y el alcalde, Brunswick tendría que poner a K de su parte, K sería huésped en la casa de Brunswick y sus instrumentos de poder se pondrían a su disposición, todo a despecho del alcalde, quien sabía muy bien hasta dónde podría llegar y, en todo caso, estaría frecuentemente cerca de la mujer. Así jugaba con sus sueños y ellos con él, mientras Hans, pensando exclusivamente en su madre, observaba preocupado el silencio de K, al igual que se hace con un médico sumido en sus pensamientos para encontrar un remedio en un caso grave. Con esa propuesta de K, que él quería hablar con Brunswick por la contratación como agrimensor, Hans se mostró conforme, aunque solo porque gracias a eso su madre quedaba protegida del padre y, además, se trataba de un recurso excepcional que esperaba no se produjese. Solo preguntó cómo K aclararía al padre una visita tan tardía, y se conformó finalmente, aunque con un rostro algo sombrío, con que K diría que el insoportable puesto como bedel en la escuela y el tratamiento deshonroso del maestro le habían sumido en una repentina desesperación y había olvidado cualquier consideración.

Cuando lograron preparar todo, en lo que se podía prever, y la posibilidad de éxito ya no quedaba al menos excluida, Hans, liberado de la carga de la reflexión, se tornó más alegre y charló aún un rato de manera infantil, primero con K y luego con Frieda, que desde hacía tiempo estaba abstraída y ahora comenzó de nuevo a participar en la conversación. Entre otras cosas ella le preguntó qué quería ser de mayor, él no reflexionó mucho y dijo que quería ser un hombre como K. Cuando le preguntó los motivos, no supo qué responder y a la pregunta de si quería ser bedel en una escuela, contestó negativamente. Solo al seguir preguntándole reconocieron a través de qué caminos había llegado a expresar ese deseo. La situación presente de K no era en modo alguno digna de envidia, sino triste y despreciable, él mismo habría preferido preservar a su madre de la mirada y de las palabras de K. Sin embargo, él había llegado hasta K y le había pedido ayuda y había sido feliz de que K consintiese, también creía reconocer lo mismo en otras personas, y ante todo la madre había mencionado a K. De esa contradicción surgió en él la creencia de que en ese momento K era aún un ser humillado y espantoso, pero que en un futuro, si bien casi inimaginable y lejano, él los superaría a todos. Y precisamente esa disparatada lejanía y el orgulloso desarrollo que debería conducir a ella tentaron a Hans. Incluso a ese precio quería tomar al K del presente. Lo especialmente infantil y al mismo tiempo astuto de ese deseo consistía en que Hans contemplaba desde lo alto a K como si fuera un joven cuyo futuro se expandiera más que el suyo propio, el de un niño. Y era con una seriedad sombría con la que él, obligado una y otra vez por las preguntas de Frieda, hablaba de esas cosas. Pero K le volvió a animar cuando dijo que él sabía lo que Hans le envidiaba, se trataba de su espléndido bastón de nudos que se encontraba sobre la mesa y con el que Hans había jugado distraído durante la conversación. Bueno,

K sabía fabricar esos bastones y, si el plan resultaba exitoso, le haría a Hans uno más bonito. No quedó muy claro si Hans solo había tenido en mente el bastón, tal fue su alegría sobre la promesa de K, y se despidió alegremente no sin antes estrechar con fuerza la mano de K y decir:

—Entonces hasta pasado mañana.

14

EL REPROCHE DE FRIEDA

Ya era hora de que Hans se marchase, pues poco después el maestro abrió violentamente la puerta y, al ver a K y a Frieda tranquilamente sentados sobre la mesa, gritó:

—¡Perdonad la molestia! Pero decidme cuándo vais a terminar por fin de arreglar la habitación. En la otra habitación se sientan todos apretados, así no se puede dar clase, mientras vosotros os estiráis aquí a vuestras anchas en la habitación grande y encima, para tener aún más sitio, habéis echado a los ayudantes. ¡Y ahora haced el favor de moveros!

Y dirigiéndose a K:

—¡Tú ahora me traes un tentempié de la posada del puente!

Todo eso lo gritó furioso, pero las palabras eran proporcionalmente suaves, incluso el grosero tuteo. K se mostró dispuesto a obedecer en seguida; solo para sondear al maestro dijo:

—Me ha despedido.

—Despedido o no, tráeme mi tentempié —dijo el maestro.

—Despedido o no, eso es precisamente lo que quiero saber —dijo K.

—¿De qué hablas? No has aceptado el despido.

—¿Eso basta para anularlo? —preguntó K.

—Para mí no —dijo el maestro—, de eso puedes estar seguro, pero sí para el alcalde, incomprensiblemente. Ahora corre; si no, sales de aquí volando y esta vez de verdad.

K estaba satisfecho, el maestro había hablado mientras tanto con el alcalde o tal vez no había hablado, sino adoptado la previsible opinión del alcalde y esta era favorable a K. Ahora quería K darse prisa en traer el tentempié, pero cuando aún se encontraba en el pasillo, el maestro le hizo regresar, ya fuese porque quisiese probar con esa orden especial su disposición servicial para orientarse luego según el resultado, ya fuese porque había recobrado las ganas de ordenar y le causaba placer que K, siguiendo sus órdenes, saliese corriendo como un camarero y le pudiese obligar a regresar con la misma rapidez. K, por su parte, sabía que él, mediante un comportamiento demasiado obediente, se convertiría en el esclavo y en cabeza de turco del maestro, pero hasta cierto límite quería ahora aceptar pacientemente los caprichos del maestro, pues si, como se había mostrado, no podía despedirle legalmente, podía atormentarle en el puesto hasta hacerle la vida imposible. Pero precisamente ahora K necesitaba ese puesto más que antes. La conversación con Hans le había dado nuevas esperanzas, manifiestamente improbables, sin ningún fundamento, pero inolvidables, incluso hacían olvidar a Barnabás. Si quería ir detrás de ellas, y no le quedaba otro remedio, tenía que hacer acopio de todas sus fuerzas, no preocuparse de ninguna otra cosa, ni de la comida, ni de la vivienda, ni de la administración del pueblo, ni siquiera de Frieda, y en el fondo se trataba solo de Frieda, pues todo lo demás únicamente le afligía con relación a Frieda. Por eso tenía que intentar mantener ese puesto que daba alguna seguridad a Frieda y no debía arrepentirse de tolerar algo más al maestro en aras de ese objetivo, aunque fuese más de lo que le hubiese tolerado en otras circunstancias. Todo eso no era demasiado doloroso, pertenecía a esa cadena continua de pequeñas aflicciones de que constaba la vida, no era nada en comparación con aquello a lo que aspiraba K, además, no había venido para llevar una vida pacífica y rodeada de honores.

Y así ocurrió que, al igual que se había puesto en camino hacia la posada, al recibir la contraorden se mostró dispuesto en seguida a ordenar antes la habitación para que la maestra pudiese trasladarse a ella con su clase. Pero tenía que trabajar deprisa, pues después tenía que traer el tentempié y el maestro ya estaba hambriento y sediento. K aseguró que lo haría todo según sus deseos; el maestro miró un rato cómo K se apresuraba a cumplir sus órdenes, cómo quitaba el jergón de paja, ponía los aparatos de gimnasia en su lugar y barría, mientras Frieda lavaba y frotaba la tarima. Ese celo pareció satisfacer al maestro, aún llamó la atención de que ante la puerta había preparado un montón de leña para la calefacción —no quería dejar que K abriese el depósito de leña— y se fue a ver a los niños con la amenaza de regresar e inspeccionar la tarea.

Después de un rato de trabajo silencioso, Frieda

preguntó por qué se sometía ahora tanto al maestro. Era una pregunta compasiva e inquieta, pero K, que pensaba lo poco que Frieda había conseguido cumplir su promesa de protegerle de las órdenes y de la violencia del maestro, dijo brevemente que ahora que era bedel de la escuela tenía que ejercer el puesto. Entonces volvió el silencio hasta que K, recordando con la breve conversación que Frieda había estado mucho tiempo sumida en sus propios pensamientos, ante todo durante la conversación con Hans, le preguntó abiertamente, mientras llevaba la leña, en qué estaba pensando. Ella respondió, mirando hacia él lentamente, que en nada determinado, solo pensaba en la posadera y en la verdad de algunas de sus palabras. Solo cuando K insistió en que siguiese, contestó con más detalles después de varias negativas, pero sin dejar su trabajo, lo que no hacía por diligencia, pues apenas avanzaba en él, sino solo para no verse obligada a mirar a K. Y entonces contó cómo al principio había escuchado tranquilamente la conversación de K con Hans, cómo después se asustó con algunas palabras de K y comenzó a comprender con más precisión el sentido de esas palabras y cómo desde entonces no había podido dejar de encontrar en las palabras de K confirmaciones de una advertencia que agradecía a la posadera y en cuyo fundamento no había querido creer. K, enojado sobre los modismos generales con que hablaba y más irritado que conmovido por su voz triste y llorosa —pero ante todo porque la posadera volvía a injerirse en su vida, al menos en recuerdos, ya que en persona hasta ese momento había tenido poco éxito—, arrojó la leña al suelo, se sentó encima y reclamó con palabras serias que hablase con completa claridad.

—A menudo —comenzó Frieda—, ya desde el principio, la posadera se esforzó en que dudara de ti, no afirmaba que mentías, todo lo contrario, dijo que eras sincero como un niño, pero que tu manera de ser era tan diferente a la nuestra que nosotros, incluso cuando hablabas sinceramente, nos teníamos que esforzar mucho para creerte y, si no nos salvaba antes una buena amiga, nos teníamos que habituar a creerte a través de una amarga experiencia. Incluso a ella, que posee un gran conocimiento de los hombres, no le ocurre de manera muy diferente. Pero después de la última conversación contigo en la posada del puente, ella (me limito a repetir sus malas palabras) ha descubierto tus manejos, ahora ya no puedes embaucarla, incluso si te esforzaras en ocultar tus intenciones. «Pero él no oculta nada», repitió una y otra vez, añadiendo: «esfuérzate en escucharle realmente en cualquier oportunidad, no solo superficial, sino realmente». Ninguna otra cosa ha hecho ella, y respecto a mí habría averiguado lo siguiente: tú me has abordado (empleó esta expresión afrentosa) solo porque casualmente me crucé en tu camino, no te desagradé y porque tú tomaste a una chica de barra, de manera errónea, por la víctima propicia de todo huésped que alargaba su mano. Además, querías, por algún motivo, dormir aquella noche en la posada de los señores, como la posadera ha sabido del posadero, y eso solo lo podías conseguir gracias a mí. Todo eso habría bastado para convertirme en tu amante aquella noche, pero para que llegase a más, se necesitaba más, y ese «más» era Klamm. La posadera no afirma saber lo que quieres de Klamm, solo afirma que tú, antes de conocerme a mí, te esforzabas en llegar hasta Klamm tanto como después. La diferencia residía en que antes carecías de esperanzas, después, sin embargo, creíste encontrar en mí un instrumento de confianza para llegar pronto e incluso con superioridad hasta Klamm. Cómo me asusté (pero solo fue fugazmente, sin un motivo profundo) cuando dijiste hoy que antes de conocerme te sentías extraviado aquí. Son las mismas palabras que empleó la posadera, también ella dice que desde que me conociste te has vuelto mucho más resuelto. Eso se debe a que creíste haber conquistado en mí a una amante de Klamm y, por eso, poseer una prenda que solo se podía desempeñar al precio más alto. Negociar con Klamm sobre ese precio es tu único anhelo. Como no tienes ningún interés en mí, sino solo en mi precio, estás dispuesto respecto a mí a toda concesión, pero respecto al precio te muestras testarudo. Por eso te resulta indiferente que pierda mi puesto en la posada de los señores, te es indiferente que también tenga que abandonar la posada del puente, que tenga que realizar el trabajo pesado de la escuela, no tienes ninguna dulzura conmigo, ni siquiera tienes tiempo para mí, me dejas a los ayudantes, no conoces los celos, el único valor que poseo para ti es que una vez fui la amante de Klamm, en tu ignorancia te esfuerzas en impedirme olvidar a Klamm para que al final no me resista mucho cuando el momento decisivo haya llegado; por añadidura luchas también contra la posadera, a quien crees capaz de poder arrebatarme de tu lado, por eso extremaste tu disputa con ella para poder abandonar conmigo la posada del puente; de que yo, en lo que a mí concierne, sea tu posesión bajo todas las circunstancias, de eso no dudas. Te imaginas la entrevista con Klamm como un negocio: dinero efectivo a cambio de dinero efectivo. Cuentas con todas las posibilidades;

para conseguir el premio, estás dispuesto a todo; si Klamm me quiere, me darás a él; si quiere que te quedes conmigo, te quedarás conmigo; si quiere que me abandones, me abandonarás, pero también estarás dispuesto a hacer comedia en caso de que sea ventajoso; en ese caso simularás que me quieres, intentarás combatir su indiferencia resaltando tu insignificancia y avergonzándole con el hecho de tu sucesión en mi persona o le informarás de mis confesiones amorosas respecto a él, que realmente he hecho, y le pedirás que me vuelva a acoger, por supuesto bajo condición del pago del precio; y si no hay otra manera, simplemente suplicarás en nombre del matrimonio K. Pero si tú entonces, dedujo la posadera, te das cuenta de que te has equivocado en todo, en tus suposiciones y en tus esperanzas, en tu idea de Klamm y de sus relaciones conmigo, en ese momento comenzará para mí el infierno, pues seré tu única posesión, de la que, además, dependerás por completo, pero al mismo tiempo será una posesión que ha resultado sin valor y a la que tratarás en consecuencia, ya que el único sentimiento que tienes hacia mí es el del poseedor.

K había escuchado tenso y con la boca cerrada, la leña debajo de él había rodado, casi había resbalado hasta el suelo, no se había dado cuenta, solo ahora lo percibió; se levantó y se sentó en la tarima, allí tomó la mano de Frieda, que intentó eludirlo débilmente, y dijo:

—En el informe no he podido distinguir la opinión de la posadera de la tuya.

—Solo era la opinión de la posadera —dijo Frieda—, lo he escuchado todo porque venero a la posadera, pero fue la primera vez en mi vida que rechacé del todo su opinión. Tan lamentable me pareció todo lo que dijo, tan lejana su comprensión de nuestra situación real. Más bien me pareció verdad todo lo contrario de lo que ella dijo. Pensé en la mañana sombría después de nuestra primera noche. Cómo te arrodillaste a mi lado con una mirada como si todo estuviese perdido. Y cómo sucedió después que, a pesar de mis esfuerzos, no solo no pude ayudarte, sino que te obstaculicé. Por mí se convirtió la posadera en tu enemiga, a quien aún continúas sin apreciar en lo que vale; por mí, por quien te preocupabas, tuviste que luchar por este empleo; estabas en desventaja frente al alcalde, tuviste que someterte al maestro y a los caprichos de los ayudantes, pero lo peor ha sido que quizá por mi culpa has cometido una falta contra Klamm. Que sigas queriendo llegar hasta Klamm no es más que el esfuerzo impotente de reconciliarle contigo. Y me dije que la posadera, que sabe todo esto mucho mejor que yo, me quería guardar con sus consejos de los reproches mucho más amargos que me podría hacer yo a mí misma. Un esfuerzo bienintencionado, pero superfluo. Mi amor a ti me habría ayudado a superarlo todo, finalmente te habría ayudado a ti, si bien no aquí, en el pueblo, en cualquier otro lado, ya ha habido una prueba de su fuerza, te ha salvado de la familia de Barnabás.

—Así que esa era tu opinión —dijo K—. Y ¿qué ha cambiado desde entonces?

—No lo sé —dijo Frieda, y miró la mano de K que mantenía la suya—, quizá no ha cambiado nada; si estás tan cerca de mí y me preguntas con tanta tranquilidad, entonces creo que no ha cambiado nada. En realidad, sin embargo —y retiró su mano, se sentó erguida ante él y lloró sin cubrirse la cara, mostrándole el rostro bañado en lágrimas como si no llorara por ella y, por lo tanto, no tuviera nada que ocultar, sino como si llorara por la traición de K y este mereciese la desolación de esa visión—, en realidad todo ha cambiado desde que te he oído hablar con el niño. Con qué inocencia comenzaste, preguntando por su situación doméstica, por esto y aquello, me pareció como si acabases de llegar a la taberna, solícito, sincero, buscando mi rostro con celo infantil. No había ninguna diferencia con aquella vez y me hubiera gustado que la posadera estuviera aquí, te hubiese escuchado e intentase mantenerse en su opinión. Pero de repente, no sé cómo ocurrió, noté con qué intención hablabas con el niño. Con tus palabras compasivas ganaste fácilmente una confianza difícil de ganar para luego perseguir sin obstáculos tu objetivo, que yo iba identificando más y más. Ese objetivo era la mujer. A través de tus palabras aparentemente preocupadas se reflejaba sin ambages el interés exclusivo en tus asuntos. Has engañado a la mujer antes de ganártela. No solo escuchaba en tus palabras mi pasado, también mi futuro, me parecía como si la posadera se sentara a mi lado y me aclarase todo y yo intentase apartarla con todas mis fuerzas, pero dándome cuenta de la imposibilidad de semejante esfuerzo y en ello en realidad ya no era yo la engañada, ni siquiera era yo ya la engañada, sino esa extraña. Y cuando hice un último esfuerzo y le pregunté qué quería ser y él dijo que quería ser como tú, esto es, que ya te pertenecía del todo, ¿qué diferencia podía haber entre él, el niño inocente del que se ha abusado aquí, y yo, de quien se abusó aquella vez en la taberna?

—Todo —dijo K; al ir acostumbrándose a los reproches se había serenado—, todo lo que tú dices es, en cierto sentido, correcto, no se puede decir que no sea verdad, solo que es hostil. Son pensamientos de la posadera, mi enemiga, incluso si crees que son tuyos, eso me consuela. Pero también son instructivos, aún se puede aprender algo de la posadera. A mí no me los ha comunicado, aunque tampoco ha sido indulgente conmigo, es evidente que te ha confiado esa arma con la esperanza de que la emplearías contra mí en un momento especialmente malo o decisivo; si abuso de ti, ella también lo hace. Pero ahora, Frieda, piensa, aun cuando todo fuese exactamente tal y como lo cuenta la posadera, solo sería muy grave en un caso, si tú no me amaras. Entonces, solo entonces habría ocurrido así, que yo te habría ganado con cálculo y astucia para beneficiarme de esa posesión. Quizá forme parte también de mi plan que aquella vez, para despertar tu compasión, apareciese ante ti con Olga del brazo, y la posadera ha olvidado añadir eso en mi cuenta. Pero si no se da ese caso, si no fue un astuto animal de rapiña el que se apoderó de ti entonces, sino que tú viniste hacia mí, del mismo modo en que yo fui hacia ti, y nos encontramos olvidándonos de nosotros mismos, dime, Frieda, ¿qué sería? Desde aquella vez llevo adelante tanto tus asuntos como los míos, no hay ninguna diferencia y solo una enemiga puede hacer distinciones. Eso vale en todas partes, también respecto a Hans. Por lo demás, en tu delicadeza de sentimientos, exageras la conversación con Hans, pues si las opiniones de Hans y las mías no coinciden plenamente, tampoco llegan tan lejos como para que exista una contradicción, además a Hans no se le han escapado nuestras diferencias; si creyeras eso, valorarías en muy poco a ese cauteloso joven y, aun en el caso de que le hubieran quedado ocultas, nadie recibirá un daño por ello, al menos eso espero.

—Es tan difícil orientarse, K —dijo Frieda, y sollozó—, no he tenido ningún recelo contra ti, me lo ha contagiado la posadera, y sería feliz de poder deshacerme de él y pedirte perdón de rodillas, como en realidad hago todo el rato, incluso cuando digo cosas tan malas. Pero cierto es que mantienes muchos secretos; vienes y vas, no sé adónde ni de dónde. Antes, cuando Hans llamó a la puerta, pronunciaste incluso el nombre de Barnabás. Si alguna vez me hubieras llamado a mí con tanto amor como por un motivo incomprensible gritaste ese nombre odiado. Si no tienes ninguna confianza en mí, cómo puedo impedir que no se origine desconfianza en mí, entonces estoy entregada a la posadera a quien pareces confirmar con tu comportamiento. No en todo, no quiero afirmar que la confirmas en todo, ¿acaso no has expulsado por mí a los ayudantes? ¡Ay, si supieras con cuánto anhelo busco algo positivo para mí en todo lo que haces y dices, aun cuando me atormente!

—Ante todo, Frieda —dijo K—, no te oculto nada: cómo me odia la posadera y cómo se esfuerza por apartarte de mí y con qué medios despreciables lo hace y cómo tú cedes ante ella, Frieda, cómo cedes ante ella. Dime en qué te oculto algo. Que quiero llegar hasta Klamm, ya lo sabes, que no puedes ayudar a lograrlo y que lo tengo que conseguir por mi propia cuenta, también lo sabes, que hasta ahora no lo he conseguido, ya lo ves. ¿Tengo que humillarme doblemente al contarte los intentos fallidos que ya en la realidad me humillan lo suficiente? ¿Tengo acaso que preciarme de haber esperado en vano, congelándome, al lado del trineo de Klamm durante toda una tarde? Feliz de no tener que pensar más en esas cosas, me apresuro a volver contigo y entonces encuentro que de ti emana esa actitud amenazadora. ¿Y Barnabás? Cierto, le espero. Es el mensajero de Klamm, no he sido yo el que le ha nombrado.

—¡Otra vez Barnabás! —exclamó Frieda—. No creo que sea un buen mensajero.

—Quizá tengas razón —dijo K—, pero es el único mensajero que me han enviado.

—Aún peor —dijo Frieda—, entonces más deberías guardarte de él.

—Por desgracia, hasta ahora no me ha dado motivo para ello —dijo K sonriendo—, viene raramente y lo que trae carece de importancia, solo el hecho de proceder de Klamm es lo que le confiere valor.

—Pero mira ahora —dijo Frieda—, ya ni siquiera Klamm es tu objetivo, quizá eso sea lo que más me intranquiliza; que quisieras llegar a Klamm por encima de mí, era malo, pero que ahora parezcas querer alejarte de Klamm es mucho peor, es algo que ni siquiera la posadera ha previsto. Según la posadera, mi suerte terminó, una suerte muy cuestionable pero real, con el día en que tú viste definitivamente que tu esperanza en Klamm era vana. Ahora ni siquiera esperas ese día, de repente entra un niño y comienzas a luchar con él por su madre, como si lucharas por oxígeno para respirar.

—Has comprendido correctamente mi conversación con Hans —dijo K—, así fue realmente. Pero ¿se ha hundido tanto en tu recuerdo tu vida anterior (excepto, naturalmente, la posadera, que no se deja apartar) que ya no sabes cómo se debe luchar por avanzar, especialmente cuando se viene de abajo? ¿Te has olvidado de que hay que utilizar todo aquello que de alguna manera dé esperanza? Y esa mujer viene del castillo, ella misma me lo dijo cuando me perdí el primer día y acabé en la casa de Lasemann. ¿Qué otra cosa se me podía ocurrir que no fuese pedirle consejo e, incluso, ayuda? Si la posadera conoce con exactitud todos los impedimentos que me separan de Klamm, esa mujer conoce probablemente el camino, pues ella ha bajado por él.

—¿El camino hacia Klamm? —preguntó Frieda.

—Claro, hacia Klamm, ¿hacia dónde si no? —dijo K, que entonces se levantó de un salto—. Pero ahora ya ha llegado el momento de que vaya a recoger el tentempié.

Frieda insistió en que permaneciera con una urgencia injustificada, como si solo su permanencia confirmase todas sus palabras confortadoras. K, sin embargo, le recordó al maestro, señaló hacia la puerta, que en cualquier momento se podía abrir violentamente, prometió volver en seguida, ni siquiera tenía que encender la calefacción, él mismo lo haría. Finalmente, Frieda se sometió en silencio. Cuando K caminaba por la nieve —ya hacía tiempo que tenía que haberla retirado del camino, extraño lo lento que avanzaba el trabajo—, vio cómo uno de los ayudantes aún se aferraba a la verja muerto de cansancio. Solo había uno, ¿dónde estaba el otro? ¿Había logrado romper K la resistencia de al menos uno de ellos? El que había quedado aún tuvo las energías suficientes, ya que, al ver a K, se animó de nuevo, extendió los brazos y comenzó a hacer girar sus globos oculares con anhelo.

—Su tenacidad es modélica —se dijo K, y se vio obligado a añadir—: Uno se congela con él en la verja.

Por lo demás, K solo tuvo para el ayudante un gesto amenazador con el puño que excluyó cualquier acercamiento, sí, incluso el ayudante retrocedió asustado un buen trecho. En ese momento abrió Frieda la ventana, para, como había convenido con K, airear antes de encender la calefacción. El ayudante dejó inmediatamente de mirar a K y se deslizó, atraído irresistiblemente, hasta la ventana. Con el rostro desfigurado por la amabilidad frente al ayudante y de impotencia frente a K, ella agitó un poco la mano por la parte de arriba de la ventana, ni siquiera era claro si se trataba de un gesto de defensa o de un saludo. El ayudante, al acercarse, tampoco se dejó desconcertar. Entonces Frieda cerró deprisa la ventana exterior y permaneció detrás con la mano en el picaporte, con la cabeza inclinada hacia un lado, grandes ojos y una sonrisa rígida. ¿Sabía que así atraía al ayudante más que lo espantaba? Pero K ya no miró hacia atrás, prefería darse prisa y regresar pronto.

15

CON AMALIA

Por fin —ya era de noche— había terminado K de despejar el camino del jardín, había acumulado la nieve a ambos lados del camino y la había aplanado, terminando el trabajo del día. Estaba en la puerta del jardín, sin nadie a su alrededor en un amplio círculo. Hacía horas que había expulsado al ayudante, le había perseguido durante un buen trecho y se había escondido en algún lugar entre el jardín y las casas. Ya no le pudo encontrar, pero tampoco apareció más. Frieda estaba en casa y o lavaba la ropa o seguía bañando al gato de Gisa; era un signo de confianza por parte de Gisa que dejase a Frieda ese trabajo, por lo demás, un trabajo desagradable e inadecuado, que K habría rechazado, si no fuese aconsejable, después de todas las negligencias laborales, aprovechar cualquier oportunidad para satisfacer a Gisa. Esta había visto satisfecha cómo K bajaba la bañera para niños, había calentado el agua y cómo, finalmente, introducía al gato en la bañera. Entonces Gisa incluso le había dejado al exclusivo cuidado de Frieda, pues Schwarzer, un conocido de K de la primera noche, había venido y, después de saludar a K con una mezcla de timidez, cuyo motivo se encontraba en aquella noche, y un desprecio inmoderado, como correspondía a un bedel de escuela, se había ido con Gisa a la otra clase. Allí seguían los dos. Como le habían contado a K en la posada del puente, Schwarzer, que era hijo de un alcaide del castillo, hacía tiempo que vivía en el pueblo por amor a Gisa; había conseguido que, gracias a sus conexiones, le nombraran maestro auxiliar, pero ejercía ese cargo de tal manera que casi nunca se perdía una clase de Gisa, ya fuese en los bancos entre los niños o, mejor, en la tarima a los pies de Gisa. Ya no molestaba, los niños hacía tiempo que se habían acostumbrado y con gran facilidad, pues Schwarzer no sentía ni inclinación ni comprensión por los niños, apenas hablaba con ellos, solo había asumido de Gisa la clase de gimnasia y en lo demás se mostraba satisfecho de vivir cerca, en la misma atmósfera, en la calidez de Gisa. Su mayor placer consistía en sentarse junto a ella y corregir los cuadernos escolares. Hoy también se ocupaban en eso: Schwarzer había traído un buen montón de cuadernos, el maestro también le daba los suyos, y mientras hubo claridad, K había podido verlos a los dos sentados a una mesita al lado de la ventana y trabajando, cabeza con cabeza, inmóviles; ahora, sin embargo, solo se podían ver dos velas con llamas vacilantes. Era un amor serio y silencioso el que los unía, el tono lo daba Gisa, cuya manera de ser algo lenta a veces explotaba y rompía todos los límites, pero que jamás habría tolerado algo similar en otros, así que el más vivaracho, Schwarzer, tenía que someterse, andar lento, hablar lento, callar mucho, pero, eso se veía muy bien, era ricamente recompensado por la presencia sencilla y silenciosa de Gisa. Y a lo mejor Gisa ni siquiera le amaba, en todo caso sus ojos redondos y grises, que jamás pestañeaban, que aparentemente giraban en las pupilas, no daban respuesta a esa pregunta, solo se veía que toleraba a Schwarzer sin réplica, pero estaba claro que no sabía apreciar el honor de ser amada por el hijo de un alcaide y su cuerpo exuberante seguía contribuyendo como siempre a si Schwarzer la seguía con la mirada o no. Schwarzer, por el contrario, le ofrecía el continuo sacrificio de vivir en el pueblo; a los mensajeros del padre, que venían con frecuencia a recogerle, los despachaba con gran enojo, como si el breve recuerdo del castillo y de sus obligaciones filiales despertado en él supusiese una considerable perturbación de su felicidad. Y, sin embargo, en realidad tenía mucho tiempo libre, pues Gisa solo se mostraba ante él durante las horas de clase y durante la corrección de cuadernos; esto, es cierto, no por interés, sino porque amaba más que nada la comodidad y, por tanto, la soledad, y tal vez cuando se sentía más feliz era cuando, en su casa, se podía estirar con toda libertad en su sofá, con el gato a su lado, que no molestaba porque ya apenas se podía mover. Así pasaba la mayor parte del día Schwarzer sin ocupación alguna, pero también eso le gustaba, pues siempre tenía la posibilidad, que aprovechaba a menudo, de ir a la calle Löwen donde vivía Gisa, subir a su pequeña habitación en la buhardilla, escuchar ante la puerta siempre cerrada y luego volver a irse después de haber constatado inevitablemente en la habitación el más perfecto e incomprensible silencio. No obstante, a veces se mostraban en él las consecuencias de esa forma de vida, aunque nunca en la presencia de Gisa, mediante erupciones ridículas e instantáneas de un resurgido orgullo oficial, que, bien es cierto, no se adaptaba mucho a su situación presente; cuando eso ocurría no era muy agradable, como K había tenido la ocasión de experimentar.

Resultaba asombroso que al menos en la posada del puente se hablase de Schwarzer con cierto respeto, incluso cuando se trataba de cosas más ridículas que serias, y también se incluía a Gisa en ese respeto. Pero no correspondía a la realidad cuando Schwarzer se creía superior a K por el hecho de ser maestro auxiliar; esa superioridad no existía, un bedel es para los maestros, e incluso para un maestro de la categoría de Schwarzer, una persona muy importante a la que no se puede despreciar impunemente y a la que, cuando no se pueda evitar despreciarla por intereses de clase, al menos se le tiene que hacer soportable con la correspondiente contraprestación. K quería pensar en ello cuando llegara la ocasión, además, Schwarzer ya le debía algo por la primera noche, una deuda que no se había reducido porque los días siguientes hubiesen dado razón al recibimiento de Schwarzer. Pues no se podía tampoco olvidar que ese recibimiento quizá había dado el tono a todos los restantes. A través de Schwarzer y de un modo absurdo se había concentrado en las primeras horas toda la atención de la administración en K, cuando, completamente extraño en el pueblo, sin conocidos, sin un refugio, yaciendo en un jergón de paja, agotado por la caminata e indefenso, se encontraba abandonado a cualquier intervención administrativa. Solo una noche más y todo podría haber transcurrido de otra manera, con tranquilidad, semioculto. En todo caso nadie habría sabido nada de él, no habrían tenido ninguna sospecha, al menos no habrían dudado en dejarle permanecer allí un día como un joven excursionista, se habrían dado cuenta de su utilidad y fiabilidad, se habría difundido por el vecindario, quizá habría encontrado pronto como criado un alojamiento en algún lugar. Naturalmente, no habría podido zafarse de la administración. Pero era una diferencia notable que en plena noche, por su culpa, se hubiese puesto al teléfono la administración central o quien fuese, se la hubiese despertado, se le hubiese exigido, si bien con humildad, pero con importuna inflexibilidad, además por Schwarzer, probablemente considerado arriba con reprobación, en vez de, al día siguiente, haberse presentado K durante las horas de servicio en la casa del alcalde, como se debía hacer, haberse anunciado como un excursionista forastero que ya había encontrado un alojamiento en casa de un miembro de la comunidad y que al día siguiente probablemente partiría, a no ser que se produjese el caso improbable de que encontrase allí trabajo, solo por unos días, naturalmente, pues en ningún caso quería permanecer más tiempo allí. Así, o de una forma parecida, habría ocurrido sin Schwarzer. La administración habría continuado ocupándose del asunto, pero con tranquilidad, siguiendo la vía oficial, sin ser molestada por la impaciencia, probablemente odiada, de las partes. K era inocente de todo, la culpa recaía en Schwarzer, pero Schwarzer era el hijo de un alcaide y externamente se había comportado con corrección, así que solo se podía indemnizar a K. ¿Y la causa ridícula de todo eso? Quizá el mal humor de Gisa en aquel día, por lo cual Schwarzer decidió vagar por la noche sin poder dormir y hacer pagar a K sus penas. Por otra parte también se podía decir que K debía mucho a esa conducta de Schwarzer. Solo gracias a ella había sido posible lo que K en solitario jamás habría logrado, ni jamás habría osado lograr, y que por su parte la administración nunca habría reconocido, que él, desde el principio, sin rodeos, abiertamente y de tú a tú, se había enfrentado a la administración, en la medida en que eso era posible con ella. Pero era un regalo envenenado, le había ahorrado a K muchas mentiras y secretos, pero también le dejaba prácticamente indefenso, en todo caso le perjudicaba en su lucha y le podría haber desesperado, si no se hubiese dicho que la diferencia de poder entre la administración y él era tan terrible que todas las mentiras y la astucia de las que él hubiese sido capaz no habrían podido inclinar esencialmente esa diferencia a su favor, sino que cualquier cambio siempre habría tenido que resultar imperceptible. Pero ese solo era un pensamiento con el que K se consolaba; Schwarzer, sin embargo, seguía siendo su deudor. Si aquella vez había dañado a K, quizá la próxima vez pudiese ayudarle, K seguiría necesitando ayuda, por mínima que fuese, por ejemplo, Barnabás parecía haber fracasado una vez más. A causa de Frieda, K había dudado durante todo el día si debía ir a preguntar a la casa de Barnabás; para no recibirle cuando Frieda estuviese delante, K había trabajado fuera y después del trabajo también se había quedado en el exterior para esperar a Barnabás, pero Barnabás no había venido. Entonces no quedaba otro remedio que ir a casa de las hermanas, solo un rato, solo quería preguntar desde el umbral, al poco tiempo estaría de regreso. Golpeó la nieve con la pala y salió corriendo. Llegó sin aliento a la casa de Barnabás, abrió después de llamar en ella y preguntó sin ni siquiera fijarse en el aspecto que presentaba la habitación:

—¿Aún no ha llegado Barnabás?

En ese momento comprobó que Olga no estaba, que los dos ancianos estaban otra vez sentados a una mesa lejana en la penumbra, todavía no se habían percatado de lo que había ocurrido en la puerta y lentamente giraban sus rostros hacia él, y, finalmente, vio a Amalia debajo de un cobertor echada en un banco al lado de la calefacción, asustada por la aparición de K y manteniendo la mano en la frente para tranquilizarse. Si hubiera estado Olga, habría contestado en seguida y K podría haberse ido, pero ahora al menos tuvo que dar los pasos necesarios para acercarse a Amalia, extenderle la mano, que ella estrechó en silencio, y pedirle que impidiese a los intimidados padres que se molestasen en venir por él, lo que ella hizo con unas palabras. K se enteró de que Olga cortaba leña en el patio, que Amalia, agotada —no mencionó ningún motivo—, se había tenido que echar hacía poco y que Barnabás aún no había llegado, pero que tenía que llegar pronto, pues nunca pernoctaba en el castillo. K le agradeció la información, ya se podía ir, pero Amalia le preguntó si no quería esperar a Olga, él ya no tenía tiempo, luego preguntó Amalia si ya había hablado ese día con Olga, él lo negó asombrado y le preguntó si Olga tenía algo especial que comunicarle. Amalia hizo un gesto de enojo con la boca y asintió en silencio, se trataba claramente de una despedida y se echó de nuevo. Desde esa posición le observó fijamente como si se sorprendiera de que aún estuviera allí. Su mirada era fría, inmóvil como siempre, no estaba dirigida hacia lo que observaba, sino que iba algo más lejos —causando cierto malestar—, lo que la originaba no parecía una debilidad, ni confusión, ni falta de sinceridad, sino un continuo anhelo de soledad, que superaba a cualquier otro, y que quizá en ella misma solo se hacía consciente de esa manera. K creyó recordar que esa mirada ya le había ocupado la primera noche, sí, que probablemente la impresión negativa que esa familia le había dado obedecía a esa mirada que no era fea en sí misma, sino orgullosa y sincera en su carácter reservado.

—Estás siempre tan triste, Amalia —dijo K—. ¿Te atormenta algo? ¿Acaso no puedes decirlo? Nunca he visto una campesina como tú. Hoy mismo, ahora, me ha llamado la atención. ¿Eres del pueblo? ¿Has nacido aquí?

Amalia lo afirmó como si K solo hubiese realizado la última pregunta, luego dijo:

—¿Entonces vas a esperar a Olga?

—No sé por qué preguntas continuamente lo mismo —dijo K—; no puedo permanecer aquí más tiempo porque mi novia me está esperando en casa.

Amalia se apoyó en un codo, no sabía nada de una novia. K mencionó su nombre, pero Amalia no la conocía. Preguntó si Olga sabía algo de ese noviazgo, K así lo creía, Olga le había visto ya con Frieda, también se difunden rápidamente esas noticias por el pueblo. Amalia, sin embargo, le aseguró que no sabía nada y que eso la haría muy desgraciada, pues Olga parecía amar a K. No había hablado abiertamente de ello, porque era muy reservada, pero traicionaba involuntariamente su amor. K estaba convencido de que Amalia se equivocaba. Amalia sonrió y esa sonrisa, aunque era triste, iluminó su rostro sombrío y concentrado, hizo que hablara su silencio, hizo confiada la extrañeza, era la revelación de un secreto hasta ahora bien guardado del que, si bien podía retractarse otra vez, ya nunca podría hacerlo del todo. Amalia dijo que estaba segura de no equivocarse, sí, incluso sabía más, también sabía que K sentía cierta inclinación por Olga y que sus visitas, que tenían como pretexto los mensajes de Barnabás, en realidad tenían como finalidad ver a Olga. Pero ahora que Amalia lo sabía todo, no tenía ya por qué tomárselo con tanta severidad y podía venir con más frecuencia. Solo eso había querido decirle. K sacudió la cabeza y recordó su noviazgo. Amalia no pareció desperdiciar muchos pensamientos con ese noviazgo, la impresión directa de K, ahora, solo ante ella, era lo decisivo; se limitó a preguntar cuándo había conocido a esa joven, pues hacía pocos días que estaba en el pueblo. K le contó la noche en la posada de los señores, por lo que Amalia dijo brevemente que ella había estado en contra de que le condujesen a la posada de los señores. Llamó como testigo a Olga, quien precisamente entraba en ese momento con un montón de leña en un brazo, con la tez fresca curtida por el frío, vivaz y fuerte, como transformada por el trabajo en contraste con su presencia en la habitación el día anterior, más apagada. Dejó la leña, saludó despreocupada a K y preguntó en seguida por Frieda. K se comunicó con Amalia mediante una mirada pero ella no se consideró rebatida. Un poco irritado por ello, K habló más detalladamente de Frieda de lo que en otro caso habría hecho, entre otras cosas describió en qué condiciones tan difíciles tenía que conducir una especie de hogar en la escuela y, con la premura por contarlo, se olvidó de sí mismo de tal manera —quería irse en seguida a casa— que como despedida invitó a las hermanas a visitarle. Pero entonces se asustó y dejó de hablar, mientras Amalia en seguida, sin darle tiempo para decir una palabra, aceptó su invitación, y Olga se sumó. K, sin embargo, aún presionado por el pensamiento de la necesidad de una despedida urgente y sintiéndose inquieto bajo la mirada de Amalia, no dudó en reconocer, sin ambages, que la invitación había sido precipitada y solo obedecía a sus sentimientos personales, pero que por desgracia no la podía mantener, ya que entre Frieda y la familia de Barnabás existía una incomprensible enemistad.

—No es ninguna enemistad —dijo Amalia, se levantó y arrojó el cobertor detrás de sí—, no llega a tanto, no es más que un rumor de la opinión general. Y ahora vete, ve con tu novia, ya veo que tienes prisa. Tampoco temas que vayamos a visitarte, al principio solo lo dije de broma, por maldad. Pero tú puedes venir con más frecuencia a vernos, para ello no hay ningún impedimento, puedes poner como pretexto los mensajes de Barnabás. Te lo facilito aún más al decir que Barnabás, aun cuando traiga un mensaje para ti del castillo, no tendrá que irse otra vez hasta la escuela para comunicártelo. No puede caminar tanto, el pobre, con ese servicio se agota, tú mismo tendrás que venir a recoger tus noticias.

K no había oído hablar tanto a Amalia en ese sentido, además sonaba distinto a lo anteriormente dicho, en ello había una especie de soberanía, que no solo sentía K, sino también Olga, quien debía de estar acostumbrada a su hermana, y que permanecía un poco apartada, con las manos en el regazo, con su postura habitual, con las piernas algo abiertas e inclinada ligeramente hacia adelante, con los ojos fijos en Amalia, mientras esta solo miraba a K.

—Es un error —dijo K—, un gran error si crees que no espero a Barnabás con seriedad; mi más grande, mi único deseo es arreglar mis asuntos con la administración. Y Barnabás tiene que ayudarme, casi toda mi esperanza recae en él. Es cierto que ya me ha decepcionado una vez, pero fue más culpa mía que suya, ocurrió en la confusión de las primeras horas, creí entonces que podría lograrlo todo con un paseo nocturno y después le atribuí a él que lo imposible se mostrase imposible. Incluso ha influido en mi juicio sobre vuestra familia y sobre vosotras. Pero eso ha pasado, creo que os comprendo mucho mejor, sois incluso... —buscó la palabra adecuada, no la encontró en seguida y se contentó con una ocasional—, sois tal vez los más bondadosos de todos los del pueblo, tal como los he podido conocer hasta ahora. Pero tú, Amalia, vuelves a confundirme, porque, si bien no desacreditas el servicio de tu hermano, sí que disminuyes la importancia que tiene para mí. Tal vez no estés enterada de los asuntos de Barnabás, entonces lo comprenderé y ya no mencionaré el asunto, pero es posible que sí estés enterada (y tengo esta sensación), entonces resulta enojoso, porque eso significa que tu hermano me engaña.

—Tranquilízate —dijo Amalia—, no estoy enterada, nada podría impulsarme a enterarme de esos asuntos, nada, ni siquiera en consideración a ti, por quien, sin embargo, estaría dispuesta a hacer algo, pues como dijiste somos bondadosos. Pero los asuntos de mi hermano son solo de su incumbencia, no sé nada de ellos, excepto lo que oigo casualmente aquí y allá. De todo eso, por el contrario, te puede informar Olga, ella está al tanto.

Y Amalia se fue, primero con sus padres, con quienes habló en voz baja, luego a la cocina; se había ido sin despedirse de K, como si supiera que iba a permanecer mucho más tiempo y no fuese necesaria ninguna despedida.

16

K se quedó atrás con un rostro de sorpresa, Olga se rio de él y lo llevó hasta el banco al lado de la calefacción; parecía feliz de poder sentarse con él a solas, pero era una felicidad pacífica, no turbada por los celos. Y precisamente esa ausencia de celos y, por tanto, también de toda severidad, sentó bien a K; encantado miró en esos ojos azules, ni tentadores ni imperiosos, sino tímidamente tranquilos y tímidamente fijos. Era como si no le hubiesen hecho más receptivo, pero sí más sagaz para las advertencias de Frieda y de la posadera. Y él rio con Olga cuando ella se sorprendió de que hubiese llamado bondadosa precisamente a Amalia; Amalia podía ser muchas cosas, pero bondadosa, no, desde luego. K se vio obligado a aclarar que esa alabanza iba dirigida en realidad a ella, a Olga, pero que Amalia era tan dominante que no solo se apoderaba de todo lo que se mencionaba en su presencia, sino que uno se lo asignaba voluntariamente.

—Eso es cierto —dijo Olga poniéndose más seria—, más cierto de lo que supones. Amalia es más joven que yo, también más joven que Barnabás, pero ella es la que decide en la familia, para bien y para mal; aunque también es cierto que ella soporta más que los demás, tanto lo bueno como lo malo.

K lo consideró exagerado, Amalia acababa de decir que, por ejemplo, no se ocupaba de los asuntos del hermano y que Olga, por el contrario, estaba enterada de todo.

—¿Cómo podría explicarlo? —dijo Olga—. Amalia no se preocupa ni de Barnabás ni de mí; en realidad no se preocupa de nadie salvo de nuestros padres, los cuida noche y día, ahora les ha preguntado si deseaban algo y se ha ido a la cocina para prepararles la comida, por ellos ha superado su cansancio y se ha levantado, pues desde el mediodía se siente mal y está aquí echada en el banco. Pero, a pesar de que no se preocupa por nosotros, dependemos de ella como si fuese la mayor, y si nos aconsejara en nuestras cosas, seguiríamos con toda seguridad sus consejos, pero no lo hace, le somos extraños. Tú tienes mucha experiencia con los hombres, vienes de fuera, ¿no te parece especialmente inteligente?

—Me parece especialmente triste —dijo K—, pero ¿cómo puede ser compatible con vuestro respeto por ella que, por ejemplo, Barnabás cumpla un servicio de mensajero que Amalia desaprueba o tal vez, incluso, desprecia?

—Si supiera qué otra cosa podría hacer, abandonaría inmediatamente el servicio de mensajero que no le satisface nada.

—¿No es zapatero? —preguntó K.

—Sí, claro —dijo Olga—, él trabaja de vez en cuando para Brunswick y si quisiera tendría trabajo noche y día y ganaría bastante.

—Bueno —dijo K—, entonces tendría algo que podría sustituir el servicio de mensajero.

—¿El servicio de mensajero? —preguntó Olga asombrada—. ¿Acaso lo ha asumido por las ganancias?

—Puede ser —dijo K—, pero mencionaste que no le satisface.

—No le satisface y por muchos motivos —dijo Olga—, pero se trata de un servicio del castillo, así y todo una especie de servicio del castillo, al menos eso se podría creer.

—¿Cómo? —dijo K—. ¿Incluso de eso dudáis?

—Bueno —dijo Olga—, en realidad, no, Barnabás va a las oficinas, trata a los criados de igual a igual, ve desde lejos a algunos funcionarios, recibe cartas relativamente importantes, incluso le confían mensajes orales, eso ya es mucho y podemos estar orgullosos de todo lo que ha alcanzado siendo tan joven.

K asintió, ya no pensaba en volver a casa.

—¿También tiene una librea propia? —preguntó.

—¿Te refieres a la chaqueta? No, esa se la hizo Amalia antes de que le nombrasen mensajero. Pero te acercas a un punto delicado. Hace tiempo que tendría que haber recibido, no una librea, que no hay en el castillo, pero sí un traje de la administración, eso se le ha asegurado, pero a este respecto en el castillo son muy lentos y lo peor es que nadie sabe qué significa esa lentitud; puede significar que el asunto está en trámite, pero también puede significar que el trámite administrativo aún no ha comenzado, esto es, que aún está en una fase preliminar y, finalmente, también puede significar que el trámite ya ha terminado, pero que por algún motivo se ha retirado esa promesa y que Barnabás jamás recibirá el traje. Sobre ello no se puede saber nada con más exactitud o quizá solo cuando transcurra mucho tiempo. Tal vez conozcas el dicho de aquí: «Las decisiones administrativas son más tímidas que una jovencita».

—Esa es una buena observación —dijo K, quien la tomó con más seriedad que Olga—, una buena observación, es posible que las decisiones compartan otras características con jovencitas.

—Tal vez —dijo Olga—, aunque no sé muy bien a qué te refieres. Quizá lo hayas dicho como una alabanza. Pero en lo que respecta al traje oficial, es una de las preocupaciones de Barnabás y como compartimos las preocupaciones, también lo es mía. ¿Por qué no recibe un traje oficial? Nos preguntamos en vano. Ahora bien, no se trata de un asunto fácil. Los funcionarios, por ejemplo, parecen no tener ningún traje oficial; por lo que sabemos aquí y por lo que cuenta Barnabás, los funcionarios llevan trajes normales pero bonitos. Por lo demás, ya has visto a Klamm. Bueno, Barnabás no es un funcionario, ni siquiera, naturalmente, uno de la categoría más baja, tampoco tiene la audacia de querer serlo. Pero tampoco criados superiores, que no aparecen nunca por el pueblo, según el informe de Barnabás, tienen trajes oficiales. Eso es un consuelo, se podría pensar, pero resulta engañoso, pues ¿acaso es Barnabás un criado superior? No, por más afecto que se le tenga, eso no se puede decir, no es un criado superior, el mero hecho de que venga al pueblo, incluso de que viva aquí, es una prueba en contra, los criados superiores son más reservados que los funcionarios, quizá con razón, quizá son incluso superiores a algunos funcionarios, hay algunos indicios de ello, trabajan menos y, según Barnabás, resulta un espectáculo maravilloso ver a ese grupo de hombres fuertes y seleccionados andar lentamente por los pasillos, Barnabás siempre ronda a su alrededor. En suma, no se puede afirmar que Barnabás sea un criado superior. Así que podría ser uno de los inferiores, pero estos tienen trajes oficiales, al menos cuando bajan al pueblo, no es una librea en el propio sentido del término, también presentan muchas diferencias, pero de todas formas siempre se reconoce en seguida por el traje a los criados del castillo, tú ya has visto a esa gente en la posada de los señores. Lo más llamativo en los trajes es que la mayoría de las veces son muy ajustados, un campesino o un artesano no los podrían utilizar. Bueno, pues Barnabás no tiene ese traje, eso no solo es vergonzoso, sino indigno, se podría soportar, pero (sobre todo en las horas sombrías y, a veces, no es raro, Barnabás y yo las tenemos) nos hace dudar de todo. ¿Es un servicio del castillo el que presta Barnabás? Nos preguntamos entonces; cierto, va a las oficinas, pero ¿son las oficinas el castillo? Y aun cuando las oficinas pertenezcan al castillo, ¿son las oficinas el lugar donde Barnabás puede entrar? Él entra en oficinas, pero solo son una parte de todas ellas, después hay barreras y detrás hay más oficinas. No se le prohíbe seguir avanzando, pero no puede seguir avanzando cuando ya ha encontrado a sus superiores, le han despachado y despedido. Además, allí siempre te observan, al menos así se cree. E incluso si siguiese avanzando, ¿de qué serviría si allí no tiene ningún trabajo administrativo y sería un intruso? Esas barreras no te las tienes que imaginar como una determinada frontera, sobre ello Barnabás siempre me llama la atención. En las oficinas también hay barreras, por las que él pasa, por lo tanto también hay barreras que atraviesa y que no se distinguen de aquellas por las que no ha pasado, y no puede afirmarse de antemano que detrás de esas últimas barreras no haya otras oficinas en esencia iguales a aquellas en las que Barnabás ya ha estado. Solo en esas horas sombrías lo cree así. Y luego la duda se extiende, no se puede evitar. Barnabás habla con funcionarios y recibe mensajes, pero ¿qué tipo de funcionarios y qué tipo de mensajes? Ahora, como él dice, ha sido asignado a Klamm y recibe personalmente de él los encargos. Bueno, eso ya sería mucho, incluso hay criados superiores que no han llegado tan lejos, casi es demasiado, eso es lo angustioso. Piensa, ser asignado directamente a Klamm, hablar con él de tú a tú. Pero ¿es así? Bien, así es, pero ¿por qué duda entonces Barnabás de que el funcionario al que se designa con el nombre de Klamm sea realmente Klamm?

—Olga —dijo K—, ¿no pretenderás bromear? ¿Cómo pueden existir dudas del aspecto de Klamm? Se conoce su aspecto, yo mismo le he visto.

—Claro que no —dijo Olga—, y no bromeo, expreso mis preocupaciones más serias. Pero tampoco te las cuento para aligerar mi corazón y para cargar el tuyo con ellas, sino porque preguntaste por Barnabás, porque Amalia me encargó que te las contara y porque creo que te puede ser útil conocer las cosas con más exactitud. También lo hago por Barnabás, para que no pongas tantas esperanzas en él, no te decepcione y luego tenga que sufrir por tu decepción. Es muy sensible; por ejemplo, esta noche no ha dormido porque ayer te mostraste insatisfecho con él, al parecer dijiste que era malo para ti tener solo un mensajero como Barnabás. Esas palabras le han quitado el sueño, tú mismo no habrás notado mucho de su excitación, los mensajeros del castillo tienen que saber dominarse. Pero él no lo tiene fácil, ni siquiera contigo. Según tu opinión, no le exiges mucho, pero te has traído contigo ciertas ideas propias de lo que es el servicio de un mensajero y te guías en la valoración de sus servicios por esas exigencias. Pero en el castillo tienen otras ideas de ese servicio y no coinciden con las tuyas, aun cuando Barnabás se sacrificara del todo por el servicio, a lo que a veces, por desgracia, parece dispuesto. Habría que someterse, no se podría decir nada, si la cuestión solo fuese si es realmente el servicio de un mensajero lo que él hace. Frente a ti, naturalmente, no puede dejar traslucir ninguna duda, para él hacer eso supondría enterrar su propia existencia, infringir groseramente las leyes a las que él cree estar sometido, e incluso conmigo tampoco habla libremente, le tengo que arrancar sus dudas con besos y caricias e incluso en ese caso se resiste a reconocer que las dudas son dudas. Tiene algo de Amalia en la sangre. Y es seguro que no me dice todo, a pesar de que soy su única persona de confianza. Pero a veces hablamos sobre Klamm, yo aún no he visto a Klamm, ya sabes, Frieda no me aprecia y no me habría permitido que le mirase, no obstante su aspecto es bien conocido en el pueblo, algunos le han visto, todos han oído de él y de esos testimonios visuales, de rumores y de algunas opiniones falsas se ha formado una imagen de Klamm que coincide en los rasgos básicos. Pero solo en los rasgos básicos. En lo demás es mudable y quizá ni siquiera tan mudable como el aspecto real de Klamm. Su aspecto es distinto cuando viene al pueblo y cuando lo abandona; diferente antes de beber una cerveza y diferente después; diferente despierto, diferente dormido, diferente solo, diferente en conversación y, lo que resulta comprensible tras todo esto, casi completamente diferente en el castillo. Y se han constatado varias diferencias en el mismo pueblo, diferencias en la altura, la actitud, la corpulencia, el bigote, solo respecto a los trajes coinciden los informes, siempre lleva el mismo traje, un traje negro con largos faldones. Ahora bien, todas esas diferencias no obedecen a ningún juego de magia, sino que son muy comprensibles, surgen del estado de ánimo en ese instante, del grado de excitación, de las innumerables estratificaciones de la esperanza o de la desesperación, en las que se encuentra el espectador, quien, por lo demás, la mayoría de las veces solo puede verle fugazmente. Te cuento todo esto como con frecuencia me lo ha contado Barnabás y, en general, uno puede tranquilizarse al oírlo cuando no se está interesado personalmente en el asunto. Nosotros no podemos tranquilizarnos, para Barnabás es una cuestión vital si habla con Klamm o no.

—No lo es menos para mí —dijo K, y se acercaron más el uno al otro.

K quedó afectado por las desfavorables novedades de Olga, pero encontró una compensación en que allí había personas a las que, al menos aparentemente, les iba casi como a él mismo, a las que se podía unir, con las que se podía entender, y no solo en un poco como era el caso de Frieda. Si bien es cierto que fue perdiendo paulatinamente la esperanza en un éxito del mensaje de Barnabás, cuanto peor le iba a Barnabás allá arriba, en el castillo, más próximo se sentía K a él; jamás hubiera pensado que del pueblo pudiera partir un empeño tan desgraciado como era el de Barnabás y el de su hermana. Aún no estaba aclarado, ni mucho menos, y, finalmente, podía dar un vuelco, no había que dejarse seducir por el carácter inocente de Olga para creer en la sinceridad de Barnabás.

—Barnabás conoce muy bien los informes sobre el aspecto de Klamm —siguió Olga—, ha reunido muchos y los ha comparado, quizá demasiados. Una vez vio o creyó ver a Klamm en el pueblo por la ventanilla de un coche, así que se consideró capacitado para reconocerle y, sin embargo (¿cómo puedo aclararlo?), cuando fue a una de las oficinas del castillo y entre varios funcionarios le señalaron a uno diciendo que ese era Klamm, no le reconoció y aún después tuvo que acostumbrarse a que debía de ser Klamm. Pero si le preguntas a Barnabás en qué se diferenciaba ese hombre de las nociones usuales que circulan de Klamm, no puede responder; aún más, responde y describe al funcionario en el castillo, pero esa descripción coincide exactamente con la descripción de Klamm que nosotros conocemos. «Entonces, Barnabás», le digo, «¿por qué dudas?, ¿por qué te atormentas de esa manera?». A lo que él contesta, en un visible apuro, enumerando las particularidades del funcionario en el castillo, las cuales parecen más fruto de la invención que de la observación, y que, además, son tan minúsculas (afectan, por ejemplo, a una determinada forma de asentir con la cabeza o de abotonarse el chaleco) que es imposible tomarlas en serio. Todavía más importante me parece la manera en que Klamm trata con Barnabás. Mi hermano me lo ha descrito con frecuencia, incluso me lo ha dibujado. Normalmente, Barnabás es conducido a un gran despacho de las oficinas, pero no es el despacho de Klamm, ni siquiera pertenece a una sola persona. Esa habitación está dividida en toda su longitud por un pupitre para escribir de pie, que se prolonga de un extremo al otro; el espacio estrecho, por donde apenas pueden pasar dos personas al mismo tiempo, es el de los funcionarios, y luego hay uno amplio para los interesados, los espectadores, los criados y los mensajeros. Sobre el pupitre hay grandes libros abiertos, uno junto al otro, y ante la mayoría de ellos hay funcionarios leyendo. Pero no permanecen siempre ante el mismo libro; aunque no los intercambian, cambian de puesto, lo que más sorprende a Barnabás es cómo en esos cambios de puesto tienen que apretarse para pasar a causa de la estrechez del espacio. En la parte delantera, junto al pupitre, hay mesas muy bajas a las que se sientan los escribientes, quienes, cuando lo desean los funcionarios, escriben según el dictado de estos últimos. Una y otra vez se asombra Barnabás de cómo ocurre. No obedece a una orden expresa del funcionario, tampoco se dicta en voz alta, apenas se nota que se está dictando, más bien parece como si el funcionario siguiese leyendo como antes, solo que al mismo tiempo murmura y el escribiente lo escucha. Con frecuencia dicta el funcionario en voz tan baja, que el escribiente, sentado, no puede oír nada, entonces tiene que levantarse, captar lo dictado, y volverse a sentar rápidamente para escribirlo, volverse a levantar, etc. ¡Qué extraño es todo eso! Casi incomprensible. Barnabás tiene tiempo suficiente para observarlo todo, pues tiene que esperar en el espacio para los espectadores horas y, a veces, durante todo el día, hasta que la mirada de Klamm recae en él. Y aun cuando Klamm le ha visto y Barnabás ha adoptado la posición de atención, no se ha decidido nada, pues Klamm puede volver a dirigir su mirada al libro y olvidarle, así ocurre frecuentemente. ¿Qué tipo de servicio de mensajero es ese tan carente de importancia? Me pongo triste cada vez que Barnabás dice por la mañana temprano que se va al castillo. Ese camino, probablemente inútil, ese día, probablemente perdido, esa esperanza, probablemente vana. ¿Para qué todo eso? Y aquí se acumula el trabajo de zapatero que nadie hace y que Brunswick urge que se haga.

—Bien —dijo K—, Barnabás tiene que esperar mucho tiempo antes de recibir un encargo, eso es comprensible, aquí parece haber un exceso de empleados, no todos pueden recibir un encargo cada día, de eso no os podéis quejar, eso afecta a todos. Al cabo, Barnabás también recibe encargos, a mí ya me ha traído dos cartas.

—Es posible —dijo Olga— que no tengamos derecho a quejarnos, en especial yo, que conozco todo de oídas y que, al ser una mujer joven, no puedo comprenderlo muy bien, como Barnabás, que se calla algunas cosas. Pero ahora escucha lo referente a las cartas, las cartas para ti, por ejemplo. Esas cartas no las recibe directamente de Klamm, sino del escribiente. Un día cualquiera, a una hora cualquiera (por eso el servicio es tan agotador, aunque parezca fácil, pues Barnabás siempre tiene que estar alerta), el escribiente se acuerda de él y le hace una señal. Klamm no parece ser el causante, él sigue leyendo tranquilamente en su libro; algunas veces, sin embargo, aunque eso también lo hace con frecuencia, limpia su binóculo en el momento en que Barnabás se acerca y quizá le mira, suponiendo que pueda ver sin binóculo, Barnabás lo duda, pues Klamm tiene los ojos semicerrados, parece dormir y limpiar el binóculo en sueños. Mientras, el escribiente, entre los numerosos expedientes y cartas que tiene debajo de la mesa, busca una para ti: por el aspecto del sobre parece muy vieja, como si hubiera estado allí largo tiempo. Pero, si es una carta tan vieja, ¿por qué han hecho esperar tanto tiempo a Barnabás, y a ti también? Y, finalmente, a la carta, pues ya está anticuada. Y entonces Barnabás gana la fama de ser un mensajero lento y malo. El escribiente, sin embargo, se lo pone fácil, dice «de Klamm para K» y con eso despide a Barnabás. Entonces Barnabás regresa a casa, sin aliento, con la carta bajo su camisa, pegada al cuerpo, y nos sentamos aquí, en este banco, como ahora, y nos cuenta lo ocurrido y analizamos todos los pormenores y valoramos lo que ha conseguido, para, al final, concluir que ha logrado muy poco y aun esto resulta cuestionable; entonces Barnabás deja la carta, no tiene ganas de llevarla, pero tampoco tiene ganas de irse a dormir, se pone a trabajar con los zapatos y se pasa toda la noche sentado en el taburete. Así ocurre, K, y esos son mis secretos y ya no te sorprenderás de que Amalia renuncie a ellos.

—¿Y la carta? —preguntó K.

—¿La carta? —dijo Olga—. Bueno, después de un tiempo, cuando he insistido lo suficiente a Barnabás, pueden haber pasado días o semanas, toma la carta y la va a entregar. En esas nimiedades es muy dependiente de mí. Cuando he superado la primera impresión de su relato de los hechos, me puedo calmar, algo de lo que él, probablemente porque sabe más, no es capaz. Y así le puedo repetir: «¿Qué quieres realmente, Barnabás? ¿Con qué carrera, con qué objetivos sueñas? ¿Acaso quieres llegar tan lejos que nos tengas, que me tengas que abandonar? Mira a tu alrededor si alguno de nuestros vecinos ha llegado tan lejos. Cierto, su situación es diferente a la nuestra y no tienen ningún motivo para querer mejorar su situación, pero incluso sin comparar hay que comprender que contigo todo está en el buen camino. Te enfrentas a impedimentos, a decepciones y dudas, pero eso solo significa lo que ya sabíamos de antemano, que no te van a regalar nada, que te vas a tener que ganar en dura lucha cada minucia, y ese es un motivo más para estar orgulloso y no deprimirte. Y, además, Barnabás, también luchas por nosotros. ¿No significa eso algo para ti? ¿No te da nuevas fuerzas? ¿No te alegras de que yo esté feliz y orgullosa de tener un hermano como tú? ¿No te ofrece ninguna seguridad? En realidad, no me decepcionas en lo que has logrado en el castillo, sino en lo que yo he logrado contigo. Puedes ir al castillo, eres un continuo visitante de las oficinas, pasas días enteros en la misma estancia que Klamm, eres un mensajero reconocido oficialmente, puedes reclamar un traje oficial, recibes muchas misivas para entregar, todo eso eres, todo eso puedes y, sin embargo, bajas del castillo y, en vez de abrazarnos llorando de felicidad, parece abandonarte todo tu valor en cuanto me ves, entonces dudas de todo, solo te tientan los zapatos; la carta, en cambio, esa garantía de nuestro futuro, la dejas tirada». Así hablo con él y después de habérselo repetido día tras día, coge suspirando la carta y se va. Pero es probable que no se deba al efecto de mis palabras, sino que se ve impulsado a volver al castillo y sin cumplir el encargo jamás osaría regresar.

—Pero tú tienes razón en todo lo que le has dicho —dijo K—, lo has resumido todo con una exactitud digna de admiración. ¡Con qué asombrosa claridad piensas!

—No —dijo Olga—, te dejas engañar, quizá también le engañe así a él. ¿Qué ha logrado? Puede entrar en una oficina, pero ni siquiera parece una oficina, más bien una antesala de las oficinas, quizá ni siquiera eso, quizá se trate de una habitación donde se tiene que mantener a todos aquellos que no pueden entrar en las oficinas. Habla con Klamm, pero ¿se trata realmente de Klamm? ¿No será acaso alguien que se parece a Klamm, tal vez un secretario que presenta alguna similitud con Klamm y que se esfuerza por parecérsele más y que se hace el importante imitando la actitud soñadora de Klamm? Esa parte de su carácter es la más fácil de imitar, algunos intentan imitarla, pero con el resto no se atreven. Y un hombre tan anhelado y tan difícilmente accesible como lo es Klamm adopta en la fantasía de la gente numerosas figuras. Klamm, por ejemplo, tiene aquí un secretario municipal llamado Momus. Ah, ¿lo conoces? También él se mantiene reservado, pero le he visto varias veces. Un joven fuerte, ¿verdad? Y es probable que no se parezca en nada a Klamm. Y, sin embargo, podrás encontrar a gente en el pueblo que juraría que Momus es Klamm y ningún otro. Así trabaja la gente en su propia confusión. Y ¿tiene que ser diferente en el castillo? Alguien ha dicho a Barnabás que aquel funcionario era Klamm y, ciertamente, hay una similitud entre los dos, pero una similitud puesta en duda una y otra vez por Barnabás. Y todo habla en favor de sus dudas. ¿Acaso Klamm tendría que apretarse en una estancia pública con otros funcionarios con el lápiz detrás de la oreja? Eso resulta muy improbable. Barnabás, con algo de ingenuidad (eso es un rasgo que crea confianza), suele decir: «El funcionario se parece mucho a Klamm; si se sentara en su propio despacho, ante su propia mesa, y si en la puerta estuviera su nombre, ya no tendría ninguna duda». Eso es infantil y, sin embargo, sensato. Aún más sensato sería, sin embargo, que Barnabás, cuando se encuentre arriba, se informe por distintas personas de cómo funcionan allí las cosas, a fin de cuentas a su alrededor hay suficientes personas. Y si sus datos no fuesen más fiables que los de aquel que, sin ser preguntado, le señaló a Klamm, de su diversidad podría deducir algunos puntos de apoyo o comparativos. Esto no se me ha ocurrido a mí, sino a Barnabás, pero no se atreve a llevarlo a la práctica; por miedo a perder su puesto al infringir involuntariamente algún reglamento desconocido, no se atreve a hablar con nadie; así de inseguro se siente; esa desgraciada inseguridad me aclara su posición con más eficacia que todas las descripciones. Qué incierto y amenazador le tiene que parecer todo, cuando ni siquiera osa abrir la boca para formular una pregunta inocente. Cuando pienso en ello, me acuso de dejarle solo en esas estancias desconocidas, donde reina una atmósfera en la que incluso él, que antes de pecar de cobarde lo haría de temerario, tiembla de miedo.

—Aquí me parece que llegas a lo decisivo —dijo K—. Eso es. Por lo que me has contado, creo verlo claro. Barnabás es demasiado joven para ese trabajo. Nada de lo que él cuenta se puede tomar en serio. Como arriba se muere de miedo, no puede observar nada y cuando se le obliga aquí a que informe, solo se oyen cuentos confusos. El respeto a la administración es aquí innato, se os sigue insuflando durante toda vuestra vida de las maneras más distintas y desde todas partes, y vosotros mismos ayudáis en ello en lo que podéis. En principio no digo nada en contra; cuando una administración es buena, ¿por qué no se le debería tener respeto? Pero no se puede enviar de repente al castillo a un joven poco instruido como Barnabás, que no ha salido del pueblo, y reclamar de él informes fidedignos e investigar sus palabras como si fuesen una Revelación y hacer depender de su interpretación la propia felicidad. Nada puede ser más erróneo. Cierto, yo también me he dejado confundir como tú y no solo he puesto esperanzas en él, sino que también he sufrido decepciones, y siempre basándome en sus palabras, que ni siquiera estaban fundadas.

Olga callaba.

—No me resulta fácil —dijo K— conmover la confianza que tienes en tu hermano, pues ya veo cómo le quieres y lo que esperas de él. Pero debo hacerlo, incluso en interés de tu amor y de tus esperanzas. Pues mira, una y otra vez te impide algo (no sé lo que es) que reconozcas lo que Barnabás no ha logrado sino que se le ha regalado. Puede ir a las oficinas o, si tú lo quieres, puede entrar en una antesala, bueno, pues sí, en una antesala, pero allí hay puertas que conducen a otras estancias, así como barreras que se pueden atravesar cuando se tiene la habilidad para ello. Para mí, por ejemplo, esa antesala permanece inaccesible, al menos provisionalmente. No sé con quién habla Barnabás allí, tal vez ese escribiente sea el más bajo de los sirvientes, pero aun cuando sea el más bajo, puede conducir a su inmediato superior, y si no puede conducir hasta él, al menos le puede mencionar, y si no le puede mencionar, podrá indicar a alguien que lo pueda mencionar. El supuesto Klamm puede que no tenga nada en común con el real, la similitud solo puede existir en los ojos ciegos por la excitación de Barnabás, puede que él sea el más ínfimo de los funcionarios, puede que ni siquiera sea funcionario, pero algún cometido tiene que tener en ese pupitre, algo lee en su libraco, algo murmura al oído del escribiente, en algo piensa cuando dirige su mirada tras largo tiempo a Barnabás, y aun cuando nada de eso sea verdad y sus actos no signifiquen nada, alguien le habrá puesto allí y lo habrá hecho con alguna intención. Con todo esto quiero decir que en ello hay algo, algo que se ofrece a Barnabás, al menos algo, y que solo es culpa de Barnabás si no puede alcanzar nada salvo miedo, dudas y desesperación. Y en todo esto he partido del caso más desfavorable, que es incluso el más improbable. Pues tenemos las cartas en la mano, en las que no confío mucho, pero más que en las palabras de Barnabás. Puede también que sean cartas anticuadas y sin valor, que se han sacado de un montón de cartas igual de anticuadas y sin valor, seleccionando a la buena de Dios y reflexionando tan poco como un canario en una feria empleado para que pique una papeleta de tómbola, puede que sea así, pero esas cartas tienen al menos una relación con mi trabajo, están dirigidas visiblemente a mí, aunque no estén destinadas a serme útiles; como testimoniaron el alcalde y su esposa, eran de puño y letra de Klamm y poseen, una vez más según el alcalde, una gran importancia, si bien solo privada y poco transparente.

—¿Dijo eso el alcalde? —preguntó Olga.

—Sí, eso dijo —respondió K.

—Se lo contaré a Barnabás —dijo rápidamente Olga—, eso le animará mucho.

—Pero él no necesita que le animen —dijo K—, animarle significa decirle que tiene razón, que tiene que continuar como hasta ahora, pero si sigue actuando precisamente como hasta ahora no logrará nada. No puedes animar a alguien a que vea cuando tiene tapados los ojos por un pañuelo, no podrá ver nunca; solo cuando se le quite el pañuelo podrá ver. Barnabás necesita ayuda, no que le animen. Piensa que allí arriba la administración se muestra en su inextricable grandeza; yo creía tener una idea aproximada de ella antes de venir aquí (qué ingenuo era todo), pero allí está la administración y Barnabás se enfrenta a ella, nadie más, solo él, tan solo que es digno de lástima, y representaría demasiado honor para él si no permaneciese encogido toda su vida en una oscura esquina.

—No creas, K —dijo Olga—, que no valoramos en lo que vale la tarea que Barnabás ha asumido. No nos falta respeto por la administración, ya lo has dicho tú.

—Pero se trata de un respeto descaminado —dijo K—, un respeto en el lugar inadecuado, ese respeto degrada su objeto. ¿Acaso se puede llamar respeto cuando Barnabás abusa del regalo de poder entrar en esa estancia para pasar allí los días o cuando él baja y empequeñece o calumnia a alguien ante quien ha temblado, o cuando por desesperación o cansancio no lleva las cartas en seguida o no transmite inmediatamente los mensajes que le han sido confiados? Eso ya no es respeto. Pero el reproche va más lejos, también se extiende a ti, Olga, no te lo puedo ahorrar; has enviado a Barnabás al castillo, pese a que crees tener respeto por la administración, en plena juventud, con su debilidad y abandono o, al menos, no se lo has impedido.

—El reproche que me haces —dijo Olga— también me lo hago yo y desde hace tiempo. Aunque no se me puede reprochar que haya enviado a Barnabás al castillo, no le he enviado, él fue por su cuenta, pero tendría que haberle retenido con todos los medios, con persuasión, astucia, con violencia si hubiese sido necesario. Tendría que haberle retenido, pero si hoy fuese aquel día, aquel día decisivo, y sintiese la miseria de Barnabás y de mi familia como la sentí entonces y la siento ahora, y Barnabás, claramente consciente de toda la responsabilidad y del peligro, volviese a desprenderse de mí sonriente y con dulzura para irse, tampoco le retendría hoy, pese a todas las experiencias de este tiempo, tú mismo en mi lugar no podrías hacer otra cosa. No conoces nuestra miseria, por eso cometes una injusticia con nosotros, pero ante todo con Barnabás. Antaño teníamos más esperanza que hoy, pero tampoco era nuestra esperanza muy grande, grande solo era nuestra miseria y así ha permanecido. ¿No te ha contado Frieda nada de nosotros?

—Solo alusiones —dijo K—, nada en concreto, pero solo vuestro nombre la irrita.

—¿Tampoco la posadera te ha contado nada?

—No, nada.

—Y ¿ninguna otra persona?

—Nadie.

—¡Naturalmente! ¿Cómo podrían contarte algo? Todos saben algo sobre nosotros, o la verdad, en lo que les resulta accesible, o al menos algún rumor tomado de la calle o inventado por ellos mismos, y todos piensan en nosotros más de lo necesario, pero nadie lo contará, sienten aversión a tocar ese tema. Y tienen razón. Resulta difícil articularlo, incluso frente a ti, K, y ¿acaso no es posible que tú, si lo escuchas, te vayas y no quieras saber más de nosotros, aunque a ti aparentemente no te afecte en nada? Entonces te habríamos perdido, a ti, que para mí significas, lo reconozco, más que el servicio que hasta ahora ha prestado Barnabás en el castillo. Y, sin embargo, esa contradicción me atormenta toda la tarde, lo tienes que saber, en otro caso no puedes hacerte una idea de nuestra situación, pero entonces serías injusto con Barnabás, lo que me dolería especialmente, y nos faltaría la necesaria unidad, ya no podrías ayudarnos ni aceptar nuestra ayuda extraoficial. Pero aún queda una pregunta: ¿realmente quieres saberlo?

—¿Por qué preguntas eso? —dijo K—. Si es necesario, quiero saberlo, pero ¿por qué preguntas así?

—Por superstición —dijo Olga—, te verás inmiscuido en nuestros asuntos, inocente como eres, al menos no más culpable que Barnabás.

—Cuenta rápido —dijo K—, no tengo miedo. Por pura pusilanimidad femenina lo haces peor de lo que es.

17

EL SECRETO DE AMALIA

—Juzga por ti mismo —dijo Olga—, además, suena muy simple, no se comprende cómo puede tener tanta importancia. Hay un funcionario en el castillo que se llama Sortini.

—Ya he oído hablar de él —dijo K—; participó en mi contratación.

—Eso no me lo creo —dijo Olga—, Sortini apenas aparece públicamente. ¿No te equivocarás con Sordini, escrito con «d»?

—Tienes razón —dijo K—, era Sordini.

—Sí —dijo Olga—, Sordini es muy conocido, uno de los funcionarios más diligentes y del que se habla mucho; Sortini, por el contrario, es muy reservado y desconocido para la mayoría. Hace más de tres años que le vi por primera y última vez. Fue el 3 de julio en una fiesta de la compañía de bomberos, el castillo también había participado y había donado una nueva bomba de incendios. Sortini, que al parecer se ocupa en parte de asuntos relativos a los bomberos y a la protección contra incendios, aunque quizá solo había venido en representación (los funcionarios se representan mutuamente con frecuencia y por eso resulta difícil distinguir las competencias de unos y otros), participó en la ceremonia de entrega de la bomba de incendios; naturalmente, también habían venido otros del castillo, funcionarios y sirvientes, y Sortini estaba, como corresponde a su carácter, siempre en un segundo plano. Es un hombre pequeño, débil y pensativo; algo que llamaba la atención a todo el que se fijaba en él era la forma en que se arrugaba su frente, todas las arrugas (y eran una gran cantidad, aunque no supera los cuarenta) se plegaban como un abanico desde la parte superior de la frente hasta la raíz de la nariz, no he visto nunca nada parecido. Bueno, entonces se celebraba aquella fiesta. Nosotras, Amalia y yo, habíamos esperado ese día con gran alegría, habíamos arreglado los vestidos de domingo, especialmente el vestido de Amalia era muy bonito, con su blusa blanca que se ahuecaba en la pechera adornada de encajes, una fila sobre la otra; nuestra madre había empleado para ello todos sus encajes, yo tenía envidia y lloré casi toda la noche anterior a la fiesta. Solo cuando al día siguiente vino a visitarnos la posadera de la posada del puente...

—¿La posadera de la posada del puente? —preguntó K.

—Sí —dijo Olga—, era muy amiga nuestra, así que llegó, tuvo que reconocer que Amalia estaba en ventaja y me prestó, para calmarme, su propio collar de granates de Bohemia. Pero cuando ya estábamos listas, Amalia delante de mí, y nuestro padre dijo: «Hoy, recordad lo que os digo, Amalia encuentra novio», entonces, no sé por qué, me quité el collar, que era todo mi orgullo, y se lo puse a Amalia, sin sentir ya nada de envidia. Me incliné ante su victoria y creí que todos tendrían que inclinarse ante ella; quizá nos sorprendió entonces que su aspecto fuese diferente al usual, pues en realidad no era hermosa, pero su mirada sombría, que ha mantenido desde aquella vez, se elevaba por encima de nosotros y nos sentíamos inclinados literal e involuntariamente ante ella. Todos lo notaron, también Lasemann y su esposa cuando vinieron a recogernos.

—¿Lasemann? —preguntó K.

—Sí, Lasemann —dijo Olga—, éramos una familia muy apreciada y la fiesta, por ejemplo, no habría empezado de verdad hasta que no hubiésemos llegado nosotros, pues mi padre era el tercer director de ejercicios de la compañía de bomberos.

—¿Tan robusto era aún tu padre? —preguntó K.

—¿Mi padre? —preguntó Olga como si no comprendiese del todo—, hace tres años era en cierto modo un hombre joven, en un incendio en la posada de los señores, por ejemplo, corrió con un funcionario a cuestas, con el pesado Galater. Yo misma estuve allí, en realidad no había peligro de incendio, solo un poco de leña seca junto a una chimenea comenzó a humear, pero Galater tuvo miedo, gritó auxilio por la ventana, vinieron los bomberos y mi padre tuvo que cargarlo aunque el fuego ya estaba extinguido. Bueno, Galater es un hombre difícil de mover y en esos casos hay que tener precaución. Lo cuento solo por mi padre, no han pasado ni tres años desde entonces y mira ahora cómo está ahí sentado.

K se dio cuenta ahora de que Amalia estaba de nuevo en la habitación, pero se encontraba alejada, en la mesa de los padres, allí alimentaba a la madre, que no podía mover sus brazos reumáticos, y al mismo tiempo dirigía la palabra al padre para que tuviese un poco de paciencia con la comida, que iría con él en seguida para darle de comer. Pero no tuvo éxito con su advertencia, pues el padre, ansioso por tomarse la sopa, superó su debilidad física e intentó ya sorberla de la cuchara, ya beberla del plato, y gruñía enojado al no conseguir ni lo uno ni lo otro, la cuchara quedaba vacía mucho antes de llegar a la boca, mientras que la barba colgante se sumergía en la sopa, goteando y salpicando hacia todas partes menos hacia la dirección adecuada.

—¿Eso han hecho tres años de él? —preguntó K, pero aún no sentía ninguna compasión por los ancianos ni para la esquina de la mesa familiar, solo aversión.

—Tres años —dijo lentamente Olga—, o, con más exactitud, unas horas en una fiesta. La fiesta se celebró en una pradera ante el pueblo, al lado del arroyo, ya había una gran aglomeración de personas cuando llegamos, también habían venido de los pueblos vecinos, el ruido causaba una gran confusión. Primero nuestro padre nos condujo, naturalmente, a la bomba de incendios, rio de alegría al verla, una nueva bomba le hacía feliz; comenzó a tocarla y a explicarnos cómo funcionaba, no toleraba ninguna contradicción ni tampoco ninguna reserva, si había algo que ver debajo de la bomba, todos nos teníamos que agachar y casi arrastrarnos por debajo de ella; Barnabás, que intentó resistirse, recibió un pescozón. Solo a Amalia no le importaba la bomba, permanecía muy recta delante de ella con su bonito vestido y nadie osaba decirle nada, yo fui hacia ella alguna vez y la tomé del brazo, pero ella callaba. Aún hoy no puedo aclararme cómo ocurrió que, mientras estábamos en la bomba de incendios, cuando nuestro padre se apartó de ella, nos dimos cuenta de que allí permanecía Sortini, quien parecía haber estado todo el tiempo detrás de la bomba, apoyado en una palanca. Había un ruido terrible, no usual en todas las fiestas; el castillo había regalado a los bomberos unas trompetas, unos instrumentos especiales de los que con un mínimo esfuerzo, del que hasta un niño podría ser capaz, se emitían los más estruendosos sonidos; al oírlo se podía creer que los turcos ya habían llegado y era imposible acostumbrarse, a cada nuevo soplido seguía un estremecimiento. Y como eran trompetas nuevas, todos querían tocarlas, y como era una fiesta popular, se consentía. Precisamente a nuestro alrededor, tal vez los había atraído Amalia, había algunos trompetistas, era difícil mantener los sentidos en esas circunstancias y si además, según las órdenes de nuestro padre, había que prestar atención a la bomba de incendios, eso era lo máximo que se podía rendir, así que no nos dimos cuenta durante mucho tiempo de la presencia de Sortini, a quien tampoco conocíamos de antes.

—Ahí está Sortini —murmuró Lasemann a mi padre, yo estaba a su lado. Mi padre inclinó la cabeza y nos hizo un gesto excitado para que nosotros también nos inclinásemos ante él. Sin conocerle personalmente, nuestro padre siempre había venerado a Sortini como un especialista en servicios contra incendios, y había hablado con frecuencia de él en casa, así que para nosotros fue sorprendente y un acontecimiento muy importante verle en la realidad. Pero Sortini no se interesaba por nosotros, eso no era ninguna peculiaridad de Sortini, la mayoría de los funcionarios aparecen públicamente con actitud de indiferencia, también estaba cansado, solo su deber le mantenía allí abajo; no son los peores funcionarios los que encuentran especialmente pesados esos deberes representativos; otros funcionarios y sirvientes, ya que estaban allí, se mezclaron con el pueblo, pero él permaneció al lado de la bomba de incendios y a todo el que se intentaba aproximar con cualquier solicitud o lisonja lo rechazaba con su silencio. Así ocurrió que él se percató más tarde de nosotros que nosotros de él. Solo cuando nos inclinamos llenos de respeto y nuestro padre nos intentó disculpar miró hacia nosotros y nos contempló a uno detrás del otro con mirada cansada: era como si suspirase porque al lado de uno apareciese otro, hasta que se detuvo en Amalia, a la que tuvo que mirar hacia arriba, pues era mucho más alta que él. Entonces se desconcertó, saltó sobre el pértigo para estar más cerca de ella, nosotros lo interpretamos mal al principio y quisimos acercarnos todos a él encabezados por mi padre, pero él nos detuvo y nos hizo una señal para que nos fuéramos. Eso fue todo. Bromeamos mucho con Amalia diciéndole que realmente ya había encontrado un novio, en nuestra inconsciencia estuvimos alegres toda la tarde, pero Amalia estaba más silenciosa que de costumbre. «Se ha enamorado locamente de Sortini», dijo Brunswick, que siempre es algo grosero y no tiene comprensión para naturalezas como la de Amalia, pero esa vez su comentario nos pareció cierto, ese día nos divertimos mucho y cuando llegamos a casa a medianoche estábamos embriagados, incluso Amalia lo estaba, con el dulce vino del castillo.

—¿Y Sortini? —preguntó K.

—Sí, Sortini —dijo Olga—, a Sortini le vi con frecuencia durante la fiesta, sentado en un pértigo, tenía los brazos cruzados sobre el pecho y así permaneció hasta que vino a recogerle el coche del castillo. Ni siquiera fue a las maniobras de los bomberos, donde mi padre se distinguió entre todos los hombres de su edad, precisamente con la esperanza de que Sortini se fijase en él.

—¿Y no habéis oído más de él? —dijo K—, pareces tener una gran veneración por Sortini.

—Sí, veneración —dijo Olga—, sí, y también oímos de él. A la mañana siguiente nos despertó de nuestro sueño festivo un grito de Amalia, los demás volvieron a dormirse, pero yo estaba completamente despierta y corrí hacia ella, estaba al lado de la ventana y sostenía en la mano una carta que un hombre le acababa de entregar a través de la ventana, el hombre esperaba una respuesta. Amalia ya la había leído (era corta) y la mantenía en una de sus manos, bajada y lánguida; cómo la amaba siempre que estaba tan cansada. Me agaché a su lado y leí la carta. Apenas había terminado de leerla, Amalia, después de dirigirme una rápida mirada, la cogió, pero no la quiso leer otra vez, sino que la rompió y arrojó los trozos al rostro del hombre que esperaba fuera y cerró la ventana. Esa fue aquella decisiva mañana. La llamo decisiva, pero todo instante de la tarde anterior fue igual de decisivo.

—Y ¿qué decía la carta? —preguntó K.

—¡Ah!, sí, aún no lo he contado —dijo Olga—; la carta era de Sortini, e iba dirigida a la joven con el collar de granates. No puedo reproducir el contenido. Era un requerimiento para que fuese a su habitación en la posada de los señores y, además, Amalia tenía que ir en seguida, pues Sortini tenía que partir en una media hora. La carta estaba escrita con las expresiones más vulgares que he oído y solo pude deducir la intención del conjunto. Quien no conociera a Amalia y solo hubiese leído esa carta, consideraría deshonrada a la muchacha a la que alguien había tenido la osadía de escribir así, por más que a ella ni siquiera la hubiesen rozado. Y no era ninguna carta de amor, en ella no había ninguna palabra lisonjera, más bien Sortini estaba enojado por el hecho de que le hubiese afectado tanto la visión de Amalia y de que le hubiese distraído de sus asuntos. Más tarde nos lo explicamos de la siguiente manera: era probable que Sortini hubiese querido llegar al castillo, pero solo a causa de Amalia se quedó en el pueblo, y por la mañana, furioso porque durante la noche no había logrado olvidarse de Amalia, había escrito la carta. Al principio uno tenía que escandalizarse con la carta, incluso quien tuviese la sangre más fría, pero después, en otra persona que no fuese Amalia, habría prevalecido el miedo por el tono amenazador, en Amalia, en cambio, prevaleció el enojo. Ella no conoce el miedo, ni para ella ni para los demás. Y mientras yo me refugiaba en la cama y me repetía la frase final interrumpida: «o vienes ahora mismo o...», Amalia permaneció en el banco al lado de la ventana y miró hacia afuera como si esperara a otros mensajeros y estuviese dispuesta a tratarlos como al primero.

—Así que esos son los funcionarios —dijo K algo vacilante—, esos ejemplares solo se pueden encontrar entre ellos. ¿Qué hizo tu padre? Espero que se quejase de Sortini con todo vigor en el lugar competente, si no escogió el camino más corto y seguro hasta la posada de los señores. Lo más repugnante de la historia no es la vejación a Amalia, eso se podía enmendar, no sé por qué le concedes tanta importancia; ¿por qué iba Sortini con semejante carta a comprometer para siempre a Amalia? Según lo que has contado, se podría creer eso, pero precisamente eso resulta imposible, era fácil conseguir una satisfacción para Amalia y en unos días se habría olvidado el caso; Sortini no comprometió a Amalia, sino que él mismo fue quien se comprometió. Me espanta la posibilidad de que pueda producirse tal abuso de poder. Lo que en este caso no resultó, porque, para decirlo con claridad, era completamente transparente y encontró en Amalia a un enemigo más fuerte, en miles de otros casos con unas circunstancias algo más desfavorables podría resultar perfectamente y, además, sin que lo supiese nadie, ni siquiera la afectada.

—Silencio —dijo Olga—, Amalia nos está mirando.

Amalia había terminado de dar de comer a sus padres y ahora desvestía a la madre, acababa de soltarle la falda, puso los brazos de la madre alrededor de su cuello, la levantó un poco y le quitó la falda volviendo a sentarla con cuidado. El padre, siempre insatisfecho con que la madre fuese atendida en primer lugar, lo que solo ocurría porque ella estaba más desvalida que él, intentaba desvestirse él mismo, tal vez para castigar a la hija por su supuesta lentitud, pero a pesar de que comenzó con lo más accesorio y ligero, las desproporcionadas zapatillas para sus pies, no lo conseguía de ningún modo y entre fuertes resoplidos tuvo que renunciar y recostarse otra vez con rigidez en la silla.

—No te das cuenta de lo esencial —dijo Olga—, puedes tener razón en todo, pero lo esencial fue que Amalia no se dirigió a la posada de los señores; la manera en que trató al mensajero, eso podía pasarse por alto, ya se encubriría de alguna manera, pero que no fuese significó que sobre la familia cayese una maldición y entonces el tratamiento del mensajero también fue imperdonable, sí, incluso para la opinión pública ocupó el primer plano.

—¡Cómo! —exclamó K, y bajó en seguida la voz, ya que Olga levantó la mano suplicante—. ¿No dirás tú, su hermana, que Amalia tuvo que obedecer a Sortini e ir a la posada?

—No —dijo Olga—, Dios me libre de esa sospecha, ¿cómo puedes creer eso? No conozco a nadie que obrase con tanta justicia como Amalia. Si bien es cierto que, en el caso de que hubiese ido a la posada, también le hubiese dado la razón; pero, que no fuese, fue un acto heroico. En lo que a mí respecta, reconozco sinceramente que si hubiese recibido una carta como esa habría ido. No habría podido soportar el miedo ante las consecuencias, solo Amalia podía soportarlo. También había algunas salidas, otra, por ejemplo, se habría maquillado y habría dejado pasar un buen rato, luego habría llegado a la posada de los señores y se habría enterado de que Sortini había partido, quizá que había salido inmediatamente después de enviar al mensajero, algo que incluso habría sido muy probable, pues los caprichos de los señores son fugaces. Pero a Amalia no se le ocurrió hacer eso ni nada parecido, se sintió demasiado ofendida y respondió sin reservas. Si solo hubiese obedecido en apariencia, si solo hubiese traspasado el umbral de la posada a tiempo, se habría podido evitar la fatalidad, aquí tenemos abogados muy listos que saben hacer todo lo que uno quiere de nada, pero en este caso ni siquiera había la necesaria nada, todo lo contrario, solo había la humillación de la carta de Sortini y la ofensa al mensajero.

—Pero ¿qué fatalidad? —dijo K—, ¿qué abogados? No se podía acusar ni castigar a Amalia por la actuación delictiva de Sortini.

—Claro que sí —dijo Olga—, sí que se podía, aunque no mediante un proceso propiamente dicho ni directamente, pero se la castigaba de otra manera, a ella y a toda su familia, y ahora empiezas a saber lo grave que es esa pena. A ti te parece injusto y monstruoso, esa es una opinión completamente aislada en el pueblo, para nosotros es muy favorable y nos debería consolar, y así sería si no se basase visiblemente en errores. Te lo puedo demostrar muy fácilmente, perdona si hablo al hacerlo de Frieda, pero entre Frieda y Klamm, sin tener en cuenta en qué ha derivado finalmente su relación, ha ocurrido algo muy similar a lo ocurrido entre Amalia y Sortini y, sin embargo, tú lo encuentras ahora muy correcto, aunque al principio te pareciera terrible. Y eso no es por efecto de la costumbre, nadie puede quedar tan embotado por la costumbre cuando se trata simplemente de enjuiciar, aquí se trata de una acumulación de errores.

—No, Olga —dijo K—, no sé por qué metes a Frieda en este asunto, el caso era completamente distinto, no confundas tantas cosas esencialmente diferentes y sigue contando.

—Por favor —dijo Olga—, no me tomes a mal si insisto en la comparación, incurres en un error respecto a Frieda cuando crees defenderla contra una comparación. No es necesario defenderla, sino solo alabarla. Cuando comparo los casos no estoy diciendo que sean iguales, en realidad se relacionan entre sí como el blanco y el negro, y el blanco es Frieda. En el peor de los casos uno se puede reír de Frieda como yo lo he hecho en la taberna de manera tan descortés (después me he arrepentido mucho), pero aunque quien ríe aquí es perverso o envidioso, al menos puede reírse, pero a Amalia, cuando no se mantiene un parentesco sanguíneo con ella, solo se la puede despreciar. Por eso son dos casos esencialmente distintos, como dices, pero también similares.

—Tampoco son similares —dijo K, y sacudió enojado la cabeza—, deja a Frieda a un lado. Frieda no recibió ninguna carta de ese jaez como Amalia de Sortini, y Frieda ha amado realmente a Klamm, y quien lo dude, puede preguntarle, le sigue amando hoy.

—¿Son esas grandes diferencias? —preguntó Olga—. ¿Acaso no crees que Klamm pudo escribirle una carta similar a Frieda? Cuando los señores se levantan del escritorio son así, no saben orientarse en el mundo; en su despreocupación dicen las cosas más groseras, no todos, pero muchos. La carta a Amalia pudo haber sido plasmada en el papel de forma irreflexiva y en completa despreocupación por lo escrito. ¡Qué sabemos nosotros de los pensamientos de los señores! ¿Acaso no has escuchado tú mismo o has oído contar el tono que Klamm empleaba con Frieda? De Klamm se sabe que es muy grosero, al parecer no habla nada durante horas y de repente dice tal grosería que uno se estremece. De Sortini, sin embargo, no se sabe nada parecido, quizá porque es un completo desconocido. En realidad de él solo se sabe que su nombre es muy similar al de Sordini; si no existiese esa similitud de nombres, probablemente no se le conocería. También como especialista en servicios contra incendios se le confunde probablemente con Sordini, quien es el verdadero especialista y que se aprovecha de la similitud de los nombres para cargar sobre Sortini los deberes de representación y así no ser molestado en su trabajo. Pero si un hombre tan torpe en los asuntos mundanos como Sortini se enamora repentinamente de una joven del pueblo, la manifestación de ese sentimiento adopta otras formas que si se enamora el aprendiz de carpintero de la esquina. También hay que tener en cuenta que entre un funcionario y la hija de un zapatero existe una gran distancia que debe superarse de alguna manera; Sortini lo intentó de esa manera, otros podrán hacerlo de otra. Cierto es que se dice que todos pertenecemos al castillo y que no existe ninguna distancia y por lo tanto que no hay nada que superar y eso quizá sea verdad por regla general, pero por desgracia hemos tenido la oportunidad de ver que, cuando realmente llega la hora de la verdad, no es así. En todo caso, después de lo expuesto la actuación de Sortini te resultará más comprensible y menos terrible y, en realidad, si se compara con la de Klamm, mucho más comprensible aún e incluso, cuando se ha estado involucrado, más soportable. Cuando Klamm escribe una carta de amor es más desagradable que la carta más grosera de Sortini. Compréndeme bien, aquí no me aventuro a enjuiciar a Klamm, me limito a comparar, ya que tú rechazas la comparación. Klamm es como un comandante con las mujeres, ordena a una o a otra que vayan, no tolera ningún retraso y así como ordena que vengan, ordena que se vayan. ¡Ay!, Klamm ni siquiera haría el esfuerzo de escribir una carta. Y en comparación con esto sigue siendo horrible que Sortini, que vive completamente retirado y cuyas relaciones con las mujeres son al menos desconocidas, se siente una vez y escriba con su bella caligrafía de funcionario una carta repugnante. Y si de esta circunstancia no resulta ninguna diferencia a favor de Klamm, sino todo lo contrario, ¿acaso debería hacerlo el amor de Frieda? La relación de las mujeres con los funcionarios es, créeme, muy difícil o, más bien, muy fácil de enjuiciar. Aquí nunca falta amor. No hay un amor funcionarial desgraciado. A este respecto no supone ninguna alabanza cuando se dice de una muchacha (aquí no hablo, ni mucho menos, solo de Frieda) que ella se entregó al funcionario porque le amaba. Ella le amaba y se ha entregado a él, así ha sido, pero en ello no hay nada que alabar. Amalia, sin embargo, no ha amado a Sortini, objetas. Bueno, no le ha amado, pero a lo mejor sí que le ha amado, ¿quién puede decidir? Ni siquiera ella misma. ¿Cómo puede creer haberle amado cuando le ha rechazado con tanta fuerza, como probablemente no ha sido rechazado ningún funcionario? Barnabás dice que aún tiembla por el movimiento con que hace tres años cerró la ventana. Eso también es verdad y por eso no se le puede preguntar acerca de ello; ha terminado con Sortini, y solo sabe eso; si le ama o no, eso no lo sabe. Nosotros, sin embargo, sabemos que las mujeres no pueden hacer otra cosa que amar a los funcionarios cuando ellos las miran, sí, incluso aman a los funcionarios ya desde antes, por mucho que quieran negarlo, y Sortini no solo miró a Amalia, sino que saltó el pértigo cuando la vio, y lo saltó con sus articulaciones rígidas debido a su trabajo sedentario. Pero tú dirás que Amalia es una excepción. Sí, eso es lo que es, eso lo demostró cuando se negó a ir con Sortini, esa es suficiente excepción; pero que además no amase a Sortini, eso ya es casi demasiada excepción, eso sería ya inimaginable. Aquella tarde nos quedamos completamente cegados, pero que a través de toda la niebla creyésemos percibir algo del enamoramiento de Amalia muestra un poco de sentido. Ahora bien, cuando se confrontan todos estos datos, ¿qué diferencia queda entre Frieda y Amalia? Solo que Frieda hizo lo que Amalia se negó a hacer.

—Puede ser —dijo K—; para mí, sin embargo, la diferencia principal es que Frieda es mi novia, y Amalia solo me incumbe por ser la hermana de Barnabás, del mensajero del castillo, y que su destino quizá se entrelaza con su servicio. Si un funcionario hubiese cometido con ella una injusticia que clamase al cielo, como me pareció después de tu relato de los acontecimientos, me hubiera preocupado, pero esto más como un asunto público que como un sufrimiento personal de Amalia. Ahora, sin embargo, después de tu relato, cambia algo la imagen en una forma no del todo comprensible para mí, pero como eres tú quien lo narra, de una forma lo suficientemente digna de crédito y por eso quiero despreocuparme completamente del asunto, no soy ningún especialista en servicios contra incendios y qué me importa a mí Sortini. No obstante, me preocupa Frieda y me resulta extraño que tú, en quien confío plenamente y en quien siempre estaré dispuesto a confiar, intentes atacar a Frieda a través de Amalia y despertar en mí la sospecha. No supongo que lo hagas con intención, mucho menos con mala intención, si no ya hace tiempo que me habría ido. No lo haces intencionadamente, las circunstancias te llevan a ello, por amor a Amalia la quieres elevar sobre todas las mujeres y como tú misma no encuentras en Amalia algo elogiable, te ayudas empequeñeciendo a otras mujeres. El gesto de Amalia es extraño, pero conforme más cuentas de ese gesto, menos se puede decidir si ella ha sido grande o pequeña, lista o necia, heroica o cobarde; Amalia mantiene sus motivos encerrados en su corazón, nadie se los va a arrebatar. Frieda, por el contrario, no ha hecho nada extraño, solo ha seguido los impulsos de su corazón, para todo aquel que se ocupe de ello con buena voluntad, queda claro, cualquiera lo puede comprobar, no hay ningún espacio para rumores. Pero yo ni quiero denigrar a Amalia ni defender a Frieda, sino solo aclararte cómo pienso de Frieda y cómo todo ataque contra Frieda supone al mismo tiempo un ataque contra mi existencia. He venido aquí por propia voluntad y por propia voluntad me he quedado, pero todo lo que ha ocurrido hasta ahora y ante todo mis perspectivas de futuro (por muy sombrías que sean, en todo caso aún existen), todo eso se lo agradezco a Frieda, eso no se puede discutir. Aquí fui acogido como agrimensor, pero eso solo fue en apariencia, han jugado conmigo, me han expulsado de todas las casas, incluso hoy juegan conmigo, pero por muy complicado que sea todo esto, en cierto modo he ganado terreno y eso ya significa algo, ya tengo, por muy insignificante que sea, un hogar, un empleo real, tengo una novia que, cuando estoy ocupado en otros asuntos, me quita trabajo, me casaré con ella y seré miembro de la comunidad; además de la oficial, aún tengo una relación personal con Klamm, aunque todavía no la he empleado. ¿Acaso eso es poco? Y cuando llego a vuestra casa, ¿a quién saludáis? ¿A quién confías la historia de vuestra familia? ¿De quién tienes la esperanza, aunque sea la más improbable, de obtener ayuda? No de mí, del agrimensor, a quien, por ejemplo, hace una semana Lasemann y Brunswick expulsaron de su casa con violencia, sino que la esperas del hombre que ya posee algún instrumento de poder, pero ese instrumento de poder se lo agradezco a Frieda, a Frieda, que es tan modesta que si intentas preguntarle por algo similar no querrá saber nada de ello. Y, sin embargo, después de todo, parece que Frieda con su inocencia ha logrado más que Amalia con todo su orgullo, pues mira, tengo la impresión de que buscas ayuda para Amalia, y ¿de quién? De ninguna otra que de Frieda.

—¿He hablado tan mal de Frieda? —dijo Olga—, no lo pretendía y tampoco creo haberlo hecho, aunque es posible, nuestra situación es tal que nos enemistamos con todo el mundo, y si comenzamos a lamentarnos, esos lamentos nos arrastran y no sabemos adónde nos llevan. También tienes razón ahora, hay una gran diferencia entre nosotros y Frieda y es bueno acentuarla por un momento. Hace tres años éramos jóvenes pequeñoburguesas y Frieda era la huérfana, criada en la posada del puente; pasábamos a su lado sin dedicarle una mirada, seguramente éramos demasiado orgullosas, pero así nos habían educado. En la noche que estuviste en la posada de los señores pudiste darte cuenta del actual estado de las cosas: Frieda con el látigo en la mano y yo con los criados. Pero es aún peor. Frieda puede despreciarnos, eso corresponde a su posición, las circunstancias reales obligan a ello. ¡Pero quién no nos desprecia! Quien se decide a despreciarnos, no hace más que sumarse a la gran mayoría. ¿Conoces a la sucesora de Frieda? Se llama Pepi. La conocí hace dos días, hasta entonces era una criada. Ella supera con certeza a Frieda en desprecio hacia mí. Me vio desde la ventana cómo venía a recoger la cerveza, corrió hacia la puerta y la cerró, tuve que suplicarle largo tiempo y prometerle el lazo que llevaba en el pelo antes de que me abriera. Pero cuando se lo di, lo arrojó a un rincón. Bueno, puede despreciarme, en parte dependo de su benevolencia y ella es la dependienta en la taberna de la posada de los señores, aunque también es cierto que solo lo es provisionalmente y no tiene las cualidades necesarias para ser contratada allí por tiempo indefinido. Solo hay que oír cómo el posadero habla con Pepi y comparar cómo hablaba con Frieda. Pero eso tampoco impide a Pepi despreciar a Amalia, a Amalia, cuya mirada bastaría para sacar tan rápidamente de la habitación a la pequeña Pepi con todas sus trenzas y borlas como nunca podría conseguirlo con sus piernas cortas y gordas. Qué cotilleo más indignante tuve que oír ayer sobre Amalia, hasta que los clientes se ocuparon de mí de la forma que tú ya viste.

—Qué temerosa eres —dijo K— solo he puesto a Frieda en el lugar que le corresponde, pero no he querido denigraros como tú lo entiendes ahora. También para mí tenía vuestra familia algo especial, eso no lo he silenciado; pero no comprendo cómo ese «algo especial» puede dar motivos para el desprecio.

—¡Ay!, K —dijo Olga—, me temo que tú también llegarás a comprenderlo; ¿no puedes comprender de ninguna manera que la conducta de Amalia frente a Sortini fue la primera causa de ese desprecio?

—Eso sería demasiado extraño —dijo K—, por eso se puede admirar o condenar a Amalia, pero ¿despreciarla? Y si alguien por un sentimiento incomprensible para mí despreciase realmente a Amalia, ¿por qué extiende entonces el desprecio hacia vosotros, hacia la familia inocente? Que, por ejemplo, Pepi te desprecie, es imperdonable, y cuando regrese de nuevo a la posada de los señores se lo haré pagar con creces.

—Si quisieras hacer cambiar de opinión —dijo Olga— a todos los que nos desprecian, sería un trabajo muy duro, pues todo parte del castillo. Recuerdo muy bien las horas que siguieron a aquella mañana. Brunswick, que en aquella época era nuestro ayudante, había venido como todos los días, mi padre le había dado trabajo y le había enviado a casa, nosotros estábamos sentados desayunando, todos menos Amalia y yo estaban muy animados, nuestro padre seguía hablando de la fiesta, tenía varios planes respecto al cuerpo de bomberos; en el castillo tienen un servicio de incendios propio, que envió una delegación a la fiesta y con cuyos miembros se habló de varios aspectos; los señores del castillo habían visto el rendimiento de nuestro cuerpo de bomberos y habían hablado muy favorablemente de él, lo habían comparado con el del castillo y el resultado nos beneficiaba, se había hablado de la necesidad de una reorganización del servicio de incendios y para ello eran necesarios instructores del pueblo, se hablaba ya de algunos de ellos pero mi padre tenía la esperanza de que le eligieran a él. De todo eso hablaba y, como era su costumbre, abrazaba casi literalmente la mesa y cómo miraba por la ventana hacia el cielo, su rostro era tan joven y esperanzado, nunca después volví a verle así. Entonces, Amalia, con una superioridad que no conocíamos en ella, dijo que no había que confiar en esos discursos de los señores, ellos, con motivo de esos acontecimientos, solían decir algo amable, pero con poco o ningún significado, una vez dicho ya estaba olvidado para siempre, aunque, bien es cierto, en la próxima oportunidad se volvía a caer en la trampa. Nuestra madre le reprendió esas palabras, nuestro padre se rio de sus ínfulas de experiencia, luego, sin embargo, se agachó, pareció buscar algo de cuya falta pareció percatarse en ese momento, pero no faltaba nada y dijo que

Brunswick le había contado algo de un mensajero y de una carta rota y preguntó si sabíamos algo de ello, a quién le afectaba y qué había ocurrido. Nosotras nos mantuvimos en silencio, Barnabás, entonces joven como un corderillo, dijo algo tonto o impertinente, se habló de otra cosa y se olvidó el asunto.

18

EL CASTIGO DE AMALIA

—Pero poco después fuimos acribillados desde todas partes con preguntas sobre la historia de la carta, vinieron amigos y enemigos, conocidos y extraños, pero no permanecían mucho tiempo, los mejores amigos fueron los que se despidieron más deprisa; Lasemann, en otras ocasiones lento y digno, entró como si quisiera examinar las dimensiones de la habitación, echó un vistazo a su alrededor y se acabó; pareció un horrible juego infantil ver cómo Lasemann huía y nuestro padre, separándose del resto de la gente, salía detrás de él hasta el umbral donde renunció a seguirlo más. Brunswick vino y le dijo a mi padre, con toda sinceridad, que se quería hacer independiente; un tipo listo, ese Brunswick, supo aprovechar la ocasión; vinieron clientes y buscaron sus zapatos en el taller de mi padre, los que habían dejado allí para reparar; al principio mi padre intentó que cambiaran de opinión, y todos le apoyamos con todas nuestras fuerzas, pero más tarde renunció y ayudó a buscar en silencio, en el libro de encargos se fue tachando línea tras línea, se entregaron las reservas de piel que los clientes tenían en el taller, todo ocurrió sin la menor disputa, se quedaban satisfechos cuando conseguían romper rápida y completamente el vínculo con nosotros, aunque al hacerlo se sufrieran pérdidas, eso no importaba. Y, finalmente, como era de prever, apareció Seemann, el jefe de bomberos, aún puedo ver la escena, Seemann, alto y fuerte, aunque un poco inclinado y enfermo del pulmón, siempre serio, no podía reír, estaba ante mi padre, a quien había admirado, a quien le había prometido en confianza el puesto de representante del jefe, y le anunció que quedaba expulsado del cuerpo, pidiéndole que le devolviera el diploma. Las personas que se encontraban a nuestro alrededor dejaron sus asuntos y rodearon a los dos hombres. Seemann no podía decir nada, se limitaba a dar unas palmadas en el hombro de mi padre como si quisiera sacarle las palabras que él mismo quisiera decir y no podía encontrar. Al hacerlo sonreía, con lo que quería tranquilizarse y tranquilizar a los demás, pero como no podía sonreír y nadie le había oído reír, a nadie se le ocurrió que aquello pudiera ser una sonrisa. Nuestro padre, sin embargo, ya estaba demasiado cansado y desesperado para poder ayudar a Seemann, sí, incluso parecía demasiado cansado como para poder reflexionar de qué se trataba. Todos estábamos desesperados en la misma medida, pero como éramos jóvenes no podíamos creer en semejante catástrofe, siempre pensábamos que entre los visitantes finalmente habría uno que ordenaría «alto» y obligaría a que todo retrocediese a su estado original. Seemann nos parecía, en nuestra irreflexión, la persona más indicada para eso.

Con tensión esperábamos a que de esa sonrisa sempiterna saliese finalmente una palabra clara. ¿De qué se podía uno reír si no era de la necia injusticia que nos estaba ocurriendo? «Señor jefe, señor jefe, dígaselo a la gente», pensábamos y nos apretábamos contra él, lo que solo le obligaba a realizar los giros más extraños. Al cabo comenzó a hablar, pero no para cumplir nuestros deseos ocultos, sino para responder a las exclamaciones de ánimo o enojadas de la gente. Aún teníamos esperanza. Comenzó realizando una gran alabanza de nuestro padre. Le llamó un ornato del cuerpo, un modelo inalcanzable para las nuevas generaciones, un miembro imprescindible, cuya salida del cuerpo casi lo destruiría. Todo eso fue muy bonito, si hubiese terminado allí. Pero siguió hablando. Si a pesar de eso el cuerpo había decidido solicitarle la renuncia, aunque solo provisional, había que reconocer la seriedad de los motivos que obligaban al cuerpo a tomar esa medida. Tal vez, sin los espléndidos logros de nuestro padre en la fiesta del día anterior, no se habría llegado tan lejos, pero precisamente esos logros habían despertado especialmente la atención oficial, el cuerpo se encontraba en un primer plano y, por tanto, tenía que cuidarse más que antes de su pureza. Entonces había ocurrido la ofensa al mensajero y el cuerpo no había podido encontrar otra salida, él, Seemann, había asumido el gravoso deber de anunciarlo. Nuestro padre no debía hacérselo más difícil. Qué contento estaba Seemann de sus palabras, por la satisfacción que sentía por ello, dejó de ser excesivamente considerado, señaló el diploma que colgaba de la pared e hizo una señal con el dedo. Nuestro padre asintió y fue a recogerlo, pero no logró descolgarlo del clavo debido a sus manos temblorosas, yo me subí a una silla y le ayudé. Y desde ese instante todo se había acabado, ni siquiera sacó el diploma del marco, sino que se lo dio todo a Seemann, como estaba. A continuación, se sentó en un rincón, no se movió ni habló con nadie más, nosotros tuvimos que tratar con la gente de la mejor manera que supimos.

—Y ¿dónde ves aquí la influencia del castillo? —preguntó K—. Por ahora no parece haber intervenido. Lo que has contado solo ha sido el miedo irreflexivo de la gente. La alegría por la desgracia ajena, la falsa amistad, cosas que se encuentran en todas partes, y también, por parte de tu padre, al menos así me lo parece, encuentro cierta pobreza de espíritu, pues ¿de qué era aquel diploma? La confirmación de sus aptitudes, y esas aptitudes las mantenía, haciéndole imprescindible, además podría haberle puesto las cosas realmente difíciles al jefe si en cuanto comenzó a hablar le hubiese arrojado a los pies el diploma. Pero me parece especialmente significativo que no hayas mencionado a Amalia; Amalia, a la que se debía todo, estaba probablemente tranquila en un segundo plano y contemplaba la catástrofe.

—No, no —dijo Olga—, no se le pueden hacer reproches a nadie, nadie pudo actuar de otra manera, todo eso ya era la influencia del castillo.

—Influencia del castillo —repitió Amalia que acababa de entrar del patio, los padres hacía ya tiempo que se habían acostado—. ¿Contáis historias del castillo? ¿Aún estáis ahí sentados? Y tú, K, querías haberte despedido en seguida, y ya son casi las diez. ¿Te importan algo esas historias? Aquí hay personas que se alimentan de esas historias, se sientan juntas, como vosotros, y se estimulan recíprocamente a hablar, pero no me parece que tú seas una de esas personas.

—Sí lo soy —dijo K—, precisamente soy una de ellas, pero al contrario que otras que no se preocupan de esas historias y dejan inquietarse a los demás, a mí no me impresionan demasiado.

—Bueno —dijo Amalia—, pero el interés de la gente es muy diferente; una vez oí de un joven que estaba obsesionado con el castillo, pensaba en él día y noche, todo lo demás lo descuidaba, se temía por su capacidad para realizar las cosas de la vida ordinaria, pues su mente siempre estaba en el castillo, pero al cabo resultó que en realidad sus pensamientos no teníian por objeto el castillo, sino la hija de una criada de las oficinas, la consiguió y todo volvió a la normalidad.

—Ese hombre me caería bien, creo —dijo K.

—Dudo mucho que ese hombre te cayera bien —dijo Amalia—, quizá su esposa. Pero no os quiero importunar más, me voy a dormir y voy a tener que apagar la luz, por los padres; aunque se duermen en seguida, después de una hora ya se les ha acabado el sueño real y entonces les molesta cualquier resplandor. Buenas noches.

Y, en efecto, al poco rato todo se quedó a oscuras y Amalia puso un colchón en el suelo al lado de sus padres y allí se hizo la cama.

—¿Quién es ese joven del que ha hablado? —preguntó K.

—No lo sé —dijo Olga—, tal vez Brunswick, aunque no le va nada, pero quizá otro. No es fácil entenderla de forma adecuada porque no se sabe si habla irónicamente o en serio.

—¡Deja las interpretaciones! —dijo K—. ¿Cómo te has vuelto tan dependiente de ella? ¿Era así antes de la desgracia u ocurrió después? ¿Nunca has tenido el deseo de independizarte de ella? ¿Y está fundada racionalmente esa dependencia? Ella es la más joven y como tal tendría que obedecer. Inocente o culpable ha traído la desgracia a la familia. En vez de pediros perdón cada día, lleva la cabeza más alta que todos, no se preocupa de nada salvo de los padres y por condescendencia, no quiere ponerse al corriente de nada, como ella se expresa, y cuando habla con vosotros, entonces es la mayoría de las veces en serio, pero suena irónico. O domina por su belleza, que tú mencionas a veces. Pero los tres sois muy similares, y lo que la diferencia a ella de vosotros dos resulta favorable para ella; ya la primera vez que la vi me horrorizó su mirada hosca y dura. Y, sin embargo, es la más joven, aunque nada en su exterior lo muestre; tiene el aspecto sin edad de las mujeres que apenas envejecen y que apenas han sido realmente jóvenes. Tú la ves todos los días y no notas la dureza de su rostro. Por eso, si lo pienso, tampoco puedo tomar en serio la inclinación de Sortini, quizá solo quería castigarla con la carta, no llamarla.

—No quiero hablar de Sortini —dijo Olga—, con los señores del castillo todo es posible, ya se trate de la muchacha más bella o más fea. Por lo demás, te equivocas completamente respecto a Amalia. No tengo ningún motivo especial para congraciarte con Amalia y si lo intento solo lo hago por ti. Amalia fue, en cierto modo, el origen de nuestra desgracia, eso es seguro, pero ni siquiera nuestro padre, que ha sido el más afectado por la desgracia y que nunca se ha mordido la lengua, ni siquiera él ha dicho a Amalia una palabra de reproche, ni en los peores tiempos. Y no precisamente porque hubiese aprobado el comportamiento de Amalia; ¿cómo habría podido él, un admirador de Sortini, aprobarlo? No podía comprenderlo, lo habría sacrificado todo en aras de Sortini, pero no como realmente ocurrió, con un Sortini probablemente dominado por la ira, y digo «probablemente» porque ya no supimos más de Sortini; si con anterioridad había sido reservado, desde aquel momento fue como si no existiese. Y tendrías que haber visto a Amalia en aquel tiempo. Sabíamos que no se nos impondría ningún castigo expreso. Simplemente se apartaron de nosotros, tanto la gente de aquí como la del castillo. Pero mientras notábamos cómo la gente del pueblo nos evitaba, respecto a la del castillo no notábamos nada. Tampoco antes habíamos notado ninguna asistencia del castillo, ¿cómo podíamos entonces notar un cambio? Esa tranquilidad fue lo peor, y no la conducta evasiva de la gente, pues los habitantes del pueblo no lo habían hecho por convicción, tal vez ni siquiera tenían algo serio contra nosotros, el actual desprecio aún no existía, solo lo habían hecho por miedo y se limitaban a esperar para ver cómo se desarrollaban los acontecimientos. Tampoco teníamos que temer ninguna necesidad, nos habían pagado todos los deudores, los negocios que cerramos nos resultaron ventajosos, lo que nos faltaba en alimentos nos lo proporcionaron nuestros parientes, fue fácil, estábamos en tiempo de cosecha, si bien es cierto que no teníamos campos y nadie nos dejó trabajar en ningún lado: por primera vez en nuestra vida quedamos condenados al ocio. Y entonces nos sentamos juntos con las ventanas cerradas en el calor de julio y agosto. No ocurrió nada. Ninguna citación, ninguna noticia, ninguna visita, nada.

—Bueno —dijo K—, como no ocurría nada y tampoco se esperaba ningún castigo expreso, ¿de qué teníais miedo? ¿Qué clase de personas sois vosotros?

—¿Cómo puedo explicártelo? —dijo Olga—. No temíamos lo venidero, ya padecíamos bajo nuestra situación, nos hallábamos en medio del castigo. La gente del pueblo se limitaba a esperar a que nos acercásemos a ellos, a que nuestro padre volviese a abrir su taller, que Amalia, que sabía confeccionar bonitos vestidos, volviese a aceptar pedidos, si bien solo para los más ricos, a la gente le daba pena lo que habían hecho. Cuando en el pueblo se aísla repentinamente a una familia de buena reputación, todos padecen alguna desventaja por ello; cuando se apartaron de nosotros, creyeron estar cumpliendo con su deber, tampoco nosotros hubiésemos hecho otra cosa en su lugar. No habían sabido con exactitud qué había ocurrido, solo que el mensajero había regresado a la posada de los señores con la mano llena de trozos de papel; Frieda le había visto salir y regresar, había hablado unas palabras con él y había difundido rápidamente lo poco de lo que se había enterado, pero tampoco por hostilidad hacia nosotros, sino solo por cumplir con su deber, como habría sido el deber de cualquier otro en el mismo caso. Y entonces la gente habría preferido más que nada una feliz solución de todo el problema. Si hubiésemos llegado repentinamente con la noticia de que todo estaba arreglado, de que, por ejemplo, solo se había tratado de un malentendido ya completamente aclarado, o que había sido una falta ya reparada o (incluso esto habría satisfecho a la gente) que mediante nuestras conexiones en el castillo habíamos conseguido que se olvidara el asunto, nos habrían recibido con los brazos abiertos, nos habrían besado y abrazado, se habrían organizado fiestas, ya he conocido algo parecido con otros. Pero ni siquiera habría sido necesaria una noticia como esa, si hubiésemos venido por propia voluntad y les hubiésemos ofrecido reanudar nuestras antiguas relaciones, sin perder ninguna palabra sobre el asunto de la carta, eso habría bastado; con alegría habrían renunciado a mencionar la carta, junto al miedo había sido ante todo lo delicado del asunto el motivo de que se apartasen de nosotros, simplemente no querían oír nada sobre el asunto, ni hablar, ni pensar, ni quedar afectados de ningún modo por él. Cuando Frieda traicionó lo ocurrido, no lo hizo para regocijarse con ello, sino para resguardarse ella misma y resguardar a los demás de sus efectos, quiso llamar la atención de la comunidad de que había ocurrido algo de lo que había que apartarse con el mayor cuidado posible. No nos tomaban en consideración a nosotros, como familia, sino solo a causa del asunto en el que habíamos quedado involucrados. Así que si hubiésemos vuelto a salir, si hubiésemos dejado descansar el pasado, si hubiésemos mostrado con nuestro comportamiento que habíamos superado el asunto, fuera de la manera que fuese, la opinión pública habría llegado a la convicción de que el asunto, cualquiera que hubiese sido, no volvería a ser objeto de conversación; entonces todo también habría acabado bien, habríamos encontrado en todas partes la antigua complacencia; aun cuando nosotros solo hubiésemos olvidado parcialmente el asunto, lo habrían comprendido y nos habrían ayudado a olvidarlo por completo. En vez de eso nos sentábamos en casa; no sé a qué esperábamos, bien podía ser a la decisión de Amalia, en aquella mañana había arrebatado para sí el liderazgo de la familia y lo mantuvo con fuerza, y todo sin ninguna ceremonia especial, sin órdenes, sin súplicas, prácticamente por medio de su silencio. Los demás teníamos, es cierto, mucho que consultar, era un continuo murmullo de la mañana hasta la noche y a veces me llamaba mi padre repentinamente angustiado y yo pasaba casi toda la noche en el borde de su cama. O a veces nos acurrucábamos juntos Barnabás y yo, mi hermano comprendía poco de todo el asunto y no cesaba de reclamar ardientemente explicaciones, siempre las mismas, sabía de sobra que los años de despreocupación que a otros esperaban a su edad habían desaparecido, así que nos sentábamos juntos, de forma muy parecida a como estamos sentados tú y yo, y olvidábamos que era de noche y que volvía a hacerse de día. Nuestra madre era la más débil de todos nosotros, y esto porque no solo había padecido el dolor general sino también el dolor de cada uno de los demás, y pudimos percibir con horror las alteraciones que se producían en ella y que, como sospechábamos, esperaban a toda la familia. Su lugar favorito era la esquina de un canapé, hace tiempo que ya no lo tenemos, se encuentra en el gran salón de Brunswick, allí se sentaba y (no se sabía muy bien qué ocurría) dormitaba o mantenía consigo misma, como los labios parecían indicar, largas conversaciones. Era tan natural que hablásemos continuamente del asunto de la carta, que profundizásemos en él, en todos los detalles seguros y en todas las inseguras posibilidades, y que continuamente nos superásemos mutuamente en la búsqueda de medios para conseguir una buena solución, era tan natural e inevitable, pero no era bueno, caímos más y más profundamente en el foso del que queríamos escapar. ¿Y de qué servían esas espléndidas ocurrencias? Ninguna de ellas se podía realizar sin Amalia, todo eran meros preparativos, auténticos absurdos, ya que sus resultados no llegaban hasta Amalia y, si hubiesen llegado hasta ella, solo habrían encontrado su silencio. Bueno, afortunadamente, hoy conozco mejor que entonces a Amalia. Ella soportó más que los demás, resulta incomprensible cómo lo ha podido soportar y que aún viva entre nosotros. Tal vez nuestra madre soportó toda nuestra pena, la soportó porque penetró violentamente en ella y no la tuvo que soportar mucho tiempo; si aún la soporta hoy, no se puede decir, ya entonces su mente estaba nublada. Pero Amalia no solo soportó la pena, sino que además poseía el entendimiento de penetrarla con la mirada, nosotros solo veíamos las consecuencias, ella veía el motivo, nosotros teníamos esperanza en encontrar algún medio, por pequeño que fuese, ella sabía que todo estaba decidido, nosotros teníamos que murmurar, ella tenía que callar. Ella estaba cara a cara con la verdad y vivió y soportó esa vida como lo sigue haciendo hoy. Qué bien nos iba a nosotros en nuestra necesidad en comparación con ella. Cierto, tuvimos que abandonar nuestra casa, Brunswick la ocupó, nos asignaron esta chabola y con un carro de mano trajimos nuestras posesiones en varios viajes, Barnabás y yo tirábamos, nuestro padre y Amalia ayudaban en la parte trasera, nuestra madre, a la que habíamos traído con anterioridad, nos recibió, sentada en una caja, sin dejar de gemir en voz baja. Pero recuerdo que Barnabás y yo, durante los fatigosos viajes (que también fueron humillantes, pues con frecuencia nos encontrábamos con carros que venían de cosechar y cuyos tripulantes callaban ante nosotros y desviaban la mirada), ni siquiera podíamos dejar de hablar de nuestras preocupaciones y de nuestros planes, a veces quedábamos tan sumidos en nuestra conversación que nos deteníamos y mi padre se veía obligado a llamarnos la atención para recordarnos nuestro deber. Pero todas esas conversaciones no lograron cambiar nuestra vida después de la mudanza, solo que comenzamos paulatinamente a notar nuestra pobreza. Las provisiones de los parientes se acabaron, nuestras existencias casi habían llegado a su fin, en aquel tiempo comenzó a desarrollarse el desprecio contra nosotros, como tú lo conoces. Se notó que no disponíamos de la fuerza necesaria para salir del asunto de la carta y eso se nos tomó muy a mal; no menospreciaban la pesada carga de nuestro destino, pese a que no la conocían con exactitud; si la hubiésemos superado, nos habrían honrado, pero como no lo habíamos conseguido, hicieron definitivamente lo que hasta ese momento solo habían hecho provisionalmente, nos excluyeron de todos los círculos; sabían que probablemente nadie habría pasado la prueba mejor que nosotros, pero aún más necesario, por esa razón, era separarse completamente de nosotros. A partir de entonces ya no se hablaba de nosotros como si fuésemos seres humanos, ya no se volvió a pronunciar nuestro apellido, se nos llamaba por Barnabás, el más inocente de nosotros; incluso nuestra chabola cobró mala fama y si tú reflexionas, también reconocerás que al entrar en ella por primera vez creíste percibir la justificación de ese desprecio; más tarde, cuando volvieron a visitarnos algunas personas, arrugaron la nariz por las cosas más insignificantes, por ejemplo porque la lámpara de aceite cuelga sobre la mesa, a ellos eso les parecía insoportable. Pero si colgábamos la lámpara en otro sitio, su aversión no cambiaba en nada. El mismo desprecio afectaba a todo lo que éramos y teníamos.

19

PEREGRINAJES

—¿Y qué hicimos nosotros mientras tanto? Lo peor que podíamos hacer, algo por lo que podríamos haber sido despreciados con más razón de lo que fuimos: traicionamos a Amalia, desobedecimos su orden silenciosa; no podíamos seguir viviendo así, sin ninguna esperanza, por lo que comenzamos a suplicar y a asediar el castillo, cada uno a su manera, ojalá pueda perdonarnos. No obstante, sabíamos que no estábamos en disposición de subsanar nada, también sabíamos que la única conexión esperanzada que teníamos con el castillo, la de Sortini, la del funcionario que sentía inclinación por nuestro padre, se había vuelto inaccesible debido a los acontecimientos; sin embargo, nos pusimos manos a la obra. Nuestro padre fue quien comenzó, comenzaron los absurdos peregrinajes hacia el director, los secretarios, los abogados, los escribientes, la mayoría de las veces no le recibieron y cuando él, por astucia o casualidad, logró que le recibieran (cómo nos llenábamos de júbilo con esa noticia y nos frotábamos las manos) fue rechazado lo más rápidamente posible y no fue recibido otra vez. También era demasiado fácil responderle, el castillo lo tiene siempre tan fácil. ¿Qué quería? ¿Qué le había ocurrido? ¿Para qué pedía una disculpa? ¿Cuándo y por quién se había movido un dedo contra él en el castillo? Cierto, se había empobrecido, había perdido su clientela, etc., pero esos eran sucesos de la vida cotidiana, asuntos profesionales y de mercado, ¿tenía que ocuparse el castillo de todo? En realidad ya se ocupaba de todo, pero no podía intervenir groseramente en el desarrollo de los acontecimientos, simple y llanamente para servir los intereses de un particular. ¿Debía enviar a sus funcionarios para que corriesen detrás de los clientes e intentar traerlos por la fuerza? Pero, objetaba entonces nuestro padre (nosotros tratábamos estas cosas con toda exactitud en casa, tanto antes como después, en un rincón, como ocultándonos de Amalia, que, si bien se daba cuenta de todo, no intervenía), pero, como decía, entonces objetaba nuestro padre que él no se quejaba de su empobrecimiento, todo lo que había perdido lo recuperaría con facilidad, todo eso era accesorio si se le perdonaba. Pero ¿qué se le tenía que perdonar? Se le respondía, a ellos no les había llegado ninguna demanda, al menos aún no constaba en las actas, cuando menos no en las actas accesibles a los abogados, en consecuencia, en lo que podía confirmarse, ni se había emprendido algo contra él, ni había nada en curso. ¿Podía mencionar alguna disposición emitida contra él? Nuestro padre no podía. ¿O se había producido la intervención de un órgano oficial? De eso nuestro padre no sabía nada. Bueno, si no sabía nada y si no había ocurrido nada, ¿qué quería entonces? ¿Qué se le podía perdonar? Como mucho que molestara a la administración sin ningún motivo, pero precisamente eso era imperdonable. Nuestro padre no cejó, en aquel entonces aún era muy fuerte y el ocio obligado le proporcionaba todo el tiempo que quería. «Recobraré el honor de Amalia, no durará mucho», nos decía a Barnabás y a mí varias veces al día, pero en voz muy baja, pues Amalia no podía oírlo; sin embargo solo lo decía por Amalia, ya que en realidad no pensaba en recobrar su honor, sino solo en el perdón. Pero antes de recibir el perdón tenía que establecer la culpa y esta se la negaron una y otra vez en la administración. Se le ocurrió (y esto mostró que ya estaba perturbado mentalmente) que le ocultaban la culpa porque no pagaba lo suficiente; hasta ese momento había pagado siempre las tasas establecidas que, al menos para nuestra situación, eran lo suficientemente elevadas. Pero ahora creyó que tenía que pagar más, lo que no era cierto, pues nuestra administración acepta sobornos, aunque solo para simplificar las cosas y evitar conversaciones innecesarias, pero con ellos no se puede lograr nada. Como era la esperanza de mi padre, no le quisimos molestar. Vendimos lo que nos quedaba (era casi lo imprescindible) para suministrarle a nuestro padre los medios para seguir investigando y durante mucho tiempo tuvimos la satisfacción todos los días de que nuestro padre, cuando se despedía por la mañana, pudiese al menos contar con algunas monedas en el bolsillo. Nosotros, sin embargo, padecíamos hambre durante todo el día, mientras que lo único que conseguimos con el dinero fue que nuestro padre se mantuviese en un estado de esperanzada alegría. Esto, sin embargo, no se podía decir que fuese una ventaja. Él se atormentaba con sus peregrinajes y lo que sin dinero habría encontrado un merecido fin, se prolongó en el tiempo. Como a cambio de su dinero no podía recibir ningún rendimiento extraordinario, algún escribiente intentaba de vez en cuando, al menos en apariencia, rendir algo, entonces prometía investigaciones, indicaba que ya se habían encontrado ciertas pistas que no se seguirían para cumplir el deber, sino solo por afecto a nuestro padre, quien en vez de tornarse escéptico era cada vez más crédulo. Regresaba con una de esas absurdas promesas como si trajera una bendición a la casa y resultaba patético ver cómo siempre a espaldas de Amalia, haciendo señas hacia ella con una sonrisa desfigurada y los ojos muy abiertos, nos quería dar a entender cómo la salvación de Amalia, que no sorprendería a nadie más que a ella, estaba muy cerca gracias a sus esfuerzos, pero que todo era aún un secreto y nosotros teníamos que guardarlo muy bien. Todo esto habría durado mucho tiempo si, finalmente, no nos hubiese sido imposible proporcionarle más dinero. Aunque mientras tanto Barnabás, después de muchas súplicas, había sido admitido por Brunswick como ayudante (si bien de tal manera que tenía que recoger los encargos en la oscuridad de la noche y devolverlos de la misma forma, no obstante, hay que reconocer que Brunswick asumió un riesgo para su negocio por nuestra causa, pero por ello pagaba muy poco a Barnabás y el trabajo de Barnabás no tiene mácula), pero ese salario apenas bastaba para sacarnos del hambre. Con muchas preparaciones y con gran delicadeza le anunciamos a nuestro padre la interrupción de nuestras ayudas monetarias, pero lo tomó con gran tranquilidad. En el estado en que se encontraba su mente ya no era capaz de comprender lo vano de sus intervenciones, pero estaba cansado de las continuas decepciones. Aunque dijo (ya no hablaba con tanta claridad como antes, había hablado casi con demasiada claridad) que solo habría necesitado muy poco dinero más, que al día siguiente o incluso ese mismo día lo podría saber todo y que entonces su esfuerzo habría sido inútil, que solo habría fracasado por culpa del dinero, etc., el tono con que lo decía mostraba que no se creía lo que estaba diciendo. Además, en seguida forjó nuevos planes. Como no había sido capaz de demostrar la culpa y, en consecuencia, no pudo conseguir nada por la vía oficial, quiso abordar personalmente a los funcionarios. Entre ellos había algunos que tenían un corazón bueno y compasivo, que si bien no lo podían mostrar en su cargo, sí cuando no lo ejercían, cuando se les sorprendía en el momento adecuado.

Aquí, K, que había estado escuchando absorto a Olga, interrumpió su relato con la pregunta:

—¿Y tú no lo consideras correcto?

Aunque el posterior relato le tenía que dar la respuesta a su pregunta, lo quería saber en seguida.

—No —dijo Olga—, no se puede hablar de compasión o de nada parecido. Tan jóvenes e inexpertos como éramos, eso lo sabíamos muy bien y también nuestro padre lo sabía, naturalmente, pero lo había olvidado, esto como casi todo lo demás. Había concebido el plan de situarse en la carretera principal, cerca del castillo, por donde pasaban los coches de los funcionarios, y siempre que pudiera presentar su solicitud de perdón. Dicho con sinceridad, un plan demencial, incluso si hubiese ocurrido lo imposible y su solicitud hubiese llegado realmente hasta el oído de un funcionario. ¿Acaso puede perdonar un solo funcionario? Eso tendría que ser competencia de la administración en conjunto, pero incluso esta probablemente no puede perdonar, solo juzgar. Ahora bien, ¿puede hacerse una idea del asunto un funcionario, incluso en el caso de que se bajase y se ocupase de él, en virtud de lo que nuestro pobre, cansado y viejo padre le murmura? Los funcionarios son muy instruidos, pero también parciales, en su especialidad un funcionario deduce de una palabra cadenas enteras de pensamientos, pero se puede intentar aclararles cosas que no son de su departamento durante horas, quizá asientan amablemente con la cabeza, pero no comprenderán nada. Todo esto es evidente, intenta comprender los pequeños asuntos oficiales que le incumben a un funcionario, problemas minúsculos que él soluciona con un encogerse de hombros, intenta comprenderlos a fondo y para ello necesitarás toda la vida y aun así no llegarás al final. Pero si nuestro padre hubiese dado con un funcionario competente, este no podría solucionar nada sin las actas previas y, por supuesto, tampoco en medio de la carretera principal; un funcionario competente no puede perdonar, sino archivar oficialmente el caso y para eso indicar de nuevo la vía oficial, pero conseguir algo en esta vía le habría sido completamente imposible a nuestro padre. Hasta qué punto había llegado nuestro padre para querer poner en práctica semejante plan. Si hubiese una oportunidad, por muy lejana que fuese, la carretera principal estaría llena de pedigüeños, pero como aquí se trata de una imposibilidad, de la que para darse cuenta solo se necesita una educación básica, está completamente vacía. Quizá eso fortaleciese la esperanza de nuestro padre, él la alimentaba de todo lo que encontraba. Aquí resultaba muy necesario, el sentido común no tenía por qué perderse en grandes reflexiones, tenía que reconocer claramente la imposibilidad en lo más superficial. Cuando los funcionarios se trasladan al pueblo o regresan al castillo, esos viajes no son de ocio, en el pueblo y en el castillo les espera el trabajo, por eso viajan a la mayor velocidad. Ni siquiera se les ocurre mirar por la ventanilla y buscar allí peticionarios, sino que los coches están llenos de actas y expedientes que los funcionarios estudian ininterrumpidamente.

—Pero yo —dijo K— he visto el interior de un trineo de funcionarios en el que no había expedientes.

En el relato de Olga se le abría la perspectiva de un mundo tan grande e inverosímil que no podía evitar confrontarlo con su pequeña experiencia para, de ese modo, convencerse más claramente de la existencia de ese mundo, así como de la existencia del suyo propio.

—Es posible —dijo Olga—, pero entonces es peor, pues el funcionario está ocupado en asuntos tan importantes que los expedientes son demasiado valiosos o demasiado voluminosos para poder llevarlos consigo, esos funcionarios avanzan al galope. En todo caso, para nuestro padre, ninguno de ellos tuvo tiempo. Y, además, hay varias carreteras que llevan al castillo. De repente una se pone de moda, entonces la mayoría utiliza esa, luego se pone otra, y todos quieren circular por ella. Aún no se sabe mediante qué reglas se produce ese cambio. A las ocho de la mañana todos van por una carretera, una media hora después, todos por otra, diez minutos más tarde, por una tercera, una media hora después quizá otra vez por la primera y por ella se sigue circulando durante todo el día, pero en cualquier instante existe la posibilidad de un cambio. Aunque en las proximidades del pueblo convergen todas las carreteras en una, por ella los coches pasan a toda velocidad, mientras que en las cercanías del castillo la velocidad es moderada. Pero así como el tráfico respecto a las carreteras no obedece a ninguna regla y resulta impredecible, lo mismo ocurre con el número de los coches. Con frecuencia hay días en los que no pasa un solo coche, pero luego sigue un día en el que circula un gran número de ellos. Y ahora imagínate a nuestro padre en la carretera. Todas las mañanas, con su mejor traje, que es lo único que le quedaba, salía de la casa acompañado de nuestras bendiciones. Se llevaba un pequeño distintivo del cuerpo de bomberos que ha conservado injustamente y se lo ponía en cuanto salía del pueblo, en él tiene miedo de mostrarlo a pesar de que es muy pequeño y de que apenas se puede distinguir a dos pasos de distancia, pero según la opinión de nuestro padre debería servir para llamar la atención de los funcionarios sobre él. No muy lejos de la entrada al castillo hay un establecimiento de horticultura, pertenece a un tal Bertuch, que suministra hortalizas al castillo, allí, en el delgado borde de la base que sustentaba la verja del huerto, escogió nuestro padre su sitio. Bertuch lo toleró porque había tenido amistad con mi padre y también había pertenecido a sus clientes más fieles; por lo demás, él tiene un pie deforme y creía que solo nuestro padre era capaz de hacerle un zapato que se adaptara perfectamente a su defecto. Así que allí permanecía nuestro padre sentado, día tras día; fue un otoño lluvioso, pero el tiempo le era completamente indiferente, por la mañana, a una hora determinada, tenía la mano en el picaporte de la puerta y nos hacía señal de despedida, por la noche regresaba empapado, parecía como si se fuese encorvando cada vez más, y se arrojaba en el rincón. Al principio nos contaba sus pequeños acontecimientos, por ejemplo que Bertuch por compasión y en recuerdo de su antigua amistad le había arrojado una manta sobre la verja, o que en los coches que pasaban había creído reconocer a tal o cual funcionario o que de vez en cuando algún cochero le reconocía y le rozaba con el látigo de broma. Más tarde dejó de contar esas cosas, era evidente que ya no tenía esperanzas de lograr nada, simplemente consideraba su deber, su aburrida profesión, irse hasta allí y pasar el día. Entonces comenzaron sus dolores reumáticos, el invierno se acercaba, cayó nieve antes de lo esperado, aquí el invierno comienza muy pronto, y se tuvo que sentar sobre la piedra mojada o sobre la nieve. Por la noche gemía por los dolores, por las mañanas a veces se sentía inseguro de si debía salir, pero lograba superarse y partía. Nuestra madre se aferraba a él y no quería dejarle marchar, él, tal vez angustiado por sus desobedientes miembros, le permitía acompañarle, así que también nuestra madre comenzó a sufrir dolores. Con frecuencia estábamos con ellos, les llevábamos comida o simplemente les hacíamos una visita, otras veces intentábamos convencerlos para que regresasen; cuántas veces los encontramos allí acurrucados, abrazándose en la estrechez de su asiento, tapados con una delgada manta que apenas los cubría, rodeados solo de nieve y niebla y días enteros sin ningún ser humano ni ningún coche hasta donde alcanzaba la vista. ¡Qué visión!, K, ¡qué visión! Hasta que una mañana las piernas rígidas de nuestro padre ya no le pudieron sacar de la cama; estaba desconsolado, en su delirio creía ver cómo paraba un coche al lado del establecimiento de Bertuch, bajaba un funcionario, buscaba en la verja a nuestro padre y sacudiendo la cabeza y enojado regresaba al coche. Nuestro padre emitía tales gritos como si quisiera llamar la atención del funcionario desde allí abajo y explicarle que se había ausentado sin culpa. Y fue una larga ausencia, ya no regresó más, tuvo que permanecer semanas enteras en la cama. Amalia asumió su cuidado, el tratamiento, todo, y así ha seguido con pausas hasta ahora. Ella conoce hierbas medicinales que tranquilizan los dolores, apenas necesita dormir, nada le asusta, no teme a nada, jamás se muestra impaciente, ella realizó todo el trabajo relativo a nuestros padres; mientras nosotros, en cambio, sin poder ayudar en nada, rondábamos intranquilos, ella se mantenía en todo fría y silenciosa. Una vez que hubo transcurrido lo peor y nuestro padre, cuidadosamente y apoyado a izquierda y derecha, logró salir de la cama, Amalia volvió a retirarse en seguida y nos lo dejó a nosotros.

20

LOS PLANES DE OLGA

—Entonces se trataba de encontrar cualquier ocupación a nuestro padre de la que aún fuera capaz, algo que al menos mantuviese en él la creencia de que servía para liberar a la familia de la culpa. Encontrar algo semejante no era difícil, en el fondo todo podía ser tan útil como sentarse ante el huerto de Bertuch, pero yo encontré algo que incluso a mí me dio una esperanza. Siempre que en los organismos de la administración o entre los escribientes se hablaba de nuestra culpa, se mencionaba la ofensa al mensajero de Sortini, nadie osaba llegar más lejos. Bueno, me dije, si la opinión pública, aunque solo sea en apariencia, únicamente sabe de la ofensa al mensajero, todo se podría arreglar, al menos en apariencia, si nos pudiésemos reconciliar con el mensajero. No se había presentado ninguna denuncia, como nos explicaron, el asunto aún no estaba en manos de la administración, así que dependía enteramente del mensajero, de su persona, pues solo se trataba del hecho de perdonarnos. Todo eso podía no tener ninguna importancia decisiva, era solo apariencia y podía ser que no diese ningún resultado, pero a nuestro padre le alegraría y podría resarcirse algo con los informadores que tanto le habían atormentado. Primero, ciertamente, había que encontrar al mensajero. Cuando le conté mi plan a nuestro padre, al principio se enojó mucho, se había vuelto muy caprichoso, en parte creía, lo que se desarrolló durante su enfermedad, que le habíamos impedido lograr el éxito final, primero al interrumpir el suministro de dinero, luego al mantenerle en la cama, en parte también porque ya era incapaz de asumir pensamientos ajenos. No había terminado de contárselo, cuando ya había rechazado mi plan; según su opinión, tenía que seguir esperando ante el huerto de Bertuch y como ya no sería capaz de ir diariamente, le tendríamos que llevar en la carretilla. Pero yo no cejé y poco a poco se fue reconciliando con la idea, lo único que le molestaba de ella era que en ese asunto dependía completamente de mí, pues solo yo había visto al mensajero aquella mañana, él no le conocía. Cierto, un sirviente se asemeja al otro, y no estaba muy segura de poder reconocerle otra vez. Comenzamos a frecuentar la posada de los señores y a buscar entre el servicio que solía aparecer por allí. Había sido un criado de Sortini y Sortini ya no volvió a bajar al pueblo, pero los señores cambian con frecuencia de sirvientes, se le podía encontrar en el grupo de otro señor y si no se le podía encontrar al menos se podría averiguar algo preguntando a los otros sirvientes. Para esto, sin embargo, había que pasar todas las noches en la posada y la gente no se encontraba a gusto en nuestra presencia, menos en un lugar como ese; como clientes que pagan no podíamos aparecer. Pero resultó que nos podían necesitar, ya sabes el tormento que suponía la servidumbre para Frieda, en el fondo se trata de gente tranquila, mal acostumbrada por un servicio fácil y holgazana, «¡que te vaya como a un sirviente!», reza una de las bendiciones de los funcionarios y en efecto, en lo que respecta a la buena vida, los sirvientes son los auténticos señores en el castillo; ellos también saben apreciarlo en lo que vale y en el castillo, donde se mueven según sus propias leyes, son silenciosos y dignos, eso me lo han confirmado con frecuencia y también aquí, entre los sirvientes, se encuentran restos de ello, pero solo restos, en lo demás, como las leyes del castillo no poseen una validez completa en el pueblo, parecen transformados, se convierten en un grupo salvaje e insubordinado, sin que sus instintos insaciables queden dominados por las leyes. Su desvergüenza no conoce límites, es una suerte para el pueblo que solo puedan abandonar la posada obedeciendo órdenes, pero en la posada no cabe otro remedio que bregar con ellos; a Frieda le resultaba muy difícil, así que le vino muy bien que me utilizasen a mí para tranquilizar a la servidumbre; desde hace más de dos años paso como mínimo dos noches enteras a la semana en el establo con la servidumbre. Antes, cuando nuestro padre aún podía ir a la posada de los señores, dormía en cualquier lado en la taberna y así podía esperar las noticias que yo le traía por la mañana temprano. Eran pocas. Al mensajero no le hemos encontrado hasta hoy, aún debe de estar al servicio de Sortini, quien le aprecia mucho, y ha debido de seguirle cuando Sortini se retiró a oficinas alejadas. Durante todo este tiempo tampoco le han visto los sirvientes, y si alguno dice que sí, se trata de un error. Así que en realidad mi plan había fracasado, aunque no completamente: es indudable que no hemos encontrado al mensajero y que nuestro padre, al tener que recorrer el camino hasta la posada y pernoctar allí, tal vez incluso debido a la compasión que sentía por mí, en la medida en que era capaz de sentirla, empeoró y se halla desde hace dos años en este estado en que tú le has visto, y quizá le vaya mejor que a nuestra madre, cuyo fin esperamos cualquier día y que solo se retrasa gracias a los esfuerzos sobrehumanos de Amalia. Pero lo que he logrado en la posada de los señores ha sido cierta conexión con el castillo, no me desprecies si digo que no me arrepiento de lo que he hecho. ¿De qué gran conexión con el castillo se puede tratar?, te preguntarás. Y tienes razón, no es ninguna gran conexión. Cierto, conozco a muchos sirvientes, casi a todos los sirvientes de los señores, y si alguna vez entrase en el castillo no sería ninguna extraña. También es cierto que solo son sirvientes en el pueblo, en el castillo son muy diferentes y allí no reconocen a nadie y menos a alguien con quien han tenido tratos en el pueblo, por mucho que juren mil veces en el establo que se alegrarían de verte en el castillo. Por lo demás, ya he experimentado lo poco que significan esas promesas. Pero eso no es lo más importante. No solo a través de los sirvientes tengo una conexión con el castillo, sino también, y ojalá que sea así, por alguien que me observa a mí y lo que hago desde arriba (siendo la organización de la servidumbre una parte muy importante y delicada del trabajo administrativo), y esa persona que me observa quizá llegue a un juicio más benevolente sobre mí que otras, quizá reconozca que yo, aunque de una forma lastimosa, lucho por mi familia y continúo los esfuerzos de mi padre. Si se contempla así, quizá también se me perdone que acepte dinero de los sirvientes y lo emplee en mi familia. Y aún he logrado algo más, algo que tú también me reprochas. He sabido a través de los sirvientes cómo se puede ingresar en el servicio del castillo por medio de atajos y sin someterse al procedimiento oficial de selección, tan difícil y que puede durar años, entonces, aunque no se sea un empleado público, sino solo secreto y parcialmente aceptado, no se tienen ni derechos ni deberes, ni ventajas ni desventajas; lo peor es no tener ventajas, aunque una sí se tiene, que siempre se está cerca de todo, se pueden reconocer oportunidades favorables y aprovecharlas, no se es ningún empleado, pero casualmente se puede encontrar algún trabajo, en ese momento no hay un empleado a mano, una llamada, uno se apresura, y lo que no se era un segundo antes, se es ahora: un empleado. Sin embargo, ¿cuándo se puede encontrar esa oportunidad? A veces en seguida, apenas se ha llegado, surge la oportunidad, no todos tienen la capacidad y la presencia de ánimo como para, en la condición de novato, darse cuenta de ella, pero otras veces dura más años que el procedimiento de selección público y quien solo ha sido aceptado parcialmente ya no puede aspirar a un ingreso conforme a las normas. Así que aquí hay suficientes inconvenientes. Sin embargo, ellos silencian que en el procedimiento público se selecciona con extremada severidad y que el miembro de una familia de mala fama queda descartado de antemano; si alguien así se somete a ese procedimiento, tiembla durante años ante el resultado, por todas partes le preguntan desde el primer día con asombro cómo ha podido osar algo tan inútil; pero él tiene esperanzas, cómo podría vivir si no, mas después de muchos años, tal vez ya anciano, se entera del rechazo, se entera de que todo está perdido y de que su vida fue en vano. No obstante, también aquí se producen excepciones, por eso se puede caer tan fácilmente en la tentación. Ocurre que precisamente personas de mala reputación sean admitidas, hay funcionarios que, contra su voluntad, aman el olor de esos tipos; en los exámenes de ingreso olfatean el aire, contraen la boca, ponen los ojos en blanco, un hombre semejante parece obrar para ellos como un estímulo del apetito y tienen que aferrarse con fuerza a los códigos para poder resistir la tentación. Algunas veces eso ayuda a la persona en cuestión no para la admisión, sino para la prolongación infinita del procedimiento de ingreso, que ya no termina, solo se interrumpe con su muerte. Así pues, tanto el procedimiento legal de admisión como el otro están llenos de dificultades tanto conocidas como ocultas y antes de embarcarse en esa aventura es aconsejable pensarlo muy bien. Bueno, Barnabás y yo nos hemos tomado esto último muy en serio. Siempre que regresaba de la posada de los señores, nos sentábamos juntos, yo le contaba las novedades que había conocido, hablábamos durante días enteros y el trabajo de Barnabás se interrumpía más tiempo del prudencial. Y aquí puedo tener cierta culpa en tu sentido. Sabía que no podía fiarme mucho de las informaciones de los sirvientes. Sabía que nunca tenían ganas de contarme nada del castillo, siempre cambiaban de tema, había que rogarles para que dejaran escapar una palabra, pero luego, cuando estaban en ello, se disparaban, soltaban las cosas más absurdas, fanfarroneaban, se superaban unos a otros en exageraciones e invenciones, de tal forma que en el griterío infinito en el oscuro establo apenas había alguna indicación que correspondiese a la verdad. Yo, sin embargo, se lo volvía a contar todo a Barnabás de la forma en que lo recordaba, y él, que aún no tenía la capacidad de distinguir entre lo verdadero y lo falso y que por la situación de nuestra familia se moría de anhelo por esas cosas, se lo creía todo y ardía en deseos de saber más. Y, efectivamente, mi nuevo plan se centraba en Barnabás. De los sirvientes ya no se podía lograr más. No había quien encontrara al mensajero de Sortini y no se le encontraría jamás, tanto Sortini como su mensajero parecían ir retrocediendo cada vez más, con frecuencia su apariencia y sus nombres caían en el olvido y yo tenía que describirlos largo tiempo para no lograr otra cosa que se acordaran con esfuerzo de ellos pero sin saber decir nada. Y en lo que respecta a mi vida con los sirvientes, naturalmente no tenía ninguna influencia en cómo se juzgaba, solo podía esperar que se tomara como se tomó y que se redujera algo la culpa de mi familia, pero no recibí ningún signo externo de ello. No obstante, seguí, ya que no veía para mí ninguna otra posibilidad de poder conseguir algo en el castillo. Para Barnabás, sin embargo, sí vi otra posibilidad. De las informaciones de los sirvientes pude deducir, cuando tenía ganas y siempre tenía de sobra, que alguien que ha sido admitido en el servicio del castillo puede lograr mucho para su familia. Cierto, ¿qué había digno de crédito en esos cuentos? Era imposible distinguirlo, solo estaba claro que era muy poco. Pues, cuando un sirviente, a quien no volvería a ver o a quien, en el caso de volver a verle, apenas volvería a reconocerle, me aseguraba solemnemente que ayudaría a mi hermano a conseguir un puesto en el castillo o, al menos, a apoyarle cuando Barnabás fuese al castillo, esto es, algo como animarle, pues, según los relatos de los criados, puede ocurrir que los solicitantes de un empleo se desmayen por la larga espera o queden confusos, en cuyo caso están perdidos si no hay amigos que se preocupen de ellos, cuando me contaba todo eso y mucho más, eran seguramente advertencias justificadas, pero las promesas de que iban acompañadas estaban vacías. No para Barnabás, aunque le advertí que no las creyera; el simple hecho de mencionarlas fue suficiente para también hacer suyo mi plan. Mis objeciones apenas le hicieron efecto, en él solo tenían efecto los relatos de los sirvientes. Y así me quedé dependiendo únicamente de mí misma, pues con mis padres no se podía entender nadie salvo Amalia; conforme seguía con más perseverancia los antiguos planes de mi padre, aunque a mi manera, más se apartó Amalia de mí; ante ti o ante otros habla conmigo, pero nunca cuando estamos solas, para los sirvientes en la posada de los señores fui un juguete que se esforzaban enfurecidos por romper, durante dos años ni siquiera he intercambiado con uno de ellos una palabra confidencial, solo mentiras, insidias o desvaríos, así que solo me quedaba Barnabás y Barnabás aún era muy joven. Cuando al transmitirle mis informes veía el brillo de sus ojos, que él ha mantenido desde entonces, me asustaba, pero no desistía, me parecía que había demasiado en juego. Cierto, no tenía los grandes y vacíos planes de mi padre, no tenía esa determinación masculina, permanecí en el desagravio por la ofensa al mensajero y quería que se me reconociera como un mérito esa modestia. Pero lo que a mí me había sido imposible conseguir, lo quería lograr a través de Barnabás y de una forma distinta y segura. Habíamos ofendido a un mensajero y le habíamos ahuyentado de las oficinas más externas, ¿qué podía ser más indicado que ofrecer a un nuevo mensajero en la persona de Barnabás, realizar el trabajo del mensajero ofendido a través del trabajo de Barnabás y así facilitar al ofendido la posibilidad de permanecer en la distancia todo el tiempo que quisiera, todo el tiempo que necesitase para olvidar la ofensa? Me di perfecta cuenta de que en toda la modestia de este plan había cierta arrogancia por mi parte, pues podía despertar la sensación de que quería dictarle algo a la administración, por ejemplo, cómo debía tratar cuestiones de personal, o podía parecer como si dudásemos de que la administración fuese capaz de resolver la situación por su cuenta y de la mejor forma posible, o de que incluso no hubiesen tomado las medidas necesarias antes de que a nosotros se nos hubiese ocurrido que ahí se podía hacer algo. Sin embargo, creí de nuevo que era imposible que la administración me interpretase tan mal o que ella, si ese fuese el caso, lo hiciera con intención, esto es, que todo lo que yo hago quedase rechazado de antemano y sin ninguna investigación. Así que no cejé y el celo de Barnabás hizo el resto. En esa fase preparatoria Barnabás se volvió tan altanero que, como futuro empleado de las oficinas, consideró el trabajo de zapatero demasiado sucio, sí, incluso se atrevió a contradecir a Amalia cuando esta habló unas palabras con él, lo que era muy extraño, y además, la contradijo en lo esencial. Le permití esa corta alegría, pues con el primer día que fue al castillo se acabó con la alegría y la altanería, como era de prever. Entonces comenzó a desempeñar ese servicio aparente del que te he hablado. Resulta sorprendente cómo Barnabás entró en el castillo o, mejor, en la oficina que se ha convertido, por decirlo así, en su ámbito laboral. Ese éxito casi me volvió loca al principio, y cuando Barnabás me lo murmuró al oído por la noche cuando regresó a casa, fui hacia Amalia, la abracé, la apreté contra una esquina y la besé con los labios y los dientes hasta que lloró del dolor y del susto. No pude decir nada por la excitación y, además, ya hacía mucho tiempo que no habíamos intercambiado una palabra, lo dejé para los días siguientes. Pero en los días siguientes ya no había nada que decir. Nos quedamos estancados en lo que habíamos logrado tan rápidamente. Durante dos años llevó Barnabás esa vida monótona y opresiva. Los sirvientes fracasaron lastimosamente, yo le di a Barnabás una carta en la que le recomendaba a los sirvientes y que al mismo tiempo les recordaba sus promesas; siempre que veía a un sirviente, sacaba la carta y se la presentaba, por más que a veces se encontrara con sirvientes que no me conocían, y aunque a los que sí me conocían se limitaba a mostrarles la carta sin decir palabra, pues arriba no se atreve a hablar, fue una vergüenza que nadie le ayudara y resultó un alivio, que nos podíamos haber procurado nosotros mismos y desde hacía mucho tiempo, cuando un sirviente, a quien probablemente ya le había mostrado la carta varias veces, formó una bola de papel con ella y la tiró a la papelera. Se me ocurre que al mismo tiempo podría haber dicho: «Así soléis tratar también vosotros las cartas». Pero por muy infructuosa que fuese esa época, en Barnabás ejerció una influencia beneficiosa, si se puede llamar beneficioso a que madurase prematuramente, a que se convirtiese precozmente en un adulto, incluso en cierta manera con una seriedad y perspicacia que superan el término medio entre los hombres adultos. Con frecuencia me apena contemplarle y compararle con el joven que aún era hace dos años. Y ni siquiera he tenido de él el consuelo y el apoyo que quizá podría darme como hombre. Sin mí no habría llegado al castillo, pero desde que está allí es independiente de mí. Yo soy su única persona de confianza, pero él solo me cuenta una parte de lo que siente. Me cuenta muchas cosas del castillo, pero de lo que me cuenta, de los pequeños sucesos que me transmite, no se puede comprender ni mucho menos cómo todo eso le ha podido transformar tanto. En especial no se puede comprender por qué ahora que es un hombre ha perdido allá arriba el valor que, cuando joven, llegaba a desesperarnos. Cierto, esa inútil espera día tras día, repitiéndose una y otra vez, sin posibilidades de cambio, desmoraliza, produce indecisión y, finalmente, incapacita para otra cosa que no sea esa eterna espera. Pero ¿por qué no ofreció ninguna resistencia al principio? Porque pronto reconoció que yo había tenido razón y que allí no se podía conseguir nada que retribuyera la ambición, si acaso tal vez para la mejora de nuestra situación familiar. Pues allí todo funciona, si exceptuamos los caprichos de los sirvientes, con modestia, el orgullo busca allí satisfacción en el trabajo y como el asunto mismo es lo que cobra mayor importancia, el orgullo se pierde por completo y no hay espacio para deseos infantiles. Sin embargo, Barnabás, como me contó, creía ver claramente lo grande que era el poder y el saber de esos funcionarios tan discutibles de la oficina en que podía permanecer. Me describió cómo dictaban, rápido, con los ojos entrecerrados y breves ademanes; cómo despachaban, solo con el dedo índice y sin decir una palabra, a los quejosos sirvientes, que en esos instantes sonreían felices mientras respiraban dificultosamente, o cómo encontraban un pasaje importante en sus libros, llamaban la atención sobre él con una palmada y los demás acudían presurosos, estorbándose mutuamente debido a la estrechez del pasillo, y alargaban los cuellos para poder verlo. Eso y otras cosas similares alimentaban la fantasía de Barnabás acerca de esa gente y tenía la sensación de que si ellos llegaran a fijarse en él y pudiera intercambiar con ellos algunas palabras, no como un extraño, sino como un colega de oficina, aunque subordinado, podría lograr algo impredecible para nuestra familia. Pero no ha llegado tan lejos y Barnabás no se atreve a hacer algo que pudiera aproximarlo a eso, a pesar de que sabe muy bien que pese a su juventud ha ocupado entre nosotros, a causa de las infelices circunstancias, la posición tan cargada de responsabilidad del cabeza de familia. Y para colmo hace una semana llegaste tú. Lo oí mencionar a alguien en la posada de los señores, pero no me interesé por el asunto. Había llegado un agrimensor, ni siquiera sabía qué profesión era esa. Pero a la noche siguiente llegó Barnabás a casa (yo solía salir a su encuentro a una hora determinada), más pronto que de costumbre, miró a Amalia, que en ese instante se encontraba en la habitación, y por eso me sacó a la calle, allí presionó su rostro sobre mi hombro y lloró durante varios minutos. Ha vuelto a ser el joven de antes. Le ha ocurrido algo para lo que no está preparado. Es como si un nuevo mundo se hubiese abierto repentinamente ante él y no pudiese soportar las inquietudes que le produce esa novedad. Y lo único que le ha ocurrido es que ha recibido una carta para ti, pero ciertamente se trata de la primera carta, del primer trabajo que le han encargado.

Olga dejó de hablar. Todo se quedó en silencio, solo se oía la respiración fatigosa de los padres. K, como para completar el relato de Olga, dijo sin reflexionar:

—Habéis simulado conmigo. Barnabás me trajo la carta como si fuese un mensajero con experiencia y muy ocupado y tanto tú como Amalia, que en esto estaba de acuerdo con vosotros, hicisteis como si el servicio de mensajero y las cartas no fuesen sino algo secundario.

—Tienes que distinguir entre nosotros —dijo Olga—. Barnabás, gracias a las dos cartas, se ha convertido de nuevo en un niño feliz, pese a todas las dudas que tiene en su actividad. Esas dudas solo las tiene para él y para mí, frente a ti, sin embargo, busca su honor en presentarse como un mensajero real, del modo en que, según su idea, tienen que presentarse los mensajeros de verdad. Por eso, por ejemplo, y aunque su esperanza de recibir un traje oficial ha aumentado, en dos horas tuve que cambiarle tanto el pantalón como para que fuese al menos parecido al pantalón ajustado del traje oficial y así poder darte una buena impresión, ya que tú a este respecto eres fácil de engañar. Así es Barnabás. Amalia, en cambio, desprecia realmente el servicio de mensajero y ahora que Barnabás parece tener algo de éxito, como se puede reconocer fácilmente tanto en él como en mí misma y se puede deducir de nuestros encuentros y cuchicheos, ahora le desprecia aún más que antes. Así pues, ella dice la verdad, no cometas nunca el error de dudar de ello. Pero si yo, K, he menospreciado alguna vez el servicio de mensajero, no ocurrió con la intención de engañarte, sino a causa del miedo. Esas dos cartas que han pasado hasta ahora por las manos de Barnabás son, desde hace tres años, el primer signo de gracia, por muy dudoso que sea, que ha recibido nuestra familia. Este cambio, si realmente se trata de un cambio y no de una ilusión (las ilusiones son más frecuentes que los cambios), está en relación con tu llegada; nuestro destino, en cierto modo, se ha hecho dependiente de ti, quizá esas dos cartas sean solo el inicio y la actividad de Barnabás pueda extenderse más allá del servicio de mensajero que te presta a ti (en eso pondremos nuestras esperanzas tanto tiempo como podamos), pero por ahora todo apunta en tu dirección. Allí arriba tenemos que contentarnos con lo que se nos da, aquí abajo, en cambio, tal vez podamos hacer algo, esto es: asegurarnos tu favor o, al menos, evitar tu rechazo o, lo que es más importante, protegerte hasta donde alcancen nuestras fuerzas y nuestra experiencia para que contigo no se pierda la conexión con el castillo, de la que tal vez podríamos vivir. ¿Cómo podemos conseguirlo de la mejor manera? Intentando que no alimentes sospechas contra nosotros cuando nos aproximemos a ti, pues aquí eres un extraño y por lo tanto algo sospechoso en todas partes, algo legítimamente sospechoso. Además, a nosotros nos desprecian y tú te ves influido por la opinión general, especialmente a través de tu novia, ¿cómo podemos entonces acercarnos a ti sin, por ejemplo, y aunque nosotros no tengamos esa intención, enfrentarnos a tu novia y, por tanto, sin mortificarte? Y los mensajes que yo he leído detalladamente antes de que tú los recibieras (Barnabás no los ha leído, al ser mensajero no le está permitido) a primera vista no parecían muy importantes, todo lo contrario, parecían anticuados, ellos mismos se quitaban importancia al remitirte al alcalde. ¿Cómo tenemos que comportarnos contigo a este respecto? Si aumentamos su importancia, nos hacemos sospechosos de valorar en demasía algo que es evidente carece de importancia o de ensalzarnos ante ti como los portadores de las noticias, pero si no persiguiésemos tus objetivos, podríamos menospreciar las noticias y engañarte contra nuestra voluntad. Sin embargo, si no atribuimos mucho valor a las cartas, también nos hacemos sospechosos, pues ¿por qué nos ocuparíamos entonces de llevar esas cartas sin importancia a su destinatario? Aquí nuestros actos rebatirían nuestras palabras, pues no solo no te engañaríamos a ti, al destinatario, sino también a nuestro mandante, que, ciertamente, no nos dio las cartas para que rebajásemos su valor ante el destinatario con nuestras explicaciones. Y encontrar el justo medio entre las exageraciones, esto es, interpretar correctamente las cartas, es imposible, cambian continuamente de valor; las reflexiones a que dan pie son infinitas y el lugar donde uno se detiene viene determinado por la casualidad, así que las opiniones resultantes también son casuales. Y si encima a ello se añade el miedo que tenemos por ti, todo se confunde, no puedes juzgar mis palabras con mucha severidad. Cuando, por ejemplo, como ya ha ocurrido una vez, viene Barnabás con la noticia de que estás insatisfecho con su servicio y él, guiado por el susto, así como, desgraciadamente, por su sensibilidad de mensajero, considera dimitir de su puesto, entonces estoy dispuesta, para reparar el error, a engañar, mentir, estafar, a realizar cualquier perversidad si puede ayudar. Pero eso lo hago, al menos así lo creo, tanto por ti como por nosotros.

Llamaron. Olga se acercó a la puerta y la abrió. En la oscuridad se vio un resplandor procedente de una linterna sorda. El visitante tardío murmuró algunas preguntas y recibió algunos murmullos de respuesta, pero no quedó satisfecho con ello y quiso entrar en la habitación. Olga no pudo impedírselo y llamó, por lo tanto, a Amalia, de quien esperaba que, para proteger el sueño de sus padres, haría todo lo posible para alejar al visitante. Y, ciertamente, apareció deprisa, echó a Olga hacia un lado, salió a la calle y cerró la puerta tras de sí. Solo transcurrió un instante y volvió a entrar, tan rápidamente había logrado lo que había sido imposible para Olga.

K se enteró por Olga de que la visita le había concernido a él, había sido un ayudante que le buscaba por encargo de Frieda. Olga había querido protegerle del ayudante; si más tarde quería reconocer ante Frieda su visita, podía hacer lo que quisiera, pero no podía ser descubierto por los ayudantes; K lo aprobó. No obstante, rechazó la oferta de Olga de quedarse a dormir allí y esperar a Barnabás; por él quizá habría aceptado, pues ya era muy tarde y le parecía que, quisiéralo o no, estaba unido de tal manera a esa familia que un alojamiento allí, por otros motivos quizá desagradable, sin embargo, respecto a ese vínculo, sería lo más natural en todo el pueblo, pero rechazó la oferta, la visita del ayudante le había asustado, le resultaba incomprensible cómo Frieda, que conocía su voluntad, y los ayudantes, que habían aprendido a temerle, habían vuelto a unirse de tal manera que Frieda no dudaba en mandarle a uno de ellos, por lo demás a uno solo, mientras el otro se quedaba con ella. Preguntó a Olga si tenía un látigo, pero no tenía, aunque sí una buena vara de mimbre, que K tomó; a continuación, preguntó si había otra salida de la casa; había otra por el patio, pero luego había que trepar por la verja del jardín del vecino y atravesar ese jardín hasta llegar a la calle. Eso es lo que K quiso hacer. Mientras Olga le acompañaba a través del patio hasta la verja, K intentó tranquilizarla lo más rápidamente posible, explicándole que no se había enojado con ella debido a sus ardides en el relato de lo acontecido, sino que lo comprendía muy bien, le agradeció la confianza que había depositado en él y que había demostrado con sus palabras y le encargó que enviase a Barnabás a la escuela en cuanto llegase, aunque fuese por la noche. Aunque los mensajes de Barnabás no constituían su única esperanza, en ese caso su futuro se vería negro, tampoco quería renunciar a ellos, quería atenerse a ellos y no olvidar a Olga, pues para él Olga era aún más importante que los mensajes: su valor, su prudencia, su astucia, su sacrificio por la familia. Si tuviese que elegir entre ella y Amalia, no le costaría reflexionar mucho. Y le estrechó efusivamente la mano, mientras se disponía a trepar por la verja del jardín vecino.

Cuando se encontró en la calle vio, en la medida en que se lo permitía la oscuridad de la noche, cómo el ayudante seguía yendo y viniendo ante la puerta de la casa de Barnabás, a veces se detenía e intentaba iluminar el interior a través de la ventana cubierta con una cortina. K le llamó; sin asustarse visiblemente, dejó de espiar la casa y se dirigió hacia donde estaba K.

—¿A quién buscas? —preguntó K, y probó en su pierna la flexibilidad de la vara de mimbre.

—A ti —dijo el ayudante mientras se aproximaba.

—¿Quién eres tú? —dijo repentinamente K, pues no le parecía que fuese el ayudante. Parecía más viejo, cansado y arrugado, aunque con un rostro más lleno, también su paso era muy diferente al paso ágil, como electrizado en las articulaciones, de los ayudantes, era más lento, cojeante, enfermizo.

—¿No me reconoces? —preguntó el hombre—. Soy Jeremías, tu antiguo ayudante.

—¿Sí? —dijo K, y dejó asomar de nuevo la vara, que había escondido a su espalda—. Pero tu aspecto es muy diferente.

—Es porque estoy solo —dijo Jeremías—, cuando estoy solo, desaparece la alegre juventud.

—¿Dónde está Artur? —preguntó K.

—¿Artur? —preguntó Jeremías—. ¿El niño mimado? Ha abandonado el servicio. Fuiste demasiado duro con nosotros. Su alma delicada no lo ha soportado. Ha regresado al castillo y va a poner una denuncia contra ti.

—¿Y tú? —preguntó K.

—Yo he podido permanecer aquí, Artur también pone la denuncia en mi nombre.

—¿De qué os quejáis? —preguntó K.

—De que no entiendes ninguna broma —dijo Jeremías—. ¿Qué hemos hecho? Hacer unas cuantas bromas, reírnos un poco, importunar algo a tu novia. Todo, por lo demás, según lo que nos encargaron. Cuando Galater nos envió a ti...

—¿Galater? —preguntó K.

—Sí, Galater —dijo Jeremías—, entonces representaba a Klamm. Cuando nos envió a ti, dijo (lo recuerdo muy bien pues a eso apelamos) que nosotros íbamos como los ayudantes del agrimensor. Nosotros dijimos: no entendemos nada de ese trabajo. Él respondió: eso no es lo más importante; si es necesario, él os instruirá al respecto. Pero lo más importante es que le entretengáis un poco. Me han informado de que todo se lo toma muy a pecho. Acaba de llegar al pueblo y ya le parece un gran acontecimiento, pero en realidad no significa nada. Eso es lo que le tenéis que transmitir.

—Bien —dijo K—, ¿ha tenido razón Galater y habéis cumplido su encargo?

—No lo sé —dijo Jeremías—, tampoco ha sido posible en un tiempo tan breve. Solo sé que tú has sido muy grosero y por eso nos quejamos. No entiendo cómo tú, que no eres más que un empleado y ni siquiera un empleado del castillo, no puedes comprender que nuestro servicio es un trabajo duro y que es muy injusto dificultar a propósito y de forma tan infantil la labor de los trabajadores como tú has hecho. Te recuerdo la desconsideración con la que nos dejaste que nos congeláramos en la verja o cómo golpeaste con el puño a Artur cuando se encontraba en el jergón, un hombre a quien una palabra negativa le duele durante días, o cómo me perseguiste a mí por la nieve en plena noche, por lo que necesité una hora para recuperarme de la persecución. ¡Ya no soy joven!

—Querido Jeremías —dijo K—, tienes razón, pero deberías exponérselo todo a Galater. Él ha sido quien os ha enviado por propia voluntad, yo no se lo he pedido. Y como no os había reclamado, nada me impedía devolveros, y habría preferido hacerlo en paz y sin violencia, pero al parecer vosotros no lo queríais de otra forma. ¿Por qué no me hablaste con la misma sinceridad cuando nos vimos por primera vez?

—Porque estaba de servicio —dijo Jeremías—, eso es evidente.

—Y ahora ¿ya no estás de servicio? —preguntó K.

—Ya no —dijo Jeremías—, Artur ha renunciado al servicio en el castillo o al menos ha abierto el procedimiento que nos liberará definitivamente de ti.

—Pero ahora me buscas como si siguieras de servicio —dijo K.

—No —dijo Jeremías—, solo te busco para tranquilizar a Frieda. Cuando la abandonaste por la muchacha de los Barnabás, fue muy infeliz, no tanto por la pérdida como por tu traición, por lo demás lo había visto venir desde hacía tiempo y por eso había sufrido. Precisamente regresé a la ventana de la escuela para comprobar si tal vez te habías vuelto más razonable, pero ya no estabas allí, solo estaba Frieda, que lloraba sentada en un banco de la escuela. Entonces me acerqué a ella y llegamos a un acuerdo. Ya he cumplido mi parte. Soy camarero en la posada de los señores, al menos mientras en el castillo no se haya llegado a una solución en mi asunto, y Frieda está de nuevo en la taberna. Es mejor para Frieda. No había nada razonable en convertirse en tu esposa. Y tú tampoco has sabido valorar el sacrificio que suponía para ella. Ahora, sin embargo, la muy bondadosa aún tiene dudas de si no ha cometido una injusticia contigo, de si tú tal vez no estuviste con la muchacha de los Barnabás. Aunque, naturalmente, no había ninguna duda de dónde estabas, yo he venido para cerciorarme de una vez por todas, pues, después de tanta agitación, Frieda merece dormir con tranquilidad, yo, por lo demás, también. Así que he venido hasta aquí y no solo te he encontrado, sino que además he podido comprobar que las jovenzuelas comen de tu mano; especialmente la morena, una auténtica tigresa, está a tu favor. Bueno, cada uno según sus gustos. En todo caso, era innecesario que tomases el rodeo por el jardín vecino, conozco el camino.

21

Así que había ocurrido lo que era de prever y no se había podido impedir. Frieda le había abandonado. No tenía por qué ser algo definitivo, tampoco era tan malo, podía volver a conquistarla, se dejaba influir fácilmente por extraños, ante todo por esos ayudantes que consideraban el puesto de Frieda comparable con el suyo y, como habían abandonado el servicio, también habían inducido a Frieda a hacerlo, pero K solo tenía que aparecer ante ella, recordarle todo lo que hablaba en su favor y sería suya una vez más y llena de arrepentimiento, sobre todo si fuese capaz de justificar la visita a las muchachas con un éxito obtenido gracias a ellas. Sin embargo, y pese a esas reflexiones con las que intentaba tranquilizarse respecto a Frieda, no lograba calmarse. Hacía poco se había preciado de Frieda ante Olga y la había llamado su único apoyo, bueno, ese apoyo no había sido de lo más sólido, ni siquiera había sido necesario el ataque de un poderoso para robárselo a K, bastó ese desagradable ayudante, ese trozo de carne que a veces daba la impresión de ni siquiera estar vivo.

Jeremías ya había comenzado a alejarse, K le llamó:

—Jeremías —dijo—, quiero ser sincero contigo: respóndeme honradamente una pregunta. Entre nosotros ya no existe una relación entre señor y sirviente, por lo que no solo te alegras tú, sino también yo, así que no tenemos ninguna razón para engañarnos. Aquí, ante tus ojos, rompo la vara que reservaba para ti, pues no he escogido el camino del jardín por miedo, sino para sorprenderte y dejar caer la vara más de una vez sobre tus espaldas. Bien, no me lo tomes a mal, todo eso es historia, si no fueras un sirviente que se me ha impuesto oficialmente, sino solo un conocido, nos hubiésemos entendido muy bien, aunque algunas veces tu aspecto me moleste un poco. Y ahora podríamos recobrar el tiempo perdido.

—¿Así lo crees? —dijo el ayudante, y se frotó los cansados ojos mientras bostezaba—. Podría explicarte todo el asunto de una forma más detallada, pero no tengo tiempo, tengo que ir a ver a Frieda, la niña me espera, aún no se ha puesto a trabajar, el posadero, convencido por mis palabras (ella quería concentrarse en seguida en el trabajo, probablemente para olvidar), le ha dado un periodo para que se recupere y al menos ese tiempo queremos pasarlo juntos. En lo que respecta a tu proposición, ciertamente no tengo ningún motivo para mentirte, pero tampoco para confiarte algo. Mi caso es diferente al tuyo. Mientras estaba en relación de servicio contigo, para mí eras, naturalmente, una persona muy importante, no por tus atributos, sino a causa del encargo oficial, y lo habría hecho todo por ti, lo que hubieses querido, pero ahora me resultas indiferente. Tampoco el que rompas la vara me afecta algo, solo me recuerda al señor tan brutal que he tenido y que no ha sabido ganarse mi favor.

—Hablas conmigo —dijo K— con la seguridad de que ya no vas a tener ningún motivo para temerme. Pero en realidad no es así. Es probable que aún no te hayas liberado por completo de mí, aquí no se resuelven estos asuntos con tanta celeridad.

—A veces aún más rápido —objetó Jeremías.

—A veces —dijo K—, nada indica que eso haya ocurrido esta vez, al menos ni tú ni yo disponemos por ahora de una cancelación por escrito. El procedimiento se ha puesto en marcha y yo aún no he intervenido con mis conexiones, aunque lo haré. Si la solución fuese desfavorable para ti, aún no habrás hecho lo suficiente para ganarte el favor de tu señor, quizá me haya precipitado al romper la vara. Y a Frieda, es cierto, te la has llevado para ti, de lo que puedes presumir todo lo que quieras, pero con todo el respeto por tu persona, y aunque tú no tengas ninguno conmigo, unas palabras mías a Frieda bastarían para destruir las mentiras con que la has embaucado. Y solo mentiras podrían apartar a Frieda de mí.

—Tus amenazas no me asustan —dijo Jeremías—. Tú no quieres tenerme como ayudante, todo lo contrario, me temes como ayudante, temes a los ayudantes en sí mismos, solo por miedo golpeaste al bueno de Artur.

—Tal vez —dijo K—, ¿le ha hecho por ello menos daño? Es posible que te muestre con más frecuencia mi miedo de esa misma manera. Ya veo que a ti eso de ayudar no te procura muchas alegrías, así que obligarte a cumplir con tu deber me divertirá mucho más, prescindiendo de todo el miedo. Y además ahora me las arreglaré para solo tomarte a ti a mi servicio, sin Artur, así podré prestarte más atención.

—¿Acaso crees —dijo Jeremías— que tengo miedo de todo eso?

—Pues sí, sí lo creo —dijo K—. Un poco de miedo sí que tienes y si eres listo, mucho miedo. ¿Por qué no te has ido ya con Frieda? Di, ¿la amas?

—¿Que si la amo? Es una chica buena y lista, una antigua amante de Klamm, así que respetable en todo caso. Y si ella me pide continuamente que la libere de ti, ¿por qué no debería hacerle ese favor, especialmente cuando al hacerlo no te causo ningún daño a ti, pues te consuelas con las malditas mujeres de los Barnabás?

—Ahora veo tu miedo —dijo K—, un miedo lamentable, intentas atraparme con tus mentiras. Frieda solo ha pedido una cosa, que la liberen de los perrunos y lascivos ayudantes que se han tornado incontrolables, por desgracia no he tenido tiempo para cumplir completamente sus deseos y ahora ya están aquí las secuelas de mi negligencia.

—¡Señor agrimensor! ¡Señor agrimensor! —gritó alguien en la calle. Era Barnabás. Venía jadeante, pero no olvidó inclinarse ante K—. Lo he conseguido —dijo.

—¿Qué has conseguido? —preguntó K—. ¿Has llevado mi petición a Klamm?

—Eso no pude hacerlo —dijo Barnabás—, me he esforzado mucho, pero fue imposible; me abrí camino, permanecí allí todo el día sin que nadie me requiriese, tan cerca del pupitre que incluso un escribiente a quien le quitaba la luz me empujó hacia un lado; me anuncié, lo que está prohibido, con la mano levantada cuando Klamm miró hacia arriba, fui el que más tiempo permaneció en la oficina, me quedé allí solo con el sirviente cuando tuve una vez más la oportunidad de ver a Klamm, pero no vino por mi causa, solo quería comprobar rápidamente algo en un libro y se fue al instante, finalmente el sirviente me expulsó, casi con la escoba, pues aún no tenía la intención de moverme de allí. Te confieso todo esto para que no te muestres insatisfecho de mi rendimiento.

—¿De qué me sirve toda tu diligencia, Barnabás —dijo K—, si no conduce a ningún éxito?

—Pero tuve éxito —dijo Barnabás—. Cuando salí de mi oficina (yo la llamo mi oficina), vi cómo venía lentamente un señor por el largo pasillo, todo lo demás ya estaba vacío, era muy tarde, decidí esperarle, era una buena oportunidad para permanecer allí, en realidad hubiese preferido permanecer allí para no tener que traerte la mala noticia. Pero mereció la pena esperar a ese señor, era Erlanger. ¿No le conoces? Es uno de los primeros secretarios de Klamm, un hombre pequeño y débil que cojea un poco. Me reconoció en seguida, es famoso por su memoria y su conocimiento de la naturaleza humana, se limita a contraer las cejas y eso le basta para reconocer a alguien, con frecuencia a personas que ni siquiera ha visto, de las que solo ha oído o leído, a mí, por ejemplo, no creo que me hubiese visto nunca. Pero a pesar de que reconoce a cualquier persona, siempre pregunta como si estuviera inseguro. «¿No eres Barnabás?», me dijo. Y luego preguntó: «Tú conoces al agrimensor, ¿verdad?». Y, a continuación, dijo: «Es una feliz coincidencia. Ahora mismo me voy a la posada de los señores. El agrimensor me tiene que visitar allí. Vivo en la habitación N.° 15. Pero tendría que venir ahora, en seguida, allí tengo unas entrevistas y regresaré a las cinco de la mañana. Dile que es importante que hable con él».

De repente Jeremías salió corriendo. Barnabás, que por su agitación apenas le había prestado atención, preguntó:

—¿Qué quiere Jeremías?

—Anticiparse a mí para ver a Erlanger —dijo K, que salió corriendo detrás de Jeremías, le alcanzó y le sostuvo por el brazo, diciendo—: ¿Es el anhelo de ver a Frieda lo que ha causado esa despedida tan repentina? Yo no lo siento menos, así que iremos al mismo paso.

Ante la oscura posada de los señores se encontraba un pequeño grupo de hombres, dos o tres tenían linternas de mano, de tal forma que se podían reconocer algunos rostros. K solo encontró a un conocido, a Gerstäcker, el cochero. Gerstäcker le saludó con la pregunta:

—¿Aún estás en el pueblo?

—Sí —dijo K—, he venido para quedarme.

—A mí me da igual —dijo Gerstäcker, tosió con fuerza y se volvió hacia los demás.

Resultó que todos esperaban a Erlanger. Este último ya había llegado, pero aún se entrevistaba con Momus antes de recibir a las partes. La conversación general se centraba en que no se podía esperar en la casa, sino fuera, de pie en la nieve. Aunque no hacía mucho frío, era desconsiderado dejar a aquellas personas quizá durante horas ante el edificio. Cierto, no era culpa de Erlanger, que más bien era muy transigente, apenas sabía nada de ello y con toda seguridad se habría enojado mucho si se lo hubiesen comunicado. Era culpa de la posadera, que, en su enfermiza aspiración por la exquisitez, no soportaba que entrasen muchas personas al mismo tiempo en la posada de los señores. «Ya que es inevitable y tienen que venir», solía decir, «entonces, por amor de Dios, uno detrás de otro». Y finalmente había logrado que las personas que primero esperaban en el recibidor, más tarde en la escalera, luego en el pasillo y, por último, en la taberna, fueran expulsadas a la calle. Y ni siquiera eso le bastó. Le parecía insufrible quedar «sitiada» en su propia casa, como ella se expresaba. Le resultaba incomprensible por qué había ese trajín de personas. «Para ensuciar la escalera», le contestó una vez un funcionario a su pregunta, quizá enojado, pero para ella fue una respuesta muy esclarecedora y solía citar esas palabras. Aspiraba, y en esto también se acomodaba a los gustos de los interesados, a que se construyera un edificio frente a la posada de los señores en el que pudieran esperar. Pero lo que más deseaba era que las entrevistas con las partes, así como los interrogatorios, se celebrasen fuera de la posada, pero a eso se oponían los funcionarios y cuando los funcionarios se oponían seriamente, la posadera no podía imponerse, por más que en las cuestiones accesorias, y debido a su celo incansable y femenino, ejerciese una especie de pequeña tiranía. Pero la posadera tendría que seguir tolerando previsiblemente las entrevistas y los interrogatorios en la posada, pues los señores del castillo, cuando estaban en el pueblo, se negaban a abandonar la posada para asuntos oficiales. Siempre tenían prisa, solo estaban en el pueblo contra su voluntad, alargaban su estancia allí solo para lo absolutamente necesario, no tenían nada de ganas y, por eso, no se podía exigir de ellos que, en consideración a la paz doméstica en la posada, se trasladasen temporalmente con todos sus escritos a cualquier otro edificio y así perder el tiempo. Los funcionarios preferían resolver los asuntos oficiales en la taberna o en su habitación, a ser posible durante la comida o desde la cama, antes de dormirse o por la mañana, cuando estaban demasiado cansados para levantarse y querían estirarse un poco en la cama. En cambio, la cuestión de la construcción de una sala de espera en otro edificio les parecía una solución ventajosa, aunque, ciertamente, se trataba de un castigo considerable para la posadera —se reían un poco sobre ello—, pues precisamente el asunto de la construcción de una sala de espera haría necesarias numerosas entrevistas y los pasillos de la casa no podrían quedar vacíos.

Sobre todas estas cosas se conversaba a media voz entre los que esperaban. A K le llamó la atención que, aunque la insatisfacción era grande, nadie reprochaba a Erlanger que convocase a los interesados en plena noche. Preguntó al respecto y recibió la información de que por esa medida habría que estarle más bien agradecido. A fin de cuentas, era exclusivamente su buena voluntad y la gran estima que tenía de su cargo lo que le impulsaba a venir al pueblo. Él, si quisiera —y tal vez correspondiese mejor a los reglamentos—, podría enviar a un secretario subalterno y dejar que este rellenase las actas. Pero se niega la mayoría de las veces a hacer esto, quiere verlo y oírlo todo, pero para eso tiene que sacrificar sus noches, pues en su horario de trabajo no hay previsto ningún tiempo para viajes al pueblo. K objetó que Klamm venía al pueblo por el día y que incluso permanecía allí varios días, ¿acaso era Erlanger, que solo tenía el cargo de secretario, más indispensable arriba? Algunos rieron bondadosamente, otros callaron confusos, estos últimos formaban la mayoría y apenas le contestaron algo a K. Solo uno dijo algo vacilante que, naturalmente, Klamm era indispensable, tanto en el castillo como en el pueblo.

En ese momento se abrió la puerta de la posada y apareció Momus entre dos sirvientes con dos lámparas.

—Los primeros a los que dará audiencia el señor secretario Erlanger —dijo— son Gerstäcker y K. ¿Están presentes?

Ellos se anunciaron, pero antes que ellos Jeremías se deslizó en el interior con las palabras:

—Soy camarero aquí.

Y fue saludado por un Momus sonriente con una palmada en el hombro.

«Tendré que prestar más atención a Jeremías», se dijo K, aunque era consciente de que Jeremías probablemente era menos peligroso que Artur, quien trabajaba contra él en el castillo. Tal vez fuese más astuto dejarse atormentar por los ayudantes que dejarlos vagar sin control para que pudiesen intrigar libremente, para lo que, por cierto, parecían tener un talento especial.

Cuando K pasó al lado de Momus, este hizo como si reconociese en él en ese momento al agrimensor.

—¡Ah, el señor agrimensor! —dijo—. El que no le gusta que le interroguen, se apresura ahora para llegar al interrogatorio. Conmigo hubiese sido entonces mucho más fácil, aunque, ciertamente, es difícil escoger los interrogatorios adecuados.

Cuando K quiso detenerse para contestar a esa alusión, Momus dijo:

—¡Vaya! ¡Vaya! Aquella vez habría necesitado sus respuestas, ahora no.

Sin embargo, K contestó, irritado por la conducta de Momus.

—Solo pensáis en vosotros. No responderé por el mero hecho de que se me interrogue de oficio, ni lo hice antes ni lo haré ahora.

Momus dijo:

—¿En quién tenemos que pensar entonces? ¿Quién sigue aquí? ¡Váyase!

En el pasillo le recibió un sirviente que le condujo por el camino ya conocido por K a través del patio, luego por la puerta y el corredor bajo y descendente. En los pisos superiores vivían al parecer solo los funcionarios superiores, los secretarios, en cambio, vivían en ese corredor, también Erlanger, aunque era uno de los secretarios superiores. El sirviente apagó su lámpara, pues allí había luz eléctrica. Todo en el interior era pequeño pero construido con elegancia. Se había aprovechado el poco espacio disponible. El corredor tenía la altura justa para pasar por él sin inclinarse; en los laterales se sucedía una puerta tras otra; las paredes no llegaban hasta el techo, eso se debía probablemente a motivos de ventilación, pues las pequeñas habitaciones en ese corredor profundo y propio de un sótano no tenían ventanas. La desventaja de esas paredes incompletas era el alboroto en el corredor y en las habitaciones. Muchas de estas parecían ocupadas, en la mayoría de ellas aún había personas despiertas, se oían voces, golpes de martillo, tintineos de cristal, pero no se tenía la impresión de que reinase una especial alegría. Las voces parecían sofocadas, apenas se entendía aquí y allá una voz, tampoco daban la sensación de ser conversaciones, probablemente alguien dictaba a alguien o le leía algo; precisamente en la habitación en la que se oía el ruido de copas y platos no se oía ninguna palabra y los martillazos recordaron a K algo que le habían contado, que algunos funcionarios, para recuperarse de los continuos esfuerzos intelectuales, se ocupaban a ratos con carpintería, mecánica de precisión u otras actividades similares. El corredor estaba vacío, solo ante una puerta se sentaba un señor alto, pálido y delgado con un abrigo de piel, bajo el cual se podía ver el pijama, era probable que hubiese sentido la escasa ventilación en su habitación, así que había salido, se había sentado y leía el periódico, pero sin concentrarse, a veces dejaba de leer con bostezos, se inclinaba y miraba por el corredor, tal vez esperase a alguna de las partes a la que había citado y que se había olvidado de venir. Cuando pasaron a su altura, el sirviente le dijo a Gerstäcker en referencia al señor sentado:

—¡El Pinzgauer!

Gerstäcker asintió.

—Hacía tiempo que no bajaba —dijo.

—Sí, hace mucho tiempo —confirmó el sirviente.

Finalmente llegaron ante una puerta que no era diferente de las demás y detrás de la cual, como informó el sirviente, vivía Erlanger. El sirviente se subió a los hombros de K y miró por la parte de arriba en la habitación.

—Está en la cama —dijo el sirviente bajándose—, aunque vestido, pero creo que dormita. A veces le asalta un enorme cansancio aquí en el pueblo, por el cambio de la forma de vida. Tenemos que esperar. Cuando se despierte, llamará. No obstante, ha llegado a ocurrir que se ha quedado dormido durante toda su estancia en el pueblo y después de despertarse se ha ido inmediatamente al castillo. A fin de cuentas se trata de un trabajo voluntario el que aquí realiza.

—Es preferible que duerma hasta el final —dijo Gerstäcker—, pues si después de despertarse aún le queda algo de tiempo para trabajar se muestra muy enojado por haberse quedado dormido e intenta resolver las cuestiones con prisa y uno no puede decirlo todo.

—¿Usted viene por la concesión de los transportes para el nuevo edificio? —preguntó el sirviente.

Gerstäcker asintió, llevó al sirviente a un lado y habló en voz baja con él, pero el sirviente apenas le escuchó, miró sobre Gerstäcker, pues le superaba en más de una cabeza, y se acarició lentamente y con seriedad el pelo.

22

Entonces K vio, al mirar a su alrededor, en la lejanía, en un rincón del corredor, a Frieda; ella hizo como si no le reconociera, se limitaba a mirarle fijamente, en la mano llevaba una taza y varios platos vacíos. K le dijo al sirviente, quien, sin embargo, no le prestó ninguna atención —cuanto más se hablaba con el sirviente, más ausente se mostraba—, que volvería en seguida, y corrió hacia Frieda. Al llegar a donde estaba la cogió por los hombros, como si recuperase su posesión, le hizo algunas preguntas insignificantes y miró sus ojos con actitud examinadora. Pero su aspecto tenso no cambió, intentó algo confusa colocar algunos platos sobre una taza y dijo:

—¿Qué quieres de mí? Vete con ellas..., bueno, ya sabes cómo se llaman, precisamente vienes de su casa, puedo verlo en tu mirada.

K cambió rápidamente de tema, la entrevista no tenía que producirse de manera tan repentina y comenzando por lo peor, por lo más desventajoso para él.

—Pensaba que estarías en la taberna —dijo.

Frieda le miró asombrada y pasó suavemente la mano que le quedaba libre por su frente y su mejilla. Era como si hubiese olvidado su aspecto y quisiese volver a tomar conciencia de él, también sus ojos tenían la expresión velada de un recuerdo ganado con esfuerzo.

—He sido readmitida en la taberna —dijo lentamente, como si careciese de importancia lo que pudiese decir, pero condujese a una conversación con K y eso fuese lo más importante—. Este trabajo no es para mí, lo puede hacer cualquiera; cualquiera que sepa poner una cara amable o hacer la cama y que no tema las molestias causadas por los huéspedes, sino que ella misma dé pie a ellas, puede ser una criada. Pero en la taberna, eso es muy distinto. Acabo de ser readmitida en la taberna, aunque la abandoné de una forma no muy honrosa; tengo que reconocer, sin embargo, que he tenido protección. Pero el posadero está contento de que tenga protección y así le fuese posible readmitirme. Incluso sucedió que tuvo que animarme para que aceptara el puesto; si piensas en los recuerdos que me trae la taberna, lo comprenderás. Finalmente, he aceptado el puesto. Aquí solo estoy como ayudante, Pepi ha pedido que no la avergüencen teniendo que abandonar en seguida la taberna; por esa razón, y porque ha trabajado con diligencia y ha cumplido con su deber en los límites de su capacidad, le hemos concedido un plazo de veinticuatro horas.

—Todo eso está muy bien dispuesto —dijo K—, ahora bien, tú abandonaste una vez la taberna por mi causa, ¿y ahora que estamos a punto de casarnos regresas a ella?

—No habrá ninguna boda —dijo Frieda.

—¿Porque te he sido infiel? —preguntó K.

Frieda asintió en silencio.

—Mira, Frieda —dijo K—, sobre esa supuesta infidelidad ya hemos hablado con frecuencia y siempre has tenido que reconocer finalmente que se trataba de una sospecha injusta. Desde entonces no ha cambiado nada por mi parte, todo es tan inocente como era y como no puede ser de otra manera. Así que algo ha tenido que cambiar de tu parte, ya sea por insinuaciones ajenas o por otros motivos. En todo caso, conmigo cometes una injusticia, pues ¿qué ocurre con esas dos muchachas? Una de ellas, la morena (me avergüenzo por tener que defenderme, pero tú así lo quieres), la morena no me resulta menos desagradable que a ti, si puedo alejarme de ella, lo haré, y ella lo facilitará, pues no se puede ser más reservada de lo que ella es.

—¡Así es! —exclamó Frieda, sus palabras parecían brotar contra su voluntad. K se alegró de verla tan desorientada, era diferente a como quería ser—. Precisamente te gusta por su aspecto reservado, a la más desvergonzada de todas la llamas reservada y tú lo crees sinceramente; por muy inverosímil que parezca, no disimulas, ya lo sé. La posadera de la posada del puente dice de ti: «No le puedo soportar, pero tampoco le puedo abandonar, una no puede dominarse ante la mirada de un niño pequeño, que aún no puede andar bien y se atreve a alejarse, hay que intervenir».

—Acepta por esta vez su consejo —dijo K sonriendo—, pero a esa muchacha, ya sea reservada o una desvergonzada, la podemos dejar a un lado, no quiero saber nada de ella.

—Pero ¿por qué la llamas «reservada»? —preguntó Frieda inflexible.

K tomó ese interés por una señal favorable.

—¿Acaso lo has experimentado o quieres rebajar a otras? —dijo ella.

—Ni lo uno ni lo otro —dijo K—, la llamo así por agradecimiento, porque me facilita hacer caso omiso de ella y porque, aun cuando ella me hablase con más frecuencia, no lograría que regresase, lo que sería una gran pérdida para mí, pues tengo que ir a causa de nuestro futuro común, como ya sabes. Y por esta razón también tengo que hablar con la otra joven, a quien aprecio por su aptitud, prudencia y desinterés, pero de quien nadie puede afirmar que sea seductora.

—Los criados son de otra opinión —dijo Frieda.

—Tanto en ese como en otros muchos aspectos —dijo K—. ¿De los caprichos de los criados quieres deducir mi infidelidad?

Frieda se calló y toleró que K tomase la taza de su mano, la pusiera en el suelo, la cogiese del brazo y comenzasen a caminar de un lado a otro en el reducido espacio.

—No sabes lo que es la fidelidad —dijo ella, resistiéndose un poco a su proximidad—, el modo en que te comportas con esas muchachas no es lo más importante; el hecho de que vayas a la casa de esa familia, el olor de la habitación en tu ropa ya suponen una vergüenza insoportable para mí. Y, por añadidura, te vas de la escuela sin decirme nada, y te quedas con ellas parte de la noche, y cuando alguien pregunta por ti, dejas que ellas nieguen que estás allí, que lo nieguen apasionadamente, sobre todo la reservada, que no tiene rival. Luego sales furtivamente de la casa por un camino secreto, quizá para proteger el honor de esas muchachas, ¡el honor de esas muchachas! ¡No, no hablemos más del asunto!

—De este no —dijo K—, pero sí de otro muy diferente, Frieda. De este ya no hay nada más que decir. Tú conoces el motivo de por qué debo ir. No me resulta fácil, pero tengo que superarlo. No deberías ponérmelo más difícil de lo que es. Hoy había pensado ir un instante y preguntar si Barnabás, quien tenía que haberme traído un mensaje importante desde hacía tiempo, por fin había llegado. No había llegado aún, pero tenía que venir muy pronto, como se me aseguró y también era creíble. No quería que viniese a la escuela para que no te molestase con su presencia. Pero las horas pasaron y, por desgracia, no vino. Sin embargo, vino otro a quien odio. No tenía ganas de dejarme espiar, así que salí por el jardín vecino, pero tampoco quería esconderme de él, sino que salí libremente a la calle y me dirigí hacia él, con una flexible vara de mimbre, como tengo que confesar. Eso es todo, sobre ello ya no hay nada más que decir, pero sí sobre otra cosa muy diferente. ¿Qué ocurre con los ayudantes, cuya mención me resulta tan repugnante como a ti la de esa familia? Compara tu relación con ellos y mi comportamiento con esa familia. Comprendo tu aversión contra esa familia y puedo compartirla. Solo voy a su casa por mi asunto, a veces casi me parece que cometo una injusticia con ellos, que los utilizo. Lo contrario ocurre contigo y con los ayudantes. No has negado que te persiguen y has reconocido que sientes cierta atracción por ellos. No me enojé contigo por ese motivo, he comprendido que ahí había fuerzas en juego que te superan, estaba feliz de que al menos te defendieras y solo porque te he dejado unas horas, confiando en tu fidelidad, y también con la esperanza de que la casa estaba irremisiblemente cerrada y los ayudantes se habían dado definitivamente a la fuga (me temo que los sigo subestimando), solo porque te dejé unas horas y ese Jeremías (por cierto, un tipo envejecido y enfermizo) ha osado asomarse a la ventana, solo por eso tengo que perderte, Frieda, y oír como saludo: «No habrá ninguna boda». A mí sería a quien le correspondería hacerte reproches y, sin embargo, no los hago, sigo sin hacerlos.

Y una vez más a K le pareció conveniente desviar un poco a Frieda del tema y le pidió que trajera algo de comer, pues no había comido nada desde el mediodía. Frieda, al parecer también aligerada por la petición, asintió y se fue a buscar algo, no por el corredor donde K suponía la cocina, sino por otro lateral, bajando dos escalones. Al poco rato regresó con un surtido de fiambres y una botella de vino, pero eran los restos de una comida, lo que había quedado había sido ordenado fugazmente para que no se notara, incluso quedaban trozos de piel y la botella no estaba llena. Pero K no dijo nada y se puso a comer con apetito.

—¿Has estado en la cocina? —preguntó.

—No, en mi habitación —dijo ella—. Aquí abajo tengo una habitación.

—Tendrías que haberme llevado contigo —dijo K—, bajaré y me sentaré un poco para comer.

—Te traeré una silla —dijo Frieda, y ya se había puesto en camino.

—Gracias —dijo K impidiendo que se fuese—. Ni voy a bajar ni necesito una silla.

Frieda soportó la situación con insolencia, inclinó la cabeza y se mordió los labios.

—Pues sí, está abajo —dijo—. ¿Esperabas otra cosa? Está en mi cama, se ha constipado, tiembla de frío y apenas ha comido. En el fondo todo es culpa tuya, si no hubieses espantado a los ayudantes y no hubieras ido detrás de esa gente, ahora mismo podríamos estar sentados pacíficamente en la escuela. Pero has destrozado nuestra felicidad. ¿Acaso crees que Jeremías, mientras estaba de servicio, se habría atrevido a secuestrarme? En ese caso desconoces el orden que rige aquí. Quería venir conmigo, se ha atormentado, me ha espiado, pero solo era un juego, del mismo modo en que juega un perro hambriento y no se atreve a saltar a la mesa. A mí me ocurrió lo mismo. Me sentí atraída por él, es mi camarada de juegos de la infancia (jugábamos juntos en la ladera de la montaña del castillo, fueron tiempos felices, tú nunca me has preguntado por mi pasado), pero nada era importante mientras Jeremías estuviese impedido por el servicio, pues él conocía mi deber como tu futura esposa. Pero entonces expulsaste a los ayudantes y, por añadidura, te precias de ello, como si hubieses hecho algo por mí, solo en cierto sentido es verdad. En el caso de Artur tuviste éxito, aunque solo provisionalmente, él es delicado, no tiene la pasión de Jeremías, que no teme ninguna dificultad, también es verdad que casi le has destrozado con tu puñetazo nocturno, aquel puñetazo que también diste contra nuestra felicidad; ha huido al castillo para quejarse y aunque regresará pronto, ahora ya no está aquí. Jeremías, sin embargo, se quedó. Cuando está de servicio teme hasta un guiño del señor, pero cuando no lo está, no teme a nada ni a nadie. Vino y me tomó; abandonada por ti y dominada por mi viejo amigo, no pude ofrecer resistencia. No había cerrado la puerta de la escuela, aun así rompió el cristal de la ventana y me sacó. Huimos hasta aquí, el posadero le respeta; además, nada les puede resultar más agradable a los huéspedes que tener semejante camarero, así que fuimos aceptados; él no vive en mi habitación, sino que tenemos una habitación común.

—A pesar de todo eso que me cuentas —dijo K— no lamento haber expulsado a los ayudantes de su trabajo. Si la relación era como tú la describes, esto es, tu fidelidad solo se hallaba condicionada por el vínculo laboral de los ayudantes, entonces está bien que todo haya finalizado. La felicidad del matrimonio en medio de dos depredadores que solo se humillan bajo el látigo no hubiese sido mucha. Entonces le quedo agradecido a esa familia que ha contribuido su parte en separarnos.

Se callaron y comenzaron a caminar otra vez uno al lado del otro sin que fuese posible distinguir quién había dado el primer paso. Frieda, cercana a K, parecía enojada porque él no la volvió a tomar del brazo.

—Y así todo estaría arreglado —continuó K—, y podríamos despedirnos, tú podrías irte con tu señor Jeremías, que probablemente aún siente el frío del jardín de la escuela y a quien tú, en consideración a ello, ya le has abandonado demasiado tiempo, y yo podré regresar a la escuela o, como allí sin ti no tengo nada que hacer, a cualquier otro sitio donde me acojan. Si, no obstante, aún vacilo, es por un buen motivo: aún dudo un poco de lo que me has contado. De Jeremías tengo la impresión contraria. Mientras estaba de servicio, estaba detrás de ti y no creo que el servicio le hubiese impedido por mucho tiempo asaltarte. Ahora, en cambio, desde que considera que ha sido liberado del servicio, es diferente. Disculpa si me lo aclaro de esta manera: desde que tú has dejado de ser la novia de su señor, ya no eres para él tan seductora como antes. Puedes ser su amiga de los años de infancia, pero él (realmente solo le conozco por una conversación que he mantenido con él esta noche) no creo que dé mucha importancia a esos sentimientos. No sé por qué te parece un carácter apasionado. Su forma de pensar me parece más bien fría. Ha recibido, en relación conmigo, un encargo de Galater, que tal vez no me sea favorable; él se esfuerza en ejecutarlo, con cierta pasión servicial, como debo reconocer (aquí no es demasiado rara), y en su misión queda incluida la ruptura de nuestra relación; él quizá lo ha intentado de formas diferentes, una de ellas fue que intentó atraerte con sus lascivas ignominias, otra, y aquí le ha ayudado la posadera, al fabular acerca de mi infidelidad; su ataque ha tenido éxito, cualquier recuerdo de Klamm puede haber ayudado, pero ha perdido el puesto, aunque quizá precisamente en el momento en que ya no lo necesitaba, ahora recolecta los frutos de su trabajo y te saca por la ventana de la escuela, con eso su trabajo ha terminado y, abandonado por el celo servicial, aparece cansado, hubiese preferido estar en el lugar de Artur, que desde luego no se queja, sino que se dedica a alabarse y a conseguir nuevos encargos, pero alguien tiene que quedarse atrás para observar el desarrollo de los acontecimientos. Para él sustentarte es un deber desagradable y pesado. En él no hay ni una huella de amor hacia ti, me lo ha confesado con toda sinceridad, como amante de Klamm, naturalmente, le resultas respetable, e instalarse en tu habitación y sentirse como un pequeño Klamm le viene de perlas, pero eso es todo, tú, ahora, no significas nada para él, haberte conseguido aquí un alojamiento no es más que una medida complementaria de su encargo principal; él también ha permanecido para que no te inquietes, pero solo provisionalmente, mientras no reciba nuevas del castillo y su constipado no se haya curado del todo.

—¡Cómo le calumnias! —dijo Frieda golpeando sus pequeños puños uno contra el otro.

—¿Calumniar? —dijo K—. No, no le quiero calumniar. Tal vez cometa con él una injusticia, eso es posible. Lo que he dicho de él no se basa en rasgos superficiales, se puede interpretar de otra manera. Pero ¿calumniar? Calumniar solo podría tener un objetivo: luchar contra el amor que sientes por él. Si fuese necesario y la calumnia fuese un medio adecuado, no dudaría en calumniarle. Nadie podría condenarme por eso, está en tal ventaja respecto a mí por su mandante, que yo, dependiendo solo de mí, podría calumniar un poco. Sería un medio de defensa proporcionalmente inocente y, al fin y al cabo, impotente. Así que deja tranquilos los puños.

Y K tomó la mano de Frieda en la suya; ella quiso impedirlo, pero sonriendo y sin aplicar mucha fuerza.

—Pero no tengo que calumniar —dijo K—, pues tú no le amas, solo lo crees y me quedarás agradecida si te libero de esa ilusión. Si alguien quisiera apartarte de mí, sin violencia, pero con una cuidadosa estrategia, entonces lo tendría que hacer por mediación de los dos ayudantes. Jóvenes aparentemente buenos, cándidos, alegres, irresponsables, procedentes del castillo, a lo que se añade un poco de recuerdos infantiles, todo eso es muy agradable, sobre todo porque yo soy todo lo contrario, siempre detrás de asuntos que no te resultan del todo comprensibles, que te son enojosos, que me llevan a frecuentar gente que te parece odiosa y algo de eso lo proyectas en mi persona, a pesar de mi inocencia. Todo esto no es más que la explotación perversa y, sin embargo, muy astuta de los defectos en nuestra relación. Toda relación tiene defectos, incluso la nuestra. A fin de cuentas, los dos procedemos de mundos distintos y, desde que nos conocemos, la vida de cada uno de nosotros ha tomado un camino completamente insólito, aún nos sentimos inseguros, todo es demasiado nuevo. No hablo de mí, eso no es tan importante, en el fondo yo me he considerado agasajado desde el principio, desde la primera vez que pusiste tus ojos en mí: acostumbrarse a ser agasajado no es difícil. Tú, sin embargo, sin considerar lo restante, fuiste arrancada de las manos de Klamm, no puedo valorar lo que eso significa, pero paulatinamente me he ido haciendo una idea, uno vacila, no puede orientarse, y aunque hubiese estado dispuesto a acogerte otra vez, no me hallaba presente y cuando lo estaba te retenían tus ensueños o algo más vivo, como la posadera; en suma, hubo momentos en que, pobre niña, apartaste la mirada de mí, en que la dirigiste hacia algo indefinido y en esos periodos intermedios se te tenían que presentar en la misma dirección de tu mirada las personas adecuadas y ellas te perdieron, sucumbiste a la ilusión de que, lo que eran instantes, fantasmas, viejos recuerdos, en el fondo vida pasada y ya trascurrida, eso creíste que aún era tu vida real del presente. Un error, Frieda, nada más que la última dificultad y, bien visto, la más despreciable, que impide nuestra unión final. Vuelve en ti, serénate; si también pensaste que los ayudantes habían sido enviados por Klamm (no es cierto, vienen de Galater) y si también pudieron hechizarte con ayuda de ese truco hasta tal punto que creíste encontrar en su suciedad y lascivia huellas de Klamm, como alguien cree ver una piedra preciosa perdida hace tiempo en un montón de estiércol, mientras que en realidad no podría encontrarla aun si estuviera allí, en realidad no se trata más que de jóvenes del tipo de los sirvientes del establo, solo que no tienen su salud, les pone enfermos un poco de aire fresco y acaban en la cama, la cual, bien es cierto, saben buscar con sagacidad servil.

Frieda había apoyado su cabeza en el hombro de K, con los brazos entrelazados siguieron caminando en silencio de un lado a otro.

—Si hubiéramos emigrado en seguida —dijo Frieda lentamente, calmada, casi sintiéndose cómoda, como si supiera que solo le estaba permitido un corto plazo de tranquilidad en el hombro de K y quisiese disfrutarlo hasta el último instante—, si hubiéramos emigrado aquella misma noche, ahora podríamos estar seguros en cualquier lado, siempre juntos, con tu mano siempre lo suficientemente cerca para tocarla; cómo necesito tu proximidad, cómo me siento abandonada sin tu presencia desde que te conozco; tu presencia, créeme, es el único objeto de mis sueños, ningún otro.

Alguien gritó en el corredor lateral: era Jeremías, estaba fuera, en el escalón inferior, vestido solo con una camisa, pero se había envuelto con un chal de Frieda. Como allí estaba, con el pelo desgreñado, la barba rala, deslucida, los ojos cansados, suplicantes y expresando reproche, con las mejillas coloradas pero caídas, con las piernas desnudas temblando de frío, de tal forma que los largos flecos del chal temblaban con ellas, parecía un enfermo escapado del hospital, frente a quien no se podía pensar en otra cosa que en llevarlo de nuevo a la cama. Así lo entendió también Frieda, se soltó de K y en un instante ya estuvo abajo con él. Su cercanía, el modo cuidadoso con que le envolvió mejor en el chal, la prisa con que quería llevarle a la habitación, pareció fortalecerle algo, era como si en ese momento reconociese a K.

—¡Ah, el agrimensor! —dijo él, acariciando la mejilla de Frieda para pagarle su atención, pero ella no quería permitir ninguna conversación—. Perdone la molestia. No me siento bien, eso disculpa. Creo que tengo fiebre, tengo que tomar té y sudar. La condenada verja del jardín, de eso me tendré que arrepentir, y luego vagando de noche. Uno sacrifica su salud, sin notarlo, por cosas que no merecen la pena. Pero usted, señor agrimensor, no se deje estorbar por mí, venga con nosotros a nuestra habitación, haga una visita de enfermo y dígale a Frieda lo que le falte por decir. Cuando dos que están acostumbrados a estar juntos se separan, tienen, naturalmente, tanto que contarse en el último momento que un tercero es imposible que pueda comprenderlo, incluso cuando yace en la cama y espera el té que le han prometido. Pero entre, yo me mantendré en silencio.

—Basta, basta —dijo Frieda, y tiró violentamente de su brazo—. Tiene fiebre y no sabe lo que dice. K, no vengas, te lo pido. Es nuestra habitación, de Jeremías y mía, te prohíbo que entres. Me persigues, ay, K, ¿por qué me persigues? Jamás, jamás regresaré contigo, me dan escalofríos cuando pienso en esa posibilidad. Ve con tus mujercitas, se sientan junto a la calefacción con solo la camisa, a tu lado, como me han contado, y cuando alguien viene a buscarte, le echan de allí. Allí estarás como en casa, si tanto te atrae. Siempre he intentado apartarte de allí, con poco éxito, pero al menos lo he intentado, ahora ya es demasiado tarde, eres libre, ante ti se abre una vida feliz, a causa de la primera quizá tengas que luchar un poco con los sirvientes, pero en lo que respecta a la segunda, no hay nadie en el cielo ni en la tierra que pueda disputártela. La unión ha sido bendecida de antemano. No digas nada en contra, lo puedes refutar todo, pero al final no has refutado nada. Date cuenta, Jeremías, ¡lo ha refutado todo!

Se entendieron con gestos de la cabeza y sonrisas.

—Pero —continuó Frieda—, aceptando que lo hubieses refutado todo, ¿qué habrías logrado que me importase a mí? Lo que allí suceda es asunto vuestro, tuyo y de ellas, no mío. Lo mío es cuidar de Jeremías hasta que vuelva a estar sano como estaba antes, antes de que K le atormentase por mi culpa.

—Entonces ¿no quiere venir, señor agrimensor? —preguntó Jeremías, pero fue apartado finalmente por Frieda, quien ni siquiera se volvió más hacia K. Abajo se veía una puerta pequeña, aún más pequeña que la del corredor: no solo Jeremías, también Frieda tenía que inclinarse para entrar, en el interior parecía haber claridad y una temperatura agradable, aún se escucharon algunos susurros, probablemente palabras cariñosas para que Jeremías se acostara, luego cerraron la puerta.

23

K se dio cuenta entonces del silencio que reinaba en el corredor, y no solo en la parte en que había estado con Frieda y que parecía pertenecer a los espacios adyacentes a la taberna, sino también en el corredor largo con las habitaciones en las que antes había existido tanta agitación. Así que los señores se habían quedado finalmente dormidos. También K estaba muy cansado, tal vez a causa del cansancio no se había defendido contra Jeremías como tendría que haberlo hecho. Probablemente hubiese sido más astuto cambiar de estrategia y haberse puesto en el mismo plano que Jeremías, quien exageraba visiblemente su resfriado —su estado deplorable no se debía al resfriado, sino que era innato y no se dejaba curar por ningún té medicinal—, haberse puesto en su mismo plano, mostrando su gran cansancio real, agachándose allí mismo, en el corredor, lo que le tendría que haber sentado muy bien, dormir un poco y quizá haberse dejado cuidar. Pero no le habría ido tan bien como a Jeremías, quien con toda seguridad habría ganado en esa competición por la compasión ajena y, además, con razón, así como en cualquier otro tipo de lucha. K estaba tan cansado que pensó si no debería intentar entrar en una de esas habitaciones, de las que alguna podría estar vacía, y dormir profundamente sobre una buena cama. Eso habría sido, según su opinión, una buena indemnización por mucho de lo acaecido. También tenía consigo una bebida que le facilitaría el sueño. En la bandeja que Frieda había dejado en el suelo había una pequeña garrafa que contenía algo de ron. K acometió el esfuerzo de regresar y la vació.

Ahora se sentía al menos lo suficientemente fuerte para ver a Erlanger. Buscó la puerta de Erlanger, pero como ya no veía al criado ni a Gerstäcker y todas las puertas eran iguales, no la pudo encontrar. No obstante, creyó recordar en qué lugar del corredor había estado la puerta y decidió abrir una puerta que, según su opinión, era la buscada. El intento no podía ser muy peligroso; si era la habitación de Erlanger, este le recibiría, si era la habitación de algún otro, sería posible disculparse e irse, y si el huésped dormía, lo que era más probable, no notaría la visita de K, solo podía empeorar la situación si la habitación estaba vacía, pues en ese caso no podría resistir la tentación y se echaría en la cama, durmiendo hasta no se sabe cuándo. Miró una vez a derecha e izquierda del corredor por si venía alguien que le pudiese informar e hiciese inútil el riesgo, pero todo el corredor se encontraba vacío y en silencio. A continuación, K escuchó en la puerta y tampoco oyó nada. Llamó tan bajo que alguien durmiendo no se habría despertado y, como entonces tampoco sucedió nada, abrió la puerta con extremada precaución. Pero le recibió un ligero grito. Era una habitación pequeña, una amplia cama ocupaba casi la mitad de ella, en la mesita de noche brillaba una lámpara, a su lado había un maletín. En la cama, aunque oculto por una manta, alguien se movió con nerviosismo y susurró a través de un resquicio entre la manta y la almohada:

—¿Quién es?

Ahora K no podía marcharse sin más; insatisfecho observó la opulenta cama, aunque, desgraciadamente, ocupada, entonces se acordó de la pregunta y dijo su nombre. Eso pareció tener un buen efecto, el hombre en la cama retiró un poco la manta del rostro, pero con miedo, dispuesto a volverse a cubrir por completo cuando algo en el exterior le resultase sospechoso. Pero al instante se quitó toda la manta y se incorporó. Desde luego no se trataba de Erlanger. Era un hombre pequeño y bien parecido, cuyo rostro incluía una cierta contradicción: que las mejillas poseían una redondez infantil, los ojos reflejaban una alegría también infantil, pero la elevada frente, la nariz puntiaguda, la boca delgada, cuyos labios no llegaban a cerrarse, y el mentón retraído no eran en ningún modo infantiles, sino que traicionaban un pensamiento superior. Era la satisfacción, la satisfacción consigo mismo la que había mantenido en su rostro un fuerte resto de sana infantilidad.

—¿Conoce a Friedrich? —preguntó.

K respondió negativamente.

—Pero él le conoce a usted —dijo el señor sonriendo.

K asintió, no le faltaba gente que le conociera, ese era incluso uno de los impedimentos principales en su camino.

—Soy su secretario —dijo el señor—, me llamo Bürgel.

—Disculpe —dijo K, y puso la mano en el picaporte—, me he equivocado de puerta, en realidad estoy citado en la habitación del secretario Erlanger.

—¡Qué lástima! —dijo Bürgel—. No que haya sido citado en otra parte, sino que se haya equivocado de puerta. Una vez despertado, ya no puedo dormirme. Bueno, eso no tiene por qué preocuparle, es mi desgracia personal. ¿Por qué no se podrán cerrar aquí las puertas con llave? Cierto, tiene su motivo: porque, según el dicho, las puertas de los secretarios siempre deben estar abiertas. Pero tampoco se debería tomar tan a la letra.

Bürgel miró a K con alegría y un gesto interrogativo; al contrario de lo que expresaban sus quejas, parecía muy descansado, desde luego no estaba tan cansado como K en ese momento.

—Son las cuatro, tendrá que despertar a la persona con quien quiere hablar, no todos están acostumbrados como yo a que perturben su sueño, no todos lo aceptarán con tanta paciencia, los secretarios forman un cuerpo muy nervioso. Quédese, por tanto, un rato. A las cinco comienzan aquí a levantarse, entonces podrá cumplir de la mejor manera con su citación. Deje entonces de una vez el picaporte y siéntese donde pueda, el espacio aquí es estrecho, lo mejor será que se siente aquí, en el borde de la cama. ¿Se asombra de que no tenga ni mesa ni sillas? Bueno, tuve la elección, o una habitación completamente amueblada con una estrecha cama de hotel o esta gran cama con solo el lavabo. Elegí la cama grande: en un dormitorio la cama es lo principal. ¡Ay!, para quien pueda estirarse bien y sea un buen dormilón, esta cama tiene que ser espléndida. Pero también a mí, que siempre estoy cansado y sin poder dormir, me hace bien, en ella paso la mayor parte del día, aquí despacho la correspondencia y tomo declaración a las partes. Me va bien. Aunque las partes no tienen sitio para sentarse, lo soportan, para ellos resulta más agradable si permanecen de pie y el secretario se siente a gusto, que permanecer cómodamente sentados y que los miren con mala cara. Así que solo puedo ofrecer este sitio en el borde de la cama; no obstante, este no es un sitio oficial y solo está reservado para las conversaciones nocturnas. Pero usted está demasiado callado, señor agrimensor.

—Estoy muy cansado —dijo K, quien, después de la invitación, se había sentado inmediatamente, con grosería y sin respeto alguno, en la cama y se había apoyado en un poste.

—Naturalmente —dijo Bürgel sonriendo—, todos aquí están cansados. No ha sido ninguna pequeñez lo que he rendido entre ayer y hoy. Es prácticamente imposible que me vuelva a dormir ahora, pero si ocurriera esa extremada improbabilidad y me durmiera mientras usted está aquí, le ruego que permanezca en silencio y no abra la puerta. Pero no tema, no me voy a dormir y, en el mejor de los casos, solo unos minutos. Ocurre conmigo que, quizá debido a que estoy acostumbrado al trato con las partes, me duermo más fácilmente cuando tengo compañía.

—Le ruego que se duerma, señor secretario —dijo K, contento por ese anuncio—, yo también dormiré un poco, si me lo permite.

—No, no —volvió a reír Bürgel—, no puedo dormirme simplemente porque me inviten a ello, solo en el curso de la conversación se puede dar la ocasión, lo que mejor me duerme es una conversación. Sí, los nervios padecen con nuestro trabajo. Yo, por ejemplo, soy secretario de enlace. ¿No sabe lo que es? Bueno, yo represento el enlace más fuerte —aquí se frotó las manos con alegría espontánea— entre Friedrich y el pueblo, formo el enlace entre sus secretarios del castillo y los del pueblo, la mayor parte del tiempo la paso en el pueblo, pero no siempre, en cualquier momento tengo que estar preparado para subir al castillo, ahí ve mi maletín, una vida agitada, no todos están hechos para ella. Por otra parte, es cierto que ya no puedo prescindir de este tipo de trabajo, cualquier otro trabajo me parece insípido. ¿Ocurre lo mismo con su trabajo de agrimensor?

—Ahora mismo no realizo ese trabajo, no me ocupo en labores de agrimensor —dijo K; no prestaba mucha atención a lo que se estaba diciendo, en realidad ardía en deseos de que Bürgel se durmiera, pero también eso lo hacía por un cierto sentido del deber, en el fondo creía saber que aún transcurriría tiempo antes de quedarse dormido.

—Eso es asombroso —dijo Bürgel con un vivo gesto de la cabeza y sacó un cuaderno de debajo de la manta para anotar algo—. Usted es agrimensor y no realiza ningún trabajo de agrimensura.

K asintió mecánicamente, había extendido su brazo izquierdo hacia arriba en el poste de la cama y descansaba su cabeza en él; ya había intentado ponerse cómodo de múltiples maneras, pero esa posición era la más cómoda de todas, ahora podía prestar algo más de atención a lo que Bürgel decía.

—Estoy dispuesto —continuó Bürgel— a seguir este asunto. Aquí en el pueblo no estamos en la situación de poder desaprovechar fuerzas laborales especializadas. Y también para usted tiene que ser desagradable, ¿no padece por ello?

—Sí que padezco —dijo lentamente K, y sonrió para sí, pues precisamente en ese momento no padecía lo más mínimo por esa circunstancia. Tampoco le hizo una gran impresión el ofrecimiento de Bürgel. Era por completo diletante. Sin saber algo de la situación que había propiciado el llamamiento de K, de las dificultades que habían surgido en la comunidad y en el castillo, de las complicaciones que se habían producido durante la residencia de K en el pueblo, sin saber nada de eso, sí, incluso sin mostrar, como sería de esperar sin más en un secretario, que ni siquiera tenía una idea del tema, se ofrecía de repente a arreglar todo el asunto con ayuda de su pequeño cuaderno de notas.

—Parece haber sufrido ya algunas decepciones —dijo Bürgel, y demostró tener una cierta experiencia del mundo, lo que impulsó a K, desde que había entrado en la habitación, a no subestimar a Bürgel, pero en su estado era difícil juzgar correctamente algo que no fuese su propio cansancio.

—No —dijo Bürgel, como si respondiera a un pensamiento de K y le quisiera privar de forma considerada del esfuerzo de responder—. No debe dejarse desanimar por las decepciones. Aquí hay algo que especialmente parece dispuesto para desanimar, y cuando se llega a este lugar por primera vez, los impedimentos parecen insalvables. No quiero investigar el fondo del asunto, tal vez la apariencia se corresponda con la realidad, en mi posición me falta la distancia necesaria para comprobarlo, pero adviértalo, a veces pueden surgir nuevas ocasiones que no llegan a coincidir del todo con la situación general, ocasiones mediante las cuales, a través de una palabra, de una mirada, de una señal de confianza, se puede conseguir más que con esfuerzos extenuantes que duran toda la vida. Sí, así es. Ciertamente, esas ocasiones coinciden de nuevo con la situación general en la medida en que nunca se aprovechan del todo. Pero ¿por qué no se llegan a aprovechar del todo?, me pregunto una y otra vez.

K no lo sabía, sin embargo notaba que el tema de conversación de Bürgel con toda probabilidad le afectaba a él personalmente, pero tenía una gran aversión hacia todo aquello que le afectaba de algún modo: echó la cabeza un poco hacia un lado, como si quisiese dejar vía libre a las preguntas de Bürgel y no le concerniera ninguna de ellas.

—Los secretarios siempre se han quejado —continuó Bürgel, estirando los brazos y bostezando, lo que contradecía confusamente la seriedad de sus palabras— de verse obligados a realizar por la noche la mayoría de los interrogatorios en el pueblo. Pero ¿por qué se quejan? ¿Porque les fatiga mucho? ¿Porque preferirían mejor emplear la noche en dormir? No, de eso no se quejan. Entre los secretarios los hay, naturalmente, diligentes y menos diligentes, como en todas partes, pero ninguno de ellos se queja por realizar esfuerzos desmedidos, sobre todo en público. No es nuestra manera de ser. A este respecto no conocemos ninguna diferencia entre tiempo de ocio y tiempo laboral. Esas diferenciaciones nos resultan ajenas. Pero entonces ¿qué tienen los secretarios contra los interrogatorios nocturnos? ¿Se trata acaso de consideración hacia las partes? No, no, tampoco es eso. Frente a las partes los secretarios son desconsiderados, aunque no lo son menos que frente a ellos mismos, sino exactamente igual. En realidad, esa desconsideración, es decir, su férrea prestación y ejecución de su servicio, representa la mayor consideración que las partes podrían desearse. En el fondo, esta circunstancia se acepta por todos (un observador superficial, sin embargo, no lo nota), aunque, por ejemplo, en este caso, son precisamente los interrogatorios nocturnos los más apreciados por las partes, nunca se presentan quejas importantes contra los interrogatorios nocturnos. ¿Por qué, entonces, esa aversión de los secretarios?

K tampoco lo sabía, sabía tan poco, ni siquiera distinguía si Bürgel reclamaba seriamente la respuesta o solo en apariencia. «Si me dejas echarme en tu cama —pensó—, te responderé a todas las preguntas mañana al mediodía o, mejor, por la tarde.»

Pero Bürgel no parecía prestarle atención, tanto le ocupaba la pregunta que él se había formulado a sí mismo.

—Por lo que puedo reconocer y según mi experiencia, los secretarios tienen, respecto a los interrogatorios nocturnos, las siguientes dificultades: la noche es poco adecuada para las sesiones con las partes porque por la noche es difícil o casi imposible mantener el carácter oficial de las sesiones. Esto no se debe a las formalidades, las formas se pueden observar, naturalmente, con la misma severidad que durante el día. Así que eso no es; sin embargo, la apreciación oficial padece por la noche. Uno tiende involuntariamente a enjuiciar las cosas bajo una perspectiva más personal, las alegaciones de las partes cobran más peso de lo que les corresponde, en la apreciación se mezclan consideraciones ajenas que pertenecen a la situación privada de las partes, al margen del asunto, así como sus padecimientos y preocupaciones; la barrera necesaria entre las partes y el funcionario, por más que exista sin máculas, se disloca, y donde, como debería ser, solo se intercambian preguntas y respuestas, parece producirse un extraño e inadecuado trueque de personas. Al menos eso es lo que cuentan los secretarios, esto es, gente que, a causa de su profesión, está dotada de un extraordinario tacto para esas cosas. Pero incluso ellos (sobre esto ya se ha discutido con frecuencia en nuestro círculo) notan poco de esos efectos desfavorables durante los interrogatorios nocturnos, todo lo contrario, se esfuerzan de antemano por oponerse a ellos y finalmente creen haber alcanzado buenos rendimientos. Pero si después se leen los expedientes, uno se sorprende por sus ostensibles debilidades. Y son estos errores, una y otra vez victorias casi injustificadas de las partes, los que, al menos según nuestros reglamentos, ya no se pueden arreglar en la acostumbrada vía breve. Cierto, más tarde serán mejorados por la oficina de control, pero eso solo servirá al derecho, ahora ya no podrá dañar a la parte beneficiada. ¿No están muy justificadas, bajo esas circunstancias, las quejas de los secretarios?

K ya se había quedado un rato adormecido, ahora volvía a ser molestado. ¿A qué venía todo eso? ¿A qué?, se preguntó, y con los párpados caídos contempló a Bürgel no como a un funcionario, sino como a algo que le impedía dormir y cuyo sentido no podía averiguar. Bürgel, sin embargo, sumido en su argumentación, sonreía como si hubiese conseguido desorientar un poco a K, pero estaba dispuesto a conducirlo de nuevo al camino correcto.

—Bueno —dijo—, tampoco se puede decir, así, sin más, que esas quejas sean del todo justificadas. Los interrogatorios nocturnos no han sido prescritos en ningún sitio, no se incumple ningún reglamento si los funcionarios intentan evitarlos, pero las circunstancias, el estar sobrecargados de trabajo, las formas de desempeñar su empleo en el castillo, su difícil disponibilidad, el reglamento que establece que se debe interrogar a las partes inmediatamente después de la finalización de la investigación, todo eso y mucho más ha contribuido a que los interrogatorios nocturnos se hayan convertido en una necesidad inevitable. Pero si se han convertido en una necesidad (digo yo), también es, al menos indirectamente, un resultado de los reglamentos, y censurar la esencia de los interrogatorios nocturnos (aquí, naturalmente, exagero un poco, y precisamente como exageración puedo decirlo) supone entonces censurar al mismo tiempo los reglamentos. Por el contrario, los secretarios mantienen la competencia de asegurarse tan bien como pueden contra los interrogatorios y contra sus tal vez aparentes desventajas en el marco establecido por los reglamentos. Y eso es lo que hacen y, además, en gran medida, solo permiten causas en las que haya poco que temer en todos los sentidos: las examinan cuidadosamente antes de las sesiones y, cuando el resultado del examen así lo requiere, y aunque sea en el último momento, suspenden todas las declaraciones, se fortalecen al citar a una de las partes hasta diez veces antes de interrogarla realmente, prefieren dejarse representar por algún colega que no es competente en el caso correspondiente (tratándole así con más ligereza) o sitúan las sesiones al principio o al final de la noche y evitan las horas intermedias, y estas no son todas las medidas; los secretarios no se dejan abordar fácilmente, son casi tan resistentes como vulnerables.

K dormía, en realidad no era un sueño en el sentido propio del término, oía las palabras de Bürgel quizá mejor que cuando estaba despierto y muerto de cansancio, cada una de las palabras repercutía en su oído, pero la molesta conciencia había desaparecido, se sentía libre, ya no era Bürgel quien le retenía, sino que era él quien tanteaba en el camino hacia Bürgel; aún no se había quedado profundamente dormido, pero se había sumido en el sueño, nadie se lo podría ya robar. Y le pareció como si hubiese logrado una gran victoria y de pronto hubiese alguien allí para celebrarlo y como si él u otra persona elevase una copa de champán en honor del vencedor. Y para que todos supieran de qué se trataba, la lucha y la victoria se repitieron, o quizá no, más bien se produjeron en ese momento y, en realidad, la victoria se había celebrado con anticipación, así que tampoco se dejó de celebrar, pues el éxito, afortunadamente, era seguro. K acosó en la lucha a un funcionario desnudo, muy parecido a la estatua de un dios griego. Era muy gracioso y K se rio en sueños de cómo el secretario perdía su actitud orgullosa ante cada ataque de K y tenía que emplear el brazo extendido y el puño cerrado para cubrir sus vergüenzas, siendo siempre demasiado lento. La lucha no duró mucho, K avanzó paso a paso y los pasos eran muy grandes. ¿Se trataba, en realidad, de una lucha? No había ninguna resistencia seria, solo aquí y allá se oía algo parecido al piar del secretario. Ese dios griego piaba como una jovencita a la que se le hacen cosquillas. Y, finalmente, desapareció; se quedó solo en una gran estancia: dispuesto a la lucha giró sobre sí mismo y buscó al contrario, pero no había nadie, también la compañía había desaparecido, solo quedaba la copa de champán rota en el suelo. K la trituró con el pie. Sin embargo, los trozos de cristal se le clavaron y en ese momento se despertó sobresaltado.

Se sintió mareado, como cuando despiertan a un niño pequeño; a pesar de ello, al ver el pecho desnudo de Bürgel, se deslizó en él un pensamiento del sueño: ¡aquí tienes a tu dios griego! ¡Sácale de la cama!

—Sin embargo —dijo Bürgel, elevando el rostro hacia el techo en actitud reflexiva, como si buscase ejemplos en la memoria, pero no pudiese encontrar ninguno—, sin embargo, pese a todas las medidas de precaución, hay una posibilidad para las partes de aprovecharse de esa debilidad nocturna de los secretarios, siempre presuponiendo que se trate de una debilidad. Si bien se trata de una posibilidad muy esporádica que no surge casi nunca. Consiste en que el interesado comparezca a medianoche sin haberse anunciado. Tal vez se sorprenda de que esto, a pesar de que parezca tan evidente, ocurra tan poco. Bueno, usted no se ha familiarizado aún con nuestras costumbres. Pero también a usted le ha debido de llamar la atención la falta de lagunas que caracteriza a la organización administrativa. De esa falta de lagunas resulta que cualquiera que tenga alguna demanda o que deba ser interrogado por cualquier otro motivo, en seguida, sin dudar, la mayoría de las veces antes de haberse hecho cargo del asunto, sí, incluso antes de que lo sepa, reciba una citación. Esa vez aún no se le tomará declaración, en la mayoría de los casos aún no, por lo normal el asunto no ha alcanzado la madurez necesaria, pero ya tiene la citación, ya no puede venir completamente de sorpresa y sin anunciarse, como mucho solo puede llegar a destiempo, entonces se le llama la atención sobre la fecha y la hora de la citación y cuando regresa en el momento preciso, por regla general, ya no se le recibe y no hay ninguna dificultad más; la citación en la mano del interesado y la anotación en el expediente siempre son para los secretarios fuertes armas defensivas, aunque no siempre basten. Esto se refiere al secretario que únicamente es competente del asunto, cualquiera tiene la libertad de presentarse sorpresivamente ante los otros por la noche. Pero eso apenas hay alguien que lo haga, no tiene sentido. Al principio con esa medida se irritaría al funcionario competente; nosotros, los secretarios, no somos celosos del trabajo de los demás, cada uno soporta su elevada y bien distribuida carga de trabajo, sin mezquindad alguna, pero frente a las partes no podemos tolerar perturbaciones en el ámbito competencial. Alguno ya ha perdido la partida porque, al creer que no lograba avanzar hasta la instancia competente, intentó escurrirse en una que no era competente. Esos intentos, por lo demás, también tienen que fracasar debido a que un secretario que no es competente, incluso cuando es asaltado por sorpresa en plena noche y quiere ayudar con la mejor voluntad, precisamente debido a su falta de competencia apenas puede intervenir más que cualquier abogado o, en el fondo, mucho menos, pues, incluso si pudiera hacer algo, ya que conoce los caminos secretos del Derecho mejor que cualquier abogado, le falta el tiempo en las cosas que no es competente, no puede emplear en ellas ni un minuto. ¿Quién utilizaría entonces sus noches en visitar a secretarios que no son competentes? También las partes están muy ocupadas, sobre todo si, además de cumplir con sus profesiones, quieren corresponder a las citaciones y avisos de las instancias competentes, «ocupadas», es cierto, en el sentido de las partes, lo que no es ni mucho menos lo mismo que «ocupado» en el sentido de los secretarios.

K asintió sonriendo, ahora creía comprenderlo todo,

y no porque le preocupase, sino porque ahora estaba convencido de que de un momento a otro iba a caer dormido profundamente, esta vez sin sueños ni perturbaciones; entre los secretarios competentes a un lado y los que no lo eran a otro y, en vista de la masa de partes tan ocupada, se sumiría en un sueño profundo y de esa manera escaparía a todos. Se había acostumbrado hasta tal punto a la voz baja y satisfecha de Bürgel, luchando ella misma en vano por alcanzar el sueño, que más que impedirla estimulaba su somnolencia.

«Muele, molino, muele —pensaba—, solo mueles para mí.»

—Así pues, ¿dónde está? —dijo Bürgel, jugando con dos dedos en el labio inferior, con los ojos muy abiertos y el cuello extendido, como si, después de una esforzada caminata, se aproximara a una vista espléndida—, ¿dónde está esa mencionada y rara posibilidad que casi nunca se presenta? El secreto se encuentra en los reglamentos sobre las distribuciones de competencias. Pero esto no supone, y no puede suponer, en una gran organización viviente, que haya un determinado secretario competente para cada asunto. Ocurre que uno tiene la competencia principal, muchos otros, sin embargo, una competencia parcial, aunque sea pequeña. ¿Quién podría solo, aunque fuese el trabajador más esforzado, concentrar en su mesa todas las relaciones y todos los asuntos por pequeños que fueran? Incluso lo que he dicho sobre la competencia principal resulta exagerado. ¿Acaso no se encuentra ya en la competencia más pequeña también la general? ¿No decide la pasión con que se acomete el asunto? Y esta pasión, ¿no es siempre la misma y siempre con la misma fuerza? Puede ser que haya diferencias entre los secretarios, y las hay numerosísimas, pero no en la pasión, ninguno de ellos puede retenerse cuando le llega el requerimiento para ocuparse de un caso respecto al cual tenga competencia, por mínima que esta sea. Hacia el exterior, sin embargo, se tiene que crear una posibilidad ordenada para el desarrollo de la causa, por eso siempre aparece en primer plano ante las partes un determinado secretario, a quien se tienen que atener oficialmente. Pero no tiene que ser aquel que posee la competencia principal sobre el caso, aquí decide la organización y sus necesidades circunstanciales. Este es el estado de las cosas. Y ahora considere, señor agrimensor, la posibilidad de que una de las partes, por cualquier razón, a pesar de los impedimentos que ya le he descrito, en general completamente suficientes, sorprenda en plena noche a un secretario que tiene cierta competencia sobre el caso correspondiente. ¿No ha pensado en esa posibilidad? Lo creo. Tampoco es necesario pensar en ella, pues no se presenta casi nunca. Qué extraño, hábil y bien formado granito de arena debería ser esa persona para poder pasar por ese insuperable cedazo. ¿Usted cree que no puede pasar? Tiene razón, no puede pasar de ningún modo. Pero una noche (¿quién puede garantizarlo todo?) logra pasar. Entre mis conocidos no conozco a ninguno a quien le haya ocurrido, pero eso demuestra poco: mis conocidos son limitados en comparación con todos los que aquí tomamos en consideración y, además, no es seguro que un secretario, a quien le haya ocurrido algo parecido, lo quiera reconocer; se trata, así y todo, de un asunto muy personal y que afecta de algún modo al pudor profesional. No obstante, mi experiencia demuestra que se trata de un asunto muy esporádico, que solo parece existir en los rumores y que no ha sido confirmado por ninguna circunstancia. Incluso si ocurriera realmente, se le podría quitar su carácter nocivo (al menos eso creo) demostrándole (lo que resulta muy fácil) que para él no hay ningún lugar en el mundo. En todo caso, supone una actitud enfermiza cuando, por miedo, se esconde algo de él bajo la manta y uno no se atreve a mirar. E incluso cuando la perfecta improbabilidad hubiese tomado repentinamente cuerpo, ¿acaso está todo perdido? Todo lo contrario. Que esté todo perdido es más improbable que lo más improbable. Cierto, si la parte se encuentra en la habitación, ya es lo suficientemente malo. Oprime el corazón. «¿Cuánto tiempo podrás ofrecer resistencia?», se pregunta uno. Pero no habrá ninguna resistencia, eso ya se sabe. Debe imaginarse correctamente la situación. La parte nunca vista, siempre esperada, esperada con verdadera sed y siempre considerada de forma razonable como inalcanzable, se sienta ahí. Solo su muda presencia invita a penetrar en su pobre vida, a moverse por ella como si fuera de nuestra propiedad y sufrir con él por sus vanas reclamaciones. Esa invitación en la noche silenciosa es cautivadora. Se la acepta y se ha dejado de ser una persona de la administración. Es una situación en la que muy pronto será imposible rechazar una petición. Bien considerado, se está desesperado y, mejor considerado aún, se es muy feliz. Desesperado porque esa indefensión con la que nos sentamos aquí y esperamos la petición de la parte, sabiendo que una vez formulada hay que cumplirla, aun cuando, al menos en lo que uno puede apreciar, haga pedazos la organización administrativa, es lo más enojoso que se nos puede presentar en la práctica. Ante todo (y prescindiendo de lo demás) porque se produce una violenta e inaudita elevación jerárquica. Por nuestra posición no estamos autorizados a cumplir ese tipo de peticiones, pero por la proximidad de esas partes nocturnas aumentan en cierto modo nuestras energías administrativas, nos obligamos a cosas que están fuera de nuestro ámbito, sí, incluso las ejecutamos; las partes, como los ladrones en el bosque, nos obligan en la noche a realizar sacrificios de los que no seríamos capaces durante el día; pues bien, así ocurre cuando la parte está ahí, nos fortalece y nos obliga y nos instiga y todo está inconscientemente en marcha, pero ¿cómo será después, cuando la parte nos abandone ya satisfecha y despreocupada y nosotros nos quedemos solos e indefensos ante nuestro abuso de autoridad? No me atrevo ni a pensarlo. Y, sin embargo, somos felices. Qué suicida puede ser la felicidad. Podríamos esforzarnos en mantener secreta para las partes la verdadera situación. Ellas, por sí mismas, apenas notan nada. Según su opinión, probablemente han entrado, por cualquier motivo casual, cansados, decepcionados y desconsiderados e indiferentes por el cansancio y la decepción, en una habitación equivocada, se sientan ahí completamente ignorantes y ocupan sus pensamientos, si se llegan a ocupar en algo, con su error o su cansancio. ¿No se les podría dejar abandonados a sus pensamientos? No, no se puede. Hay que explicarles todo con la locuacidad de los benditos. Hay que mostrarles detalladamente, sin exponerse a ningún riesgo, lo que ha ocurrido y por qué motivos ha ocurrido, qué excepcionalmente rara y qué únicamente grande es la oportunidad, hay que mostrar cómo ha caminado a tientas en ese asunto en plena impotencia, como solo las partes pueden hacerlo, y cómo ahora, señor agrimensor, lo pueden dominar todo y para ello no tienen que hacer nada más que presentar su petición, cuyo cumplimiento ya está dispuesto, y para el que ellas ya estiran sus brazos; todo eso hay que mostrar, es la hora más difícil del funcionario. Pero una vez que se ha hecho, señor agrimensor, ya ha ocurrido lo más necesario, entonces hay que moderarse y esperar.

K ya no oyó nada más, dormía, ausente a todo lo que podía ocurrir. Su cabeza, que al principio había colocado en el brazo izquierdo en la parte superior del poste de la cama, se había deslizado durante el sueño y colgaba libremente, hundiéndose cada vez más, sin que el apoyo del brazo fuese ya suficiente, pero K se apropió de otro apoyo al extender la mano derecha bajo la manta y coger casualmente el pie de Bürgel. Este miró en esa dirección y le dejó el pie, por molesto que le resultara.

De repente alguien golpeó repetidamente la pared. K se asustó y miró hacia la pared.

—¿Está ahí el agrimensor? —preguntó alguien.

—Sí —dijo Bürgel; liberó su pie de K y se estiró repentinamente animado y travieso como un joven.

—Entonces que venga ya de una vez —dijo la voz.

No se tomó en consideración a Bürgel ni a que pudiera necesitar a K.

—Es Erlanger —musitó Bürgel. No pareció sorprenderle que se encontrase en la habitación contigua—. Vaya en seguida, ya está enojado, intente calmarlo. Tiene un buen sueño, pero hemos conversado en voz demasiado alta, uno no puede dominarse cuando habla de ciertas cosas. Vaya, vaya, parece como si no pudiera salir de su somnolencia. Vaya, ¿qué quiere aún aquí? No, no tiene que disculparse por su somnolencia,

¿por qué tendría que hacerlo? Las energías corporales solo llegan hasta un límite determinado, ¿qué culpa tiene de que esos límites tengan gran importancia en otros aspectos? No, nadie es culpable por eso. Así se corrige el mundo en su curso y mantiene el equilibrio. Se trata de un dispositivo admirable, inimaginablemente admirable, aunque desconsolador en otros sentidos. Pero ahora váyase, no sé por qué me mira así. Si se sigue demorando, Erlanger caerá sobre mí, y me gustaría evitarlo. Pero váyase, quién sabe lo que le espera, aquí está todo lleno de oportunidades. Solo que hay oportunidades que, en cierta medida, son demasiado grandes para ser aprovechadas; hay cosas que no fracasan por otro motivo que por sí mismas. Sí, es maravilloso. Por lo demás, ahora espero poder dormir un poco. Cierto, ya son las cinco y pronto comenzará el ruido. ¡Si al menos quisiera irse ya!

Aturdido por el repentino despertar de un profundo sueño, aún necesitado ilimitadamente de sueño, con el cuerpo dolorido por la incómoda postura, K no se decidía a levantarse, mantenía la frente con una mano y miraba hacia su pecho. Ni siquiera las continuas despedidas de Bürgel habían logrado impulsarle a marcharse, solo el sentimiento de la completa inutilidad de prolongar su estancia allí le indujo lentamente a hacerlo. Aquella habitación le parecía indescriptiblemente yerma. Si eso había ocurrido entonces o había sido así desde el principio, no lo sabía. Ni siquiera lograría volver a dormirse allí. Ese convencimiento fue, incluso, lo decisivo, riéndose un poco de ello, se levantó, se apoyó donde solo se podía encontrar un apoyo, en la cama, en la pared, en la puerta, y salió, como si hiciese mucho tiempo que se hubiese despedido de Bürgel, sin un saludo.

24

Probablemente también le hubiera resultado indiferente haberse pasado la habitación de Erlanger, si Erlanger no hubiese estado en la puerta abierta y le hubiese hecho una seña, una única y pequeña seña con el dedo índice. Erlanger ya estaba dispuesto a irse, llevaba un abrigo de piel negro abrochado hasta el cuello. Un sirviente le daba en ese mismo momento los guantes y mantenía en la otra mano un gorro de piel.

—Tendría que haber venido mucho antes —dijo Erlanger.

K quiso disculparse, pero Erlanger mostró al parpadear con cansancio que renunciaba a sus disculpas.

—Se trata de lo siguiente —dijo—, en la taberna trabajaba antes una tal Frieda, solo conozco su nombre, a ella no la conozco, no me interesa. Esa tal Frieda le sirvió a Klamm alguna vez la cerveza, ahora parece haber allí otra muchacha. Bien, ese cambio carece, naturalmente, de importancia, probablemente para todos, con toda seguridad para Klamm. Pero cuanto más grande es un trabajo, y el trabajo de Klamm es el más grande, menos fuerza resta para defenderse contra el mundo exterior, en consecuencia cualquier cambio banal puede perturbar seriamente las cosas más importantes. El más pequeño cambio en la mesa, la limpieza de una mancha existente allí desde siempre, todo eso puede perturbar del mismo modo que una nueva criada. Ahora bien, todo eso perturba, como perturbaría a cualquier otro con cualquier trabajo, pero no a Klamm, eso es imposible. Sin embargo, estamos obligados a velar por el bienestar de Klamm de tal forma que apartemos de él perturbaciones que para él no son tales (probablemente para él no haya ninguna), cuando nos llaman la atención como un potencial foco de perturbación. Y no por él, no por su trabajo apartamos esas perturbaciones, sino por nosotros, por nuestra conciencia y tranquilidad. Por esta razón, Frieda tiene que regresar inmediatamente a la taberna: quizá por el hecho de regresar, perturbe, pero entonces la volveremos a echar; provisionalmente, sin embargo, tiene que regresar. Usted vive con ella, según me han dicho, así que consiga que regrese de inmediato. Es evidente que aquí no se deben tomar en consideración sentimientos personales, por eso no pienso discutir nada sobre este asunto. Ya estoy haciendo más de lo necesario si menciono que en el caso de que cumpla en esta pequeñez, le podría ser útil en otro momento. Esto es todo lo que tenía que decirle.

Se despidió de K con una inclinación de cabeza, se puso el gorro de piel que le ofreció el sirviente y, seguido por este, bajó rápidamente por el corredor aunque cojeando algo.

A veces allí se impartían órdenes que eran muy fáciles de cumplir, pero esa facilidad no alegró a K. No solo porque la orden afectaba a Frieda se había emitido como una orden, aunque a K le hubiera sonado como una burla, sino ante todo porque en ella se reflejaba la inutilidad de todos sus esfuerzos. Sobre él pasaban las órdenes, las favorables y las desfavorables, y también las favorables tenían un núcleo desfavorable, pero en todo caso todas pasaban por encima de él y él se encontraba en una situación de inferioridad que le impedía acometerlas o enmudecerlas y tener la posibilidad de hacerse oír. Si Erlanger te hace señas para que no hables, ¿qué puedes hacer? Y si no hiciera señas, ¿qué podrías decirle? Ciertamente, K era consciente de que su cansancio le había perjudicado más que lo desfavorable de las circunstancias, pero ¿por qué una persona, que había creído poder confiar en su cuerpo y que sin esa convicción jamás se habría puesto en camino, no había podido pasar una noche sin dormir y otras durmiendo mal?, ¿por qué sintió allí ese cansancio incontrolable, donde nadie estaba cansado o donde, más bien, todos estaban continuamente cansados sin que eso perjudicase su trabajo, sí, incluso parecía que lo fomentaba?

De eso se podía deducir que era un cansancio diferente al de K. Allí se encontraba el cansancio en medio de un trabajo feliz, era algo que daba la sensación de ser cansancio pero que en realidad era una tranquilidad indestructible, una paz indestructible. Cuando se está algo cansado al mediodía, eso pertenece al feliz curso del día. Los señores aquí disfrutan de un continuo mediodía, se dijo K.

Y con esa idea coincidía que ya a las cinco de la mañana todo se tornase animado a los lados del corredor. Esa confusión de voces en las habitaciones tenía algo de extremadamente alegre. Una vez sonaba como el júbilo de los niños que se preparan para irse de excursión, otras veces como el amanecer en el gallinero, como la alegría de estar en consonancia con el día que despierta, incluso en un momento uno de los señores imitó el canto de un gallo. El corredor, sin embargo, aún estaba vacío, pero las puertas ya estaban en movimiento, una y otra vez se abría alguna de ellas y se cerraba en seguida, el corredor zumbaba por el abrir y cerrar de puertas, K también vio por arriba, en el resquicio que dejaban las paredes sin llegar al techo, cómo aparecían las cabezas desgreñadas y volvían a desaparecer. Desde el fondo venía lentamente un carrito, llevado por un sirviente, que contenía expedientes. Un segundo sirviente caminaba a su lado, tenía una lista en la mano y comparaba los números de las puertas con el de los expedientes. El carrito se detenía ante la mayoría de las puertas; por regla general se abría entonces la puerta y los expedientes correspondientes, a veces solo una hoja —en estos casos se producía una pequeña conversación entre la habitación y el corredor, probablemente se le hacían reproches al sirviente—, eran entregados en la habitación. Si la puerta permanecía cerrada, se colocaban cuidadosamente ante ella. En esos casos a K le pareció como si no cesase el movimiento en las puertas contiguas, sino que aumentase. Tal vez los otros se asomaban para mirar llenos de ansiedad los expedientes acumulados incomprensiblemente ante la puerta, no podían comprender que alguien que solo tenía que abrir la puerta para apoderarse de sus expedientes no lo hiciese; quizá incluso fuese posible que más tarde se repartiesen definitivamente los expedientes abandonados entre los demás señores, quienes en ese momento, asomándose continuamente, querían convencerse de si los expedientes seguían ante la puerta y si, por tanto, aún podían albergar esperanzas. Por lo demás, esos expedientes abandonados en el suelo solían ser gruesos legajos y K supuso que se habían dejado allí provisionalmente por cierta fanfarronería o maldad o por un justificado orgullo frente a los colegas. Algo fortaleció esa suposición: que a veces, y precisamente cuando él no miraba, el paquete, después de haber estado allí en exhibición un buen rato, era retirado repentinamente y a toda prisa, quedando la puerta tan inmóvil como antes. También las puertas vecinas se tranquilizaban en ese caso, decepcionadas o también satisfechas de que ese motivo de irritación hubiese desaparecido, pero poco después volvían a entrar en movimiento.

K contemplaba todo eso no solo con curiosidad, sino también con interés. Casi se sentía en medio de esa agitación, miraba aquí y allá y seguía, aunque a prudente distancia y para observar su labor de reparto, a los sirvientes, quienes, por cierto, ya con frecuencia se habían dado la vuelta con mirada severa, cabeza inclinada y gesto huraño. Esta labor, conforme avanzaba, se producía con mayor lentitud, o la lista no coincidía, o los expedientes no eran bien distinguidos por los sirvientes, o los señores ponían objeciones por otros motivos, en todo caso se llegaron a repetir algunos repartos, entonces el carrito retrocedía y el sirviente negociaba sobre la devolución a través del resquicio de la puerta. Esas negociaciones causaban grandes dificultades, ocurría con frecuencia que, cuando se trataba de una devolución, puertas que habían estado con anterioridad muy animadas ahora permaneciesen inexorablemente cerradas, como si no quisiesen saber nada del asunto.

Entonces comenzaban las verdaderas dificultades. Aquel que creía tener derecho a los expedientes era extremadamente impaciente, hacía mucho ruido en su habitación, daba palmadas, pataleaba, y gritaba una y otra vez a través del resquicio de la puerta un número determinado de expediente. En esas situaciones el carrito quedaba abandonado. Mientras uno de los sirvientes estaba ocupado en tranquilizar al impaciente, el otro luchaba ante la puerta cerrada para la devolución. Los dos lo tenían difícil. El impaciente se volvía más impaciente con los intentos de calmarle, ya no podía oír las palabras vacías del sirviente, no quería consuelo, quería expedientes, uno de esos señores llegó a derramar un vaso de agua sobre el sirviente. El otro sirviente, de superior rango jerárquico, aún lo tenía más difícil. Si el señor condescendía en negociar, se producían discusiones complejas en las que el sirviente se remitía a su lista y el señor a sus notas y precisamente a los expedientes que en teoría tenía que devolver, pero que mantenía con fuerza en la mano de tal manera que ni siquiera una esquina de él quedaba expuesta a la ansiosa mirada del sirviente. El sirviente, para buscar nuevas pruebas, también tenía que regresar al carrito que siempre había rodado un poco más debido a la inclinación del corredor, o tenía que ir a la habitación del señor que reclamaba sus expedientes para intercambiar las objeciones del actual poseedor con las del otro. Esas negociaciones duraban mucho tiempo, a veces llegaban a un acuerdo, el señor cedía una parte de los expedientes o recibía otra como indemnización, ya que solo se había producido una confusión, pero también sucedía que alguien tuviera que renunciar sin más a todos los expedientes requeridos, ya fuese porque el sirviente le acorralase con sus pruebas, ya porque se cansase de tanto negociar, pero entonces no le devolvía los expedientes al sirviente, sino que los arrojaba en una pronta decisión por el corredor, lo que provocaba que se soltasen las cintas, las hojas volasen y los sirvientes tuvieran que esforzarse en ordenarlo todo otra vez. Pero el problema resultaba proporcionalmente más difícil cuando el sirviente no recibía ninguna respuesta a su petición de devolución; en ese caso permanecía ante la puerta cerrada, pedía, suplicaba, citaba su lista, se remitía a reglamentos, todo en vano, ningún sonido salía de la habitación y, al parecer, el sirviente no tenía ningún derecho a entrar en la habitación sin permiso. A veces el sirviente llegaba a perder en esa situación el dominio de sí mismo, se iba hacia su carrito, se sentaba, sin más recursos, sobre los expedientes, se limpiaba el sudor de la frente y durante un rato no emprendía nada que no fuese bambolear los pies. El interés por esos incidentes era grande, por todas partes se oían cuchicheos en cuanto una puerta se quedaba tranquila y, curiosamente, seguían los acontecimientos por el resquicio de la pared con rostros embozados con toallas, que, por lo demás, no podían estar un rato en calma. En medio de toda esa agitación a K le resultó llamativo que la puerta de Bürgel permaneciese cerrada durante ese tiempo y que, aunque los sirvientes habían realizado el reparto de expedientes en esa parte del corredor, no le hubiesen entregado ninguno. Quizá seguía durmiendo, lo que, con ese ruido, hubiese significado un sueño muy sano, pero ¿por qué no había recibido ningún expediente? Solo muy pocas habitaciones y, además, probablemente deshabitadas, habían sido evitadas de esa manera. En cambio, en la habitación de Erlanger ya había un nuevo e intranquilo huésped, Erlanger debió de ser prácticamente desalojado por él en plena noche; eso no se adaptaba mucho al carácter frío y experimentado de Erlangen, pero el hecho de que hubiese esperado a K en el umbral de la puerta hablaba en esa dirección.

Después de esas observaciones más personales, se fijó de nuevo en el sirviente; respecto a ese sirviente no se constataba lo que le habían contado a K acerca de los sirvientes en general, de su inactividad, su vida cómoda, su arrogancia, también había excepciones entre los sirvientes o, lo que era más probable, había diferentes grupos entre ellos, pues allí había, como notó K, delimitaciones que hasta ese momento no había percibido. En especial de ese sirviente le gustó mucho su inflexibilidad. En lucha contra esas habitaciones obstinadas —a K le parecía una lucha contra las habitaciones, pues sus habitantes apenas se dejaban ver—, el sirviente no cedía. Se fatigaba, sin duda, pero ¿quién no se hubiese fatigado? Al poco tiempo, sin embargo, ya se había recuperado, bajaba del carrito y avanzaba una vez más, con los dientes apretados, para conquistar la puerta. Y ocurría que fuese rechazado una y dos veces, y de una forma muy fácil, mediante el endemoniado silencio, pero aún no se daba por vencido. Como veía que no podía conseguir nada con un ataque frontal, lo intentaba de otra manera, por ejemplo, y si K lo comprendió correctamente, con astucia. Se distanciaba aparentemente de la puerta, dejaba que agotase su silencio, se dirigía hacia otras puertas, pero después de un rato regresaba, llamaba al otro sirviente, todo en voz alta y de forma llamativa, y comenzaba a apilar expedientes ante la puerta, como si hubiese cambiado de opinión y al señor no se le tuviesen que retirar legítimamente expedientes, sino en realidad darle más. Entonces seguía, pero mantenía la puerta vigilada, y cuando el señor, como solía ocurrir, abría la puerta cuidadosamente para coger los expedientes, el sirviente estaba allí en dos saltos, introducía el pie entre la puerta y la pared y obligaba así al señor a negociar con él cara a cara, lo que conducía por regla general a un acuerdo parcialmente satisfactorio. Y si no lo conseguía así o no le parecía el método adecuado para una puerta concreta, lo intentaba de otra forma. Entonces se dedicaba, por ejemplo, al señor que reclamaba los expedientes. Desplazaba a un lado al otro sirviente, que solo trabajaba mecánicamente, y era más bien un estorbo, y comenzaba a convencer al señor con susurros, en secreto, introduciendo la cabeza en la habitación, probablemente le hacía promesas y le aseguraba el correspondiente castigo del otro señor en el próximo reparto, al menos señalaba con frecuencia hacia la puerta del oponente y reía, en lo que se lo permitía su cansancio. Pero también se daban casos, uno o dos, en los que renunciaba a más intentos, pero aquí también creía K que eso solo era una renuncia aparente o, al menos, una renuncia con motivos justificados, pues seguía con toda tranquilidad, toleraba, sin mirar hacia atrás, el ruido del señor perjudicado, y mostraba simplemente con un parpadeo más largo que sufría por el ruido. El señor, sin embargo, se tranquilizaba paulatinamente, al igual que el ininterrumpido llanto infantil se convierte poco a poco en sollozos aislados, aunque después de que hubiese enmudecido aún se oyese de vez en cuando un grito o un fugaz abrir y cerrar de esa puerta. En todo caso, se mostraba que también en esa oportunidad el sirviente había actuado correctamente. Finalmente solo quedó un señor que no quería tranquilizarse, calló durante un largo tiempo, pero simplemente para recuperarse, luego comenzó de nuevo, y no más débil que antes. No estaba muy claro por qué gritaba y se quejaba, quizá no fuese por el reparto de los expedientes. Mientras tanto, el sirviente había concluido su trabajo, solo un expediente, en realidad, un papel, la página de un cuaderno de notas, había quedado por culpa del ayudante en el carrito y no se sabía a quién le correspondía.

«Ese podría ser mi expediente», se le pasó a K por la cabeza. El alcalde siempre había hablado de ese «caso minúsculo». Y K, por muy ridícula y absurda que le pareciera esa suposición, intentó acercarse al sirviente que en ese momento mantenía pensativo la página en su mano. No era fácil, pues el sirviente no soportaba la proximidad de K, incluso en medio del trabajo más duro siempre había encontrado tiempo para mirar hacia K impaciente y enojado, con movimientos bruscos de la cabeza. Solo después de haber concluido el reparto parecía haberse olvidado algo de K, quizá porque se había tornado más indiferente; su extremado agotamiento lo hacía comprensible, tampoco se esforzaba mucho con la nota, ni siquiera la leyó entera, solo lo aparentó, y aunque probablemente habría procurado una gran alegría a uno de los señores al repartirle la nota, tomó otra decisión, ya estaba harto de repartir, así que hizo un gesto de silencio a su acompañante llevándose el dedo índice a la boca, rompió —K aún no había llegado hasta él— la nota en trozos pequeños y se los metió en el bolsillo. Se trataba de la primera irregularidad que K había visto en el trabajo administrativo, aunque también podía ser posible que lo hubiese entendido erróneamente. Y aun cuando fuese una irregularidad, se podía disculpar, y bajo las condiciones en que se realizaba el trabajo, el sirviente no podía trabajar sin cometer errores, una vez tenía que liberarse del enojo y la irritación acumulados, y que eso se mostrase solo en la acción de romper esa nota parecía lo suficientemente inocente. Aún resonaba la voz por el corredor del señor que no había manera de tranquilizar y los colegas, que en otros aspectos no se comportaban precisamente con amabilidad entre ellos, parecían compartir la misma opinión en lo referente al ruido, era como si el señor hubiese adoptado la tarea de hacer ruido por todos aquellos que le animaban con gritos y gestos con la cabeza para que siguiera con el escándalo. Pero el sirviente ya no se preocupaba en absoluto de ello, había terminado su trabajo, señaló el asidero del carrito para que el otro sirviente lo agarrase y se fueron como habían venido, solo que más satisfechos y con tal rapidez que el carrito brincaba ante ellos. Solo una vez se sobresaltaron y miraron hacia atrás, cuando el señor, que continuaba gritando, y ante cuya puerta permanecía K, porque le hubiera gustado saber qué quería realmente, al parecer comprobó que con los gritos no iba a llegar a ninguna parte y encontró el botón de un timbre, por lo que, entusiasmado con la posibilidad de liberar su enojo, en vez de gritar comenzó a tocar el timbre. A continuación, comenzó un gran murmullo en las otras habitaciones, al parecer de aprobación; el señor parecía estar haciendo algo que a todos les hubiera gustado hacer desde hacía tiempo y que habían omitido solo por motivos desconocidos. ¿Era quizá a la servidumbre, tal vez a Frieda, a quien llamaba el señor con todo ese ruido? Ya podía tocar todo lo que quisiera. Frieda estaba ocupada en envolver a Jeremías en paños calientes, y aun cuando él estuviese sano, ella tampoco tendría tiempo, pues entonces estaría en sus brazos. Pero los timbrazos tuvieron un efecto inmediato. Ya se veía cómo el posadero venía corriendo desde la lejanía, vestido de negro y abotonado hasta el cuello, como siempre; pero corría como si se olvidase de su dignidad; había extendido los brazos, como si le hubiesen llamado por haberse producido una gran desgracia y llegase para agarrarla y hacerla desaparecer en su pecho; y con cada irregularidad del timbre parecía dar un saltito y apresurarse aún más. Su esposa apareció a una gran distancia de él: también ella corría con los brazos extendidos, pero sus pasos eran cortos y afectados y K pensó que llegaría demasiado tarde, mientras tanto el posadero ya habría hecho todo lo necesario. Para dejar espacio al posadero, K se apretó contra la pared. Pero el posadero se detuvo ante K como si esa fuese su meta y la posadera le alcanzó en seguida y los dos le llenaron de reproches, que él, con las prisas y la sorpresa, no entendió, sobre todo porque el timbre del señor se injería e incluso otros timbres comenzaron a sonar, ahora ya no por necesidad, sino solo por jugar y por el exceso de alegría. K, porque tenía mucho interés en comprender su culpabilidad, se mostró conforme con que el posadero le tomase por el brazo y se lo llevase de aquel ruido que seguía aumentando, pues detrás de ellos —K no se volvió, ya que el posadero y sobre todo, en la otra parte, la posadera, no dejaban de hablarle— se abrían las puertas por completo, el corredor se animaba, pareció desarrollarse cierto tráfico, como en una animada callejuela, las puertas ante ellos parecían esperar impacientes a que K pasase de una vez por todas para poder dejar salir a los señores, y, mientras, no cesaban de tocar los timbres como si festejasen una victoria. Finalmente —ya se encontraban en el blanco y silencioso patio—, y con lentitud, K pudo irse enterando de qué había ocurrido. Ni el posadero ni la posadera podían entender que K hubiese osado hacer semejante cosa. Pero ¿qué había hecho? Una y otra vez lo preguntó K, pero durante mucho tiempo no lo pudo averiguar, pues su culpabilidad era para los dos tan evidente que no podían pensar en su buena fe. Solo muy lentamente se dio cuenta K de todo. No tenía derecho a estar en el corredor, por regla general solo le era accesible excepcionalmente la taberna por un acto de gracia y salvo contraorden. Si había sido citado por un señor, naturalmente tenía que comparecer en el lugar señalado, pero siempre tenía que permanecer consciente —al menos tendría el habitual sentido común, ¿no?— de que estaba en un sitio al que no pertenecía, solo porque un señor, en la mayoría de los casos contra su voluntad, puesto que así lo reclamaba y disculpaba un asunto administrativo, le había convocado. Así pues, tenía que aparecer rápidamente, someterse al interrogatorio, pero después desaparecer cuanto antes mejor. ¿No había tenido en el corredor el sentimiento de que aquel no era su sitio? Pero si lo había tenido, ¿cómo había podido vagar por allí como un tigre enjaulado? ¿Acaso no había sido citado para un interrogatorio nocturno? ¿No sabía por qué se habían introducido los interrogatorios nocturnos? Los interrogatorios nocturnos —y aquí recibió K una nueva explicación de su sentido— tenían como finalidad escuchar rápidamente, en plena noche y con luz eléctrica, a aquellas partes cuya visión fuese insoportable para los señores durante el día, con la posibilidad de olvidar toda esa fealdad mediante el sueño. El comportamiento de K, sin embargo, se había burlado de todas las medidas de precaución. Incluso los fantasmas desaparecían cuando amanecía, pero K se había quedado allí, con las manos en los bolsillos, como si esperase que, ya que él no se apartaba, todo el corredor con todas las habitaciones y sus ocupantes tenían que apartarse. Y eso habría ocurrido —de eso podía estar seguro— con toda certeza, si hubiese sido posible, pues la delicadeza de sentimientos de los señores no conoce límites. Ninguno de ellos expulsaría a K o ni siquiera diría lo más evidente, que se tenía que ir, ninguno de ellos lo haría, a pesar de que mientras durase la presencia de K probablemente temblasen de excitación y les aguase la mañana, su momento preferido. En vez de dirigirse a K, preferirían sufrir, en lo que, bien es cierto, también jugaría la esperanza de que K, finalmente, tendría que reconocer lo que saltaba a la vista y tendría que sufrir los mismos padecimientos de los señores hasta límites insoportables, tan terriblemente inconveniente era su estancia allí, en el corredor, por la mañana y visible para todos. Pero se trataba de una vana esperanza. No sabían, o, en su amabilidad y tolerancia, no querían saber, que hay corazones insensibles, duros, que no se ablandan con ningún respeto. ¿Acaso no busca la polilla nocturna, el pobre animal, cuando llega el día, un rincón silencioso y allí se aplana, prefiriendo desaparecer, siendo infeliz por no poder lograrlo? K, en cambio, se había situado allí donde era más visible y si pudiera mediante esa acción impedir que amaneciera, lo haría. No lo podía impedir, pero, desgraciadamente, sí lo podía retrasar o dificultar. ¿Acaso no había presenciado cómo se repartían los expedientes? Eso era algo que no podía presenciar nadie excepto los interesados. Eso era algo que ni el posadero ni la posadera podían presenciar en su propia casa. Solo recibían alguna información como, por ejemplo, ese mismo día, del sirviente. ¿No había notado las dificultades con que se topaba la distribución de expedientes? Algo incomprensible, pues cada uno de los señores solo servía a la causa, nunca pensaba en su ventaja personal y, por tanto, tenía que trabajar con todas sus fuerzas para que la distribución de expedientes, esa labor tan importante y fundamental, se produjera con celeridad, facilidad y sin errores. Y ¿ni siquiera había supuesto lejanamente que el motivo principal de todas las dificultades era que el reparto de los expedientes se tenía que realizar, por su culpa, con las puertas casi cerradas, sin la posibilidad de un trato directo entre los señores, quienes, naturalmente, podían entenderse en un instante, mientras que con la mediación del sirviente todo tenía que durar horas, nunca podía ocurrir sin quejas, lo que suponía un tormento duradero para señores y sirviente y que probablemente tendría efectos perjudiciales para el trabajo posterior? Y ¿por qué no podían tratar directamente los señores entre ellos? Sí, ¿aún no lo comprendía K? La posadera no había conocido nada similar y el posadero lo confirmó también de su parte y eso que ya habían tenido que tratar con gente terca. Cosas que, en otro caso, no se osarían decir, había que decírselas abiertamente para que comprendiese lo más necesario. Muy bien, habría que decírselo: por su culpa, exclusivamente por su culpa, no habían salido los señores de sus habitaciones, pues a esas horas de la mañana, poco después del sueño, son demasiado vergonzosos y sensibles como para exponerse a las miradas ajenas; se sienten demasiado desnudos para mostrarse, por más que ya estén completamente vestidos. Es difícil decir de qué se avergonzaban, tal vez lo hacían, esos eternos trabajadores, por el sencillo hecho de haber dormido. Pero quizá más que de mostrarse, se avergonzaban de ver a gente extraña; lo que habían superado felizmente con ayuda de los interrogatorios nocturnos, la visión de las partes tan difícilmente soportable para ellos, no querían volver a afrontarlo de nuevo por la mañana, súbitamente, en toda su crudeza. A eso no le podían hacer frente. ¿Qué tipo de hombre había que ser para no respetar ese hecho? Bien, había que ser un hombre como K, alguien que, con su obtusa indiferencia y somnolencia, pasase por alto todo, las leyes, así como la consideración humana más normal, a quien no le importase nada hacer casi imposible la distribución de los expedientes y dañar la reputación de la casa, que lograse lo hasta ahora inaudito de desesperar tanto a los señores que estos comenzasen a defenderse, que echasen mano de los timbres, en una superación de sí mismos impensable para personas comunes, y pidiesen ayuda para así poder expulsar a K, a quien no había otra manera de estremecer. ¡Ellos, los señores, pidiendo ayuda! El posadero y la posadera, con todo el personal, ¿acaso no habrían acudido a toda prisa, si hubiesen osado aparecer por la mañana ante los señores, aunque solo fuese con el fin de traer ayuda, para luego desaparecer inmediatamente? Temblando de indignación, desconsolados por la impotencia habían tenido que esperar allí, al inicio del corredor, y el sonido de los timbres no fue precisamente para ellos un sonido de salvación. Bueno, ¡lo peor ya había pasado! ¡Si al menos pudieran echar un vistazo en el alegre alboroto de los señores finalmente liberados de K! Para K, sin embargo, no había pasado, con toda certeza tendría que responder de lo allí ocurrido.

Mientras, habían llegado a la taberna. El motivo por el que el posadero, a pesar de su enojo, había conducido a K hasta allí no estaba del todo claro, tal vez se había dado cuenta de que el cansancio de K le haría imposible abandonar la casa. Sin esperar una invitación a que se sentara, K se desplomó sobre uno de los barriles. Allí, en la oscuridad, se sentía bien. En toda la estancia solo brillaba una débil lámpara eléctrica colocada sobre los grifos de los barriles. También fuera reinaba una profunda oscuridad, parecía que nevaba copiosamente. Había que estar agradecido por permanecer allí, en la habitación templada, y tomar medidas para no ser expulsado. El posadero y la posadera aún estaban ante él, como si de su presencia siguiera emanando cierto peligro, como si con su falta de formalidad no se pudiera excluir que saliese de repente e intentase volver a penetrar en el corredor. También ellos estaban cansados del susto nocturno y del temprano despertar, especialmente la posadera, que llevaba puesto un traje sedoso de color marrón, de falda amplia, no muy bien abotonado —¿de dónde lo había sacado con las prisas?—, y que mantenía la cabeza apoyada en el hombro de su esposo, secándose los ojos con un pañuelo de tela fina mientras lanzaba miradas enojadas a K. Para tranquilizar al matrimonio, K dijo que todo lo que le habían contado era nuevo para él, que, a pesar de su ignorancia, no habría permanecido tanto tiempo en el corredor, donde realmente no tenía nada que hacer y, con toda seguridad, no había pretendido atormentar a nadie, sino que todo había ocurrido por su extremado cansancio. Les agradecía que hubiesen puesto fin a esa escena tan desagradable. Si tenía que responder por su conducta, lo haría agradecido, pues así podría impedir una interpretación errónea de ella. Solo el cansancio y nada más había sido el culpable. Ese cansancio, sin embargo, procedía de que aún no estaba acostumbrado al esfuerzo de los interrogatorios. No hacía mucho tiempo que había llegado. Con un poco más de experiencia, no volvería a pasar. Tal vez se tomaba demasiado en serio los interrogatorios, pero eso no podía representar ninguna desventaja. Había tenido que soportar dos interrogatorios consecutivos, uno en la habitación de Bürgel y el segundo en la de Erlanger, especialmente el primero le había agotado, el segundo, es cierto, no había durado mucho, Erlanger solo le había pedido un favor, pero los dos juntos habían sido más de lo que podía soportar, tal vez para otro, como, por ejemplo, para el señor posadero, algo parecido también hubiese sido demasiado. Del segundo interrogatorio salió tambaleándose. Casi se podría decir que había quedado sumido en un estado de embriaguez: había visto y oído a aquellos señores por primera vez y también les había tenido que responder. Por lo que sabía, todo había salido bien, pero entonces ocurrió esa desgracia, que, sin embargo, no se le podía atribuir como un comportamiento culpable en vista de lo precedente. Por desgracia solo Erlanger y Bürgel se habían dado cuenta de su estado y, con toda seguridad, le habrían protegido y evitado todo lo posterior, pero Erlanger se tuvo que ir inmediatamente después del interrogatorio, al parecer para dirigirse al castillo, y Bürgel, probablemente cansado por el interrogatorio —¿cómo habría podido entonces resistirlo K sin salir perjudicado?—, se había dormido e incluso se había saltado toda la distribución de los expedientes. Si K hubiese tenido otra posibilidad, la habría puesto en práctica con alegría y habría renunciado a todas las observaciones prohibidas, y esto le hubiese resultado más fácil puesto que en realidad no había estado en disposición de ver nada y por eso los señores más sensibles se habrían podido mostrar ante él sin sentir vergüenza alguna.

La mención de los dos interrogatorios, sobre todo el de Erlanger, y el respeto con el que K había hablado de los dos señores, ablandó al posadero. Pareció querer cumplir la petición de K de poner una tabla sobre los barriles y dejarle dormir allí hasta la tarde, pero la posadera estaba claramente en contra; ajustándose inútilmente el vestido, cuyo desorden parecía haber descubierto en ese momento, sacudía una y otra vez la cabeza; al parecer estaba a punto de desencadenarse de nuevo la vieja disputa sobre la pureza de la casa. Para K, debido a su cansancio, la conversación del matrimonio adoptaba una importancia desmesurada. Ser expulsado de allí le parecía una desgracia que superaba todo lo experimentado hasta entonces. Eso no podía ocurrir, ni siquiera si los dos se ponían de acuerdo contra él. Los siguió acechando acurrucado sobre el barril, hasta que la posadera, con su hipersensibilidad, que a K le había llamado la atención hacía tiempo, se echó repentinamente a un lado —probablemente ya había hablado con el posadero de cosas diferentes— y gritó:

—¿No ves cómo me mira? ¡Haz que salga de aquí de inmediato!

K, sin embargo, aprovechando la oportunidad y completamente convencido, casi hasta la indiferencia, de que permanecería allí, dijo:

—No te miro a ti, sino tu vestido.

—¿Por qué mi vestido? —preguntó la posadera irritada.

K se encogió de hombros.

—Ven —dijo la posadera a su esposo—, está borracho, el muy bruto. Deja que duerma aquí la borrachera.

Y ordenó a Pepi, que al oír cómo se dirigía a ella salió de la oscuridad, cansada y desgreñada, sosteniendo con negligencia una escoba, que le arrojase a K un cojín cualquiera.

25

Cuando K despertó, creyó al principio que apenas había dormido; la habitación estaba igual, vacía y templada, todas las paredes ocultas por la oscuridad, la lámpara sobre los grifos de los barriles, y una ventana que mostraba la noche. Pero cuando se estiró, cayó el cojín y tanto la tabla como los barriles crujieron; Pepi acudió en seguida y entonces se enteró de que ya era de noche y que había dormido más de doce horas. La posadera había preguntado por él varias veces durante el día, también Gerstäcker, quien, por la mañana, cuando K hablaba con la posadera, había esperado allí con una cerveza, pero luego no se atrevió a molestarle, había regresado para verle, también Frieda había venido y había permanecido un instante al lado de K, pero no había venido por él, sino porque tenía cosas que preparar allí, pues por la noche tenía que reanudar su antigua labor.

—¿Ya no te quiere? —le preguntó Pepi, mientras le traía un café y un pastel. Pero no lo preguntó con maldad como antes, sino con tristeza, como si mientras tanto hubiese conocido la maldad del mundo, frente a la cual fracasa toda maldad propia y se torna absurda. Habló a K como una compañera de infortunios, y cuando él probó el café y ella creyó ver que no lo consideraba lo suficientemente dulce, corrió y le trajo el azucarero. Su tristeza, sin embargo, no le había impedido aderezarse más que la última vez, se había trenzado cuidadosamente el pelo, pequeños rizos caían sobre la frente y las sienes y, alrededor del cuello, llevaba una cadena que colgaba hasta el escote de la blusa. Cuando K, satisfecho por haber dormido bien y por poder tomar un buen café, cogió disimuladamente una de las trenzas e intentó soltarla, Pepi le dijo cansada—: Déjame. —Y se sentó frente a él en un barril.

Y K no tuvo que pedirle que le hablara de su dolor, ella misma comenzó a hablar de él, con la mirada fija en la cafetera, como si necesitase una distracción incluso durante el relato, como si, aun ocupándose de su propio dolor, no pudiese entregarse por completo a él, pues eso superaría sus fuerzas. Para empezar, K se enteró de que en realidad él tenía la culpa en la desgracia de Pepi, pero que ella no le guardaba rencor por eso. Y asintió fervientemente para impedir cualquier contradicción de K. Primero se había llevado a Frieda de la taberna y posibilitado así el ascenso de Pepi. Nada imaginable, de no ser eso, habría podido impulsar a Frieda a renunciar a su puesto; ella se sentaba allí, en el mostrador, como la araña en el centro de su tela, tenía tendidos sus hilos por todas partes, que solo ella conocía. Quitarlos sin su consentimiento habría sido imposible, solo el amor por un inferior, esto es, algo que no era compatible con su posición, la podía apartar de su puesto. ¿Y Pepi? ¿Había pensado alguna vez ganarse ese puesto? Ella era una simple criada, tenía un empleo insignificante y con pocas perspectivas. Por supuesto, tenía sueños de un gran futuro, como cualquier otra muchacha, nadie podía prohibirse soñar, pero no pensaba seriamente en prosperar, se había conformado con lo logrado. Y de repente desapareció Frieda de la taberna, ocurrió de forma tan repentina que el posadero no tenía disponible una sustituta adecuada, buscó y su mirada recayó en Pepi, quien, ciertamente, se había adelantado. En aquel tiempo amaba a K como no había amado a nadie en su vida, se había sentado meses enteros en su cuarto oscuro y diminuto y estaba preparada a pasar allí años y, en el peor de los casos, toda su vida, siempre inadvertida, y, de repente, apareció K, un héroe, un liberador de mujeres jóvenes y le había abierto el camino hacia arriba. Él, por supuesto, no sabía nada de ella, no lo había hecho por ella, pero eso no disminuyó en nada su gratitud; en la noche anterior a su ascenso —la contratación aún era insegura, pero muy probable—, pasó horas hablando con él, susurrándole en el oído su agradecimiento. Y en sus ojos aún aumentó su acto por el hecho de que era precisamente Frieda la carga que había puesto sobre sus hombros, algo incomprensiblemente desprendido residía en esa acción: que para alzar a Pepi, convirtiese a Frieda en su amante, a Frieda, una muchacha fea, envejecida y escuálida, con un cabello corto y ralo, además una muchacha insidiosa, que siempre tenía algún secreto, lo que sin duda guardaba relación con su aspecto; si su cuerpo y su rostro eran deplorables, debía de tener algún secreto que nadie podía comprobar, por ejemplo su supuesta relación con Klamm. E incluso a Pepi le habían asaltado pensamientos como que era posible que K amase realmente a Frieda, quizá no se engañase o solo engañase a Frieda y el único resultado de ello fuera el ascenso de K, luego él se daría cuenta de su error o no querría ocultarlo por más tiempo y entonces solo vería a Pepi y no a Frieda, lo que no tenía por qué ser pura imaginación de Pepi, pues ella podía competir muy bien con Frieda, mujer frente a mujer, lo que nadie podía negar, y ante todo había sido la posición de Frieda y el brillo que ella le había sabido dar lo que había cegado momentáneamente a K. Y Pepi, entonces, había soñado que K, cuando ella tuviera el puesto, vendría a ella y ella tendría la elección entre prestar oídos a K y perder el puesto o rechazarle y seguir ascendiendo. Y ella estaba dispuesta a renunciar a todo, a inclinarse hacia él y mostrarle el verdadero amor que jamás podría encontrar con Frieda y que era independiente de todos los empleos de honor de este mundo. Pero luego todo sucedió de un modo distinto. ¿Y quién era el culpable? Sobre todo K y, luego, también era cierto, la astucia de Frieda. Pero ante todo K, pues ¿qué quería? ¿Qué tipo de hombre tan extraño era? ¿A qué aspiraba? ¿Qué eran esas cosas tan importantes que le preocupaban y que le impulsaban a olvidar lo más próximo, lo mejor, lo más bello? Pepi era la víctima, todo era una necedad y todo estaba perdido, y quien tuviese la fuerza de incendiar toda la posada de los señores, pero hasta los cimientos, sin que quedase una huella, ardiendo como un papel en la chimenea, ese sería hoy el elegido de Pepi. Sí, Pepi llegó a la taberna hacía cuatro días, poco antes de la comida. No era ningún trabajo fácil ese, se podía decir que casi era un trabajo asesino, pero no era poco lo que se podía alcanzar con él. Pepi tampoco había vivido antes al día y aunque nunca, en sus pensamientos más osados, había aspirado a ese puesto, sin embargo sí había realizado numerosas observaciones, conocía las exigencias del puesto, desde luego no lo había asumido sin estar preparada. Y no se podía asumir sin estar preparada, porque en otro caso se perdería en las primeras horas, sobre todo si se intentaba realizar el trabajo como lo haría una criada. Como criada una se olvidaba de Dios y de los hombres, se trataba de un trabajo como en una mina, al menos en el corredor de los secretarios así era. Día tras día no se veía allí, aparte de las pocas personas convocadas que iban rápidamente de un lado a otro sin atreverse a mirar, a ningún ser humano, excepto las dos o tres criadas que estaban igual de amargadas que Pepi. Por las mañanas no se podía salir de la habitación, a esas horas los secretarios querían estar solos, entre ellos, la comida se la llevaban los sirvientes de la cocina, por regla general las criadas no tenían nada que ver con eso, tampoco durante las horas de la comida se podían mostrar en el corredor. Solo cuando los señores trabajaban, las criadas podían limpiar, pero, naturalmente, no en las habitaciones ocupadas, sino en las vacías, y ese trabajo se tenía que realizar en silencio para no molestar a los señores. Pero ¿cómo era posible limpiar en silencio cuando los señores vivían varios días en las habitaciones? A todo ello se añadían los sirvientes, esa chusma, que no paraban de trastocarlo todo; así, cuando las criadas podían entrar en la habitación, esta se encontraba en un estado que ni siquiera un diluvio podría limpiar. Cierto, se trataba de señores, pero había que superar la repugnancia para limpiar sus habitaciones. Las criadas no tenían mucho trabajo, pero era duro. Y nunca una palabra amable, solo reproches, especialmente este, el más frecuente y atormentador: que al limpiar habían desaparecido expedientes. En realidad, no se perdía nada, cualquier papel, por pequeño que fuese, se entregaba al posadero, pero era cierto que se perdían expedientes, aunque no por obra de las criadas. Y entonces se formaban comisiones y las criadas tenían que abandonar sus habitaciones y la comisión registraba las camas; las criadas no tenían ninguna propiedad, sus pocos objetos personales cabían en un cesto, pero la comisión buscaba durante horas. Por supuesto que no encontraba nada, ¿cómo podrían llegar hasta allí expedientes? Pero el resultado volvían a ser insultos y amenazas procedentes de la decepcionada comisión y transmitidos por el posadero. Y nunca se encontraba la tranquilidad, ni de día ni de noche. Había ruido casi toda la noche y ruido desde el amanecer. Si al menos no hubiera que vivir allí, pero era obligatorio, pues había periodos en que era competencia de las criadas llevar pequeñeces, según los pedidos, de la cocina, sobre todo por la noche. Siempre de repente el puño golpeando la puerta de la criada, el dictado del pedido, bajar a la cocina, sacudir al mozo de cocina que duerme, poner el pedido en el suelo ante la puerta de la criada, donde lo recogía uno de los sirvientes, qué triste era todo eso. Pero no era lo peor. Lo peor era cuando no se producía ningún pedido, cuando en lo más profundo de la noche, cuando todos tendrían que estar durmiendo y la mayoría dormía de verdad, alguien comenzaba a andar de puntillas ante la puerta de las criadas. Entonces las criadas se levantaban de un salto —las camas eran literas, había poco espacio, la habitación de las criadas no era más que un gran armario con tres nichos—, escuchaban atentamente en la puerta, se arrodillaban, se abrazaban atemorizadas.

Y continuamente se oía al furtivo ante la puerta. Todas habrían sido felices si finalmente hubiese entrado en la habitación, pero no ocurría nada, nadie entraba. Y había que reconocer que en ello no se tenía que ver necesariamente un peligro, quizá solo era alguien que iba de un lado a otro ante la puerta, reflexionaba si quería hacer un pedido y luego no se decidía. Tal vez solo era eso, o tal vez fuera algo muy diferente. En realidad no conocían a los señores, apenas los habían visto. En todo caso las criadas se morían de miedo y, cuando por fin ya no se oía nada, se apoyaban en la pared y no tenían más fuerzas para subir hasta sus camas. Esta era la vida que le esperaba otra vez a Pepi, esa misma noche ocuparía de nuevo su plaza en la habitación de las criadas. Y ¿por qué? A causa de K y Frieda. De vuelta a esa vida de la que acababa de escapar, de la que había escapado, sí, con ayuda de K, pero también con un gran esfuerzo, pues en ese servicio las criadas se descuidaban, incluso las más cuidadosas. ¿Para quién se tendrían que acicalar? Nadie las miraba, en el mejor de los casos el personal de la cocina; a quien eso le bastase, se podía acicalar. El resto del tiempo lo pasaban en su cuarto o en las habitaciones de los señores, y entrar en ellas con vestidos limpios habría sido absurdo y un derroche. Y siempre bajo la luz eléctrica y con un aire pesado —siempre se estaba caldeando—, y, en realidad, siempre cansadas. La mejor forma de pasar la tarde libre era durmiendo tranquilamente y sin miedo en algún rincón de la cocina. ¿Para qué acicalarse entonces? Sí, apenas se vestían. Y de repente Pepi fue destinada a la taberna, donde, presuponiendo que se afirmara en el puesto, precisamente sería necesario todo lo contrario, siempre se encontraría expuesta a las miradas de los demás, entre los que se encontrarían muchos señores muy atentos y exigentes y donde siempre habría que dar la impresión más agradable posible. Y Pepi podía decir que no había omitido nada. No se preocupó de lo que vendría después. Ella sabía muy bien que tenía las capacidades necesarias para ocupar ese puesto, de eso estaba muy segura, y esa misma convicción la seguía teniendo ahora y nadie se la podía quitar, ni siquiera ese día, el día de su derrota. Solo era difícil el modo en que podría mantenerse al principio, pues no dejaba de ser una criada pobre, sin vestidos ni joyas, y porque los señores no tenían la paciencia de esperar para ver cómo se iba evolucionando, sino que en seguida, sin transición ninguna, querían tener una camarera como estaba mandado, en otro caso la rechazaban. Se podría pensar que sus exigencias no eran grandes, pues Frieda las podía satisfacer, pero eso no era cierto. Pepi había reflexionado sobre ello, también se había encontrado a menudo con Frieda y durante un tiempo había dormido con ella. No era fácil seguir las huellas de Frieda y quien no tenía mucho cuidado —¿y qué señores lo tenían?— caía en sus engaños. Nadie sabía mejor que Frieda lo lamentable que era su aspecto; cuando, por ejemplo, se veía por primera vez cómo se soltaba el pelo, había que juntar las manos de pena, una muchacha como ella, si las cosas se hiciesen bien, no podría ser ni criada. Ella también lo sabía y por ello había llorado más de una noche, se había abrazado a Pepi y se había tapado la cara con su pelo. Pero cuando estaba de servicio desaparecían todas sus dudas, se consideraba la más bella y sabía convencer a cualquiera de la mejor manera. Y mentía deprisa y estafaba para que la gente no tuviera tiempo de contemplarla correctamente. Por supuesto que eso no podía durar mucho, la gente tenía ojos y, al final, terminarían por tener razón. Pero en el instante en que percibía un peligro semejante, ya tenía preparado otro artificio, por ejemplo, en los últimos tiempos, su relación con Klamm. ¡Su relación con Klamm! Si no lo creía, lo podía confirmar, podía visitar a Klamm y preguntarle. Qué astuta era, qué astuta. Y si no se atrevía a presentarse ante Klamm con semejante pregunta y ni siquiera lograba una cita con cuestiones infinitamente más importantes, o Klamm fuese completamente inaccesible para él —solo para él y para los que eran como él, pues Frieda, por ejemplo, se plantaba ante él de un brinco cuando quería—, si eso era así, a pesar de ello aún lo podía confirmar, no necesitaba más que esperar. Klamm no toleraría durante mucho tiempo un rumor tan falso, él estaba perfectamente informado de todo lo que se contaba de él en la taberna y en las habitaciones, todo eso poseía para él la mayor importancia y si era falso, lo rectificaría. Pero si no lo rectificaba, entonces no había nada que rectificar y todo era verdad. Lo único que se veía es que Frieda llevaba la cerveza a la habitación de Klamm y regresaba con el pago, pero lo que no se veía, eso es lo que contaba Frieda y había que creerla. Pero no contaba nada, no iba a divulgar esos secretos, no, los mismos secretos se divulgaban por sí mismos y ya que se habían divulgado, ya no temía hablar de ellos ella misma, pero con modestia, sin afirmar nada, se remitía a lo conocido por todos. Sin embargo, no lo contaba todo, por ejemplo que Klamm, desde que ella estaba en la taberna, bebía menos cerveza que antes, no mucha menos, pero significativamente menos, de eso no decía nada, podía obedecer a distintos motivos, podía ser que fuese una temporada en la que a Klamm le agradase menos la cerveza o, quizá, se olvidaba de la cerveza por Frieda. En todo caso, y por muy sorprendente que pudiera parecer, Frieda era la amante de Klamm. Pero lo que satisfacía a Klamm, ¿por qué no podrían admirarlo los demás? Y así Frieda, en un abrir y cerrar de ojos, se había convertido en una belleza, en una muchacha hecha a la medida de la taberna, casi demasiado bella, demasiado poderosa, quizá incluso fuera demasiado buena para la taberna. Y, en efecto, a muchos les resultaba extraño que siguiese en la taberna; el empleo de camarera en la taberna era mucho, desde esa perspectiva parecía muy creíble la relación con Klamm; ahora bien, si la camarera de la taberna era la amante de Klamm, ¿por qué la dejaba tanto tiempo en la taberna? ¿Por qué no la ascendía? Se le podía repetir mil veces a la gente que aquí no existía ninguna contradicción, que Klamm tenía distintos motivos para obrar así, o, tal vez, que el ascenso de Frieda estaba al caer, todo eso producía poco efecto, la gente tenía determinadas ideas y no se dejaba desviar de ellas mucho tiempo por complejo que fuera el artificio que se empleaba. Nadie había dudado que Frieda fuera la amante de Klamm, incluso aquellos que posiblemente lo sabían mejor, ya estaban demasiado cansados para dudar. «¡Por todos los diablos, sé la amante de Klamm!», pensaron, «pero si ya lo eres, lo queremos confirmar con tu ascenso». Pero nadie pudo notar ni confirmar nada, y Frieda permaneció en la taberna como hasta entonces y aún estaba contenta en secreto de que así fuera. Pero entre la gente perdió en prestigio, eso lo tuvo que notar, ella solía notar cosas antes de que se manifestasen. Una muchacha realmente bella y encantadora, una vez que se había adaptado a la taberna, no debía emplear artimañas; mientras fuera bella, permanecería camarera en la taberna, siempre y cuando no se produjese alguna desgraciada casualidad. Una muchacha como Frieda, sin embargo, tenía que estar continuamente preocupada por su puesto, era evidente que no lo mostraba, más bien solía quejarse y renegar de su trabajo, pero observaba permanentemente en secreto el ambiente. Y así comprobó que la gente se tornaba indiferente, la aparición de Frieda ya no suponía ningún motivo que mereciera la pena para levantar la mirada, ni siquiera los sirvientes se fijaban en ella, comprensiblemente se sentían atraídos por Olga y otras mujeres parecidas, también comprobó en el comportamiento del posadero que ella cada vez era menos imprescindible, y tampoco podía inventar más historias de Klamm, todo tenía límites, y así la buena de Frieda se decidió por algo nuevo. ¡Todos lo adivinaron! Pepi lo sospechó, pero, por desgracia, no lo adivinó. Frieda se decidió por provocar un escándalo, ella, la amante de Klamm, se quiso arrojar en los brazos de un cualquiera; en lo posible, en los del más ínfimo. Eso causaría sensación, de eso se hablaría largo tiempo y, finalmente, se acordarían de lo que significaba ser la amante de Klamm y de lo que significaba rechazar ese honor en la embriaguez de un nuevo amor. Lo único difícil era encontrar el hombre adecuado con el que se pudiera jugar una partida tan astuta. No podía ser un conocido de Frieda, tampoco uno de los sirvientes, probablemente uno de ellos la habría mirado con los ojos muy abiertos y habría seguido su camino, ante todo no habría sabido mantener la seriedad, y habría resultado imposible difundir, ni con toda la elocuencia, que Frieda había sido asaltada por él, que no había sabido defenderse y que se había rendido a él en un momento de inconsciencia. Y aunque se tratase de la persona más ínfima, tendría que ser alguien del que se pudiera hacer creíble que, a pesar de su carácter obtuso y grosero, solo anhelaba a Frieda y que no tenía otro deseo que —¡cielo santo!— casarse con ella. Pero aun siendo el hombre más vulgar, en lo posible inferior a un criado, muy inferior a un criado, al menos tenía que ser uno que no fuese objeto de risa de todas las muchachas, alguien en quien otra mujer con sentido común pudiese encontrar algo atractivo. Pero ¿dónde se podía encontrar a un hombre semejante? Cualquier otra mujer probablemente lo habría buscado en vano durante toda la vida, la suerte de Frieda, sin embargo, condujo tal vez al agrimensor a la taberna precisamente la noche en que le vino el plan a la cabeza. ¡El agrimensor! Sí, ¿en qué pensaba K? ¿Qué cosas tan especiales ocupaban su mente? ¿Quería lograr algo especial? ¿Un buen empleo, una distinción? ¿Quería algo similar? Bueno, entonces tendría que haberse conducido de un modo diferente desde el principio. Era un donnadie, resultaba lamentable contemplar su situación. Era agrimensor, eso quizá fuese algo, al menos había aprendido una profesión, pero cuando no se sabe qué emprender con ello, no significa nada. Y encima presentaba exigencias; sin tener ningún respaldo, presentaba exigencias, no directamente, pero se notaba que tenía pretensiones, eso era irritante. ¿Sabría que incluso una criada le hacía una concesión cuando hablaba con él? Y con todas sus pretensiones la primera noche cayó en la trampa más burda. ¿Acaso no se avergonzaba? ¿Qué fue lo que le atrajo tanto de Frieda? Ahora podía reconocerlo. ¿Le había podido gustar realmente esa cosa amarillenta y escuchimizada? ¡Ah!, no, ni siquiera la había mirado, ella solo le dijo que era la amante de Klamm, en él eso sonó a novedad y ya estaba perdido. Pero entonces ella se tenía que mudar, ya no había sitio para ella en la posada de los señores. Pepi la vio la mañana antes de la mudanza, todo el personal se había reunido allí, había curiosidad por verlo. Y tan grande era aún su poder que se compadecían de ella, todos, también sus enemigos; tan exitoso resultó su cálculo al principio; haberse arrojado en los brazos de un tipo semejante les parecía a todos algo incomprensible, un golpe del destino; las pequeñas mozas de cocina, que naturalmente admiraban a todas las camareras de la taberna, estaban inconsolables. Incluso Pepi estaba afectada, ni siquiera ella se pudo dominar, aunque dirigía su atención a algo diferente. Le llamó la atención la escasa tristeza que mostraba Frieda. En el fondo se trataba de una terrible desgracia que le había afectado, y ella hacía como si fuese muy desgraciada, pero no lo suficiente, ese juego no podía engañar a Pepi. ¿Qué la mantenía tan íntegra? ¿Acaso la felicidad del nuevo amor? Bueno, esa consideración caía por sí misma. Pero ¿qué podía ser entonces? ¿Qué le daba la fuerza incluso para tratar a Pepi, que ya entonces era considerada su sucesora, con la fría amabilidad de siempre? Pepi no tenía tiempo para reflexionar sobre ello, tenía demasiado que hacer con los preparativos para el nuevo empleo. Probablemente debería ocuparlo en unas horas y no tenía ningún peinado bonito, ningún vestido elegante y de tela fina, ningunos zapatos decentes. Todo eso había que conseguirlo en unas horas, si no podía aparecer con corrección, era mejor renunciar al trabajo, pues entonces lo perdería en la primera media hora. Bueno, lo logró en parte. Para peinarse tenía un talento especial, una vez incluso la llamó la posadera para que la peinara, poseía una habilidad especial en las manos, si bien ella tenía una abundante cabellera que se amoldaba a todos los deseos. También consiguió ayuda para el vestido. Sus dos compañeras se mantuvieron fieles, también suponía para ellas cierto honor cuando una criada de su grupo era nombrada camarera de la taberna; además Pepi, más tarde, cuando tuviese poder, podría conseguirles alguna ventaja. Una de ellas tenía desde hacía tiempo una tela muy cara, era su tesoro, y con frecuencia dejaba que las demás la admiraran; soñaba con emplearla alguna vez de forma espléndida y —lo que fue un bonito gesto de su parte—, ahora que la necesitaba Pepi, la sacrificó. Y las dos la ayudaron gustosas a coser, si hubiesen cosido para ellas mismas, no habrían invertido tanto celo. Incluso fue un trabajo muy alegre y dichoso. Estaban sentadas cada una en su cama, una sobre la otra, cosían y cantaban y se pasaban las partes concluidas y los accesorios de costura. Cuando Pepi pensaba en ello le llegaba al corazón que todo hubiese sido en vano y que ahora tuviese que regresar con sus amigas con las manos vacías. Qué desgracia y cuánta imprudencia, sobre todo por parte de K. Cómo se alegraron todas del vestido. Pareció el colmo del éxito, y cuando posteriormente aún se encontró espacio para un lazo, desapareció la última duda. ¿Y acaso no era bonito el vestido? Ya estaba un poco arrugado y sucio, Pepi no tenía un segundo vestido, así que había tenido que llevar ese día y noche, pero aún se podía comprobar lo bello que había sido, ni siquiera la condenada de los Barnabás había podido ponerse uno mejor. Y además se podía ajustar y aflojar, arriba y abajo, según el gusto; que fuese un solo vestido, pero tan modificable, supuso una gran ventaja y realmente fue su invención. Cierto, para ellas no era difícil la costura, Pepi no se vanagloriaba de ello, a las muchachas jóvenes y sanas les quedaba todo bien. Más difícil fue conseguir la ropa interior y los zapatos, y aquí comenzó el fracaso. También en esto ayudaron las amigas, pero no pudieron conseguir mucho, solo ropa basta que remendaron y, en vez de zapatos de tacón alto, hubo que conformarse con unos zapatos de andar por casa, que era preferible esconder antes que mostrar. Consolaron a Pepi, Frieda tampoco iba muy bien vestida y a veces se paseaba tan desaliñada que los clientes preferían dejarse servir por los mozos antes que por ella. Así era en realidad, pero Frieda podía hacerlo, ella gozaba del favor de los demás; cuando una dama se muestra vestida con descuido, se vuelve más seductora, pero ¿con una novata como Pepi? Y, además, Frieda no podía vestirse bien, carecía de gusto. Si alguien tenía la piel amarillenta no le cabía otro remedio que aguantarse, pero no tenía, como Frieda, que ponerse una blusa escotada color crema para dañar los ojos de los demás. Y aun en el caso de que no hubiese sido así, era demasiado mezquina para vestirse bien, todo lo que ganaba, lo ahorraba, nadie sabía para qué. Mientras estaba de servicio no necesitaba dinero, lograba salir de problemas con mentiras y trucos, Pepi no quería imitar su ejemplo y por eso estaba justificado que se acicalase tanto para hacerlo patente y desde el principio. Si hubiese podido emplear más medios, podría haber salido victoriosa a pesar de la astucia de Frieda y de la necedad de K. Todo comenzó muy bien. Los conocimientos necesarios ya los había adquirido antes. Apenas llegada a la taberna, ya se había adaptado. Nadie echaba de menos a Frieda. Solo el segundo día hubo algunos huéspedes que preguntaron por ella. No se cometieron errores, el posadero estaba satisfecho, todo el primer día permaneció en la taberna por miedo, luego ya solo fue de vez en cuando, finalmente lo dejó todo en manos de Pepi, ya que la caja cuadraba, además, los ingresos, por término medio, incluso habían aumentado respecto al periodo de Frieda. Pepi introdujo novedades. Frieda había cedido algunos de sus derechos, no por diligencia, sino por avaricia, ansias de dominio, y por miedo; también controlaba a los criados, al menos esporádicamente, sobre todo cuando alguien miraba. Pepi, sin embargo, adjudicó ese trabajo a los mozos, que para eso servían mejor. Gracias a esa medida, se disponía de más tiempo para las habitaciones de los señores, los huéspedes fueron servidos con rapidez y, aun así, pudo conversar algo con ellos, no como Frieda que, al parecer, solo se reservaba para Klamm y consideraba cada palabra, cada aproximación de otro como una ofensa a Klamm. Esa táctica, sin embargo, también era astuta, pues cuando dejaba que alguien se aproximara a ella, se tenía que interpretar como un gran privilegio. Pepi, en cambio, odiaba esos artificios, además, al principio no eran útiles. Pepi se mostraba amigable con todos y todos le pagaban con amabilidad. Todos estaban visiblemente alegres por el cambio; cuando por fin los agotados señores se podían sentar un rato para tomarse una cerveza se les podía cambiar con una palabra, una mirada, un encogerse de hombros. Tantas veces pasaban las manos por los rizos de Pepi que se tenía que renovar el peinado diez veces al día; nadie se resistía a la seducción ejercida por esos rizos y trenzas, ni siquiera K, tan distraído en otras cosas. Tantos días exitosos, excitantes y llenos de trabajo. ¡Si no hubiesen pasado tan rápido! ¡Si hubiesen sido más! Cuatro días eran demasiado poco, por más que se realizase un esfuerzo hasta el agotamiento, quizá habría bastado el quinto día, pero cuatro habían sido demasiado pocos. Cierto, Pepi ya había adquirido en cuatro días amigos y bienhechores, si hubiese podido confiar en todas las miradas; se puede decir que nadaba, cuando traía las jarras de cerveza, en un mar de amistad; un escribiente llamado Bratmeier estaba loco por ella, le había regalado esa cadena y el colgante y en el colgante estaba su retrato, lo que había sido una osadía; sí, ocurrieron muchas cosas, pero solo fueron cuatro días, en cuatro días, si se lo proponía, Pepi casi podía hacer que se olvidasen de Frieda, aunque no del todo, y se habrían olvidado de ella aún antes, si no hubiese mantenido precavidamente su nombre en todos los labios a causa de su gran escándalo, con él era como si fuese nueva para todos, solo por curiosidad les hubiera gustado verla; lo que se había convertido para ellos en algo aburrido hasta la saciedad, había adquirido un nuevo acicate gracias a los merecimientos del indiferente K; por ello no habrían renunciado a Pepi, mientras estuviese allí y destacase por su presencia, pero en su mayoría eran señores mayores, aferrados a sus costumbres; antes de que se acostumbrasen a una nueva camarera tenían que pasar unos días, por muy beneficioso que hubiese sido el cambio; contra la voluntad de los señores siempre duraba unos días, quizá solo cinco días, pero cuatro no bastaban; Pepi, a pesar de todo, seguía siendo considerada como una camarera provisional. Y luego quizá la desgracia más grande, en esos cuatro días Klamm, a pesar de que durante los dos primeros días estuvo en el pueblo, no bajó de su habitación. Si hubiese bajado, habría sido el ensayo decisivo, un ensayo que ella al menos no temía, todo lo contrario, por el que se alegraba. No se hubiese convertido —esas eran cosas de las que era mejor no hablar— en la amante de Klamm, ni tampoco habría mentido para tenerse por una, pero hubiese sabido dejar la jarra de cerveza en la mesa con la misma simpatía que Frieda, le habría saludado amablemente sin la impertinencia de Frieda y se habría despedido con la misma amabilidad, y si Klamm hubiese buscado algo en los ojos de una joven, lo habría encontrado en los ojos de Pepi hasta la saciedad. Pero ¿por qué no bajó? ¿Por casualidad? Eso fue lo que creyó Pepi entonces. Durante los dos días le esperó a cada momento. «Ahora vendrá Klamm», pensaba continuamente, y corría hacia un lado y a otro sin más motivo que la intranquilidad de la espera y el anhelo de ser la primera en verle cuando entrara. Esa continua decepción la fatigó mucho, quizá por eso rindiera menos de lo que era capaz. Se deslizaba, cuando tenía un poco de tiempo, hasta el corredor, cuyo acceso le estaba terminantemente prohibido al personal, allí se ocultó en un rincón y esperó. «Si ahora viniese Klamm —pensaba—, si pudiese recoger al señor en su habitación y llevarlo hasta la taberna en mis brazos. Soportaría esa carga sin derrumbarme, aun cuando fuese mucho más pesada.» Pero no fue. En esos corredores de arriba reinaba tal silencio, un silencio imposible de imaginar si no se ha estado allí. Reinaba tal silencio que no se podía soportar mucho tiempo, el silencio terminaba por ahuyentarte. Diez veces fue Pepi ahuyentada, diez veces volvió a subir. Era absurdo. Klamm bajaría cuando quisiese bajar, pero si no quería, Pepi no podría sacarle por mucho que se asfixiara en el rincón sufriendo fuertes palpitaciones. Era absurdo, pero si no bajaba, todo era absurdo. Y no bajó. Hoy sabía Pepi por qué Klamm no había bajado. Frieda se habría divertido mucho si hubiese visto a Pepi arriba, en el corredor, escondida en un rincón y con las dos manos en el corazón. Klamm no bajó porque Frieda no lo consintió. No lo logró con sus súplicas, sus súplicas no llegaban hasta Klamm, pero esa araña tenía conexiones que nadie conocía. Cuando Pepi le decía algo a un huésped, lo decía abiertamente, también lo podía oír la mesa vecina; Frieda, sin embargo, no tenía nada que decir, ponía la cerveza en la mesa y se iba; solo susurraban sus enaguas de seda, lo único en lo que invertía dinero. Pero si alguna vez decía algo, no lo decía abiertamente, sino que se lo susurraba al cliente, se inclinaba de tal manera que en la mesa vecina se aguzaban los oídos. Lo que decía era probablemente insignificante, aunque no siempre; ella tenía conexiones, apoyaba las unas en las otras y aunque la mayoría de ellas fracasaban —¿quién se preocuparía largo tiempo de Frieda?—, de vez en cuando había alguna que persistía. Así que comenzó a aprovecharse de esas conexiones. K le proporcionó la posibilidad para ello, en vez de sentarse a su lado y vigilarla, él apenas se quedó en casa, vagó por todas partes, sostuvo entrevistas aquí y allá, a todo le prestó atención menos a Frieda, y para darle aún más libertad, se mudó de la posada del puente a la escuela. Todo eso había sido un buen inicio para una luna de miel. Bueno, Pepi era con toda seguridad la última que podía reprochar a K que no hubiese logrado soportar a Frieda. Con ella no se podía aguantar mucho tiempo. Pero ¿por qué no la había abandonado, por qué había regresado con ella una y otra vez, por qué había despertado la impresión en sus peregrinaciones de que luchaba por ella? Era como si, a través de su contacto con Frieda, hubiese descubierto su insignificancia, como si quisiese hacerse digno de Frieda, como si quisiese trepar y para ello renunciase a la convivencia para luego poderse resarcir de los sacrificios realizados. Mientras, Frieda no había perdido el tiempo, había permanecido sentada en la escuela, adonde ella seguramente había conducido a K, y observaba la posada de los señores y observaba a K. Tenía a su disposición mensajeros excepcionales, los ayudantes de K, que —lo que era incomprensible, incluso conociendo a K resultaba incomprensible— se los dejaba a ella. Ella se los enviaba a sus viejos amigos, hacía que la recordasen, se quejaba de que un hombre como K la mantenía encerrada, acosaba a Pepi, anunciaba su próxima llegada, pedía ayuda, juraba que no había traicionado a Klamm, hacía como si hubiese que proteger a Klamm y no se le debiera permitir en ningún caso que bajase a la taberna. Lo que ella vendía a algunos como la protección de Klamm, ante el posadero lo interpretaba como su éxito personal, y llamaba la atención acerca de que Klamm ya no bajaba. ¿Cómo podría bajar, si abajo era Pepi la que servía? Aunque era cierto que el posadero no tenía culpa alguna, esa Pepi era, en todo caso, la mejor sustituta que había podido encontrar, pero no era suficiente, ni siquiera para unos días. K no sabía nada de toda esa actividad de Frieda; cuando no vagaba por ahí, yacía ignorante a sus pies, mientras ella contaba las horas que aún la separaban de la taberna. Pero los ayudantes no solo le prestaban ese servicio de mensajería, también colaboraban para poner celoso a K, para mantenerlo en calor. Frieda conocía a los ayudantes desde su infancia, no tenían ningún secreto entre ellos, pero en honor a K comenzaron a anhelarse mutuamente y surgió el peligro de que se convirtiera en un gran amor. Y K hizo cualquier cosa para satisfacer a Frieda, incluso lo más contradictorio, dejó de ponerse celoso por los ayudantes y sin embargo toleraba que los tres permanecieran juntos mientras él emprendía solo sus peregrinaciones. Era como si fuese el tercer ayudante de Frieda. Entonces Frieda, basándose en sus observaciones, se decidió a dar el gran golpe, decidió regresar. Y realmente era el momento oportuno, resultaba admirable cómo Frieda, la muy astuta, lo reconoció y aprovechó, esa fuerza en la observación y en la decisión constituía el inimitable arte de Frieda; si Pepi lo tuviera, qué diferente habría sido el curso de su vida. Si Frieda hubiese permanecido un día o dos más en la escuela, ya no podrían haber expulsado a Pepi, sería definitivamente camarera, amada por todos, habría ganado el dinero suficiente para completar su ajuar, solo uno o dos días y Klamm ya no habría podido ser apartado con ninguna intriga de la taberna, habría bajado, bebido, se habría sentido cómodo y, si acaso hubiese percibido la ausencia de Frieda, estaría muy satisfecho con el cambio; solo uno o dos días más y todo habría quedado olvidado, Frieda con su escándalo, con sus conexiones, con los ayudantes, nada de eso habría sido recordado. ¿Quizá entonces podría aferrarse mejor a K y, presuponiendo que fuese capaz de ello, aprender a quererle? No, tampoco eso, pues K no necesitaba más de un día para hartarse de ella, para reconocer cómo le embaucaba de la manera más miserable, con todo, con su supuesta belleza, su supuesta fidelidad y, sobre todo, con el supuesto amor de Klamm, solo un día, nada más, necesitaba para expulsar de la casa a esa sucia compañía de ayudantes, ni siquiera K necesitaba más. Y, sin embargo, entre esos dos peligros, cuando ya comenzaba a cerrarse la tumba sobre ella, K, en su simpleza, aún le dejaba abierta la última y estrecha vía, y ella escapaba. De repente —nadie lo había esperado, iba contra la naturaleza—, era ella la que ahuyentaba a K, quien la seguía queriendo y persiguiendo, y bajo la útil presión de los amigos y ayudantes aparecía ante el posadero como una salvadora, más seductora que antes a causa del escándalo, deseada notoriamente tanto por los inferiores como por los superiores, aunque habiendo sucumbido solo un instante ante el más inferior de todos, a quien rechazaba como estaba mandado para permanecer inalcanzable como antes, solo que antes todo eso se dudaba con razón, pero ahora reinaba el convencimiento. Así que regresaba, el posadero vacilaba mientras miraba a Pepi de soslayo —¿debía sacrificarla, a ella, que tan bien había trabajado?—, pero al poco tiempo ya se había dejado convencer, había demasiado que hablaba en favor de Frieda y, ante todo, quería volver a ganar a Klamm para la taberna. Y así se llegaba a esa misma noche. Pepi no esperaría a que llegase Frieda y a que hiciese un triunfo de la ocupación del puesto. Ya le había dado al posadero la caja, se podía ir. La cama en la habitación de las criadas ya estaba preparada para ella, allí la saludarían sus llorosas amigas, se quitaría el vestido, las cintas del pelo y lo arrojaría todo en algún lugar donde quedase bien escondido y no le recordase innecesariamente tiempos pasados que deberían olvidarse para siempre. Luego tomaría la fregona y el cubo e iría a trabajar con los dientes apretados. Pero antes le tenía que contar todo a K para que él, que sin ayuda no se habría dado cuenta de nada, viese claramente lo mal que había tratado a Pepi y lo infeliz que la había hecho. Aunque, ciertamente, también de él se había abusado.

Pepi había terminado de hablar. Se limpió, suspirando, algunas lágrimas de los ojos y de las mejillas y miró a K asintiendo con la cabeza, como si quisiese decir que en el fondo no se trataba de su desgracia, que ella la soportaría y para ello no necesitaría ni ayuda ni consuelo de nadie, y menos de K; ella, a pesar de su juventud, conocía la vida y su desgracia solo era una confirmación de sus conocimientos, en realidad se trataba de la desgracia de K: había querido presentarle su propia imagen; después de la destrucción de todas sus esperanzas, ella había considerado necesario hacerlo así.

—Qué imaginación más desbocada tienes, Pepi —dijo K—. No es verdad que hayas descubierto ahora todas esas cosas, no son más que sueños producto de vuestra oscura y estrecha habitación de criadas, que allí abajo tienen su razón de ser, pero que aquí, al aire libre de la taberna, resultan extraños. Con esos pensamientos no podías afirmarte aquí, eso es evidente. Incluso tu vestido y tu peinado, de los que tanto te vanaglorias, solo son producto de la oscuridad y de las camas de vuestra habitación; allí pueden ser muy bonitos, aquí, sin embargo, todos se ríen de ellos ya sea en secreto o en público. ¿Y qué cuentas más? ¿Que han abusado de mí y me han estafado? No, querida Pepi, de mí han abusado tan poco como de ti y me han estafado tan poco como a ti. Es cierto que Frieda me ha abandonado o, como tú te expresas, se ha escapado con los ayudantes; vislumbras un destello de la verdad, y es realmente muy improbable que se convierta en mi esposa, pero no es cierto que me haya hartado de ella o que la hubiera expulsado al día siguiente o que me hubiera engañado como quizá una mujer engaña a un hombre. Vosotras, las criadas, estáis acostumbradas a espiar a través del ojo de la cerradura y de esa costumbre deriváis la forma de pensar consistente en deducir, de forma magistral pero completamente falsa, el todo de una pequeñez que realmente veis. La consecuencia de ello es que en este caso, por ejemplo, yo sé menos que tú. Tampoco puedo explicar tan detalladamente como tú por qué Frieda me ha abandonado. La explicación más probable me parece la que tú has insinuado pero sin sacarle el partido necesario: que la he descuidado. Eso es, por desgracia, cierto. La he descuidado, pero eso tuvo motivos especiales que no vienen ahora a cuento; sería feliz si regresara a mí, pero volvería a descuidarla en seguida. Así es. Cuando estaba conmigo, me encontraba continuamente en mis peregrinajes, tan ridiculizados por ti, ahora que se ha ido, no tengo casi ninguna ocupación, estoy cansado, tengo deseos de no ocuparme absolutamente de nada. ¿No tienes ningún consejo para mí, Pepi?

—Pues sí —dijo de repente, tornándose vivaz y cogiendo los hombros de K—, nosotros dos somos los estafados, permanezcamos juntos, ven conmigo abajo, con las demás.

—Mientras te quejes de haber sido estafada —dijo K—, no puedo llegar a un acuerdo contigo. Tú quieres seguir siendo estafada, porque eso te adula y te conmueve. Pero la verdad es que tú no eres la adecuada para este puesto. Cuán clara resulta tu ineptitud, que hasta yo, según tu opinión, el más ignorante, me doy cuenta de ella. Eres una buena chica, Pepi, pero no es fácil reconocer lo que te digo; yo, por ejemplo, al principio te tomé por cruel y arrogante, pero no lo eres, solo es este puesto que te confunde, ya que no eres apta para él. No quiero decir que el puesto sea demasiado elevado para ti, tampoco es un empleo tan extraordinario; quizá sea, si se mira con más detenimiento, más honorable que tu empleo anterior, pero en general la diferencia no es tan grande, los dos se asemejan tanto que se pueden confundir, sí, casi se podría afirmar que es preferible ser criada antes que camarera, pues abajo siempre se está entre secretarios, aquí, sin embargo, hay que tener contacto con el pueblo llano, por ejemplo conmigo, si bien también se puede servir a los superiores de los secretarios en sus habitaciones; está decretado que yo no pueda permanecer en ningún lado salvo aquí, en la taberna, y la posibilidad de tratar conmigo ¿podría ser algo extremadamente honroso? Solo a ti te lo parece y quizá tengas motivos para ello. Pero precisamente por eso careces de la aptitud necesaria. Es un empleo como cualquier otro, para ti, sin embargo, es el Reino Celestial, en consecuencia todo lo haces con un celo desmesurado, te acicalas como, según tú, se deben acicalar los ángeles (ellos, en realidad, son de otra manera), tiemblas por el puesto, te sientes continuamente perseguida, buscas ganarte con desmesurada amabilidad a todos aquellos que te puedan servir de apoyo, pero con esa actitud los importunas y los repeles, pues ellos buscan paz en la taberna y no añadir a sus preocupaciones las de la camarera. Es posible que después de la salida de Frieda ninguno de los clientes se diese cuenta del suceso, ahora, sin embargo, sí lo saben y realmente anhelan a Frieda, pues ella lo ha conducido todo de otro modo. Fuera cual fuese su carácter y el modo en que valorase su empleo, poseía una gran experiencia en su trabajo, era fría y sabía dominarse, tú misma lo has destacado, aunque sin haberte aprovechado del ejemplo. ¿Te has fijado alguna vez en su mirada? Esa no era ya la mirada de una camarera, casi era la mirada de una posadera. Todo lo veía y, al mismo tiempo, captaba a cada una de las personas, y la mirada que dejaba para ellas era lo suficientemente fuerte como para someterlas. Qué importaba que quizá fuese un poco delgada, que estuviese un poco envejecida, que uno se pudiera imaginar un cabello más denso, esas son pequeñeces comparadas con lo que realmente tenía y aquellos a quienes hubiesen molestado esos defectos solo habrían demostrado que les faltaba el sentido para captar lo importante. Esto no se le puede reprochar a Klamm y solo es el falso punto de vista de una muchacha joven e inexperta lo que te impide creer en el amor de Klamm por Frieda. Klamm te parece (y con razón) inalcanzable y, por eso, crees que tampoco Frieda tendría que haber llegado hasta Klamm. Te equivocas. Yo confiaría exclusivamente en la palabra de Frieda, aun en el caso de que careciera de pruebas irrefutables. Por increíble que te parezca y aunque te resulte incompatible con tus ideas del mundo y del funcionariado, de la distinción y efecto de la belleza femenina, es verdad, como que estamos aquí sentados y tomo tu mano entre las mías, que así se sentaban, como si fuera la cosa más natural del mundo, Klamm y Frieda, uno al lado del otro, y él bajaba voluntariamente, incluso se apresuraba a bajar, nadie espiaba en el corredor, descuidando el trabajo; el mismo Klamm tenía que hacer el esfuerzo de bajar y los fallos en el vestido de Frieda, que tanto te horrorizaban, a él no le molestaban en absoluto. ¡No quieres creerla! Y no sabes cómo te descubres, cómo muestras tu inexperiencia. Ni siquiera alguien que no supiese nada de la relación con Klamm tendría que reconocer en su carácter que se ha formado algo que es más que tú y yo y que toda la gente del pueblo, y que sus conversaciones iban más allá de las bromas que son habituales entre clientes y camareras y que parecen ser la meta de tu vida. Pero te hago una injusticia. Tú reconoces muy bien las dotes de Frieda, te has dado cuenta de su capacidad de observación, de su fuerza para decidir, de su influencia sobre las personas, solo que todo lo interpretas erróneamente, crees que todo lo emplea de forma egoísta para obtener ventaja, con maldad, solo como un arma contra ti. No, Pepi, aun cuando pudiese disparar esas flechas envenenadas, no podría dispararlas a una distancia tan corta. ¿Y egoísta? Más bien podría decirse que, sacrificando lo que tenía y lo que podía esperar, nos ha dado la posibilidad de mantenernos en un puesto superior, pero los dos la hemos decepcionado y la hemos obligado a regresar aquí. No sé si es así, tampoco mi culpa me parece clara, únicamente cuando me comparo contigo surge en mi mente algo parecido, como si nosotros nos hubiésemos esforzado de un modo demasiado ruidoso, infantil e inexperto para ganar algo que se podría obtener fácilmente con la tranquilidad y la objetividad de Frieda, pero que con lloros, arañazos y tirones violentos, como un niño tira del mantel, no se puede obtener, más bien echar por tierra y hacerlo inalcanzable. No sé si esto será así, pero que hay más posibilidades de que sea así y no cómo tú lo has contado, eso lo sé con toda certeza.

—Muy bien —dijo Pepi—, estás enamorado de

Frieda porque se te ha escapado, no es difícil estar enamorado de ella cuando ya no está. Puede que todo sea como dices y puede que tengas razón, también al ridiculizarme. ¿Qué vas a hacer ahora? Frieda te ha abandonado. Ni con tu explicación ni con la mía tienes la esperanza de que regrese a ti e incluso si regresase alguna vez, en algún lugar tendrás que alojarte durante ese tiempo, hace frío y no tienes ni trabajo ni cama, ven con nosotras, mis amigas te gustarán, te acomodaremos muy bien. Nos ayudarás en el trabajo, que en realidad es demasiado duro para unas jovencitas como nosotras; no dependeríamos exclusivamente de nosotras mismas y por la noche ya no tendríamos miedo. ¡Ven con nosotras! También mis amigas conocen a Frieda, te contaremos historias acerca de ella hasta que te hartes. ¡Pero ven! También tenemos fotos de Frieda y te las mostraremos. Antaño Frieda era más modesta que hoy, apenas la reconocerás, como mucho por sus ojos que ya en aquella época tenían ese aspecto inquisitivo. ¿Vas a querer venir?

—¿Está permitido? Ayer se produjo ese gran escándalo porque fui descubierto en vuestro corredor.

—Porque fuiste descubierto, pero si estás en nuestra habitación, jamás te descubrirán. Nadie sabrá nada de ti, solo nosotras tres. ¡Ah!, será muy divertido. Ya me parece la vida allí mucho más soportable que hace un momento. Tal vez no pierda tanto al tener que irme. Tampoco nos hemos aburrido las tres allí abajo, hay que dulcificar el amargor de la vida, ya se nos amarga lo suficiente la existencia durante la juventud para que la lengua no se empalague, pero nosotras tres nos mantenemos unidas, vivimos lo mejor posible según las circunstancias; especialmente te gustará Henriette, pero también Emilie, ya les he hablado de ti; esas historias se escuchan con incredulidad, como si fuera de la habitación en realidad no pudiese ocurrir nada, allí se está caliente y es un lugar estrecho: nos apretamos todas juntas, pero aunque dependemos de nuestra mutua compañía no nos hemos hartado las unas de las otras, todo lo contrario, cuando pienso en mis amigas, casi me parece justo que regrese con ellas; ¿por qué tendría que llegar más lejos que ellas?, precisamente era eso lo que nos mantenía unidas, que las tres teníamos el futuro cerrado de la misma manera y ahora yo he perforado el muro y me he separado de ellas; cierto, no las he olvidado, y mi principal preocupación era cómo podía hacer algo por ellas; mi propio puesto aún era inseguro (lo inseguro que era, no lo sabía), y, sin embargo, ya hablé con el posadero sobre Henriette y Emilie. Respecto a Henriette el posadero no estuvo del todo inflexible, pero respecto a Emilie, que es mucho mayor que nosotras, tiene la edad aproximada de Frieda, no me dio ninguna esperanza. Pero imagínate, no quieren salir de allí, saben que es una vida miserable la que llevan, pero ya se han resignado, esas pobres almas; creo que las lágrimas que derramaron se debieron más a que tenía que abandonar la habitación, a que tenía que salir al frío (a nosotras nos parece frío todo lo que está fuera de la habitación) y a que tenía que tratar con grandes personas extrañas en grandes espacios y con ninguna otra meta que ganarme la vida, lo que también había logrado en nuestro hogar común. Probablemente no se asombrarán si ahora regreso, y solo para transigir un poco conmigo llorarán y lamentarán mi destino. Pero entonces te verán a ti y se darán cuenta de que fue una buena cosa que me fuera. Que ahora tengamos un hombre como ayudante y protector las hará felices y estarán encantadas de que todo tenga que permanecer en secreto y que a través de ese secreto estaremos más unidas que antes. ¡Oh, por favor, ven, ven con nosotras! No tendrás ninguna obligación, no quedarás vinculado para siempre a nuestra habitación, como nosotras. Si al llegar la primavera puedes encontrar un alojamiento en cualquier lado y no te gusta estar con nosotras, te puedes ir, solo que tendrás que guardar el secreto y no traicionarnos, pues entonces sería nuestra última hora en la posada de los señores; y aun así, cuando estés con nosotras, tendrás que tener cuidado de no mostrarte en ningún lado que consideremos peligroso y tendrás que seguir nuestros consejos; eso es lo único que te vinculará y a eso te tendrás que atener, como es nuestro caso, en lo demás eres completamente libre; el trabajo que te asignemos no será difícil, no temas por ello. Así que ¿vienes?

—¿Cuánto queda hasta que llegue la primavera? —preguntó K.

—¿La primavera? —repitió Pepi—. Aquí el invierno es largo y monótono. Pero de eso no nos quejamos aquí abajo, contra el invierno estamos aseguradas. Bueno, en su momento llega la primavera y el verano, pero en el recuerdo, la primavera y el verano parecen tan breves que casi se diría que son poco más de dos días, e incluso en esos días, también en el más bello, cae alguna vez algo de nieve.

En ese momento se abrió la puerta, Pepi se estremeció, sus pensamientos se habían alejado demasiado de la taberna, pero no era Frieda, sino la posadera. Se quedó asombrada al ver que K seguía allí. K se disculpó diciendo que la había estado esperando y, al mismo tiempo, le agradeció que le hubiese permitido pernoctar allí. La posadera no entendió por qué K la estaba esperando. K dijo que había tenido la impresión de que la posadera aún quería hablar con él; pedía disculpas si había sido un error, además, ya se tenía que ir, había abandonado por mucho tiempo la escuela, de la que era bedel, de todo tenía la culpa la citación del día anterior, aún tenía poca experiencia en esas cosas, no volvería a causarle tantas molestias, como el día anterior. Y se inclinó dispuesto a salir. La posadera le miró como si soñase. Debido a esa mirada, K se quedó más tiempo del que quería. Entonces ella sonrió un poco y solo con el rostro asombrado de K volvió, en cierta manera, en sí misma; era como si hubiese esperado una respuesta a su sonrisa y, al no recibirla, se hubiese despertado.

—Ayer tuviste la osadía de decir algo sobre mi vestido.

K no podía acordarse.

—¿No lo recuerdas? A la osadía le sigue la cobardía.

K se disculpó con su cansancio del día anterior, era posible que hubiese dicho algún disparate, en todo caso ya no recordaba nada. ¿Qué habría podido decir de los vestidos de la posadera? ¿Que eran tan bellos como no los había visto en su vida? Al menos aún no había visto a ninguna posadera que trabajase con esos vestidos.

—Déjate de comentarios —dijo rápidamente la posadera—, no quiero oír más una palabra tuya acerca de mis vestidos, no te incumben en absoluto, te lo prohíbo de una vez por todas.

K se inclinó una vez más y se dirigió hacia la puerta.

—Pero ¿qué significa eso —exclamó la posadera detrás de él— de que jamás has visto a una posadera con esos vestidos durante el trabajo? ¿Qué significan esos absurdos comentarios? Son completamente absurdos, ¿qué quieres decir?

K se dio la vuelta y pidió a la posadera que no se excitase. Naturalmente que el comentario era absurdo. Además, él no entendía nada de vestidos. En su situación cualquier vestido sin manchas le parecía un lujo. Solo se había quedado asombrado al ver a la señora posadera, abajo, en el corredor, con un vestido de noche tan bello entre tantos hombres apenas vestidos, nada más.

—Ah, muy bien —dijo la posadera—, ya pareces comenzar a recordar tu comentario de ayer. Y lo completas con otro absurdo. Es cierto que no entiendes nada de vestidos. Así que deja de juzgar (te lo pido seriamente) cuáles son lujosos o cuáles son inadecuados y otras cosas por el estilo. —Aquí pareció como si tuviese un escalofrío—. No vuelvas a decir nada sobre mis vestidos, ¿lo oyes?

Y cuando K quería darse la vuelta en silencio, ella preguntó:

—¿De dónde sabes tú algo de vestidos?

K se encogió de hombros, no sabía nada.

—No sabes nada —dijo la posadera—, entonces no deberías pretender que sabes. Ven a la oficina, te mostraré algo, entonces dejarás para siempre tus insolencias.

La posadera salió por la puerta, Pepi se acercó a K de un salto; con el pretexto de cobrar la cuenta de K, llegaron rápidamente a un acuerdo; era muy fácil, pues K conocía el patio, cuya puerta conducía a la calle lateral, al lado de la puerta había otra mucho más pequeña, detrás de ella estaría Pepi en una hora y la abriría cuando golpease en ella tres veces.

La oficina privada estaba situada frente a la taberna, solo había que atravesar el pasillo; la posadera ya había entrado en la habitación iluminada y esperaba a K con impaciencia. Hubo una nueva molestia. Gerstäcker había esperado en el pasillo y quiso hablar con K. No era fácil desembarazarse de él, también la posadera ayudó y reprochó a Gerstäcker su impertinencia.

—¿Adónde entonces? ¿Adónde? —aún se pudo oír a Gerstäcker cuando se cerró la puerta y las palabras se mezclaron desagradablemente con sollozos y toses.

Era una habitación pequeña y demasiado caldeada. Un pupitre de pie y una caja fuerte quedaban adosados a las paredes más cortas, en las más largas había un armario y una otomana. Casi todo el espacio era ocupado por el armario, no solo porque llenaba toda la pared más larga, sino porque también su anchura estrechaba la habitación: se necesitaban dos puertas corredizas para abrirlo del todo. La posadera hizo una señal hacia la otomana, indicando que K se sentara, ella se sentó en una silla giratoria al lado del pupitre.

—¿Ni siquiera has aprendido el oficio de sastre? —preguntó la posadera.

—No, nunca —dijo K.

—¿Qué eres en realidad?

—Agrimensor.

—¿Qué es eso?

K se lo explicó. La explicación la hizo bostezar.

—No dices la verdad. ¿Por qué no dices la verdad?

—Tampoco tú la dices.

—¿Yo? Ya comienzas otra vez con tus insolencias. Y si no la dijera, ¿acaso tendría que responder de ello ante ti? Y ¿en qué no digo la verdad?

—No solo eres posadera, como pretendes.

—¡Hombre! Estás lleno de descubrimientos. Entonces ¿qué soy? Tus insolencias rompen todos los límites.

—No sé lo que eres además, solo sé que eres una posadera y que llevas vestidos que no son propios de una posadera y como, por lo que sé, no los lleva nadie aquí en el pueblo.

—Bueno, ahora llegamos al meollo del asunto, no lo puedes silenciar, tal vez no seas insolente, solo eres como un niño que sabe cualquier tontería y al que es imposible obligarle a que se la calle. Habla entonces. ¿Qué tienen de especial estos vestidos?

—Te enojarás si lo digo.

—No, me reiré, no es más que cháchara infantil. ¿Cómo son los vestidos?

—Tú eres la que lo quieres saber. Bien, son de un buen material, lujosos, pero están anticuados, sobrecargados, a veces retocados, gastados y no le van ni a tu edad, ni a tu figura, ni a tu posición. Me llamaron la atención la primera vez que te vi, hace una semana, aquí en el pasillo.

—Aquí lo tenemos. Son anticuados, sobrecargados y ¿qué más? ¿De dónde pretendes saber todo eso?

—Simplemente lo veo. Para eso no se necesita ninguna instrucción.

—Eso lo ves tú, así, sin más. No tienes que preguntar en ninguna parte y sabes lo que está de moda. Me vas a ser indispensable, pues tengo una debilidad por los vestidos bonitos. Y ¿qué opinarías si te digo que todo este armario está lleno de vestidos?

Corrió una de las puertas y se pudieron ver los vestidos comprimidos que ocupaban todo el armario, la mayoría eran vestidos oscuros, azules, marrones y negros, todos cuidadosamente colgados y estirados.

—Estos son los vestidos para los que no tengo espacio en mi habitación, allí aún tengo dos armarios llenos, dos armarios, cada uno tan grande como este. ¿Te asombras?

—No, había esperado algo similar, ya dije que no solo eres posadera, aspiras a algo más.

—Solo aspiro a vestirme bien y tú eres o un loco o un niño o un hombre muy malo y muy peligroso. ¡Vete, vete ya!

K ya estaba en el pasillo y Gerstäcker le volvía a coger del brazo, cuando la posadera gritó:

—¡Mañana recibo un vestido nuevo, quizá te llame!

Gerstäcker, sacudiendo enojado la mano, como si quisiera callar a la posadera desde lejos, exhortó a K a que lo acompañase. En principio no quiso dar ninguna explicación. Apenas prestó atención a la objeción de K de que tenía que regresar a la escuela. Solo cuando K se resistió a seguir, Gerstäcker le dijo que no debía preocuparse, que en su casa tendría todo lo que necesitaba, podía renunciar al puesto de bedel, pero tenía que ir con él ya, le había estado esperando todo el día, su madre ni siquiera sabía dónde estaba. K preguntó, lentamente y cediendo, por qué quería darle alojamiento y comida. Gerstäcker solo respondió fugazmente, necesitaba a K como ayudante con los caballos, él tenía otros negocios, pero ahora no tenía que hacerse arrastrar así y procurarle dificultades innecesarias. Si quería un sueldo, le daría un sueldo. Pero K se mantuvo quieto a pesar de todos los esfuerzos de Gerstäcker. No entendía nada de caballos. Eso tampoco era necesario, dijo Gerstäcker con impaciencia, y cruzó enojado las manos para intentar convencer a K de que avanzase.

—Sé por qué me quieres llevar contigo —dijo finalmente K.

A Gerstäcker le era indiferente lo que K supiera.

—Porque crees que puedo conseguir algo para ti con Erlanger.

—Cierto —dijo Gerstäcker—. ¿Qué otra cosa podía querer yo de ti?

K se rio, se colgó del brazo de Gerstäcker y se dejó guiar a través de la noche.

La sala en la casa de Gerstäcker estaba apenas iluminada por el fuego de la chimenea y por una vela, a cuya luz leía alguien acurrucado en un rincón bajo las torcidas y salientes vigas de cubierta. Era la madre de Gerstäcker. Ofreció a K una mano temblorosa y le indicó que se sentara junto a ella; hablaba con esfuerzo, apenas se la podía entender, pero lo que decía...

AUSTRAL SINGULAR reúne las obras más emblemáticas de la literatura universal en una edición única.

TÍTULOS DE LA COLECCIÓN:

Las mil y una noches
Emma, Jane Austen
La abadía de Northanger, Jane Austen
Orgullo y prejuicio, Jane Austen
Persuasión, Jane Austen
Sentido y sensibilidad, Jane Austen
Las flores del mal, Charles Baudelaire
Crónicas marcianas, Ray Bradbury
Jane Eyre, Charlotte Brontë
Cumbres borrascosas, Emily Brontë
Don Quijote de la Mancha, Miguel de Cervantes
El corazón de las tinieblas, Joseph Conrad
¿Sueñan los androides con ovejas eléctricas?, Philip K. Dick
Grandes esperanzas, Charles Dickens
Poemas, Emily Dickinson
Crimen y castigo, Fiódor M. Dostoievski
Los tres mosqueteros, Alexandre Dumas
El gran Gatsby, Francis Scott Fitzgerald
Madame Bovary, Gustave Flaubert
Romancero gitano, Federico García Lorca
Fausto, Goethe
Las penas del joven Werther, Goethe
Ilíada, Homero

Odisea, Homero
Los miserables, Victor Hugo
Dublineses, James Joyce
El castillo, Franz Kafka
La metamorfosis y otros relatos de animales, Franz Kafka
El fantasma de la Ópera, Gaston Leroux
En las montañas de la locura, H. P. Lovecraft
Poesías completas, Antonio Machado
El Príncipe, Nicolás Maquiavelo
Mujercitas, Louisa May Alcott
Moby Dick, Herman Melville
Veinte poemas de amor y una canción desesperada, Pablo Neruda
1984, George Orwell
Rebelión en la granja, George Orwell
Los Pazos de Ulloa, Emilia Pardo Bazán
Cuentos, Edgar Allan Poe
Hamlet, William Shakespeare
Romeo y Julieta, William Shakespeare
Frankenstein, Mary Shelley
Rojo y negro, Stendhal
Drácula, Bram Stoker
Viajes de Gulliver, Jonathan Swift
Ana Karenina, Liev N. Tolstói
Guerra y paz, Liev N. Tolstói
La guerra de los mundos, H. G. Wells
La edad de la inocencia, Edith Wharton
Cuentos completos, Oscar Wilde
El retrato de Dorian Gray, Oscar Wilde
La señora Dalloway, Virginia Woolf
Las olas, Virginia Woolf
Orlando, Virginia Woolf
Una habitación propia, Virginia Woolf

AUSTRAL

www.australeditorial.com

www.planetadelibros.com